U0543914

后浪·陕西省第二期"百优"作家丛书

空 相

丁小龙 - 著

陕西新华出版
陕西人民出版社

图书在版编目（CIP）数据

空相 / 丁小龙著 . —西安：陕西人民出版社，2024.1
ISBN 978-7-224-14933-3

Ⅰ.①空… Ⅱ.①丁… Ⅲ.①中篇小说 – 小说集 – 中国 – 当代 ②短篇小说 – 小说集 – 中国 – 当代 Ⅳ.① I247.7

中国国家版本馆 CIP 数据核字（2023）第 082490 号

出 品 人：赵小峰
出版统筹：王亚嘉　党静媛
责任编辑：王晓飞　党静媛
责任校对：苏西萍
装帧设计：白明娟
版式设计：蒲梦雅

空相
KONGXIANG

作　　者	丁小龙
出版发行	陕西人民出版社
	（西安市北大街 147 号　邮编：710003）
印　　刷	中煤地西安地图制印有限公司
开　　本	880 毫米 ×1230 毫米　1/32
印　　张	10.75
字　　数	239 千字
版　　次	2024 年 1 月第 1 版
印　　次	2024 年 1 月第 1 次印刷
书　　号	ISBN 978-7-224-14933-3
定　　价	68.00 元

如有印装质量问题，请与本社联系调换。电话：029-87205094

代序

时代向前，后浪奔涌

陕西省作家协会主席、陕西文学院院长　贾平凹

纵观中国当代文学的发展格局，陕西文学创作底蕴深厚，果实丰硕。一代又一代作家的继承与接续，使陕西文学在众声喧哗的多元文化轰鸣中，有着振聋发聩的独特力量。

时代的呼唤，激起层层后浪。对中青年作家的扶持和培养，是加强陕西文学人才队伍建设、特别是做大做强"文学陕军"品牌的必行之路，也是陕西省作家协会响应陕西文化强省建设的重要之举。2021年底，陕西省第二期"百优"作家遴选完成，集结了一批有担当、有作为、有学识、有激情的中青年作家。这些年轻一代作家在汲取优秀传统文化的基础上，不断打破写作土壤板结，在创作视野、题材和手法上寻求新的突破，展现出新时代的精神气象。

为了加大精品扶持和宣传推介力度，集中展示并扩大

"百优"作家优秀作品的传播力和影响力，激发作家的创作活力，由陕西省作家协会指导、陕西文学院具体组织编选了这套"后浪·陕西省第二期'百优'作家丛书"。丛书从第二期"百优"作家近三年创作的作品中遴选出 10 部具有代表性的优秀作品，涵盖了长篇小说、中短篇小说、报告文学、诗歌等体裁，充分展示了第二期"百优"作家对文学艺术的坚守与追求，展现了年轻一代"文学陕军"蓬勃的创作活力与丰厚的文化情怀。

  时代向前，后浪奔涌。第二期"百优"作家虽还年轻，但在文学追求和写作技法上，已经积蓄了强大厚实的力量。愿我们的年轻作家承前浪之力，扬后浪之花，秉承崇高的文学理想，赓续陕西文学荣光，勇挑陕西文学事业由高原向高峰攀登的重担，让源远流长的陕西文学之河浩浩汤汤、蔚然奔流！

2023 年 7 月

目录

浮休 / 001
卡夫卡与我们 / 018
岛屿手记 / 036
喜歌 / 084
蓝色赋格 / 103
恍然书 / 151
心 / 170
捕风记 / 188
抱一 / 237
零年 / 257
圆觉 / 276
昼与夜 / 291
流光之地 / 296
回航 / 316
后记 / 335

浮休

其生若浮,其死若休。不思虑,不豫谋。

——《庄子·刻意》

一

一九一八年古历腊月二十八日上午,这个男婴诞生在关中地区渭河边一个名叫孟庄的村庄。他的母亲孟秦氏因出血过多而死在了自家的土炕上,死后眼睛还直勾勾地盯着在旁哭哭啼啼的男婴。女人的婆婆孟王氏把手帕盖在了儿媳妇的脸上,闭上眼睛,念了念《金刚经》,之后便给她换上洁净的白色衣裳。沉默了半晌后,男人们把死去的女人放进了棺材。当天下午,他们从镇子请来唱师,唱了五首阴歌。第二天上午,他们把女人埋在了后坡上,与那些没有墓碑的亡者为伴。男婴过满月,他的祖父孟书明在家里设了宴席,亲友们则前来庆贺。那天,全村最有文化的秦先生在查看了生辰八字与阴阳图之后,给男婴取名为孟乾坤。

五岁时，孟乾坤在家里迎来了自己的继母孟秦氏。这个女人和他亲生母亲都来自二十里以外的秦家村。这个孟秦氏本名为秦爱莲，除了祖母和父亲之外，没有人喊她的名字。秦爱莲对孟乾坤还不错，有自己吃的，就绝不会饿着孟乾坤。隔年秋天，秦爱莲在自家的炕上产下了一名女婴，名叫孟秋娥。接下来的十年，秦爱莲又陆续生了两个女儿和三个儿子，分别叫作春娥、夏娥、金贵、银贵和富贵。虽然他们都把孟乾坤叫大哥，但他心里明得跟镜子一样，知道自己和他们不是同类人。孟乾坤很早就懂得了人世与人心，其最大的愿望就是将来要弄大事，要离开孟庄，要去外面的世界闯荡。

　　再后来，父亲孟仁民把他送进了私塾念书。说是私塾，其实不过是村里的和尚庙。不过庙里也早已没了和尚。私塾先生便是给自己起名字的秦先生。这么多年来，村子里几乎所有孩子的名字都是秦先生给起的。孟乾坤脑子灵光，喜欢念书，尤其喜欢秦先生教的古文课，从《三字经》到《诗经》，从《论语》到《山海经》。孟乾坤弄不懂很多地方的玄机，但就是喜欢文字背后的神秘感。他常常向秦先生提问，而秦先生给的答案也虚虚实实、混混沌沌。秦先生常常挂在嘴边的话就是，等你长大了，这些事情就自然明白了。在秦先生的启悟下，孟乾坤练就了一手好字。秦先生当着他的面，对他的父亲说，你这个大儿子，以后是弄大事情的，你们可都要对他上点心。孟乾坤记住了秦先生的话，等待着出门干大事的日子。

　　刚过完十九岁生日，孟乾坤迎娶了邻村张家庄的姑娘张金英。婚后的第二个月，有人来村子里征兵，孟乾坤听说这是个改变命运的好机会，就踊跃地参了军。经过曲曲折折的路，他们来到了山东平原上的战场。在那几年大大小小的战场上，他看到了太多的死亡，后来甚至能看到鬼魂，能和鬼魂说话。他已经做好了随时死去的准备。害怕的时候，他就默念《心经》，那二百六十个字成为他的护身符。后来，他没有死，而是返回关中平原，返回孟庄。那时候，他从未谋面的大儿子已经五岁有余。回家后，他才知道秦先生以决绝的方式离开了人间。村人们以"英雄"称呼着返家的小伙们。那时候的他们没有名字，只有血色的沉默和荣誉。关于战场的种种经历，他记在了日记本上，却从不展示给任何人。他已经理清了外面世界的本质，立誓再也不会离开孟庄。

在他三十二岁那年冬季，家里迎来了男婴，母子皆平安。满月宴上，孟乾坤给这个儿子起名叫孟海生。他抱着孟海生说，昨天我梦到了大海，我只见过一次大海，这辈子也没啥遗憾了。别人让他谈谈大海，孟乾坤摇摇头，默不作声。自从回到孟庄后，他有意地去忘记过去，忘记时间，不再把精确的时间当成生活的唯一标识。他偶尔会写日记，但从不标注日期。海生七岁的时候，突然问他，大，听说你以前见过大海，大海到底是啥样子嘛？孟乾坤说，等你长大了，等你有娃了，可以带他去看看大海。

二〇〇九年八月七日，我带着父亲孟海生去厦门游玩，这是他生平第一次看见大海。他告诉了我一些关于祖父的故事。望着夏天的海，我常常想到很多年前祖父出生的那个冬天。我想写一本关于祖父孟乾坤的虚构作品，却始终找不到通往记忆的道路。

二

再过十天，就是祖父的百岁寿辰了。父亲提前一个多月就给我打了电话，嘱咐我今年务必要带着妻儿回孟庄给祖父拜寿。前两年，我被评职称的事情搞得没了人样，也无心回孟庄看望家人。今年是一个分水岭，尤其是九月二十六日那天，当我拿到正教授的职称时，我走出了房间，绕着学校的操场独自走了二十几圈的路，直到洪水淹没了我的灵魂。我在电话中问父亲需要准备些什么礼物。父亲说，你人回来了就好，你爷都一百岁了，啥都不需要了。

　　回家后，我把这个事情告诉了妻子梅。梅说，这次回去了我们多待些日子，多陪陪家里人，我也顺便给那篇论文找更多的现实资料。梅和我是同校教师，她在社会学系，我在中文系，而她所说的那篇论文名为《关中乡村地区的年文化研究》。梅从小在城里长大，没有什么乡村生活经验，但她对乡村的过往、当下与未来有着相当浓厚的兴趣。有一次午后散步时，她对我说，如果读不懂乡村，就读不懂这个社会背后的逻辑，读不懂乡村，也就读不懂我们自己。自从我们结婚后，她时不时会和我返回孟庄，用学者显微镜般的目光打量着村子的方方面面：大到乡村的礼仪制度，小到农具的衍变历程。孟庄成为她分析当下时代精神状况的社会标本，也以此为中心发表了好几篇学术论文。那些在我看来再普通不过的社会现象，在她的眼里却拥有着非常强烈的象征意味。有一次，我问她为何对乡村世界有如此强烈的兴趣，她想了想，笑道，除了学术上的原因外，还有我自己的私心，那就是为了更好地理解你，理解了过去的你，是为了更懂现在的你，也是为了我们共同的未来。我故意压低了声音，说，哦，原来你也是把我看成社会学标本呀。她低语道，不，学术给了我理性和逻辑，这些都是表象，最重要的是，学术教会了我如何去爱人，去爱这个世界。我们都笑了。之后，我们又谈论了我即将要写的长篇小说——关于我祖辈,关于我的故土,特别是关于我祖父的人生故事。但是我不想用当代很多作家的那种方法书写乡土,而是想以一种更独特的形式来体验与解构,来重新建造一座纸上的回忆殿堂。我还没有找到那条通往过去的道路。梅是我的妻子,也是我的情人和朋友:这三位一体的关系是我内心最柔软也最坚固的存在。

晚上睡觉前,梅和我谈起了我的祖父,谈起了他的百年人生。她说,咱爷的人生就是中国社会的缩影啊,你要是能写出来,就是完成了一件了不起的事情啊。我说,是啊,这些道理我也懂,就是找不到合适的切入角度。她说,就从他出生的场景写起,那个时代离咱们远,需要你的虚构和想象。我说,他以前给我讲过好多过去的事情,但都是碎片,需要一根线把这些珍珠串起来,还有,在写他的时候,我自己也会出神,感觉自己在某个瞬间成了他。她说,我虽然不写小说,但我写的那些关于乡村的调查和论文可能会帮助到你。我说,对,这也是我的想法,我最近老想小时候的事情,老想和爷爷有关的事情,是时候写关于他的故事了,而我也知道,其实这些事情也是我自己的故事,甚至是这个时代的故事。我们又闲谈了其他的事情。等梅睡着后,我独自与夜兽对峙,没有丝毫的困意,而眼前浮现的是过往的云烟景象。

我想到了祖父,想到了多年前他带我去山里认识植物的那些上午。那时候,我只有五六岁,祖父带我去山里采集植物,并以此作为草药来售卖。他会告诉我陌生植物的名字,并且说出它们的药性和特质。那时候的我并不能完全懂这些植物知识,但我记住了很多植物的名字,也记住了山的名字与河流的名字。在山间休息时,我问祖父为何对植物对自然这么感兴趣,他沉默了半晌,说，只要你把自然装进了心里，就不会有害怕的事情了。我不懂他的话，但我相信他的话。回到家后，我们把采集来的草药晾干，装进了袋子。我喜欢那些植物的气味，直到如今仍可以辨认出它们的气息。去镇子上赶集的时候，我们把草药换成了钱。祖父给我买了文具和书本，回家后给我讲《金刚经》《道德经》和《山海经》。当时的我当然不能理解这些经书，却依旧听得入迷，短暂地忘记了生活的窘境。很多年以后，我问祖父为什么会把《山海经》摆在自己的床头。祖父说，这本书能让我忘记过去。我问他为何要忘记过去，他没有直接回答，而是说，这本书会让我一直记得秦先生。随后，他给我简单地讲了讲关于秦先生的往事。我问他秦先生为何而死，他没有直接回答，而是说，我觉得他没有死，而是回到了自然，变成了山里的植物。之后，祖孙俩坐在门前的桐树下，听着收音机里传来的咿咿呀呀的秦腔。

　　夜里，我又梦见了祖父，梦见祖父经历了艰难险阻把我领到了山顶。站在群山之巅，我听到自己体内传来了海浪声。看完日落后，祖父纵身一跃，跳进了深渊，瞬间变成了一只身披彩霞的大鸟，飞向了远方，飞出了我的视野。当黑暗降临，我已经找不到下山的路，只能坐在山上，满怀恐惧地等待着奇迹的再次降临。

三

　　腊月二十五日，我和梅带着儿子晨晨一起回了孟庄。回到家后，我们放下行李，随即便去了祖父的房间。祖父躺在炕上，仿佛是皱巴巴的纸，而房间里弥漫着烟草味和尿骚味，背后则是死亡的腐朽气味。大伯在炕边的椅子上坐着，嘴里吧嗒着旱烟，咀嚼着我们都不懂的言语。看到我后，大伯说，养娃，你可终于回来了啊，你爷这几天都唠叨着你呢。我说，大伯，我回来还给你拿了些烟，等会给你送过去。大伯说，这么大一家子，还是我养娃最有出息，伯以前没白疼你。大伯拉了下祖父的手，说，大，你最爱的孙子回来了。祖父缓慢地睁开了眼睛，看了看我，又看了看梅和晨晨，仿佛是要从记忆的海洋中打捞出沉船。过了半晌，祖父才低声道，回来了就好，回来了就好。之后，他又闭上了眼睛，进入了另外一个世界。我知道祖父已经忘记了我的名字，甚至忘记了时间的存在。大伯宽慰我说，人年龄大了就这样，多半时间都不在这个世上了。我点了点头，和大伯闲谝了一会儿，便走出了里屋，走出了家门。

我带着晨晨在村子里漫步，顺便给他介绍孟庄方方面面的事情。对八岁的他而言，这里是一个完全不同于城市的新鲜世界，而对于我来说，孟庄则更像是熟悉的陌生人。在路上遇见熟人，我们会扯上几句闲话，而看见村里的孩子们，我喊不出他们的名字了，他们也把我看成了外乡人。晨晨很快就交到了新朋友，和邻里的伙伴们在村子里玩游戏，比如丢沙包，比如跳大绳，再比如"老狼老狼几点了"。很多年前与我玩同样游戏的伙伴们，如今却换上了陌生的面孔。在村子里，我遇见了一些故人，但他们都把我看作是来自城里的客人。在经过漫长的城市生活后，我已经不能自如地使用土生土长的方言了。也许，故乡的丧失，首先以语言的缺席为症候。

我去了村东头，去了万向阳家。开门后，迎接我的首先是一条病恹恹的狼狗。狗吠了几声后，又回到了自己的窝里，耷拉着脑袋，眼神混沌。万向阳走了出来，嘴里还骂骂咧咧，说着难听的话。看到我之后，他瞬间换了脸色，笑道，呀，是什么风把大教授吹到了我的家，不早点说啊，我好给你准备些好烟好酒。说完后，他从裤子中掏出一盒哈德门香烟，递给了我。我们站在空落落的院子里，看着青烟袅袅地涌上了天空。我说，我们去看下光明吧，有好多年都没看到他了。万向阳说，他怪可怜的，他大他妈都走了，现在就剩下他自己一个人混吃混喝，混着等死呢。我说，记得他之前找过对象啊。万向阳说，是啊，是找过一个女的，是王家村的寡妇，后来那女人卷走了钱，扭着屁股走咧，从那以后，光明在村子里更抬不起头了，整个人也就废了。

我和万向阳又一起去二组找光明。敲了好久的门，也不见有人答应，但可以听见里面的电视声。万向阳说，这尿货这段日子状况不对劲，我都好久没见到他了。我说，不会是出了啥事情吧。万向阳笑道，你放心，这家伙比谁都尿，也比谁都心大，不会有啥事情的。万向阳拨打了光明的手机。没过几分钟，光明便打开了门，把我们请进了家门。还没进屋子，我就闻到了从里面传来的酸腐味。光明说，算尿了，咱们还是去村外逛逛吧，家里都成垃圾堆了。也许是瞥见了我脸上的尴尬，他又补充道，把你从城里的烟拿出来，让我们这些乡巴佬尝尝鲜吧。我取出了烟，递给了他。他拿着烟盒看了看，随后把那包烟装进了自己的口袋。

我们去了村外不远处的树林。小时候，我们经常来树林里玩耍，这里曾是我们逃离成人世界的人间乐园，如今却成了这世间的迷宫。我们三个人绕了很大一圈才找到那棵大榕树，而榕树上还留存着四个人斑驳的名字，从上至下分别为：万向阳、成光明、孟书养、周云生。那时候，我们四个人坐在树杈上，看着天边的云,听着耳旁的风,说着心里的话。那时候,我们四个人最大的愿望都是离开孟庄,去外面的世界闯荡。如今除了我之外,他们三个人都因为各自的原因留在了孟庄。光明抱着榕树往上爬,试了好几次,最后以失败而告终。万向阳笑道,大半个身子都埋进土里了,还以为自己是小伙子呢。光明说,哎,眼睛一眨,半辈子就这么过去了,明天是死是活也不知道。我说,要是云生在就好了,他是咱们这几个里身手最好的。万向阳说,就是啊,也不知道那货最后有啥想不通的,走了那条路。说完后,我们三个仰起头,看着树冠上空的行云,各自无言。云生是我们四个人中最要强的那个,曾经立誓要考上好大学,吃上国粮。造化弄人的是,连续三年高考,他都离分数线只差五六分。最后一次落榜,他父亲把他奚落了一通,他便去了后屋,吞下了两瓶农药。等家人发现时,他已经断了气,眼睛却直勾勾地看着窗外的夏色。他们把尸体在家里放了整整七天,最终选择了火化,把骨灰撒到了这片树林。在我的印象里,云生是孟庄唯一火葬的人。每次看到天边的云,我就会想到云生,想到我们的童年往事。

三个人分别后不久,我便收到了光明发来的微信。他问我能否给他一点钱过年,并许诺之后肯定会还我。通过微信,我给他转了一千元,也不打算再要回来了。半晌后,他给我传来了小学的毕业照,留言道:从小学起,我就知道你会成为大人物,看来我没有走眼。我苦笑了一声,不知道该如何回复,于是给他发了一个龇牙笑的表情。我看着眼前的毕业照,看着少年时代的自己,恍惚间分不清了过往与现在。梅走了进来,看了看我手中的毕业照。我让她从中间找找我,她选了片刻,指了指其中的一个男孩。我说,不对,那不是我,那是我最好的朋友,名叫云生。她说,从来没有听你说过他,他现在还好吗?我说,是啊,他在另外一个世界,他比我们过得都要好。

晚饭后,我和梅去了祖父的房间。祖父好像恢复了气力,养足了精神。他坐在炕边的椅子上,嘴里噘着旱烟,眼神中是苍茫的群山。梅说,爷,我今天看了一张照片,里面有个娃和书养长得非常像,名字叫云生。祖父沉默了半晌,说,我知道这娃,这个娃是一九九九年亡的,也是我主事的最后一个葬礼。梅说,爷,这么多年过去了,您都还记着呢。祖父说,主事完最后一个葬礼后,我就等着黑白无常来叫我回家,这么多年了,狗日的阎王爷都忘记我的名字了。梅说,爷,您可是咱们这个大家族的主心骨哩,这个家没有您可不行的。祖父说,这么几年来,我常常梦见那些亡人,和他们谝闲传,基本上都是我当年主事送走的人。梅说,爷,那您肯定记得很多过去的事情,书养要写一本关于您的书,您给我们多讲讲过去的那些事情啊,我们等着您老人家。祖父说,都一百岁了,啥事都见过了,啥人也都见过了,抽屉里有几个本子,你拿过来。我从抽屉中取出那个黑色笔记本,交给他。祖父说,从一九六九年到一九九九年,整整三十年,村里所有的丧事都是我主持的,总共有二百九十五次,我在本子上写了他们的名字、他们的生辰和亡期,还写了他们的人生概况。梅说,爷,我们也想知道您的故事。祖父说,把这个本子交给你们了,了解了他们,就是了解了我。

临睡前,我翻着这个记录着亡者们的黑色笔记本。这是一个相当陌生的领地,而我对其中很多人都已经没有多少印象了。他们在这里活着,也在这里死去,仿佛来去都是无影的风。我想要成为那个捕风的人,却发现自己也不过是世间的风。梅说,你也可以看出来，咱爷有很多故事并没有说出来，他估计不想让人知道他自己的故事。我说，是啊，他以前老给我讲他小时候的故事，后来有几十年的事情，他一个字也没有给我说过。梅说，你要通过小说来虚构爷爷的一生，这样才能真正地理解他，也就理解了我们的过去和现在。我说，是啊，虚构就是谎言中的真实，而生活就是真实中的谎言。我们没有再说话，而是盯着眼前的黑暗，循着微光去了别的世界。

四

二〇一八年腊月二十八日，父亲在家设宴，给祖父过百岁寿辰。祖父的九个子女携各自家庭悉数到场，五世同堂，外加表亲堂亲，上上下下总计一百多号人，好不热闹。可能因为我是大家族里学历最高的人，祖父点名让我主持这场寿宴。祖父穿着黑色中山装，戴着老式瓜皮帽，坐在大厅的正中央，看着眼前的子孙们，眼神中已经没有了光。随后，由大伯带头，按照辈分，每个人都在祖父面前磕三个响头，磕完后，说上两三句祝福的话。刚开始，祖父还会和前来祝福的人说上两三句话，后来他只是点点头，拍一拍后辈的头，什么话也不说了。在他的眼中，我读到了翻越过群山后的倦意。

等这项礼仪结束后，祖父坐直了身体，沉默了半晌后说，感谢你们来给我庆生，看着你们都这么好，我这辈子也算没白活，当然，我最感谢的人就是我的老伴，虽然她走了二十多年了。他闭上眼睛，又沉默了半晌后，说，我每天都在想她，每个夜里都和她说话,刚才我仔仔细细地看了你们每个人,我在你们的身上看到了她,我觉得她依然活在这个世间。在父亲的带头下,我们为祖父的这番话鼓起了掌声。是的,我已经有二十多年没有见到祖母了,但我常常会想起她,常常会在梦中和她说话。我会把心底的秘密都讲给她听,而她会给我无言的精神宽慰。其实,祖母是这个大家族的幽灵,她的死如今也是一个谜。二十多年前的某个上午,在和祖父吵完架后,她独自去了后山坡的梨园,过了晌午后,有人跑来说她死在了梨树下,后来是伯父与父亲用架子车把祖母拉回了家。三天后,他们把祖母埋在村里的公坟里,没有墓碑,也没有松柏。祖母的死,带走了祖父的半个魂。自此之后,他常常自言自语,说着我们都听不懂的密语暗话。

等祖父说完话,父亲把他领到了宴席的主座,随后其他人也按照辈分陆续入席。吃席期间,晚辈们轮流来给祖父敬酒。祖父象征性地抿一口茶水,而晚辈则一口喝完杯中的酒。轮到我敬酒时,祖父说,我也快走了,等不到你的书了。我说,爷,你身体硬朗着呢,还能活几十年呢。祖父说,那不就成妖怪了,人老了就得走啊,你婆在那边也太孤单了,我在这边也没啥牵挂了。半晌后,祖父又补充道,等你的书出版了,记得在我们坟头烧一本。我说,爷,你不能走,等写完了,我把书念给你听,就像我小时候你给我念书一样。祖父说,我有太多的事情没有讲给你,但我知道你会理解我的,有的事情是不能说的。说完后,祖父喝完了剩下的半杯茶,眼神里映出了天边的云光。

坐回后,梅问我的脸色为何如此难看。我说,爷刚才说的话很玄,我估计他的时日不多了。梅说,人活一世,每个人都有自己的路。我说,我还没有做好准备。梅没有说话,而是握住了我的手。我无心吃席，而是坐在旁边，收集祖父说的每一句话。

宴席结束后，他们在家门口已经摆上了戏台，请县上的几个秦腔演员来唱戏。我站在祖父旁边，听着熟悉又陌生的唱词，仿佛回到了早年的日子。那时候，祖父是秦腔的深度戏迷，只要有机会，就领着我去听镇子上的秦腔表演。那时候，我跟着他也学会了一些唱段。某个流星坠落的夜晚，祖父对我说，那时候打仗，心里特别苦，经常想到死，要不是心里头有这些戏，我都不知道自己能坚持到啥时候。又说，你把这些戏都记住，等你长大了，就知道这人生和戏曲并没有多大的区别啊。我说，爷，听说你曾经看过大海，那大海到底是什么样子啊。祖父说，只有见了大海，你才知道大海的样子，看见过大海的人和没有看见过大海的人，是两种不同的人。我说，你既然都出去了，为啥又回来了啊。祖父说，因为我的心已经死了。我说，有几十年的故事你从来没有给我讲过。他说，都是些过去的事情了，不重要了。我再也没有继续问下去，而是和他默默地走完了剩下的路。那时候，他是我最亲近的人，但我没有打开那扇窄门，没有走进他的心灵世界。他的人生就是一个谜语，而只有解开了这个谜语，我才知道自己来自何处，又要归向何处。

秦腔表演结束已是晚上九点钟了，家人们纷纷离席，祖父也回到了自己的里屋。我去看他，他让我和他睡一晚，他说有很多事情要给我讲讲。临睡前，他说，你把床头那本书取来，我现在是半眼瞎了，你给我念一念。他所说的那本书指的是已经泛着尘味的《心经》。我问他从什么地方读起。他说，就从第一句话开始念，这么多年我念了很多遍，这些话都长到我心里了，但还是没有念够，没有听够，到这个年龄才算参透了里面的每一个字。我点了点头，从第一个字开始读起，慢慢地也跟随自己的声音进入了另外一个时空。直到最后一个字落幕，我看见了祖父脸上罕有的喜乐之光。当黑暗再次降临于我们后，他说，下面有个抽屉，抽屉里有个铁盒子，盒子里有块怀表，你拿出来。我取出了怀表，发现手中的时间已经停止，只剩下了时间的重量。祖父说，当年我爷临走前，把这块表交给了我，现在我把这块表交给你。我说，爷，我不让你走。祖父说，有了这块表，你就不会害怕时间了，生和死其实就是一回事。说完后，祖父让我关掉了灯。我以为他要给我讲过去的事情，然而他什么话也没说，只留下了巨大的沉默。

我又梦见了那片黑暗森林。祖父领着我穿过那片森林，带我去找传说中的宝藏。一路上，祖父给我讲了很多过去的故事。眼前是一条河流，我们坐上了船，从此岸驶向彼岸。过河后，祖父突然消失了，河流也消失了，只剩下苍茫一片的森林，而我呢，也从小孩子突然变成了大人。我呼喊着祖父，一遍接着一遍。除了鸟鸣虫叫之外，什么回响也没有。我抬起头来，有只白鹤飞到了天上，变成了流云。突然间，我明白祖父离开了这个世界。我从梦中醒了过来，叫了几声爷，却没有得到任何回应。我摸着黑，拉起了他的手，发现那只白鹤已经带走了他的灵魂。

我没有悲伤，也没有解脱。我走出了屋子，来到了院子。我想把他离世的消息告诉家人，却发现自己丧失了说话的能力。整个孟庄下雪了，整个世界也下雪了，雪从黑暗中缓缓落下，最后又归了黑暗。我抬起头来，看到白鹤变成了那团云，又变成了片片落下的雪花。我尝到了眼泪的咸涩，却发现自己的心是悲喜的形状。终有一天，死亡也会以同样的方式收走我。

五

他们把准备了好多年的棺材搬了出来，把祖父安顿在了棺内，供村人们瞻仰与悼念。在孟庄，祖父比我想象中更有权威，不仅仅因为他是村子最年长的人，更因为他是这个村庄某种象征性的图腾。除了休息和吃饭外，我大多数的时间都守在祖父的身旁，陪他走完人间的最后一段路。在民间乡俗中，人离世后，他的魂还会在人间与天国之间的站台逗留七天，以此来总结自己的一生。曾经看过日本导演是枝裕和的电影《下一站，天国》，讲的就是类似的故事。我不知道祖父该如何回忆自己的人生，但我知道他会用清水洗净灵魂里的尘埃，忘记世间的不堪与苦痛，干干净净地步入天国。

这几天，雪断断续续地落在孟庄，恍若间有天国的景象。孟庄的老老小小、男男女女，几乎每个人都来为祖父送行。其中有很多人，我都不知道他们的名字，但名字在此时此地显然并不重要。有人在给祖父鞠完躬或者磕完头后，会走上前来和我闲谝上两三句话，甚至会给我讲一些曾经和祖父交往的某些细节。有个近九十岁的大爷走上前对我说，你和你爷年轻时一模一样，血缘这东西太妙了，人死了，还会活着呢。另有一个七十多岁的老伯对我说，你爷年轻时就是爱赌，把家产赌完了，不过后来也成了好事，定了个贫农的身份。沉默了半晌后，他又补充道，后来不知啥事，又被拉到县上游街，不过最后被平反了，这些事都是老古董了，不提也罢。我让老伯多给我讲些关于祖父的事情。老伯摇了摇头说，我也是快见棺材的人了，很多事情带到棺材里就好了。就这样，通过很多人的只言片语，我对祖父又有了更多新的认识。

头七过完后，雪停了，光穿过云层，再次把热量播撒在了孟庄。他们为祖父举办了一个庄重的葬礼。几乎孟庄的所有人，多多少少都参与了这场告别仪式。对于孟庄而言，失去的不仅仅是一个百岁老人，失去的更是关于历史的某些记忆与某种象征。他们把祖父和祖母合葬在了一起，并且竖起了墓碑，上面只刻着一个"无"字，而这也是祖父生前最后的交代。祖父主事过那么多的葬礼，而他的葬礼却没有主事人，但又无比肃穆庄重。在此期间，我产生了一种幻觉，以为祖父并没有死，而是以自己的方式主事了自己的葬礼。

葬礼结束后，我突然发现孟庄突然间老了，孟庄的人事物象都染上了衰老的气息。在返家的路上，梅说，虽然只有短短几天，但像是过了好几年。我说，爷走了，有难过，也有欢喜，他说他早都做好了离开的准备，这对他或许也是一种解脱，婆在那边也不寂寞了。梅说，寿宴也许就是他的回光返照。我从包里取出了怀表，拿给梅看。过去、现在与未来，好像同时停留在了这个瞬间。我们不再说话，而是看着窗外的倒退风景。过河滩时，我看见一只白鹤扇了扇翅膀，飞向了天空，最终幻化为天上的云朵。我在心里默念道，爷，我们以后天上见。

回到家的那个夜晚，我重新打开了祖父的黑色笔记本，仔细地辨析其中每句话背后的人生况味。这些文字仿佛是黑暗中的微光，带我穿过历史的迷雾，重新抵达过去的种种生活现场。也许是太入迷的缘故，有很多个瞬间，我觉得自己就是祖父在此时此地的化身。突然间,我看见了一百年前的那场大雪,看见了祖父诞生时的场景,于是打开笔记本电脑,在上面敲出了最初的那句话:一九一八年古历腊月二十八日上午,这个男婴诞生在关中地区渭河边一个名叫孟庄的村庄。

——原载《中国作家》2022年第5期

卡夫卡与我们

这不是我写给你的第一封信，但肯定是最后一封信。

没有称呼与问候语，也没有书信的必要格式。因为我厌倦了所谓的规范。甚至连你的名字都省略了——我害怕听到你的名字，更别说写下你的名字。K，这是你名字的缩写，也是你钟爱的文学人物。卡夫卡笔下的 K：那个被放逐异国的 K，那个被审判有罪的 K，那个无法抵达城堡的 K。卡夫卡是你最钟爱的作家，而你不止一次说自己就是他笔下的 K。在所读过的作家里，卡夫卡是与你最有亲缘的一位。我读过你写的关于卡夫卡的那三篇文章。是的，我读过你发表的所有文章。在过去，我是你所有作品的第一个读者，也是第一个编辑与第一个评论者。你说你最看重的是我的看法，这让我谨慎又紧张。不能单纯去夸耀，这于你于我而言都是有害的。我要做的就是用恰如其分的语言来表达自己的想法。这些年的磨砺让我已经适应，甚至开始享受这样的角色。然而，如今的我已经丧失了这样的资格。

在给你写这封信之前，我重读了你曾写给我的九十六封信。都是写在纸上的信，仿佛还能触摸到文字的温度。那些字仿佛是流动在纸上的浮花。最早一封的日期是二〇〇一年十月十二日，那时候我在鹿鸣中学复读，对未来更多的是恐惧，害怕再次落榜，害怕再次被推入生活的深渊。从某种程度上来讲，你的信是救生筏，挽救了落水的我。那时候，你已经考上了省城的重点大学的新闻学专业。你说你会在那座城市等着我。你相信我也一定能考上理想的大学。在收到你第一封信的那天下午，摸底成绩也出来了，我的总成绩排名很不理想，又不敢把这件事情告诉其他人。晚自习，我没法进入书本，于是拿出了稿纸，把心底的委屈通通写了出来，而眼泪吧嗒掉在纸上，开出了忧郁的花朵。两节课结束后，我写了整整七页纸的长信。写完信后，我看了看户外的夜，更深了，而我的心倒也舒展了很多。第二天下午，我把那封长信寄给了你。也许你并不知道，那是我生平写的第一封信。自此之后，我时不时会收到你的信，你在信中向我描述你日常生活中的奇迹，你的见闻所思以及你对我学习上的关注和鼓励，而我呢，每次乱了手脚时就会给你写信，给你倒苦水。我把你视作另外一片海。给你写信，仿佛是与另外一个我深谈。每次谈论后，我都会获得短暂却深沉的宁静。只要你在那里，我什么也不怕。在暗无天日的那一年，你的存在是我的一束微光。那时候，我就隐隐约约地觉察到，我往后的人生将和你亲密相连，尽管你在信里没有提到过一次爱或者喜欢。但你写给我的每一个字，都是关于爱的暗喻。庆幸的是，在将近一年的煎熬后，我考上了本省的另外一所一本院校。接到通知书的那天上午，我第一时间把这个喜事告诉了你。你说，你终于解放了，终于起飞了。我说，我现在什么也不想做，我此刻特别想见到你。那天下午，你就坐着大巴车来到了县城。我们说了很多的话，又一起看了新上映的电影。在电影快要结束时，你拉住了我的手，亲吻了我的脸。至今，我都记得那场火燃烧了我体内的荒野。那个暑假，你前后来县城找过我七次。那时候的夏天好漫长啊，那时候的分别好痛苦啊，但至少会有下一次见面的约定。

如今，我们已经没有了下一次约定。如今的我，活在了往事的牢房里，想要走出去，却找不到打开牢门的钥匙。你，带走了那把钥匙。如今的我，是时间的囚徒。

我昨晚又梦见你了。在你离开后的这些日子里，我几乎每天晚上都会梦见你，梦见你以更空无的方式占据了我的心。在梦里，我知道自己是在做梦，但我不愿意从梦中醒来——梦比现实更接近现实。梦是我的避难所。要是没了梦，我都不知道该如何面对没有了你的世界。只有在记忆的王国里，我才能更清楚地看清你的脸。

那是最煎熬的高三时光，你是班上的尖子生，而我的成绩只处于中等水平。第一次全校月考结束后，你是全班第二名，而我是全班第三十九名。成绩出来后，班主任让班长把名次表贴在了黑板的左侧，如监视器般凝视并训斥着在场的每个人。班主任把我们都请了出去，然后按照名次来重新安排座位。我早已适应了这样的规则，而中等生的角色或许最适合我。班主任第二个喊的便是你的名字。令我吃惊的是，你选择和我做同桌。当你喊我的名字时，那一瞬间我有种被点亮的错觉，因为之前我们并没有什么交流。我还是跟着你重新走进了教室。你让我替我们选座位，我选了第二组第二排，这也是我心头上的黄金位置。你坐外，我坐里。那个下午，便是我们同桌生涯的开始。

起初的几天，我们并没有多少话可说。转折点是某个早自习，你突然递了张纸条给我，问我能否借十块钱给你，你说自己出门有点赶，忘记了带钱包。我从包里掏出了十块钱，在桌子下递给了你。碰到了你的手后，我的脸瞬间就红了，不敢直视你的眼睛，仿佛眼前是一场无人注视的大火。早自习结束后，你问我要不要一起去食堂买早餐。我犹豫了半会儿，点了点头，和你一起去买早餐。在回教室的路上，你问我为啥不和你说话，是不是讨厌你，是不是后悔和你做同桌了。我被你的想法逗笑了，说，你是优等生，估计和我们这些差生也没啥可说的吧。你愣了半晌，说，你英语那么好，数学稍微提下，成绩肯定会有大提升啊。我说，哎，我就是不开数学这一窍，不知道咋提高呢。你笑道，以后就包在我身上了。沉默之间，我闻到了你身上的初夏浅绿色的气味。原本以为只是句玩笑话，没想到你却将其视为誓言。每当我数学遇到了什么困难，你总是会很耐心地帮我答疑解惑。某个秋日午后，你把自己的数学笔记本塞给了我，面带神秘地笑道，这可是我的"葵花宝典"，可从来没有借给别人哦。我笑道，我才不稀罕呢，我又不想当东方不败。话是这么说，但我还是打开了你的笔记本，那里有每一个章节的思维导图与解题秘诀。我花费了很长时间才略微弄清楚你笔记本上的内容，随后自己也准备了个笔记本，不管懂不懂，把你上面的内容先抄录于此。在你的指导下，我慢慢地体味到了数学的精妙可爱。第三次月考，数学成绩终于过了及格线，班级的排名向前进了七八名。为了庆祝这一历史时刻，我特意请你去外面吃饭，并让你自己选餐馆。你选了水盆羊肉，并说这是你的至爱。那是我第一次和你在外面吃饭，其间我们聊了些各自的烦心事。离开的时候，才发现你已经提前结了账。好多年后，我才知道那顿饭顶得上你三天的伙食费。

也许你不知道，正是因为有了你的存在，我的高三生涯才没有想象中那么煎熬可怖。日子如书页般哗啦啦地被翻过，大部分被忘记了，而留下的在心里长出了时间的青苔。有一次晚饭后，我们一起去操场上散步，这已成为我们的日常习惯，甚至说是某种仪式。我突然问你为啥当时要选我做同桌。你低声道，我说出来，你可不许恼我啊。我笑了笑，点了点头。你摆出了思索状，郑重道，因为你在我眼里最特别，甚至有些神秘。我笑了笑，让你继续说下去。你提高了声音，说，还有，你是咱班最好看的女生。我故作镇定地说，哦，原来是因为我的长相啊，我突然什么都懂了。你看起来有些慌乱，补充道，不只是因为长相啦，你看了那么多的文学书，又懂音乐和电影，而我在这些方面简直就是白痴。我说，这些都是闲事，不顶用啊，目前咱们最重要的还是成绩。你说，除了学习，我啥都不懂，你以后要带带我。我笑了笑，没有再说话。在我们离开操场前，夜色更浓了，你试探性地拉了拉我的手，而我也没有在微光处闪躲回避。

那次拉手，是我们关系的转折点。我们都没有把这件事情挑明，但各自都明白我们已不是简单的同学关系了。在那个昏暗压抑的氛围里，我们不能显示出任何异常，否则会成为同学们眼中的异类。那道分界线，我们已经看见了，但不敢僭越，只能待在那应许之地。不过还是有同学看出了其中的端倪，他们在背后议论着你我之间的关系，但我们从来不去承认什么，只是将其视为对各自的精神考验。有一次我因为来月经而身体溃散，疼痛降服了我，而语文老师当着全班同学的面点了我的名字，让我回答她的问题。我站了起来，摇了摇头。语文老师说，你坐在那么好的位置，还不是因为沾了李凯的光，都这个节骨眼上了，上课还分神，考不上大学看你咋办。她顿了顿，又补充道，赶紧坐下吧，不要挡住了后面同学的视线。我坐回了原位，眼泪吧嗒吧嗒往下落，甚至听见了心破碎的声音。我没有解释什么，因为自尊和恐惧同时拉住了我。在我坐下之后，你在桌子下拉住了我的手，并没有什么多余的话。那份暖意融化了我心中的冰河。这么多年过去了，我无法忘记那天上午教室外雪落的声音。

依旧记得带你第一次去网吧上网的场景。那是在高三上半学期的最后一个周末的上午，你说自己厌倦了学习，甚至厌倦了生活，不知道该如何来发泄心中的郁闷。我领着你去了网吧。那时候县城刚刚兴起了网吧，而我们都是偷偷去上网，生怕被老师和家长抓个现行。你刚开始有点犹豫，但我执意要带你去那里见见世面。到了星辰网吧后，我给咱们一人办了一张上网卡，随后上了二楼，坐在了一起，仿佛逃难的乞民。那时候的你啊，对网络一无所知，看到电脑屏幕打开后，竟然下意识地向后闪躲。你的笨拙极大地满足了我的虚荣心，因为之前都是你在指导我如何解决可怖的数学题，此刻却慌了手脚，如临大敌。我手把手教你如何上网，如何听音乐，如何看电影，并且帮你注册了 QQ 和新浪博客。你的 QQ 名也是我帮你取的，就是一个简单的大写字母 K。这么多年过去了，你从未更改过自己的这个网名，而这也似乎成为一种关于命运的神谕。那天，我们在网上玩了整整四个小时。从网吧出来后，你悄悄地对我说，这是咱俩的秘密，可不要告诉任何人啊。我点了点头。至此之后，我们时不时会去网络上漫游，而你也把自己的某些心事写在了博客上，而我或许是那些文字的唯一读者。也许你并不知道，那时候的你，就是我最好的朋友。

我们谈论了很多事情,但从未谈论我们的关系——我们不仅仅是同桌、同学或者是朋友,但也不是所谓的恋人。难熬的日子里,那段未被命名的关系保护了我,是我在寒天中的暖炉。

也许你不知道,那时候的我是嫉妒你的,偶尔甚至是嫉恨——那些看起来如此艰难的数学题,你总能轻而易举就找到解题思路,而我常常如临深渊,不知所措,甚至是无路可逃。面对你的自信,我的自卑又深了一层,是一种深刻又灰色的自卑。有一次,你给我讲一道函数题时,言语中有些许的不耐烦。讲完后,你问我听懂了没有,我点了点头。你让我把这道题给你讲一遍,我说,我都说了我听懂了。也许你没有理会到我的微妙情绪,又说,只有你讲清楚了,我才能确信你听懂了啊。我吼道,我懂不懂,不关你事。你愣住了,随后不再说话,开始做眼前的题。接下来的三天,我们没有说一句话,而那也是我高三最煎熬的日子。我感到自己被推到了悬崖边上,而身后就是蓝色的生死海。我想要和你说话,又放不下可笑的自尊。晚自习时,你递给我一张纸条,上面写道:我们不要再冷战了吧,之前都是我的错。我在纸条上回写道:你没错,是我的错,是我太玻璃心,又辜负了你的善意。我们相视一笑,心中的疙瘩也化解了。那天晚自习后,我们在操场上走了三圈路。离别时,你亲吻了我的脸。那是你第一次亲吻我,而我如今都记得当时的月亮与当时的心悸。

黑板上的倒计时一天天在逼近,而我的心却愈发平和安静。在你的帮助下,我的数学有了很大的起色,模考成绩基本上在一百分左右,甚至还上过一百二十分。按照学校的排名,上个一本院校应该不成问题,而我也向父母许诺可以考上重点大学。那时候的你却稍显慌乱,虽然总成绩始终在年级前五名,但想要考上北大却并没有那么十足的把握。毕竟我们的县城每年能出一个清华北大,都是一件值得大写特写的新闻事件。临考前一晚,我睡得格外深沉,而你却失眠了大半夜。那梦幻般的两天很快就过去了。接下来,就是估分。我报考了本省一所师范大学,而你则报了本省的另外一所重点大学。分开后,我们相约九月在省会城市见。造化弄人的是,我的作文由于写偏题而拿了很低的分数,最后导致没有过一本线,而在二本院校里,我只报考了北京的一所热门高校,最后也没有被录取。在得知消息的那个上午,我把自己锁在房间里,瘫软在床上,眼里是海,却没了泪。从那个房间走出来后,我觉得自己像是换了一身皮囊。我从别人那里听说你考上了那所重点大学。我一直没有接到你的电话,而我甚至没有你的联系方式。也许你不知道,那个暑假我一直等待着你的电话。直到某一天,我才突然明白你我已经走上了两条不同的路,迎接你的是确信的光明世界,而迎接我的是未知的黑暗王国。生平第一次,我触碰到了黑暗的真实面目。不再害怕黑暗的方法,就是让自己变成黑暗。选择忘记你,是我选择重生的理由。

　　多年后的某个下午,当我们重新相聚,终于谈起了那段你消失的日子。你说,你没有考上理想的大学,觉得对不起家人,对不起自己,也觉得世界都没了光。因此,你选择和真实世界断了联系,大部分时间会守在孟庄,偶尔会去镇子上的网吧,打游戏或者看电影,把自己的心事交给了虚幻。直到走进大学后,你才慢慢地与自己所谓的失败和解。于是,你拿起了手中的笔,给远在县城补习的我,写了第一封信。

　　此刻,当黑暗快要淹没我的时候,我想到了我们当年的同桌时光,想到了曾经一起去偷偷上网的光辉岁月。于是,我打开了很久未登录的QQ，重新找到了那个K，也就是当年的那个你。我们上次的对话记录还保留在七年以前，是嘱托彼此照顾好自己，言语中都是爱。我点开了那个再也无法亮起的头像，却发现你很早更换了自己的签名，是卡夫卡的名言：每一件真正的艺术品都是文献和见证。

卡夫卡是你最迷恋的作家，而家里书架上最显眼的位置摆着卡夫卡的全集和相片。你曾经不止一次告诉我，卡夫卡是与你的心最亲近的作家，他所写的就是你的生活和你的思想。有一次，你甚至告诉我你正在写一部卡夫卡式的作品。我问你什么是卡夫卡式。你说，我现在的工作和生活，就是卡夫卡式，眼前的世界就是卡夫卡式。

此刻，我打开你的笔记本电脑，一个文件夹接着一个文件夹搜索，最后在E盘里找到了一个名为K的文件夹。打开文件夹中唯一的文档后，发现里面只有一行字——K每天晚上都要去地下室，那里有只属于他一个人的秘密。关掉文档后，我又搜索了其他文档，并没有更多的发现。我确信，那句话便是你卡夫卡式作品的开头。到底是什么秘密呢？你把这个谜题留给了我。

这是我写给你的最后一封信。如果你能收到这封信，请你告诉我K的秘密到底是什么，请你告诉我那个地下室到底在何处，因为我已经无法承受失去了你这个事实。我也需要一个可以庇护我的地下室。语言已经无法庇护我了。

西西睡着了。没有人和我说话，只能再次打开这个文档来给你写信。原本以为五六句就能写完的信，却写了这么长。只有写下这些文字时，我才会觉得你并没有离开我们，而是以另外一种形式陪伴我们。这一切都是幻觉,而我如今只能以幻觉为生。

  我整理了我们的相册。我们的合影并不多,只有十六张。我反反复复凝视这些合影,每一张背后的记忆都恍若昨日。我给西西讲了照片背后的故事。讲完之后,他问道,那爸爸啥时候回家呢?我说,爸爸在一个很远的地方等着咱们呢。他想了半晌,又问我,妈妈,到底什么是死?我说,死是另一种活法。西西说,我还不想死,我还想活着。我抱住他,说,你还会活很久很久。西西只有五岁半,因为你的离开而多了种忧郁。是的,我不能倒下,不能失控,更不能离开。我要陪着西西一起成长,尽管我还不知道该如何面对接下来的洪水猛兽。在你离开后,我戴上了爱的镣铐。

  第一张合影距离现在也有十四年了。那时候,我已是大学一年级的新生了。因为摆脱了高中的苦闷生活,每天都沐浴在新生活的喜悦里,眼神中都溢满了光。自从上了大学后,我们几乎每天都要通一个电话,说说各自的见闻心事。军训结束后,你约我周末见面,说要带我在西安好好逛逛。见你的那天,我又特意把自己装扮了一番,以至于舍友问我是不是去会男友。我笑了笑,没有回答。我们在小寨碰了面,中午一起吃了湘菜。之后,你带我去了大雁塔。那时候你已经是个摄影爱好者了,用自己带家教攒下来的钱买了生平第一台照相机。到了大雁塔下,你问我是否愿意一起合个影。我点了点头。你把照相机给了旁边的路人,请他帮我们拍了张合影照。逛完大雁塔后,我们又登上了古城墙,又登上了钟楼。在钟楼上,也就是在这座古城的中心点上,我们看着尽收眼底的西安城,看着来来往往的车辆人群。在你拉住我的手的那个瞬间,时间也凝固了。我等着你说出那句话,但你欲言又止，眼神中是雾蒙蒙的森林。从钟楼出来后，我们又去附近的东大街逛了逛。我买了件黑色卫衣送给了你，你则在书店买了本英文版的《纯真年代》送给了我。吃完晚饭后，你把我送回了学校。在告别前，我们拥抱接吻。我终于对你说出了自己的心事：那么，我到底算是你的什么人？你愣了半秒钟，笑道：笨笨，你是我女朋友啊。我故作生气道：但你从来没有正式说过啊，这不明不白的到底算啥啊？你笑道：我不是靠说，而是靠做啊。还没等我开口说话，你便单腿跪在了我面前，郑重地说：林依然同学，你愿意做我的女朋友吗？看到这一突然举动，我又想笑又想哭，但我还是点了点头，说：我愿意。我们长久地拥抱。在你的心跳中，我体验到了我的热望。那个晚上，我居然梦见了和你在某个热带海岛上结婚，而在结婚途中，你却突然消失于薄雾里，没有留下只言片语。也许从那个时候起，我就嗅到了暴风雨的气息。我从未将这个梦告诉过任何人。在另一个梦里，我把你埋进了岛屿。

　　自从正式确立了恋人关系后，我悬着的心也就有了栖息之地。我把更真实更内在的我，剥洋葱般地展示给了你，对你的要求也越来越严苛。到后来，只要有一句话不对头，我就会挂掉电话，或者扭头就走，把你撂在原地。我清楚你会放下脸面来重新找我。你的爱纵容了我。只有在你面前，我才可以放下伪装，恣意妄为。当然，大部分都是快乐的时光。西安城的很多地方都留下了我们的暗影与细语。与我不同的是，你的大学学费和生活费都要自己来解决。除了奖学金和助学金之外，你还要四处带家教来赚钱。你从未在我面前抱怨过生活的艰辛，偶尔会说上两三句，但就会随即打住。直到现在，我才慢慢地体会到当年你所面临的艰难处境。如果那时候的我能够理解你，或许我会是个更暖心更体贴的恋人。是的，一切都来不及了，死亡带走了一切。看着眼前的照片，时间倏忽而过，除了记忆，什么也没有留下来。这些记忆也摇摇晃晃，有的甚至是我的幻想与虚构。是的，不重要了，一切都不重要了。你离开了我们，这是无法改变的事实。如果时间可以倒流，那天下午我一定会牢牢抓住你的手，不让你离开我们这个家。

大学毕业后，你通过了事业单位的层层考试，终于如愿以偿，进了日报社做社会版的记者。我当然知道这其实并不是你的最佳选择。你最想要的是考上硕士以及博士，将来留在高校执教，过上学者的生活。然而你又不得不考虑自己的真实处境——留守在孟庄的父母日渐老去，父亲又是高血压，母亲腿脚不好，还有个弟弟需要你去供养。大学毕业后，你回孟庄休息了半个月，最后又回到了西安，在鱼化寨租了一个顶楼的房间。第一次去你的住处时，我被眼前逼仄灰暗的地方吓到了：没有洗手间，没有衣柜，只有一个小小的窗户，如同牢狱。也许是看到了我的惊愕，你笑道：没事的，这只是暂居地，等我有钱了，搬到有阳光的大房子里，到时候再给你个惊喜。那天晚上，我睡在宿舍里，眼前全是黑暗，无法想象我们的未来。

住了大概三个月后，你从那个城中村的顶楼搬了出来，与朋友合租，住进了一个小区的两室一厅。那时候，我面临着考研的压力，时不时也会去你那里住。你非常支持我考研，支持我向更高处走。那时候的你，除了要应对烦琐的工作，还经常给我准备晚饭和早饭，免除了我的后顾之忧。复习不顺利的时候，我就拿你来出气，而你总是让着我，不和我争辩。初试和复试的时候，你都陪着我，待在学校外的咖啡馆等着我。在我拿到研究生录取通知书的那个下午,你看起来比我还要快乐,甚至流下了眼泪。我知道这眼泪里还有你的遗憾。那天晚上,你试探性地问我将来有何打算。我说,等研究生毕业了,就在西安的某个中学做英语老师。你说,你的未来没了我。我说,傻瓜,我已经把心都给你了。你没有再说话,而是从身后抱住了我,随后驱走了我体内的黑夜。在与你融为一体的瞬间,我看见了黑暗中的微光。

　　研究生三年很快就结束了,原本以为我们的关系也会因此而落幕。并没有,我们比以往多了更深刻更幽暗的生命关联。在这三年里,有两个男生先后向我示过好,但都被我婉拒了。因为除了你之外,我好像无法打开那扇门,邀请其他人进入我的世界。我已经习惯了你的爱,而这种惯性推动着我的生活。硕士毕业后,我通过了层层考验,进入了那所重点高中,担任英语教师的职位。入职第二年的那个暑期,我们一起去普吉岛游玩。在海岛上,你单腿跪地,拿出了戒指,向我求婚。我点了点头,戴上了那枚心形戒指。这枚戒指一直陪着我,仿佛是我身上抹不去的伤疤。通过这枚戒指,我看见了我们曾经一起看过的那片大海。我再一次听见了你的心跳声。

　　从普吉岛回来后,我带你去见了我的父母。那是我第一次带你去见他们,而我把我们的情况也提前告诉了他们。晚饭时,父亲突然说道:我们同意你们的婚事,也不会像农村人那样给你们家要彩礼,但只有一个条件,就是你要在西安有个房子,可不能让我女儿受委屈了。我看见了你脸上的慌张。你说,叔,这些年我也攒了些钱,能凑个首付。父亲笑了笑,转向了别的话题。在我们回西安的第二个月,父母用他们的积蓄在西安付全款给我们买了套三室两厅的房子。当然,房产证上只有我一个人的名字。我把这件事情告诉了你，你怔了半晌后说，我特别理解，如果是我的女儿，我也会这么做。在你的脸上，我读到了前所未有的无奈与默然。那个瞬间，你是如此陌生可怖。

结婚后，我们搬进了这套婚房。原本以为是新生活的开始，没想到问题一浪接着一浪涌来。如今的我，多么不愿意回想那段鸡零狗碎的灰色日子。我们共同打磨的爱也被我们共同磨坏。以前总听他们说婚姻是爱情的坟墓，而我从未把这句话当作一回事。然而结婚以后，我慢慢地理解了其中的深意。在一次次的冲突中，语言成了我们手中无形的利刃，插入彼此的心脏。是的，最先死去的是心脏。我们的心越来越远，而我们的身体却被紧紧地捆绑在了一起。特别是有了西西之后，我们在午夜都能听到彼此的窒息声。有一次，为了西西的教育问题，我们又起了争执。也不知道从哪里来的邪气，我对你吼道：这里是我的房子，是我的家，是我说了算。这句话瞬间击溃了你。你整个人灰了一层，没有再说话，而是转身离开了家。听到门关闭的那一瞬间，我的心也跟着破碎了。那是我生平说过最错误的话，但我从来没有为此向你道歉。夜里十二点多的时候，李江把你送回了家。你喝得不省人事，整个人瘫软在床上。那个夜晚，你说了很多梦话，却没有一句和我有关。也许从那天开始，你恋上了抽烟与喝酒，很少再把心窝窝里的话讲给我了。我已经丧失爱你的资格了。我提前听见了风暴声，而我只能坐以待毙。你越来越像是陌生人了。很少和我吵架了，更多的则是冷战。我想过一些办法来缓和与修补我们的关系，却一次次以失败告终。我也向生活缴械投降了，把生活重心放在了孩子和工作上，对婚姻生活也没有什么幻想了。

那时候，你在工作上也遭遇了种种危机，觉得自己所做的一切都是无意义的。有一次，你突然说你的工作终于让你理解了卡夫卡和他的K，你说自己就是那个K。那个工作像是一头野兽，慢慢地吞噬着你的灵魂。你并没有勇气辞掉那个工作，尽管你是如此憎恶它。在工作之余，你开始为各种各样的杂志写稿，而我是那些文章的第一读者。你说你需要攒钱再为我们买一套房子，我便知道我曾经的话对你造成了无法抹平的伤害。多么怀念学生时代的我们啊，可那样的纯真岁月早已经离开了我们。直到很多年后，我才读懂了你送我的《纯真年代》。

那时候，我已经听到了暴雪将至的哨音，却找不到庇护我们的安全之地。在某个梦里，我梦见了你把我从悬崖推向了海洋，而我在不断沉落中获得了最深沉的宁静。

那天夜里十一点半的时候，我收到了你的电话。原本以为是你要道歉，为我们之前的争吵，为你争吵后的摔门而去，然而从电话那头传来的是一个陌生男人的声音。还没等我开口说话，他就在电话那头喊道：嫂子，赶紧来，西京医院急救科，我哥出事了。我的身体哆嗦了一下，被黑暗拽住了衣角，缓了缓神后，唤醒了已经沉睡的西西。穿好衣服后，叫了一辆赶往医院的网约车。一路上，我紧紧地抱住西西，在心里默默地祈祷，祈祷眼前的一切只是梦。西西哭着问我去哪里。我说，咱们接爸爸回家。西西不再说话了，紧紧地抱着我，而我的眼泪落在了黑暗深处，变成了黑暗。只有三十多分钟的路程，我却觉得比三十多年还要漫长。

到了西京医院急诊科后，我看见了三个失魂落魄的男人，他们坐在急救室外面的椅子上，各自垂着头。看见我后，李江走上前，说，嫂子，对不起啊，我们没有把他照看好。之后，他说了事情的大致经过：你请他们三个人出来喝酒，你喝上了头，一杯接着一杯，别人怎么劝都不顶用，谁劝和谁吵，其他人也没有发现什么异常，就以为你心情不好罢了，需要喝酒解闷，和往常没啥两样，然而你却在兴头上突然昏倒了，抽搐了几下就没了动静。他们意识到了问题的严重性，立即打了抢救电话。说完后，他又垂下了头，坐回了原位。他们的影子拽住了他们。

那扇窄门终于打开了，那束强光刺得我无处可逃。医生把我叫到了旁边，说，人没了，你们准备后事吧。说完后，医生离开了我们。我原本以为自己会晕厥或者哭闹，并没有，甚至连一滴眼泪都没有掉落。我带着西西去看了你。你平躺在床上，盖着洁白的床单，脸上因为痛苦而纯真。西西哭着喊着要你，而我抱着他，不让他挣脱我的怀抱。临别前，我抚摸了你的脸，冰冷的，默然的，没有了任何生息。那是我经历过最漫长最无助的夜晚，身体被时间一点点地掏空，无法合眼，于是凝视着眼前的巨大黑暗。我想到了死，但我无力去死。那个夜晚过后，我枯萎了。

他们把你的尸体运回了孟庄。他们按照关中农村的风俗给你举办了葬礼，大半个村子里的人都为你送行。以前，你是他们的荣光和骄傲，而你的死也同时葬送了他们心中的传奇。他们把你埋在了后坡上的祖坟里，旁边挨着的是你的祖父和曾祖父。听到你的死讯后，婆婆整整三天都没有迈出过家门，而是把自己关在了那个黑房间。我想要和她说说话，但她推开了我，冷冷地说，我把我儿交给了你，你却把他弄丢了。说完后，婆婆又关上了那扇门，泪珠落在了门槛上，破碎了，蒸发了，消亡了。她说得没错，是我的错，是我把你弄丢了，是我把你逼上了绝境，是我把你弄死了。如果不是和你置气，也许你就不会出门喝酒，就不会发生如此可怖的事情。当我意识到自己的问题时，我们已经阴阳两隔了，再也不会有任何情感纠葛了。或许，在离开肉体的瞬间，你获得了真正的解脱。李江说你在酒桌上留下的最后一句话是，活着太累了，还不如死了好。你把这句话断断续续说了好几遍，仿佛是对自己命运的预兆。如今，你离开了我们，也为我戴上了爱的镣铐。

  我们在孟庄待了整整十天。乡亲们都说西西和你小时候一模一样。他们给我讲了很多关于你幼年、童年和少年时代的故事。那时候，我还没有参与你的人生，而你也很少给我讲自己的往事。或许也提过两三分，但我没有放在心上。在我们的关系里，你更多的是聆听者，是在黑暗深处为我托底的人。如今，那里什么也没有了，那里只剩下了虚空。我掉入了万丈深渊。如今回想起来，你很少给我讲你的困惑、你的痛苦和你的绝望。我是那个总是索取的人，而你几乎不计回报地付出。在你死后，我突然意识到了这一点，却一切都来不及了。你离开后，也带走了我大半个魂。如果没有西西的话，我都不知道自己该如何重新面对眼前的世界。

  我想你。我想和你好好说话。我知道你并没有离开，而是以另外的形式活在我的世界。但是，我还是想见到你，就像多年前那样渴望见到你。

  这是你死后的第四十九天。他们都说过了七七之后，亡灵的魂就会找到栖息之所，就会从血地走到福地。你一定找到了属于自己的家。

  这些日子里，我常常梦见你，梦见你以新的方式重新回到我的生活。尽管在梦里，我知道自己是在做梦，但我不愿意从梦中醒来。这些日子里,我开始读你钟爱的卡夫卡,慢慢地进入他的作品及其主人公 K 的世界。那个 K 有些像你,也有些像我。那个 K,就是关于我们生活的整体寓言。

这些日子里,我读你少年时代的日记,是从孟庄带回来的那三本日记。在日记里,我读到了不一样的你。那时候的你,有小小的烦恼和忧虑,但更多的是梦想,是誓言,是关于未来的美好憧憬。我逐字逐句地阅读,生怕漏过任何一种情绪。在日记的最后一页,你写道:这次考试虽然失败了,但人生是一个漫长的旅程,而我将拥有光明的未来。我的泪水弄湿了你多年前的文字。这是在你死后,我第一次放任地哭泣。

我想要说的太多了,又什么也没有说。我已经给你写好这封长信了,却不知道该寄往何处。是时候告别了,但我还未做好告别的准备。不过,你已经寄居在我的记忆王国了,没有什么能再把你我分开了。

是的,写完这封信,我就去你所写的地下室里转转。也许,你的故事并没有终结,而恰恰只是个开始。你是 K,我也是 K。我们都是 K。

——原载《西部》2022 年第 2 期

岛屿手记

第一手记

我没有看见雪,但我已经听到了雪落在我内心荒原的声响。每次下雪,我都有片刻关于往事的回想,而这种回想又与雪天有某种微妙关联。最近这两年,我常常会想起祖父,想起他曾经说过的话,想起他坐在院子中间晒太阳的场景。奇怪的是,我忘记了祖父的面容,却始终记得他说话的腔调。此时此刻,面对着空茫茫的文档,我仿佛站在孤岛上面,四周全是望不到尽头的海水,看不见灯塔,也看不见海岸。

家人们都睡着了,此刻的时间只属于我一个人。白天上班期间,我的时间属于公司与领导,而在家的日子里,除过睡觉,我的大部分时间都属于家人。因此,我特别珍惜这些仅属于我的宝贵时间,想用这些时间碎片拼凑成完整的艺术画像。对于我而言,逃离日常生活的最佳方式就是写作——写作赋予日常生活以意义,写作也为自己建造了一座精神上的巴别塔。然而,我有半年多的时间都没有写出像样的文章,特别是女儿妙妙出生以后,我连一个像样的句子也写不出来了。尽管如此,我每天晚上都会打开电子文档,凝视着苍茫的空间,等待着灵感的降临。写作是关于存在的美学,而等待写作则成为我与幻想之间进行精神角力的灵智游戏,成为我日常生活的重要仪式。

我常常会想,要是我没有结婚,没有组建家庭,我也许会过得自在舒坦,也不会对世界有如此多的妥协。我知道这是一种比较危险的思想信号,但当我筋疲力尽地面对这个世界时,我偶尔会有这样的疑惑与诘问。当然,我不会把这样的想法讲给任何人去听。对于儿子和女儿,我是温厚可靠的父亲;对于妻子,我是本分寡言的丈夫。对于我自己,我是迷失于密林中的失踪者。不知为何,我常常想起一个人,一个生活在我想象中的人。这个人是我灵魂上的分身,而他看起来也过着我想要的生活。但是,我又不完全了解他,只能看到他的外貌与神情,却看不到他的精神图景。有很多次,我想要写出他的故事,又不知道该从何处写起。

我起身离开了书桌,走到书架前,拿起了《地下室手记》。随手翻开其中一页,便顺着读了起来,中途没有半点迟疑。对于我而言,这本书就是无尽的黑夜,而每一页都有闪着微光的星辰。要不是受到这本书的启发,也许我不会走上写作的道路。对此,我不知道这是幸运,还是悲哀。

放下陀思妥耶夫斯基的书之后,我从书架的最底层取出了自己的《尘》。这本书收录了我之前发表的九个中短篇小说,其中的同名小说卖给了影视公司,而我也得到了近二十万元的影视改编费。对我而言,这笔意外的收入算得上是一小笔巨款,而我的写作也终于得到了家人正式的认可——以前,妻子说我写作是一种逃避,这让我有种被羞辱的感觉。当我可以光明磊落地写作后,却发现自己突然失去了写作的能力。有时候，妻子也会问我写作的进程，而我会谎称自己在酝酿一部大作品，需要耗费大量的时间。说实话，我并不为自己的谎言感到羞愧。让我羞愧的是，我不敢重读自己的这本书，不敢面对曾经的虚伪与可笑。如果可能的话，我宁愿自己没有写过这些作品。

其实，在卖出电影版权之后，我曾经想过离开职场，离开那个幽暗之地，想要成为一名真正的职业作家，就像三岛由纪夫或者桑塔格当年那样的笃定决绝。后来，理性终于战胜了空想，我最终还是决定把写作只是当作业余爱好，也因此不在乎其中的得失利弊。然而，这些终究只是自己的托词。当面对荒芜的文档时，我还是不能对自己的本心撒谎，我还是想要写出真正的文学作品。

我当然知道什么样的作品可能会热销——那些甜宠的剧情，那些离奇的事件，那些宫斗的场景，那些惊悚的情节，等等。我理解这样的写作，但我无法说服自己去写这样的作品，并不是因为我高尚高级，而是因为我对这类作品缺乏足够的耐心。近年来，我也读了严肃文学界所激赏的一些中短篇小说，并且发现了其中的一些端倪——这些小说大致分为两种类型：第一种类型便是所谓的失败者之歌，作品围绕着所谓的生活失败者或者失意者，描摹他们在日常生活中的种种遭遇，来书写内心的不适与惶恐；另一种类型便是带有侦探性质的社会问题小说，小说的核心是谋杀案，而随着真相的逼近，所暴露的社会问题与历史问题也随之浮出水面。刚读这样的小说，还会觉得新鲜有趣，后来读多了，也会心生厌倦，还不如去看电视上那些法治科普栏目和道德观察栏目。当然，这样的小说有其自身的意义与价值，然而并不是我心目中的理想小说。在这一点上，我特别认同托马斯·曼的说法——小说家既要通晓现实，也要通晓魔力。对我而言，他的《魔山》就是我心中此类作品的典范之作。

关于欲望叙事的作品太多了，关于灵魂叙事的作品又太少了。只有经历了欲望背后的心灵跋涉，我们才能够真正地见天、见地、见自己。这些都是我后来才明白的道理。我之前那本书中的九个故事，其实都是关于欲望的叙事，甚至连欲望的层次也算不上，只是对欲望的拙劣模仿。我有强烈的创作欲求，又不知道该写点什么。对我而言，这份《岛屿手记》既是私人日记、写作笔记，也是忏悔录与思辨集。在生活中，我就像是一座孤岛，没有可以交心的朋友。在这个手记里，我找到了与自己深层次对话的可能。

打开窗户后，外面的冷气也灌入自己的体内。下雪了，整座城市都下雪了，我总会想到乔伊斯与他的《死者》。尽管是黑夜，但我能够感到大雪已经覆盖了所有的黑暗与肮脏。我又想到了那个与我同龄的男生，那个在我幻想中以另外一种方式生活的男生。我突然想起了他的名字。我突然看到了十二岁的他，在春天的原野上奔跑的场景。听到了他的欢笑声之后，我似乎也听到了他心中的自白。随后，我关掉了窗户，坐在电脑前，在文档上敲出了最初的篇章。

春篇

现在是春天，我们的主人公路海正在原野中奔跑。他要把自己获奖的消息告诉家人。他穿过村庄，越过原野，跨过溪水，最终到达了后坡上的那片梨园。此刻，正是梨花盛开的季节，白茫茫一片，仿佛是浮在空中的春雪。还没走进梨园，他已经闻到了这些花朵的清香。还没等他开口说话，贝贝不知道从哪里钻了出来，围着他转了两圈。他弯下腰，摸了摸贝贝的头，而贝贝舔了舔他的手背。贝贝是他家养的狼狗，今年五岁多了，是路海最好的玩伴。

小海，是你吗？这是妈妈的声音。

是我，妈，我带来了一个大好的消息！

随后，他跑到父母跟前，把自己获得全镇作文比赛第一名的奖状从书包取了出来，然后给他们展示。爸爸瞥了一眼，象征性地鼓励了两句。妈妈放下手中的梨花，把奖状上的内容逐字逐句读了一遍，随后郑重地说，我们家小海以后肯定是大学生，不用像我们这样面朝黄土背朝天，也不知道什么时候才是尽头。这是妈妈经常说的话，虽然他还不懂其中的含义。随后，他也帮着父母一起给梨花人工授粉。他心里憋着一些话，始终找不到合适的时机去说。他是一个敏感的孩子，又是在压抑的生活环境中长大的，因此从懂事那天起，就学会了察言观色。

从梨园出来后，他们身上也仿佛带上了梨花的芬芳。也不知道从哪里来的兴致，爸爸让他去原野中采摘了一些野花，然后娴熟地编织了一个花冠，戴到了妈妈的头上。妈妈也多了一份兴致，边走边唱，是最近电视剧上的片尾曲。等妈妈唱完后，他终于说出了憋在心中很久的话，爸，妈，这次我拿到了这么大的奖，你们给我买双球鞋吧。之后，他们沉默了大概半分钟，而这半分钟比一整天还要漫长。妈妈打破了这种可怕的沉默，说道，等你上中学了再说，现在你还小。说完后，爸爸又补充道，我都长这么大了，也没穿过什么球鞋，还不是照样过得好好的。他们的话和路海预料中的几乎一模一样,他没有再说话,只是点了点头。对于爸妈的话,他只能点头,不能摇头。

回到家后,爸爸将他的奖状贴在了那面白墙上,和其他奖状彼此呼应。从他上小学一年级开始,他每学期期末都能拿到"三好学生"奖状。除此之外,他也拿过好多次单科前三名的奖状。那面墙有将近一半的面积都贴上了他的奖状,而他不怎么去看那些奖状,就像他不怎么去看镜子一样。爸爸没有接受多少教育,初中没毕业就辍学回家,也因此格外看重这些所谓的荣誉。这次拿的是镇上发的奖状,也因此更加贵重。爸爸选了很久,终于在墙上找到了一个贴奖状的合适位置。然而,自始至终,爸爸妈妈都没有问他那篇获奖作文到底写了什么内容。

吃完午饭后,他去了爷爷的房间,把自己获奖的消息告诉了他。爷爷躺在床上,费力地伸出手,握住了他的手,而他能感受到爷爷手心中的寒冷。爷爷自从上次摔倒后,就一直躺在床上,再也没有起来过,而房间始终有股死亡的气息。自此之后,路海就很少来爷爷的房间,不是因为嫌弃,而是因为害怕。然而,他还是有点自责羞愧,毕竟爷爷才是这个世界最疼爱他的人。看得出来,爷爷用了很大的力气,才挤出了一句话,我娃最棒,你写的啥啊?随后,路海把作文的内容大致给爷爷讲了一遍,他能从爷爷灰冷的脸上读出某种喜悦。讲完后,爷爷让他从枕头下取出钱包,然后从中掏出十块钱给了路海。路海犹豫了片刻,最后把钱放进了裤兜。爷爷说,好好学吧。说完后,他闭上了眼睛,仿佛课本上的一尊雕像,而路海也知趣地退出了他的房间。

他在院子里碰见了奶奶,于是把自己获奖的消息也告诉了她。奶奶说,我知道了,你爸刚才把奖状上的字念给我听了。随后,路海问奶奶,都春天了,我爷的病也快好了吧。奶奶苦笑道,哎,你爷要是能熬过这个春天就是奇迹了,早走早解脱吧。路海又问道,那你和他在一个房间都不害怕吗?奶奶笑道,这有啥害怕的啊,我们都是死了大半截子的人了,晚上和那些鬼还谝闲传呢。路海停了片刻,又问道,那些鬼可怕吗?奶奶说,等你再长大了,就知道人比鬼还要可怕。路海说,那今晚我和你们一起睡吧,你也好久没有给我讲过故事了。

下午,路海去了村西头的小卖部,花了两块钱给自己买了一个蓝色笔记本。从今天起,他要把自己的心里话都写进这个笔记本。在返回家的路上,他遇见了村里的半疯子李人美。李人美今年四十多岁了,听说以前是孟庄最美丽的姑娘,后来因为婚嫁的事情受了刺激,成了村人们眼中的怪物。然而,路海一点也不害怕她,甚至有点喜欢她,因为她和那些所谓的大人不怎么相像。她是孟庄的孩子王,经常领着他们一起去村子外面探险。她的父亲是村里有名的暴脾气,经常打骂她,偶尔会把她绑在家门口的桐树上,用鞭子抽打她,而那些大人会围在四周看热闹,时不时会有人从中间叫好,甚至会吹口哨。路海不敢围上去看,每次听到鞭打声,他觉得自己的身体也在被抽打与被羞辱。此时此刻,李人美站在他旁边,伸出手来向他要钱,他犹豫了片刻,便从裤兜里掏出了五角钱,给了她。拿到钱后,她说道,过几天咱们去打仗,你好好准备一下。看着她离开的背影,路海居然有种想要哭泣的冲动。

晚上,他和奶奶睡在一张床上,而爷爷则是单独睡另外一张床。等奶奶关了灯,黑暗也从四周围了过来,仿佛要将他们慢慢吞掉,慢慢消化。奶奶并没有给他讲鬼故事,而是讲了自己的童年往事，讲自己和她的姐姐一起去县城听大戏，一起去田野挖野菜，甚至还一起爬过村里的桑葚树。在奶奶讲话的间隙，路海听到了爷爷从黑暗深处发出的疼痛呻吟。那呻吟让路海体验到了死亡前夕的痛苦。他问奶奶到底有没有办法治好爷爷的病。奶奶想都没想就说道，都快死的人了，花那些冤枉钱干啥呢。随后，奶奶冲着黑暗吼道，老东西，别呻唤了，你吓到娃了。喊完之后，爷爷的声音果然藏进了黑夜。以前，都是爷爷冲着奶奶喊话，如今，他们的关系发生了转换。过了很久，路海问道，既然人都要死，那活着有什么意思嘛。奶奶没有回答。而路海也知道，奶奶在黑暗中流下了眼泪。

第二天课间休息的时候，孟凯走到路海旁，从头到尾看了他一遍，笑道，考第一名又能怎样，还不是穿不起球鞋。说完后，孟凯抬起了自己的脚，向他展示自己的新球鞋。路海下意识地向后退了两步，不敢看自己的鞋子，而这双布鞋还是堂哥穿过的旧物。孟凯是他的同班同学，还坐在他的后座。虽然孟凯的成绩在全班属于倒数，但没有人敢得罪他，甚至连老师也不怎么说他。毕竟他爸爸在村东头开了造纸厂，是孟庄里唯一拥有楼房的人，而学校盖新教室的时候，他爸爸出了其中的一多半钱。不知为何，孟凯总是三番五次地找路海的碴儿，也不放过任何嘲弄他的机会。或许是因为路海在学习上表现太突出的缘故。路海曾经也试图取悦过他，但总是以失败而告终。后来，他刻意与他保持一定的距离。奶奶曾经讲过很多魔鬼的故事，他觉得孟凯就是自己体内的恶魔，无论自己怎样努力，都无法摆脱他的魔爪。

上语文课的时候，孟凯时不时用脚踢路海的腿。随后，他听到了孟凯的抱怨声，哎，路海是不是踩到牛粪了，怎么这么臭啊。

说完后，他听到了孟凯和他同桌刺耳的讥笑声。路海的脸上仿佛起了大火，更可怕的是，他仿佛也闻到了那股臭味。他想要逃离教室，却发现自己动弹不得，好像是被绑在了椅子上。前一分钟，老师还在全班同学面前夸奖他给学校带来了荣誉，此刻，他仿佛在老师的脸上读到了嘲弄的表情。随后，他收到孟凯传来的纸条，上面没有字，而是一幅铅笔素描——一个男孩的旁边是一堆牛粪。路海再也无法遏制心中的愤怒，他站了起来，走到孟凯旁，将他一把推倒在地。接着，他坐在他的身上，两个人开始扭打，而教室也顿时炸开了锅。

两个人的脸上都挂了彩，都接受了体罚，也都被各自的家长领回了家。回家后，爸爸的脸色变得异常难看，而路海也已经做好了被惩罚的准备。这是路海生平第一次和别人打架，他以前特别恐惧打架，特别害怕与别人发生冲突。然而这一次，他突破心中的恐惧，也突破了自己的边界，感觉自己瞬间长大了，不再畏惧任何挑战。爸爸问他为什么要和别人打架，他低下头，没有说话。爸爸又问了两次，他依旧不言不语，随后爸爸走上前，给了他一个巴掌，而这巴掌也将他的眼泪打了出来。妈妈上来劝阻，却被爸爸推倒在一边。随后，他抬起了头，把事情的经过给他们说了一遍。爸爸愣在了原地，而妈妈走上前，抱住了他。他推开了妈妈，独自跑向了原野。

下午放学后，妈妈把他叫到跟前，说要给他一个惊喜。随后，她从房间里取出了一个盒子，变魔法般地从盒子中取出了一双球鞋，和他想象中的几乎一模一样。看到球鞋后，他心里已经没有了什么感觉。为了不让妈妈难过，他假装很开心地接受了这个礼物。随后，他洗了脚，穿上了球鞋，走出了家门，去找李人美。

李人美说今天下午要带他们去野外探险。不知为何,穿上球鞋后,他感觉自己变得格外轻盈,身上仿佛长出了一对隐形的翅膀。

这是他小学时代的最后一个春天。他渴望早日离开这个村庄,去镇子里读中学。与此同时,他对这里的一切又如此不舍。他开始写日记,把自己的点点滴滴都写进日记本。当写下那些文字后,他对自己也有了越来越多的认识。他没有把这种喜悦讲给任何人听,也没有人愿意聆听他的心事。学校的春季运动会,在四百米的跑步项目上,他拿到了第二名的好成绩。这也是他第一次在体育比赛中拿到奖状。这一年,他的身体发生了很大的变化,喉结突出了,声音也跟着变了。最重要的变化是,他有了喜欢的女生,又害怕靠近对方。和他的性格一样,他的身体也变得格外敏感。有一次洗完澡,他对着房间中的镜子,打量着自己的裸体。生平第一次,他感觉自己像是一个陌生人。

周末,姐姐骑着那辆破自行车回了家。她比路海大四岁,现在上初三,面临着即将而来的中考。这是她第二次参加中考,去年比普通高中的分数线差了整整二十分。这也是她最后一次机会,如果还是考不上,就要回家务农,或者去南方打工。这些话是爸爸当着全家人的面说的,也是他们之间的隐形契约。每次回到家,姐姐也整天抱着她的那些备考题库。他能感觉到姐姐身上的压力,但他又不知道该如何帮她去分担。

午饭后,姐姐和他一起在院子里写各自的作业。完成数学作业后,姐姐拿出了英文课本,开始默读后面的英文单词。他无心写作业了,于是看着姐姐的书,却不认识上面的字。姐姐看出了他的好奇,于是在本子上写了几个单词,给他教读法,给他讲意思。随后,她又给他教了几句简单的英语句子。刚开始,他还不能适应英文的发音方式，但很快便掌握了其中的诀窍。不知为何，他突然觉得自己进入了新世界的大门。等到明天，他要在学校把学的英语讲给同学去听。姐姐看出了他得意的神情，笑道，等学好了英语，你就可以去世界上任何一个地方了。他说，我都这么大了，连孟庄基本上都没出去过。姐姐说，所以咱们要好好学习，以后在大城市里生活。他对大城市没有什么概念，但还是点了点头。

写完作业后，姐姐和他一起出了孟庄，走了很远的路，来到了河边。姐姐说她心情不好的时候就喜欢在河岸边走走路，散散心，而河流会带走她的烦恼与忧愁。他沉默了片刻，随后问道，姐，你现在有什么烦恼呢。姐姐没有立即回答，而是和他坐在河岸边，看着眼前缓缓流动的河流。片刻后，姐姐突然说道，这次要是还考不上高中，我就去南方打工，以后供你上大学。对他而言，大学是如此遥远的存在，而他所在的孟庄好像没有出过大学生。他没有说话，而是看着河流上空的云团，那些云团仿佛是在海洋中遨游的白鲸。

春天快要结束的时候，爷爷离开了这个世界。他并不是平静地在梦中离开，而是经历了很长时间的挣扎与呻唤。他们把爷爷独自关在那个黑房间，没有人理会他的痛苦与折磨。妈妈不允许路海靠近那个房间，说人在临死之前，旁边有黑白无常在等着收魂，最后他们要把魂魄交给阎王爷，人的这辈子才算圆满。对于妈妈的解释，路海心中有好几个疑问，但终究没有说出口。虽然看不见爷爷，但他能听见爷爷在痛苦挣扎中对他的召唤，毕竟路海是他最宠爱的孩子。然而，在他最无助的时候，路海并没有去守护他。有一天下午，奶奶向家人宣布，他终于死了，你们可以安心了。

葬礼上，别人都在哭天抢地地表达悲痛，但路海却没有掉下半滴眼泪。姑姑骂他是白眼狼，说爷爷真是白疼了他。路海不知道该说些什么，因为他的心空空荡荡，没有了任何风景。爷爷曾经说过，等人死了，会有白鹤来带走他。在爷爷死去的那个夜晚，路海在梦中真的看见了那只白鹤。他没有把这个梦告诉过其他人。

爷爷死去的第七天，爸爸带着路海去后坡上的墓地看爷爷。烧完纸后，他给爷爷磕了三个头。之后，他从口袋中取出了纸，站在坟前，把写好的第一首诗念给爷爷听。这是他和爷爷之间的约定——他要把自己的第一首诗歌送给爷爷。念完之后，他把手中的纸点燃，扔进了风中。那个瞬间，他流下了眼泪。他突然想到，这个春天在此刻就结束了，而他也不再是一个孩子了。

第二手记

自从开始写新的小说后，我的心才获得了短暂的安宁。写作庇护了我，让我有了可以短暂栖居的场所。自从路海的名字浮现后，我又重新过上了双重生活。对此，我又兴奋又羞愧：兴奋的是，我重新找到了生命的意义；羞愧的是，这种意义的实现与我的家人并没有什么关系。

那么，路海到底是我的生活写照吗？不，不是的，路海是一个虚构的人物，是不存在的精神幻影。与此同时，路海又是我的一个分身，在他的身上，我看到了自己的欲望图景。从精神分析的角度而言，每个作品都是作家的灵魂自传。作品的深层结构就是作家本人的精神结构，隐藏着他的内心隐秘。这并不是文学上的诡辩术，而是文学的魅力所在。福楼拜曾经说过，包法利夫人就是我。他这句看起来如此简单的自白却包含着小说创作中最深层的秘密。

这又是一个夜晚，外面的天空像是一面黑色的镜子。自从祖父死后，我习惯了凝视天空中的虚空。我常常想起祖父讲给我的那些云烟往事——他很小的时候是地主家的孩子，因为风起云涌的社会动荡，他甚至坐过牢，后来成了贫农，成了新中国的主人；他曾经上过战场，杀过很多年龄与他相仿的年轻人，到了中老年，他常常在梦里看见那些无头的鬼魂；他曾经说过很多的谎言，做了很多的错事，然而当他想要忏悔的时候，却发现自己失去了表达的欲望；年轻的时候，他看过太多残酷的事情，到了晚年，他却逐渐地失去了记忆与视力。他留给这个世界的最后一句话是，我这辈子，白活了。说完这句话没多久，他便离开了这个世界，变成了风，变成了雨，变成了云，变成了世间的尘土。我常常想起祖父，想要把他的一生写成长篇小说。当我真正去写的时候，却发现那些故事是沉重的精神负荷，而我始终没有找到最合适的表达方式。

不知为何，在写作的时候，我常常想到那些死去的人，想到那些死亡的瞬间。也许，这是因为写作与死亡之间是一种密谋关系。或者说，写作是关于死亡的隐喻，而写作者是跨越生死之间的浮桥。

我只能在夜晚写作，而小说是我的白昼。此刻的手记则让我领悟到了夜晚的玄妙。我在研究他人的时候，其实也就是探索我自己；我在书写我自己的时候，其实也让我对他人有了更深刻的理解。从这个意义上来讲，我特别迷恋两部文学作品——卡尔维诺的《被分成两半的子爵》以及史蒂文森的《化身博士》。如果说我还有文学上的理想，那么我所期待的就是可以写出类似主题的文学作品。

这段时间，女儿总会在半夜哭醒好几次，而我则负责哄她睡觉，负责给她换尿布。生完这个孩子后，妻子像是换了一个人，以前的温柔变成了愤怒，以前的宁静转成了抱怨，而我明白这不是她的问题，是我的问题。她原本就不打算要第二个孩子，但在我和我家人的劝说下，才有了这个女儿。我知道她得了产后抑郁症。我曾经暗示过可以带她去看心理医生，但她立即否认了我的建议，冷笑道，要是你们男人生过孩子，就会明白我们女人的心思了。是的，我越来越不懂她了，但又要时时刻刻照顾她的情绪。半夜哄女儿睡觉时，我陷入了进退两难的困境，但没有人能够真正地帮助我。

自从她怀孕后，自从她身材走样以后，我就不愿意靠近她，更不愿意触碰她。然而，我是一个成熟的伪装者，我会扮演好父亲与好丈夫的家庭角色。但是身体并不会撒谎，那种排斥是身体的第一反应。有很长一段时间，我宁愿待在公司里发呆，也不愿意回到气氛压抑的家。在这个家里，我像是被剪掉翅膀的飞鸟。

那段时间，白灵恰巧出现在了我的世界。或者说，她一直就在那里，只不过是我恰巧得到了她的恩惠。白灵是我的高中同学，也是我的初恋。后来，我考上了本省的重点大学，而她则选择去了南方的大学攻读学位。硕士毕业后，我在这里的某家合资企业做软件工程方面的工作，而她则继续攻读心理学博士，毕业后也来到了这座城市，在师大的心理学系任教。我们之间原本只是朋友圈的点赞之交，后来和妻子争吵后，我把自己的心事一股脑儿通过微信发给了她。其实，我并没有期盼她的回复。半个多小时后，她给我发来了好几段话，对我进行心理上的疏导。我明白，她更多的是把我看成有心理问题的病人，但我并不在乎她的看法。她是一个念旧情的人，只要我找她聊天，她肯定会认真回复，没有半点懈怠。慢慢地，我开始依赖她，主要是情感上的依赖。与那些狗血剧不同的是，我们从来没有在现实中碰过面，更没有过肉身上的接触。我们并没有跨越那条界线。不管如何，这也是一种精神上的出轨，但我不知道该向谁去忏悔。

在女儿出生后，岳父岳母前来帮忙看孩子，而这个原本只有两室一厅的房子显得更加逼仄窒息。在他们面前，我更像是一个闯入者。其实，当我们一起相处的时候，彼此之间没有什么真正意义上的沟通，连接我们的或许就是这两个孩子。我们都是彼此的岛屿，只有沉默时才能体会到自我的存在。不知道从什么时候开始，不快乐成为我生活的主色调。记得在小时候，偶尔会有悲伤，但大多数都是快乐的蓝色时光。

我常常想起路海，想起他的少年时代。在春天结束后，我又似乎看到了他在夏日街道徘徊的场景。为了召唤出心中的恶龙，你首先要成为恶龙。

夏篇

刚过完"五一"，这座小城便从春天一跃到了酷夏。放学的时候，路海喜欢在县城漫无目的地散步，偶尔也会去附近的商场转转,但几乎不买什么东西,因为口袋里的钱只够日常的花销。他这样做是为了释放心中的压力,因为那块巨石压得他快喘不过气了。这一次,他只能成功,不能失败,否则他无法面对接下来的人生。距离最后的高考也就是四十多天了,他既兴奋又惶恐,希望早点结束,又希望不要太早。或许,这种焦灼便是情感上的凌迟状态。

要不是因为去年的失误,此刻的他已经是大学生了。去年估分结束后,他非常坚定地在第一志愿上只填写了北京某高校,后面的志愿根本就没有去填。班主任让他理性点,让他把所有的志愿填满。他摇了摇头,坚持自己的选择。那个时候,他的心已经飞到了北京。没过多久,高考成绩出来了,给了他当头一棒,因为最后的成绩比他的估分要低了二十六分。成绩出来的那个晚上,他去小卖部买了瓶白酒,独自一人在房间里喝酒。那是他生平第一次喝白酒,甚至动了轻生的念头。后来的结果可想而知,虽然他的分数比一本线要高出四十多分,最终还是落了榜,成了别人眼中的失败者。那个暑假,他把自己关在家里,没有脸面出门。母亲怕他走极端,每天都要找他好几次,陪他聊天,给他宽心。父亲则不同,每天就是板着脸,不怎么和他说话。那段时间,他的世界只有黑夜,没有白天。暑假好不容易熬过去了,而他再一次返回高中,开始了复读生活。

复读生活要比想象中艰难很多,特别是对于像他这样的高分复读生。以前那些远不如他的人,如今都去了大学,而他则像是水中的浮萍,命运不知所踪。以前,他坚信命运就在自己的手中,命运就是自己书写的篇章。如今,这种信念早已经土崩瓦解,而自己的心灵已是废墟。每一天晚上,他都要给自己做很多的心理建设。对于高分复读生，其实进步空间十分有限，有的人甚至复读后的成绩还不如之前好。为了不让这样的悲剧再次发生，他以更加严苛的方式来要求自己。这一次他只能成功，不能失败。

对于复读生而言，最尴尬的就是碰到以前的同学，特别是关系还不错的同学。有一次晚自习的课间，他在教室里复习功课，突然听到外面有人喊他的名字。他抬起了头，看着外面的温柔夜色，瞥见了那个他最不愿意看到的人。他犹豫了片刻，还是离开了座位，走出了教室，和她一起走向了操场。去年，白雪和他还是同桌，他经常给她讲解数学题，帮她理顺历史与地理的知识框架。他牵过她的手，亲过她的脸，他们也相约考同一座城市的大学。高考那次，他俩的成绩一模一样，而那是他考得最差的一次，也是她考得最好的一次。后来，她如愿以偿，去了北京某所大学读法语专业。她给他写过三封信，但他从来没有给她回过信，因为不知道该说些什么，也不知道从何处说起。此时此刻，她重新站在了他的身边，而他感觉自己是如此的卑微与可笑。像以前一样，他们绕着操场散步聊天，但更多时候都是她在说话，而他只是在聆听。在分开之前，她说，我现在有新男朋友了，和我是一个大学的。沉默片刻后，他说，我把你送到校门口吧。

送走白雪后，他又回到了教室，盯着眼前的课本，但他的魂已经飘向了远方。不知从何时起，他特别喜欢凝视外面的黑夜。不知过了多久，他再一次离开了教室，去了学校超市旁的电话亭。随后，他拨通了姐姐的电话，把自己的心事讲给她。姐姐一如既往地耐心聆听，随后说了些鼓励的话。挂断电话后，他获得了一丝丝的平静。多年前，姐姐第二次中考再次落榜。她没有再多说什么,而是遵守了誓言,回到了家,帮父母干农活。后来,姐姐跟着表姐去了南方的造鞋厂打工,每个月会给父亲的银行卡上打固定的钱。姐姐和他的关系一直都非常好,虽然自己没有上学,但一直鼓励他好好读书,鼓励他要考上好大学,找到安稳的工作。虽然很少回家,但姐姐几乎每个月都会给他写信,每逢换季的时候,还会给他寄来衣物。姐姐所在的工厂距离大海很近,而他从未见过真正的大海。每次读姐姐写来的信,他好像可以在字里行间听见海洋的叹息声。也许,他未来可以去海边的城市生活。

如今已是夏天,而他在日复一日的煎熬中等待着最终的审判。去年的这个时候,他的体重只有六十公斤,而今年则逼近八十公斤。他能感觉到身体发生了本质性的变化,但还是无法阻止自己不断地堕落——几乎每晚,他都要吃那些油炸的消夜,还会配上一瓶啤酒。几乎每晚,他都要熬夜,基本上都是凌晨一两点睡觉。他眼看着自己的身体与意志同时走向毁灭,但又束手无策,只能做自己的旁观者。有好几个夜晚,他都梦见自己沉重的肉身忽然变得轻盈,梦见自己飞到了一座岛屿上,梦见自己与岛屿上的原住民成了很好的朋友,梦见自己不再返回陆地。

他把这个梦告诉了自己的室友晓涛。晓涛说,这个梦说明你想逃避,又无处可逃。他点了点头,与晓涛喝完了剩下的啤酒。晓涛是他补习班的同学,去年也是同班同学,之前高考比二本线低了十分,自己又不想去读专科院校,于是选择了复读。晓涛的高考目标特别明确,那就是保二拼一,也就是至少考上二本院校,再拼一拼,争取考上一本院校。去年,他和晓涛都住在学校的宿舍,今年他们搬了出来,在学校附近的幸福寨同租了一间房子。

刚开始，他们的共同话题就是备考和高考。后来随着彼此熟悉起来，他们有了更多的话题。原来晓涛有个孪生哥哥，九岁的时候溺水而亡，而晓涛经常会梦见自己的哥哥，梦见他并没有死，而是以另外一种方式活在这个世界，甚至会觉得自己就是哥哥的替身。路海同意这种看法，因为他也常常梦见自己的祖父，梦见他并没有离开这个世界。

　　进入最后的冲刺阶段，老师们基本上也没有了什么心力，只能一遍又一遍地重讲那些知识点，而学生们的反馈也各不相同：有的已经放弃了最后的挣扎，有的还在分秒必争地奔跑。大多数情况下，路海属于前者，因为他已经厌倦了那些千篇一律的试题。他又不敢完全撒手不管，因为自己已经没有了别的退路。他觉得自己就是被关进笼子的囚鸟，因为适应了囚禁生活，而忘记了如何去飞翔。黑板上的倒计时每减去一天，他能感到刀子向自己的胸口扎得更深一寸。他的肉身与意志都像是吹胀的气球，随时都有可能爆炸。他最担心的事情就是在高考当天崩溃。

　　在距离高考还有十五天的时候，学校发生了一件让很多人都震惊的事情。那天上午，路海正在教室里上课，忽然间听到一声闷响，紧接着便是几个女生的尖叫声。路海跟着同学们一起走出了教室，看见空地上躺着一个女生，头部流出了血。周围是学生们的喧嚷，老师们从不同的方向走了出来，把各自的学生赶回了教室。很快，学校又像往日那样恢复了平静，连水滴落在地上的声音都能听见，而路海在这可怖的寂静中甚至可以听到自己的心跳。后来，他才得知，跳楼的女孩是高三重点班的学生，平时成绩优异，看起来也平静温和，没有人知道她当时经历了怎样的内心崩溃，才选择了用如此决绝的方式来结束自己的生命。这件事情就像是一颗种子，他不知道以后会开出怎样的果实。虽然他不认识她，但他觉得她是属于自己的亲密伙伴。

临高考还有最后五天的时候，学校给他们放了假，并且一再提醒放假这几天要好好休息，同时也不能完全自我松懈。路海把很多东西都带回了家，等待着最后时刻的降临。回去的那天，父亲专程去镇子上买了两条鱼，母亲则给他做了他最爱的麻辣鱼。为了不给他压力，父母都不提高考的事情，这反而加大了他无形中的压力。更可怕的事情还是发生了，当天夜里，他全身滚烫，嗓子沙哑，不停地打喷嚏，流鼻涕。父亲开着面包车，把他拉到镇子上的医院看病。检查之后，医生说并没有什么大碍，只是发了高烧，打上两针，挂上药水，要不了三天就好了。父亲请求医生尽快治好他的病，因为他即将参加高考，即将面对人生最重要的时刻。这是他第一次看见父亲哀求的神情。不知为何，他冷冰冰的心居然有了些许温度。

躺在医院的病床上，他回想着学过的知识点，然而头脑一片混乱，什么也想不起来了，甚至连最简单的历史脉络线都记不起来了。也许，这场高烧烧坏了他的脑子，到时候，他连一道题也不会做，迎接他的将是最残酷的命运。他越想越害怕，害怕自己会掉入生活的泥淖，害怕自己逃不出命运的险境。两天后，他痊愈回家，却看不进去一页书。他放弃了与命运的搏斗，接受了其所馈赠的一切。在去学校的前一天，他去了后坡，带着纸钱与白酒。他坐在祖父的坟前，把自己的痛苦心事全部讲给祖父听。说完后，他站在坟前，看着眼前的风景渐渐失去了色彩。

高考的前一晚，他在床上翻来覆去，越是想要入睡，越是睡不着，身体格外疲惫，而头脑却异常清醒。他躺在夜色里，凝视着眼前的黑暗，头脑中闪现出过往的种种画面。不知道过了多久，他听到了黑暗中传来晓涛的酣睡声，其中还伴有含混不清的梦话。他不想打扰晓涛的梦，于是从桌子上取出 MP3，戴上耳机，静听肖邦的夜曲。MP3 是姐姐送给他的生日礼物，姐姐曾经承诺如果他考上大学，会送他一台笔记本电脑。音乐将他带向了另外一个地方，一个靠近海的地方。姐姐和他坐上了白色轮船，他们要一起去看岛上的白色灯塔。

接下来的两天考试，就像是梦，不是噩梦，也不是美梦，就是没有任何情感属性的梦。他和其他所有考生一样，在梦中完成了中学的最后一场仪式。考卷上的那些试题基本上都在自己的控制范围内，而他之前所担心的所害怕的事情并没有发生。四场考试，就像四场刑讯。最后一门考试结束后，他走出了教室，走出了校园，感觉自己的肉身格外轻盈，有种可以飞翔的幻觉。

当天晚上，他和晓涛一起吃了大排档，共同庆祝苦难的结束。随后，他们一起去了附近的网吧。晓涛教他打游戏，而他则帮晓涛申请开通了一个博客。对他而言，上网是一件奢侈的事情，特别是在网吧，每分每秒都要换算成钱，但今晚是特例，值得用整晚的时间来庆贺。玩了一会游戏，写了一篇博文，又给 MP3 上下载了五十多首歌。随后，他又看了部美国电影。已经凌晨两点多了，他有了困意，却没有睡觉的念头。他起身，看了看四周，有将近一半的人趴在桌子上或者靠着背椅睡觉，剩下的人依旧盯着眼前的屏幕，油腻的脸上闪出绿莹莹的光。旁边的晓涛也睡着了，于是他打开了晓涛刚才分享的色情视频，戴上耳机，进入了另外一个欲望的世界。

接下来的几天，又是重复去年的事情——估分、查资料、报考志愿。今年，他格外谨慎，估计的分数和去年基本一致，于是他压低了二十分，然后再去填报志愿。北京的那所高校他想都没敢想，第一志愿填写了本省的一所重点大学，随后的志愿也都填得满满当当，每个空都没有错过。他的心态完全变了，只要能进大学的门，只要能逃离这个县城，他就已经知足了。这段复读生涯是他的地狱时间。他把自己填报的志愿告诉了以前的班主任，想要征求他的意见。班主任说，路海，你终于成熟了。

他和晓涛在搬离出租屋前，把房子里的书本全部都处理了。他只保留了自己的黑色日记本。整个复读生活，他只写了两篇日记。他和晓涛相约，等考上大学后，他们再找机会相聚。分开后，他们便各自回了家。在坐上返家的大巴后，他看着不断倒退的夏日风景，眼里已经盈满了泪花。

回到家后，他把自己的报考情况告诉了父母，剩下的日子就是等待。祖母是一个虔诚的教徒，她说自己每一天都在为他祈祷。虽然不是教徒，但每一天，他也为自己祈祷。为了不让这段日子白白浪费，他给自己制定了非常充实的规划——每天他要锻炼两个小时，减去身上的赘肉，保持良好的体态；每天阅读文学名著，做好文学笔记；每天要写日记，记住这段特殊的日子。接下来的时间，他也基本上是按照自己的规划来行事。他感觉命运又再一次落在自己手中，像鸟儿一样被他握住。

高考成绩出来那天，他又再次感到了命运的捉弄——原来是自己又低估了分数，他比重点线要高出整整八十分，比去年高出了三十多分，在全县的文科生中排名第二。很显然，他的志愿又报低了，他考北京那所大学完全没有问题。然而，在经历最初的苦涩后，他还是坦然地接受了命运的安排。随后，他给姐姐发短信,把这个消息第一时间告诉了姐姐。过了片刻后,姐姐回过来电话,为他感到骄傲和高兴,并且承诺会把笔记本电脑寄给他。寒暄了片刻后,姐姐说道,我也告诉你一个秘密,我有喜欢的人了,他对我也很好,以后我们会结婚的。听到这个消息后,他内心既欢喜又惆怅,但还是说了好听的话哄姐姐开心。

等心情平复后,他给晓涛打了电话。还没等他说话,晓涛便道,哎,今年只差了三分,看来只能上专科了。他原本想要说些安慰的话,又觉得太过残忍,于是什么也没有说。两个人沉默了片刻。晓涛也没有问他的成绩,两个人几乎在同一时间挂断了电话。

收到通知书的第二天,父亲在家设宴,邀请亲朋好友来家庆贺。虽然他不喜欢这样的形式,但还是撑起了笑脸,给每个长辈倒酒致谢。他自己也喝了点白酒。姑父问他上大学以后有什么打算。他说,想要一直读下去,一直读到博士。父亲笑道,只要你愿意读,爸就是砸锅卖铁也要把你供出来啊。姑父说,你以后就是咱们村的第一个博士,以后当大官了可不要忘记我们这些穷亲戚啊。他不知道该说些什么,于是又敬了姑父三杯酒。

当天黄昏,天色骤变,团团的黑云仿佛要吞噬整个孟庄。随后,他看到了远处的电光,又听到了雷鸣声。母亲喊他一起出去,把院子里晾晒的衣服全部抱回了房间。之后,豆粒大的雨点从天而降,中间还夹杂着冰雹。他站在窗口,注视着眼前的风雨云电,心中也是汹涌的波涛,有恐慌,也有期盼。

暴风雨过后,这里已经是黑夜。这个世界已经凉了下来,而夏日也画上了最后的休止符。他躺在黑夜中,想象着那个位于海洋中央的岛屿。

第三手记

在写小说的时候,我常常会梦到小说中的场景。有时候是作为故事的旁观者,有时候则是故事的参与者,甚至有时候,我会梦见自己修改小说中的场景。在现代艺术中,存在着元小说与元电影的说法,那么,我所做的梦就是关于梦的元梦。

其实,写作就是做梦的一种方式。我的很多灵感就是源于梦境。我想,所有的艺术都是与梦有关。我以前构想一部科幻小说,其主要内容就是在不久的将来,科学家研究出了一种称之为"梦"的仪器,这种仪器的重要功能就是读梦与毁梦。在将来,除了少数拥有特权的人之外,所有的人都不会做梦,也因此就不会有艺术和哲学,不会有思想和情感,甚至连语言的存在都没有必要,甚至连存在本身都是精神负荷。当然,这只是小说的最初构想,我还没有做好写科幻题材的准备。这种构想本身,就是梦的一种。

我人生的第一个梦,或者说我能回想起的最早的梦,是与天上的云有关。我梦见有个梯子通向了天上的云,而我沿着梯子爬到了云的上面。随后,梯子消失了,我坐在云上,看着眼下的世界,有种找到家的感觉。然而,没有过多久,我便厌倦了云上的日子。于是,我从云上跳了下去,而云变成了我的翅膀。在落地的瞬间,我便从梦里醒了过来,心里空空荡荡。这么多年过去了,我依旧记得这个梦,但我并没有探究其中的深层内涵。有时候,梦境比现实还要接近真实。我常常在想,也许我此刻的现实或许就是一场梦,甚至不是自己的梦,而是更高存在的梦:我,不过是他人的梦罢了。

这也许解释了我迷恋心理学家荣格的原因。特别是他在生前拒绝出版的《红书》，更是我的床头书。在这本和梦境、恶魔与灵魂有关的书中，我懂得了曾经的自己，认清了当下的自己，也看到了未来的自己。荣格的著作提醒我，梦是有形态的、有动因的、有意义的存在。在他的启发下，我会把自己所做的梦记录在日记本中。这些梦就是生活标本，被我安放到了个人的梦境博物馆。

后来，我发现那些我所推崇的文艺作品其实都与梦境有关。比如，但丁的《神曲》其实就是关于地狱、炼狱以及天堂的梦，这部作品就是将各种各样的梦分门别类，最后唱出的是关于中世纪的挽歌。再比如《堂吉诃德》，其实就是塞万提斯关于骑士精神的一场冒险之旅，这种旅行本身就是梦，后来梦醒了，而骑士精神也成为被嘲弄的对象。再比如卡夫卡的小说，特别是《城堡》这部未完成的长篇小说，其实就是关于现代性悖论的噩梦——城堡就在眼前，而你终将无法抵达。除了这些国外作品以外，我们古典文学的杰出代表《红楼梦》，便是"梦"这个主题的最佳注释。

我希望自己所写的作品具有梦的特质。虽然第一本小说集是失败之作，但从本质上讲，这些故事都源于梦，有的是我的梦，有的是他人的梦。这本书让我更好地理解了梦，也由此更好地理解了自我与他人的关系。也许是因为夜晚写作的缘故，我有时候会陷入意识的迷宫，分不清现实与梦境的区别。比如最近这段日子，我有时候会分不清小说中的路海与现实中的我，哪一个才是更加真实的存在。不过可以确信的是，路海的那些梦境，我曾经也有过抵达，并不是以梦的方式，而是以文学的方式：文学本身就是关于梦的隐形备忘录。

我常常梦见自己的死亡。在梦中，我观看着自己的死亡，想象着死亡后的精神现象。这种梦可能源于自己关于存在的焦灼，也可能源于对死亡本身的好奇。在梦里，最多的死亡方式就是自己突然失去了翅膀，开始从梦中坠落，一直坠落到了深渊的最深处。我梦到了自己的粉身碎骨。记得有天晚上，儿子突然从梦中哭醒过来，我问他发生了什么事情。他抹着眼泪说道，我梦见你和妈妈都死了。我问他是什么梦。他说，你们死了，就没有人要我们了。妻子抱着儿子，说道，那是梦，爸爸妈妈会一直陪着你们的。儿子又问道，那你们会死吗？妻子沉默了片刻后说道，每个人都会死，不过那是很远很远的事情了。说完后，她哄着儿子继续睡觉。而我呢，也突然明白这种关于死亡的意识，将是每个人一生中最重要的精神主题，而活着本身不过是这个主题的变奏曲。

为了更好地了解存在与时间，我不得不去写作，因为这是一种内心对于巨人的召唤。平时在公司的时候，我扮演的是社会人的角色，戴着大家都认可的职场面具。当写作时，我便可以卸下面具，坦诚地面对真实的自我。如果面具戴得太久，你的脸就会变成面具——这并不是耸人听闻的谣言，而是你不得不接受的生活真相。当写作时，你不能对自己撒谎，你必须说出你所知道的真相。就像做梦，一切可能会变形、会重组、会夸张，但一切都是你欲望的最真实的写照。因此，文学与梦看起来是两条抵达之路，本质上又是同一条通往真相的路。

当写完路海的那些梦之后，奇怪的事情发生了：我梦见了路海的那些梦，也就是说，我把自己写的梦装进了自己的梦境。也许，这是一种文学上的奇迹,也是梦的奇迹。正因为做梦,所以我们才要写作。我没有把这个秘密告诉过任何人。

秋篇

和预料中一样,博士毕业后,他留校任教,继续待在文学院,只不过是从学生的身份转换为教师的身份。对于这个工作,他感到庆幸,因为本校的教师基本上都是顶尖大学的博士毕业生,有的专业甚至需要海外留学的资历。像他这样的文科博士,能在省城的二本院校找个职位已经是幸运的事情了,更别说留在像本校这样的重点大学。这一切多亏了导师的安排,毕竟他是文学院的院长,拥有一定的话语权,而路海又是他最得意的弟子,协助他完成了好几个重要的社科项目。当然,也与自己的努力有关,在读研究生阶段,他在重要刊物上发表的论文数量是同年级同专业学生中最多的,他的硕士论文与博士论文均被评为全校优秀毕业论文。博二的时候,他就出版了自己的学术专著。整个研究生阶段,他总共翻译并出版了五部作品,其中一部是学术专著,一部是随笔集,剩下的均为英美长篇小说。对他而言,留在文学院工作,是最好的出路。

拿到正式教职后,他把这个消息第一时间告诉了姐姐。姐姐显然要比他更高兴,语带激动地说,你是咱村的第一个教授,也是姐最大的骄傲,今晚来我家庆祝吧,我让你姐夫给咱们做大餐。他原本想推掉这个邀请,但又不想伤姐姐的心,于是便接受了她的邀请。挂断电话后,他想到的第一件事情就是以后挣钱了要好好报答姐姐。这些年要不是因为姐姐在背后的默默资助与支持，别说是博士，就连大学能否正常毕业他都不敢确定。在他大二上学期的时候，姐姐辞掉了南方工厂的工作，回到了老家生孩子。等孩子半岁后，她和姐夫来到了长安城，在远房亲戚的介绍下，开始了在城中村贩菜卖菜的生涯。他和姐姐的空间距离更近了，心也更近了。他时不时会去看姐姐，有时候也会在他们的廉租房住上几天。这么多年过去了，姐姐眼神中的光并没有完全消散，她依旧很喜欢在业余时间捧起书来阅读。每次去看姐姐，他都会带上一些旧书，有时候是诗歌和散文，更多的时候是小说。姐姐会在闲暇时间读这些书，偶尔还会与他讨论书中的内容。他偶尔也会想，要是当年姐姐她考上了高中，也考上了大学，如今或许会过上更好的生活。当然这只是他的臆想，因为姐姐看起来至少比他过得更快乐、更自在。

　　下午，他去了姐姐的家，这次带的是萧红的《呼兰河传》。之前，姐姐说喜欢她的《生死场》，说在那本书里看到了自己的童年。姐姐和姐夫还没有收摊回来，于是他和外甥一起坐在沙发上看动画片。他们都说外甥像舅舅，他也确实在孩子的神情中看到了自己曾经的样子，只不过那个时候他没有这么多的零食，没有这么多的衣服。外甥看起来有点孤僻，可能是因为小学之前一直都是跟他爷爷奶奶在乡下生活，如今还没能适应这里的生活。看完动画片后，他关掉了电视，说道，舅舅，听我妈说你是博士，你能不能给我补一会课？这个要求让路海有点意外，他点点头，说道，乐乐这么爱学习，真好。外甥取出了书本和圆珠笔，说道，以后，我也要做博士，不要卖菜。他看着外甥的眼神，一时不知道如何来回应他的话。

下午四点半左右，姐姐和姐夫从菜市场赶了回来。看到他之后，姐姐放下手中装菜的塑料袋，上来拥抱了他。这是姐姐第二次拥抱他，上次是他被保送本校研究生的时候。随后，姐姐说道，这个事情你给爸也说了吧。他摇了摇头说，说不说也没啥意思，还不如不说呢。见此情境，姐夫说道，晓海，你以后飞黄腾达了，可不能忘记我们啊。路海苦笑道，就是个大学老师而已，又不是什么官。随后，姐夫拉他一起去阳台上抽烟。抽完后，姐夫说道，你哥我就是吃了没文化的苦，你以后要多留意你外甥的学习啊，你就是他的偶像。路海点了点头，忽然看见天边有一群鸽子呼啸而过。

　　吃完晚饭后，他陪姐姐出门去附近的公园散步。走了还没一圈，突然接到了父亲的电话。他看了看姐姐的神色，便明白了其中的缘由。于是，他把自己留校的消息告诉了父亲。父亲说道，这是好事，等你有空了，也该回家转转了。路海沉默了片刻，听到了父亲的叹息声，随后也便挂断了电话。

　　自从上了研究生之后，除了每年的春节，路海就不怎么回那个称之为家的地方了，也不怎么联系那个被称为父亲的男人了。在他大一下半学期的时候，从小姨那里突然得知母亲患上了乳腺癌，而且是晚期。与此同时，小姨还告诉了他另外一条爆炸性的新闻，那就是他的父亲已经和镇子上的某个寡妇勾搭上了，已经有将近一个月没有踏过家门了。最后，小姨补充道，你妈不让我跟你说这些，说怕影响你的学业，但你是她的儿子，我不给你说能给谁说呢。接完小姨电话的那个上午，他便给学院请了五天的事假，坐着当天下午的大巴返回了家。当再次看见母亲的时候，她像是换了一个人，眼神中的光全部消失了，只剩下一具空皮囊。

看见路海后，母亲没有说话，只是默默地流眼泪。其实，已经没有了眼泪，或者说只剩下了眼泪的阴影。他原本打算去镇子上找父亲，但被母亲拦了下来。她说，你找回了他的人，找不回他的心啊。那几天，他一直陪在母亲的身边，听她说过去的事情，更多的时候则是沉默。后来，母亲说她会好起来的，让他回学校赶紧上课，不敢耽搁了学业。在返回学校的第七天，他收到了小姨的电话，母亲走了，临终前没有留下半句话。

葬礼上，路海见到了自己的父亲，但没有和他说一句话。他们把母亲埋在了后坡的公坟里，没有墓碑，也没有松柏。葬礼后的第二天，路海便离开了这个家，每逢暑假寒假，要么是在姐姐家，要么在宿舍，要么在外面兼职工作。母亲死后的第二年，父亲把镇子上的那个寡妇娶回了家，而且在孟庄大摆酒席，宴请宾客。后来听姐姐说，他们把母亲生前留下的东西要么送人，要么卖掉。除了门口那棵树，家里已经没有了母亲的印记，而路海知道自己也已经没有了回家的理由。从此，他觉得自己是一个无家可归的人。也就是从那时开始，他把更多的精力放在了自己的学业上，勉励自己成为更优秀的人，如此才有更多的人生选择。因为父亲的缘故，他从此也厌恶起了那块生他养他的土地。自此之后，他几乎不在他人面前提起自己的过往。

苦夏过去了，此刻的城市已经被荫翳的氛围所笼罩。这是他最喜欢的季节。以前他最喜欢春季，如今他更能体会秋日里那种繁华过后的衰败之美。他从博士楼搬到了教师公寓。他把新买的绿植放在阳台，随后站在窗前，凝视着不远处的南山。虽然学校就在山脚下，但他很久没有强烈地觉悟到山的存在。随后，他泡了杯咖啡，打开了蓝牙音箱与笔记本电脑，开始为自己的第一堂课备课。黄昏的时候,风把山里的清新气息吹进了房间。他听着巴赫的《赋格的艺术》,突然间想起了安心,想起了曾经与她一起去看海的日子,想起了曾经与她泡图书馆的日子,想起了很多曾经共同经历的明媚时光。他已经有五年多没有联系过她了,但他一直保留着她的联系方式。

犹豫了片刻后,他给安心发了一条问候的短信。原本他并没有指望能够得到回复,毕竟当年是他先辜负了她。要是当时他多花点时间陪她,哪怕只是见见面散散步,他们也不会越走越远,以至于后来成了陌生人。半个小时后,他接到了她的电话。她说,我以为我们到死也不会联系了。他说,你也知道,我不是一个主动的人。她在电话那头苦笑了两声,而他紧绷的心弦也松弛了三分。随后,她大概讲述了自己这几年的变化——硕士毕业后,她通过层层考试,去了省上的一家出版社做策划编辑,之后在家人的资助下,在西郊首付了一套房子,如今还算是过着比较安稳的生活。他们沉默了半会,之后路海问道,那你还没有结婚吗?她讥笑道,和你谈恋爱,已经消耗掉了我所有的精力,太磨人了,哪有什么心情再去恋爱呢?他悬着的心也落在了地面,说道,那时候太年轻,不懂得去爱。随后,他把自己这几年的情况也简单地告诉了她。沉默了片刻后,他问她这周末是否有空,他想约她出来吃饭。

之后,他们见了三次面,一起吃饭,一起看电影,然后,他把她送到小区门口。他们几乎不谈论过去,更不会涉及过往的恋情,就像舞池中比赛的双人花样滑冰选手,全力配合彼此,没有丝毫的懈怠。第四次约会,他们去了南门外的一家酒吧,听了一场小型的音乐会,喝了一些鸡尾酒。结束时已经是午夜时分,他叫了一辆车，把她送到了她家楼下，而她拉着他的手，让他陪她一起过夜。随后，像很多文艺电影的俗套剧情那样，他们再一次占有了彼此的肉身与魂灵。第二天清晨，他抱着她，而她却在他的怀中哭出了声。他问她为什么难过，她说，这一切就像是梦，这不是什么矫情，在你之后，我没法爱上别人了。他原本想说类似的话给她听，但他什么也没有说，而是转过身，亲吻了她的脸。

他们开始了真正的交往。与上一次不同的是，他们的心智已经成熟，不会再为那些可有可无的事情而争执。有时候她会来他的公寓同住，有时候则会让他去她那里过夜。更多的时候，他们还是各自生活，有着自己独立的精神空间。自从她走入他的生活后，他慢慢地发现自己是可以去爱另一个人的。以前，他所有的生活都是围绕着自我的完成，无心顾及他人的感受。如今他却发现没有人是孤岛，只有与他人建立了真正的亲密关系，那所谓的孤独只不过是个人营造的谎言。随着交往的深入，他发现自己可以和她分享一切事情，无论是文学、哲学，抑或是情感、家庭，甚至是历史、政治，她都可以和他进行多种层次的交流。有时候，她的观点甚至超出了他的认知边界。他喜欢这种灵性上的交流，有种被理解与被需要的温暖。后来，他把关于父亲、母亲以及那个家的情况都统统告诉了她。她上前抱住了他，说道，别害怕，以后我会给你一个更好的家。不知为何，听到这句话后，他抱着她痛哭流涕，好像要把这么多年的委屈郁闷统统释放出来。在母亲死后，他以为自己已经不会流泪了，原来并不是如此，他依旧拥有着悲伤的能力。

学院的工作并没有想象中那么舒适简单，相反，却是相当的迂回复杂。在所有的劳作中，日常教学反而明净有趣，与学生们的日常互动也开拓了更多的学术思路。教学以外，在导师的安排下，他还承担了学院的部分行政工作。说白了，就是为教授们服务，就是为学院打杂工。更直白地说，他就是导师的秘书罢了，要对导师的事情百倍操心，毕竟他能留校，多半是导师的功劳。后来，他才发现学院中的人际关系比想象中要复杂太多，他们看起来一片祥和，其实背后都有各自的利益圈。毕竟学院里的资源是有限的，特别是那些课题与项目，每个团队都想争取到最好的资源，而摩擦与矛盾也在所难免。他谨记导师的教诲，尽量不参加各种饭局酒局，不做两面人，只说别人的优点与好话。不管是有意无意，这里的每一个人他都不能得罪。每次从办公室回来，他都仿佛从囚笼中飞了出来，终于可以自由畅快地呼吸了。

不过，他还是把学院里遇到的困惑选择性地讲给安心，而安心也会把出版工作中的糟心事和他分享。把这些事情说出来以后，即使得不到对方实质性的帮助，但也有种短暂摆脱心灵负荷的愉悦。不像以前，有什么苦涩只能一个人品味，到后来甚至尝不到了生活的甜。自从她进入他的世界后，他觉得自己对于世界的味觉也变得更细腻了。和她在一起的日子里，他常常有种回到家的错觉。

在深秋的周末，在万物即将凋谢的时节，他和安心一起去爬不远处的南山。虽然在山脚下生活学习了这么多年，但这是他第一次亲密地触碰这座沉默的大山。以前，这座山对于他而言，更多的是象征与隐喻，而在此时此刻，这座山成为可以触摸的真实存在。就像爱情一样，此刻不再是幻觉，不再是梦境，而是可以触摸到的手，可以亲吻到的唇。大概过了一个多小时，他们终于爬到了群山之巅。站在最高处，他们眼下的世界呈现出了梦的特质。他和她对着群山，喊着彼此的名字。他们的名字，在群山之间逍遥回荡，彼此呼应。之后，他从衣兜里取出了精心准备的戒指，单腿跪在地上，问她是否愿意嫁给他。随后，他看到了她眼中的风暴，犹疑之后变成了泪水。她点了点头，说，这句话我等了很久了。随后，他帮她戴上了戒指，在明媚秋光中深吻了她。唯有群山见证了他们的爱。

当天晚上，他给姐姐打了电话，把这个消息告诉了她。欣喜之余，姐姐约他们下周一起去海洋馆游玩，之后一起吃晚餐来庆贺。他答应了姐姐的邀约。挂断电话后，他坐在沙发上，凝视着外面的夜空，突然间想起了另外一件事情。他拿起手机，拨通父亲的电话，打算把这个消息亲自告诉他。然而，接电话的不是父亲，而是那个女人。听到她的声音后，他挂断了电话，随后关了手机。

之后，他打开笔记本电脑，对着外面的夜色，注目了很久。随后，他用很快的时间写了一首诗歌。自从上研究生以来，这是他第一次真正意义上的写作：写自己想要写的作品。

第四手记

任何小说都是作者本人某种形式的自传——小说不可能脱离作者自身的经验而存在。这种经验既包括直接经验，也包括间接经验。即使是幻想小说与科幻小说，也是作者自身经验的产物。在《复活》中，我们看到了托尔斯泰的忏悔之旅；在《达洛维夫人》中，我们看到了伍尔芙平静生活下的波涛暗涌；在《苦炼》

中，我们跟随着尤瑟纳尔的脚步开始了漫长的精神跋涉；在《所罗门之歌》里，莫里森领着我们重返记忆的故乡……这将是一份无尽的文学清单。当我在书架前巡礼时，这些书带领我逃离了此时此刻的灰暗生活，带领我进入各式各样的文学空间。每一本打开的书，就是一个新世界的大门。

对于书的痴迷，也许源于童年时期的精神世界的匮乏。在上小学四年级之前，除了课本之外，我没有读过其他任何课外书，更别提文学作品了。那时候，孟庄外的森林、河流与荒野是我理解这个世界的通道。也许你们不相信，我那时候能够听懂风的歌唱，能看懂河流的奥秘，甚至可以与动物们进行简单交流。有一天，母亲从县城回来，她那天心情不错，顺带着给我买了五本书，而我的生活从此发生了本质性的变化。至今，我还保存着那五本书——《唐诗三百首》《安徒生童话集》《快乐王子》《昆虫记》《八十天环游地球》。每当遇见生字，我就会在《新华字典》上查，然后会标注在书上，遇到不会的句子，便会向母亲请教。就这样，我在阅读的路上艰难跋涉，同时又充满了各种发现的乐趣。那是母亲唯一一次给我买书，而那些被我翻了无数遍的书成了我梦中渡海的白船。直到如今，我都能清楚地记得那五本书中的绝大部分细节。在书籍匮乏的童年，这几本书带我短暂地离开了孟庄，带我领略了理想王国的风采。

在读完这五本书后，我觉得自己也可以写故事了。于是，我特意去小卖部买了最好的笔记本，把自己构思的故事写在上面。遇到不会的字，我会求助于身边的《新华字典》。那时刚好是暑假，我没有心情和伙伴们外出游玩，而是把自己关在家里，想要写出一本惊世之作。我用了整整一周的时间，写完了平生的第一个故事——《四个少年在森林中的冒险故事》。写完后，我把这个故事拿给祖父去看。看完后，他说，写得好，以后可以当作家了。当时，我对作家这个称谓并没有太多的认知，但知道这是祖父对我的褒扬。于是，带着这份自信，我把这个故事拿给了母亲。母亲读完后，脸色有点阴沉，低声道，我以为你在家学习呢，没想到你写这些玩意，纯粹是浪费时间。说完后，母亲把笔记本扔到了床上，又补充道，以后要是让我再看见你写这些东西，我就把本子撕了，你也就别去念书了，回家种地。说完后，母亲离开了房间，而我站在了原地，眼泪流了出来，又不敢发出声。在我小时候，如果没有达到母亲的心意，她就用这种方式来恐吓我。自此之后，在上大学以前，除了作文以外，我再也没有写过其他的故事。然而，我一直都铭记着自己的第一个故事。多少年以后，我把这个故事又重新写了一遍。之后，作为临睡前的故事，讲给了自己的儿子。他是第三个读者。儿子很喜欢这个故事，但我并没有告诉他写故事的人就是我。

如今回想起来，我所写过的故事其实都是我某种形式的自传。虽然那些故事中的人物的身份、性别、年龄与职业都可能与我不同，但是他们的心境、他们的人生际遇、他们的情感困惑都是我为自己，也为读者设置的存在难题。在存在这个哲学命题面前，我们每个人都要根据自己的判断来做出终极答案。因此，这也是我们需要小说，特别是现代小说的缘故。借用海德格尔的概念，作为"世界中的存在"，现代小说必须以存在的方式对于这个存在命题进行存在式的回答。我即他人，他人即我，这并不是文学的诡辩，而是文学的存在。

我常常想起多年前的很多个下午，我厌倦了本专业枯燥无味的书籍，于是转向了图书馆的文学阅览室。我站在书架前，一本接着一本看，有时候只看封面，有时候会看作者简介与内容简介，有时候则会从中间取出一本，顺着第一页一直读下去，仿佛是坐上了开往灯塔的白色轮船，直到抵达终点。就这样，文学阅览室成为我流连忘返的人间天堂，我在那里度过了大学时代最甜蜜的时光。曾经有很长时间，我都犹豫要不要报考本校文学类的研究生，后来我把这个想法告诉了自己的专业老师。老师说，你现在的专业多好的，放弃了太可惜，文学可以当成兴趣爱好。我听从了老师的建议，经过一段时间的备考后，也顺利地成为本校本专业的研究生。然而，我内心一直有缺憾。要是当初坚持了自己的选择，也许人生就是另外一番光景了。

　　研究生毕业后，我找了一份在别人看起来还不错的工作。然而，刚开始的时候，我几乎不能适应那样高强度的工作，经常有逃离的冲动，但是我无处可逃，只能逃到自己的幻想世界。在某个失眠的夜晚，我拖着疲惫的肉身，打开电子文档，开始写自己的第一个故事。不知为何，写作的时候，肉身沉重，而灵魂轻盈，我能体会到在冰与火之间煎熬并重生的快乐。写完第一个故事用了两周的时间，之后我又陆陆续续地写了其他两个故事。写完后，我抱着试试看的态度，把这三篇小说发给了一个在杂志社工作的编辑朋友。三个星期后，朋友给我打来电话，说留用了其中的两篇小说，再配上一篇评论，刚好符合他们杂志的一个青年作家栏目。说完后，朋友说，你要继续写下去，我们主编很欣赏你的作品。两个月后，我的作品发表在了这家省级文学刊物上，也是我第一次发表自己的小说。至今，我都记得当时的喜悦。之后，我用稿费买了五十本杂志，把杂志寄给了自己的老师、家人和朋友。

然而，我并没有把这个消息与公司里的任何人分享。自此之后，我开始过上了一种双重生活。在分裂的镜像中，我看到了更加完整的自己。

既然作品是作者的某种形式的自传，那么，作品中的人物其实就是作者的某种形式的化身——所有的人物共同构成了人物灵魂的星辰图。当写他人的时候，其实，我就是在开拓自己的生活疆域。他人是地狱，也是天堂，是理解自我的镜子——我是他人，他人也是我。或许，这便是写作最迷人的地方。

冬篇

今天是周六，多云，温度是零下三摄氏度到五摄氏度，无风。这是他每天起床后最先了解的消息。之后，他打开音响，听巴洛克时期的音乐，洗漱，吃早餐，然后打开电脑，浏览一下新闻以及自己的电子邮箱。今天是本月最后一个周六，是陪伴儿子咚咚的日子。他要赶在十点之前到达紫薇小区的门口。

八点三十五分，他从家里出发，搭公交坐上六站路到地铁口，之后搭地铁二号线，然后转三号线在桃花潭站下，随后走十五分钟的路，最终来到了紫薇小区的东门口。时间是九点四十五分。十分钟后，安心带着咚咚走出了小区，站在门口张望。他摇了摇手，他们看见了他。咚咚背着书包，脸上挂着微笑，向他走了过来，而安心的脸上没有什么表情。看见他拉着咚咚的手之后，安心转过了身，又走进了小区。自始至终，她都没有和他说上一句话。自从离婚后，她基本上就没有再和他说过话。他知道他曾经伤透了她的心，而她还没有原谅他，或者说她心中的他已经死掉了。

每个月他与儿子只能相处一天，而这也是他和安心之间的约定。因此，他特别珍惜与儿子相处的分分秒秒。今天，他带儿子去了附近的游乐园，午饭一起吃了儿子喜欢的意大利面。下午，他们一起去了曲江书店，他给儿子选了几本童书，也给自己买了两本心理学著作。之后，他们又去了附近的商场，他给儿子买了一身衣服以及乐高积木。他们在商场五楼的快餐店一起吃了份比萨。随后，他们又在商场四楼的万达影院看了一场儿童电影。从影院出来后，他在乘车软件上叫了一辆快车，之后便一起回了家。到家之后，已经是晚上十点钟了。他原本打算像以前一样，和儿子一起洗个热水澡，但儿子说他已经长大了，可以单独洗澡了。洗完澡后，他们躺在床上，看着天花板上的花纹。之后，他拿着书，给儿子讲了一个故事。他关掉了灯，而黑暗也随即包围了他们。

片刻后，儿子打破了沉默，说道，爸爸，我想和你一起过，我不想回那个家了。他有点吃惊地问道，是不是那个叔叔对你不好呢？儿子说，也不是，他们对我都好，只是他们有了自己的孩子，我感觉自己是多余的。他立即明白了儿子的处境，于是拉着他的手，说道，你是爸爸妈妈最宝贝的孩子，没有人能替代你。也许，儿子明白了他这句话背后的深意，便没有再继续说下去，而是给他讲了自己在学校的种种经历。突然间，儿子又转了话题，说道，爸爸，我觉得你应该再结婚，应该有个家庭，就像妈妈一样。他想了想，说道，爸爸一个人生活惯了。儿子说，爸爸，你这样太孤独了。他说，儿子，等你长大了，就知道每个人都是孤独的。儿子没有再说话，而他也有点后悔给儿子灌输这样的观念。当天夜里，他梦见了祖父，梦见祖父带他去县城看大戏的情景，梦见戏台突然间消失了，而他也找不到回家的路了。

　　第二天上午十点钟，他把儿子准时送到了紫薇小区门口。看到安心带着儿子返回小区的背影，他才转过身，沿着原路走向了地铁口。天气预报说今天有雪，而他抬起头来，看不到任何下雪的征兆。现在是寒假阶段，他已经完成了手头上的一篇论文，也改完了学生们的期末作业和考卷。剩下的时间全部都归自己，而他有些迷茫，不知道自己还能做些什么事情。明年就四十岁了，他还是无法接受时间的残忍。在别人看来，他已经是大学的副教授，是硕士生导师，在重要的学术期刊发表过多篇文章，同时还有自己的三部著作和五本译著，也是很多学术会议的嘉宾。在别人看来，这些都是成功的标识，然而只有他清楚自己虚度了太多的时间，自己为了取悦他人而耗掉了太多的精力。最重要的是，很多个夜晚，他在梦中惊醒，忘记了自己是谁。他想要把这种精神困境写出来，却发现自己多年的学术训练仿佛是枷锁，让他无法找到真正属于自己的句子。有很多次，他想要在文档中写出自己的爱与怕，却发现自己已经处于失语的状态。

　　再过十天就要过年了，吃完早餐后，他便搭乘公交去了姐姐的家。自从姐夫坐牢后，他常常去给姐姐做伴，陪她度过了最艰难的日子。到了姐姐家后，他把买的水果和酸奶先放到了厨房，和外甥说了两三句话，随后便去摊位找姐姐。看到他之后，姐姐摆了摆手说道，海，你过来了啊，坐家里吧，我等会回家。每次见面的开场，姐姐几乎说的都是同样的话。不同的是，姐姐明显老了，眼神中的光也散了。他站在姐姐旁边，给她搭把手，帮她一起卖菜。姐姐说，你都是大学教授了，不要干这种活了，让熟人看见了多不好的。他苦笑道，姐，咱们这是光明磊落地挣钱，比一些大学教授要好多了，没什么见不得人的。这是他的心底话，而姐姐只是苦笑了一声，没有再继续说。片刻后，他对姐姐说，我年前要去看姐夫，咱们一起去吧。姐姐骂道，那狗东西把人害死了，没啥好看的。他知道姐姐的心里还是有很大的气，于是便换了其他的话题。记得上次去看姐夫是在三个月前，据姐夫说他进去后两年多的时间里，姐姐只看过他两次，而外甥一次也没有去过，他给姐姐写了三封信，姐姐从来没有回过。

吃完晚饭后，姐姐问他今年的春节打算怎么过，他说和去年一样，来她家和他们一起过年。姐姐说，要不回家过年吧，可能除了上次爸犯病，你都有三年没回家了。他说，那里已经不是咱们的家了。姐姐说，哎，毕竟他是咱们的爸啊，再说，他现在坐轮椅了，估计也活不了几年了。他说，那是他自己造的孽，当年把妈害死的也是他，我一直都忘不掉妈死的时候，她那双无助的眼睛。姐姐叹了口气，没有再说话。他从来没有说出口的是，他感觉姐姐和妈妈越来越像，不仅仅是长相，还有眉目间的神情。晚上，姐姐睡主卧，外甥睡次卧，而他睡在了客厅的沙发上。午夜时分，他听到了姐姐在房间的哭泣声，因克制而微弱。他盯着夜色，想到了多年前姐姐和他一起坐在河岸边畅想未来的场景。要是当年姐姐考上了中学和大学，也许她会过上另外一种生活。以前他笃定那将是更好的生活，如今他的信念早已经分崩离析。

腊月二十五日，他带着外甥一起去看姐夫。一路上，他们说了很多的话，外甥把自己学校的事情讲给他听，而他则和外甥分享自己曾经成长中的故事。外甥和他长得越来越像，甚至性格上都有些接近，而这也是让姐姐开心的地方。她期盼儿子像他一样以后考好大学，考博士，最后当大学教授，这是姐姐心目中最完美的职业。从小学到中学，外甥的学习成绩一直很优秀，几乎每学期都能拿奖状，这是姐姐灰色生活中少有的色彩。就像他小时候一样，姐姐也会把外甥的奖状贴在客厅的墙上，会展示给客人看。

大概两个小时后，他们来到了监狱门口。在警员的带领下，他们进入了会见犯人的地方。片刻后，姐夫便坐在了对面，说道，你们都来了啊。看到他之后，外甥没有说一句话，转身离开了这个房间。他对姐夫说，别怨孩子，他还没有适应这里。姐夫说，不能怪娃，只能怪我，你说我当时怎么那么蠢呢。他说，一切都过去了，你好好表现，争取早点出来。姐夫说，你姐还好吧。他说，好着呢，就等着你回家呢。之后，他们又说了几句闲话，便告了别。在返程的路上，他们两个都没有怎么说话。在快要下高速的时候，外甥突然说，要是我能有你这样的爸爸，那该有多好。他原本想说自己也并不是好父亲，但话到了嘴边，他还是咽了回去，品味到了其中的苦涩。

腊月二十九日，他没有和姐姐一起在城里过年，而是选择回到了老家。他事先并没有给父亲打过招呼，或者说，他不知道如何与父亲打招呼。自从中风之后，父亲坐上了轮椅，生活上基本不能自理，也丧失了言语的能力。唯一庆幸的是，那个女人并没有因此而离开她，而是选择留在身边照顾他。父亲当了一辈子农民，生活基本上没有多少保障。生病后，那些不多的积蓄很快便见了底。他和姐姐每个月都各自给父亲的卡上打五百块钱，以此作为他们的生活开销。以前，他对那个女人充满了仇恨，如今仇恨早已烟消云散，剩下的只是时间的灰烬。

看见他之后，父亲的眼神中突然冒出了一点光。他嘴里嘟嘟囔囔，根本说不清一句话。那个女人站在旁边，说道，你爸说看见你回家很高兴，他还问你回来怎么不见带孩子呢。他犹豫了片刻，说道，我们前两年离婚了，孩子归他妈妈管。说完后，他看到了父亲眼神中的失望与落败。要是放在以前，他肯定会指着鼻子教育他。如今，父亲早已经没有了这方面的威严。他闭上眼睛，不再和他交流。那个女人说道，你爸肯定是累了，你估计也累了，我给你把房间收拾一下。说完后，她把父亲推到电视机旁，给他打开了电视连续剧。他坐在父亲身旁，看着那些无聊的画面，心里也不是滋味。

晚上，他从箱子里翻出了自己早年的日记本。他打开已经泛黄的纸页，看着自己以前写的文字，仿佛是通过时间望远镜看到了自己的过往。这些日记中偶尔还夹着自己创作的诗歌。在初二的时候，他在日记本上曾经写下这样的话——我以后想成为一名作家，想要记录我所知道的一切。他放下日记本，想到了当年的场景：那时候，他刚刚读完大仲马的《基度山伯爵》，心中有太多的感想，却不知道该说给谁听。然而，写作的种子从此之后便一直埋在心底。上了研究生以后，他把大量的时间放在了阅读与评论上面，好像没有了多少创作的热情。在高校任教以后，为了职称，他把很多精力都放在了学术上，写了很多没有意义的应景文章。直到此刻，他才明白，自己最大的缺憾就是忘记了曾经的誓言。关掉灯之后，他躺在床上，回望这么多年的起起伏伏、甘甜苦涩，越来越觉得自己像是同行的陌生人。然而，就在刚才的那一瞬间，他仿佛被黑暗中的光所照亮，突然明白自己所经历的一切都是有意义的，自己的前半生经历等着他重新去发现，重新去赋形。然而，他还暂时不知道自己可以写什么，也不知道如何去写。他带着获救般的喜悦进入了梦境。在梦中，他又身处多年前囚禁他的岛屿，只不过这一次，他看到了不远处有白色轮船正向着他驶来，而他也做好了重返故乡的准备。

腊月三十日，也就是农历最后一天，他去后坡上分别给祖父、祖母和母亲上坟，请他们的魂灵一起回家过年。之后，他在后坡上站了很久，看着不远处的村庄，再看看眼前的坟地，在生者与死者的中间，他仿佛在众声喧哗中听到了自己内心最深处的独唱，也仿佛看到了孟庄百年以来的沧桑变迁。之后，他又去了疯子李人美的坟前，和她说了几句闲话，把自己心底的秘密告诉了她。小时候，他把自己的秘密只说给李人美去听，因为只有她才是整个孟庄最纯粹又最清醒的存在。当然，这是经历了太多沧桑是非，经历了太多曲折变故后，他突然发现的生活真相。

下坡的时候，他碰到了自己小时候的敌手程凯。他给程凯递了一根烟，帮他点燃。程凯的右腿有点瘸，那是上初中的时候，和人闹事，被对方打残了。自此之后，程凯便回了家，帮他父亲做点事情。后来，造纸厂由于资金问题倒闭了，他父亲迷上了赌博，没日没夜地在赌场中耗费自己，最后由于脑出血死在了赌桌上。在他父亲死后，突然多出了好多人来跟程凯要账。也就是从那时开始，程凯的生活开始不断地走下坡路，媳妇也跟着别人跑了，把孩子留给了他。当然，这些都是程凯讲给他听的，而他并没有对其发表一句评论，只是摇摇头说道，生活都很苦啊，每个人都在煎熬。

除夕夜，吃完饺子后，他陪父亲看了会春晚。之后，他去了自己的房间，给儿子打了一个电话。儿子说道，爸爸，我也想回老家过年，在这里没意思。他说，老家更没意思，等去城里了，爸爸就去看你。挂断电话后，他看着墙上的母亲，想到自己最喜欢的事情就是过年。他原本想要读一会书，躺在床上后，却在不觉间进入了梦境。说是梦境，其实是无梦之境。不知过了多久，他听到了有女人呼喊他的名字。挣扎了好久，他才从梦境中走了出来，原来是那个女人在喊他的名字。他问她有什么事情，她说，马上十二点了，你爸让买的烟花和炮仗，你给咱们去放吧。他点了点头，穿好衣服走出了房门。户外冰冷，也很喧闹，黑漆漆的夜空偶尔会被烟花所照亮。他先点燃了炮仗，看着它们完整的躯体随着爆裂声结束后又变成了灰烬。之后，他点燃了烟花，看着它们在夜空中短暂开放，随后又隐于黑夜。他多么想把此时此刻的情景与人分享，却发现身边并没有什么人，发现自己是茫茫世界的一座孤岛。

　　接下来的几天，他四处闲逛，有时候去找自己小时候的玩伴闲聊，有时候则去听老人们的回望，有时候则独自一人在村内村外游荡。以前，他拒绝了解这个村庄，拒绝了解这里的人，那时候最大的欲望就是逃离这个村庄，逃离这里的苦闷生活。如今，他重返故乡，却发现并没有想象中那么可怕。相反，那些最原始也最纯真的记忆都与这个村庄血脉相关。在游荡中，他重拾了过去的回忆，也对孟庄有了更丰富的认知。

　　初五，姐姐带着外甥回到了家。与他不同的是，姐姐会把那个女人称为梅姨，而外甥则把她叫作梅奶奶。吃完午饭后，姐姐和他又一起步行去了河岸。河水已经结了冰，而河流仿佛是大地上的无字经书。他们沿着河岸散步，好像可以听到河流的浅唱与低吟。天色灰暗,团团黑云漫游到他们的上空,仿佛跟随着他们的脚步。姐姐问道,我记得你小时候说要写一本小说,不知道你开始写了吗?他说,准备写了,但还不知道从哪里开始。姐姐说,等写完了,我要做第一个读者。他点了点头,和姐姐继续沿着河岸散步。在离开河岸前,姐姐突然问道,海,这条河与多年前的那条河,还是不是同一条河流呢?他被姐姐的这个问题突然点醒,突然明白了时间与存在的本质。

午后,外甥从外面跑了进来,喊道,下雪了,终于下雪了。他和姐姐走出了房间,站在院子中央,扬起头,看着纷纷落下的雪。这是今年冬天的第一场雪。他想到了很多年前冬天祖父给他们堆雪人的场景,想到了母亲站在雪地里喊他们回家吃饭的场景,想到了他们在雪天里打雪仗的场景。不知为何,越是久远的画面,他记得越是清楚,而当前的很多事情却显得模糊含混。他突然间想到了什么,于是走向自己的房间,打开笔记本电脑,将文档命名为"岛屿手记",开始在上面写下自己最初的篇章。

第五手记

这是众生酣睡的年代,这也是众生觉醒的年代。在想要表达的时候,我选择了沉默;在想要沉默的时候,我又选择了表达。我想要冲出语言的牢笼,抵达存在的核心,却发现我们的一生终究不过是语言的囚徒——在语言和存在之间,是一座用意义幻象建造的空中浮桥。

每次写完新的作品,我就会有种新生的错觉。特别是在夜晚,这种感觉会格外强烈——在经过长时间的角力后,你完成了心中的图景,剩下的就是创造后的空虚,而你也知道空虚过后便是伊甸园的诞生。通过创造不同的人物,你也创造了你自己。如果说写作是一种祈祷,那么,你的神明就是艺术之神。

写作让我看到了生活的复杂肌理,也让我见到了人的心灵图景。通过写作,我拨开了生活的迷雾,看清楚了自己的路:不是我在塑造作品,而是作品塑造我。对于自己了解越深,对他人也会看得越清楚,因此,我也逐渐懂得了包容,懂得了慈悲。没有写作之前,我对自己过于苛求,对他人也没有耐心。如今,我慢慢明白了生活的奥义,慢慢地在过往的森林中找到了通向未来的路,也找到了通往家的路。

我的家庭是我的家,而文学是我的另外一个家。在阅读文学作品时,我会有回家的感觉;而在创作文学作品时,我对家这个概念有了更多元更深刻的理解。这也许和我小时候的经历有某种微妙的关联。在我九岁那年,亲眼看着原本健康的祖父躺在病床上,一步步地走向了衰落,走向了死亡。在他得知自己得了绝症后,他便拒绝去医院,拒绝各种治疗,只想以自己的方式等待终局的到来。刚开始,我会时不时坐在他身旁,听他讲自己那些过去的事情,讲村庄的历史,讲生者们的传奇,讲死者们的荣耀,他偶尔也会提到自己的遗憾与悔恨。尽管他的肉身逐渐衰败,而当他讲故事的时候,我在他的眼神中看到了久违的光。直到如今,我依旧记得他讲给我的故事。有一天,他突然对我说,我要回家了。之后,他闭上了眼睛,不再说话。三天后,他离开了这个世界。之前,他告诉我人死后会变成天上的云。这么多年以来,每当看到天上的云,我就会想起祖父,想起那些曾经照亮过我的人。

写作以后，我常常会想起祖父留给这个世界的最后一句话。他终于回家了。至少在我的梦里，祖父说他已经找到了家。这么多年以来，我也找自己形而上学意义上的家——这个家可以庇护我，可以安顿我漂浪不定的心。然而，我还没有找到这个家，我依旧是在生活森林中迷路的孩子。写作的时候，我有种回家的幻觉，这也许是和死亡的共同之处。也许，写作就是回家。

　　在写完新的小说后，我站在窗前，对着如镜般的夜空，好像看见了路海。他告别了陆地，开始了远航，寻找只属于自己的那座岛屿。而我呢，在孤岛上生活了太久，是时候要短暂告别，是时候要重返陆地，重返家园。我和他会在海上再一次相遇。那时候，我们会相视而笑，会把彼此心中的光分享给对方。或许，这便是故事的终结，但终结总是意味着新的开始。

——原载《广州文艺》2021 年第 5 期

喜歌

一

他们把喜庆从城里拉回来时,春琴一直躲在后屋里,不敢面对即将而来的可怕风暴。她想起了多年前喜庆迎娶她过门的那个上午,她也是躲在自家的后屋里,不敢想象即将而来的新生活。那次是在母亲和大姨的反复劝导下,她才走出了黑屋,走向了那个还未见过面的丈夫的家。五十多年过去了,母亲和大姨早都过世了,而她也从懵懂少女变成了衰朽老妇,身上是洗不净的死亡气息。这一次,她躲在后屋里,不是害怕面对死亡,而是害怕面对自己。他们一起生活五十多年了,如今回想起来,一切都不过是梦的花束,风一吹,纷纷凋落,纷纷消散。人这一世,不过是水上浮花罢了。

没过多久,躲在暗处的她听到了敲门声。她眉头紧锁,没有作声,屏住了呼吸。她听到了门被推开时的咯吱响声,紧接着是红丽划破黑暗的呼喊,妈,我爸快不行了,你赶紧出来看看啊,你不出来,他眼睛闭不上啊。春琴转过脸,瞥见了光从女儿眼中刹那间消逝。她站了起来，身体中装满了生锈的铁。要不是女儿及时上前扶住她，她肯定会重重地摔倒在地，变成碎片。死的要是我，该有多好啊，她自语道，就不用受这么多苦了，也不用熬了，早都把这人世看透了，也没啥可留恋的。红丽问她说了什么话。她提高了声音，说，不要扶我了，我还没死呢。

　　他们把喜庆放在院子里，旁边围着看热闹的村人们。看到她之后，他们腾出了一块显眼的空地，等待着她去表演悲痛。她并没有多少悲痛，而多年的乡村生活早已让她洞悉了表演悲痛的奥义。她不得不去表演，因为这是乡村人尽皆知的礼节。她走到床边，拉着喜庆冰凉的手，哭道，庆娃啊，你咋说走就走了啊，你走了，我和娃们该咋办呀。说完后，她不由得坐在地上，不由得边哭边拍地，嘴里念叨着连自己也不明白的悼词。等这套哭戏结束后，妇人们把她从地上拔了出来，帮她拍了拍身上的尘土。整个过程，她没有流下半滴眼泪。眼泪在十年前就流尽了，如今，她的脸是干涸的河床。

　　在人群中，她看到了儿子陌生又惶恐的神情，仿佛喜庆的死也带走了他的半个魂。她走了过去，拍了拍儿子的肩膀，说，斌斌，你爸没了，这个家以后只能靠你了。儿子叹道，哎，我爸是在路上断气的，要是能早回来就好了啊。春琴停了半晌，说，哎，也没啥，早晚都是死，死了也就解脱了，你爸这辈子也不容易，给他好好办个丧事吧。儿子点了点头，没有说话，走出了家门。他的背影让她想到了喜庆以前的样子。虽然父子俩的关系一直很差，但红斌终究会变成他父亲的样子。春琴转过头，又看了看平躺在床上的喜庆，突然想到了多年前他第一次看见她时的慌乱表情。那一年，他十九岁，而她二十二岁。女大三，抱金砖，这是婆婆曾经讲给她的第一句话。这么多年来，这句话像是祝福，也像是诅咒。

下午，他们请来了主事人，摆好了灵堂，安好了喇叭。他们给喜庆换上寿衣，平躺在大厅的核心位置，他脸上的痛苦已换成戴着死亡面具的平静。春琴就坐在离他不远的地方，时不时会过来看他，帮他擦掉脸上的灰尘，和他唠叨几句话。恍惚间，她产生了某种幻觉，以为他只是太累了，人生又太难了，而他睡够了就会再次醒来，会再次呼唤她的名字。除了他以外，没人喊她的名字了。在他们的眼里，她是没有名字的女人。

红丽跪在父亲灵旁，每当有人过来祭奠，她都要哭上两三嗓子。女儿的哭声时不时打碎她的幻觉。是的，喜庆已经死了，而她不得不接受这个早已被认定的现实。过了一会儿，她听到了从外面传来的丧乐，心也跟着其中的节奏跳动。自从嫁给喜庆后，村里每死一个人，就会听到同样的丧乐。最近这几年，丧乐更像是死亡对她的召唤。

等丧乐停下来后，红丽走到她身边说，妈，要不要把我红梅姐拉回来吧，让她也见见我爸最后一面。经红丽这么一提醒，春琴才突然想起了自己的大女儿。她好久没有见到红梅的人影了。她沉默了半晌，摇了摇头说，不用见了，见了也没啥用，见了只会添麻烦。红丽迟疑了一会儿，随后点了点头，又退回到灵旁，陪在她父亲的身旁。春琴有点想笑，因为红丽是喜庆生前最厌恶的孩子，如今却成了最可依赖的人。多么讽刺啊。喜庆生前最爱的还是儿子，但儿子结婚后就不咋理他了，前两年甚至和他断绝了父子关系。要不是因为他死了，儿子不会再次出现在这个家。

经过两天的折腾，他们终于把喜庆埋在了后坡上，与那些亡者为邻。这片公墓是孟庄的风水地,是孟庄的守护神。这几年来,春琴时不时会独自来墓地看望姐妹们,她们前前后后地住进了这块风水宝地,守护着孟庄。对春琴而言,这个世界上能说话的人越来越少了。很多话,她只能讲给那些死去的亲友听。如今,喜庆也埋在了这里,而她也多了一个来这里的理由。老天爷啊,到底啥时候才能死啊,到底啥时候才能解脱啊,她自语道,我已经活够了,我也想得到安宁。想到大女儿红梅,她突然意识到自己还不能这么死去,自己还有未完成的使命。

独自住在这空荡荡的家里,她居然有种摆脱重负的微小快乐。很多年前,她要照顾一大家子的生活起居,还要费力去讨好公婆的欢心。公公婆婆去世后,她又要愁子女们的婚嫁问题以及孙辈们的生活问题。等所有的事情都安排妥当之后,她也老了,也没气力操心这个摇摇晃晃的家了。她睁开眼睛,盯着眼前的黑暗,突然发现这个家只剩下她一个人了。刚才的快乐瞬间化为烟云,只剩下了可怕的忧愁。她不敢想象明天的生活,因为她已经没有了明天。她闭上眼睛,希望自己永远也不要醒过来。

二

头七过后,她把儿子堵在了家中,跟他要喜庆的安葬费。喜庆以前是国企的炼钢工人,吃国家财政,退休后每个月还能拿到国家给的钱。如今他死了,国家给了一笔安葬费,听别人说有好几万块钱哩。作为老伴的她,每个月也能拿到两百多块钱的补助呢,直到她死为止。前几天过丧事,她没有多说什么,儿子也没有提这茬事。这关乎吃饭的事情，她必须要和儿子讲清道明。面对她的质问，儿子站在原地愣了半晌，然后退了几步，坐在板凳上说，妈，那笔安葬费都不够我爸住院的零头钱啊，再说你要这么多钱干啥啊。还没等春琴开口说话，儿子又补充道，妈，我爸的工资卡在我这里，你放心，有我一口吃的，就不会让你饿半分。春琴苦笑了一声，没有再说话。

春琴自己可以做饭，也不稀罕去他家吃饭，看他媳妇的脸色。自从上次和爱花吵架后，她已经有七年多没踏进儿子家的大门了。自此之后，爱花再也没有理过她，更没有给她端过饭、倒过水。有时候在村里碰见了，爱花都会转过头，不瞅她一眼。如今回想起来，自己早年间确实对这个儿媳妇太挑剔了，动不动就会当面骂她，戳她的软骨头。这个软骨头现在想来也很可笑，那就是结婚前五年，爱花没怀上娃。春琴曾经多次扬言要换掉这个铁母鸡，给儿子重寻个能生的好媳妇。那个时候，爱花在家里也抬不起头，任由春琴来回摆弄。分家没多久，奇迹发生了，爱花居然怀上了孩子，居然还是男孩。也许从那个时间点开始，她和儿媳的关系发生了微妙的变化。虽然她依旧爱找爱花的碴儿，但爱花每次都会和她理论，后来上升为吵架，而儿子呢，始终站在他媳妇的那一边。七年前，不知为了什么事情，她给了爱花一巴掌，爱花也回她了一巴掌，这件事经过邻居们的发酵传播，成了村里一桩公开的丑闻。自此之后，她再也没有踏入儿子家的门，而爱花再也没有理会过她。不知为何，她在爱花的身上看到了自己曾经的样子。那时候，她对婆婆也是冷言冷语，没想到如今却成了命运轮回。

又过了几日，春琴再也没有看到儿子，于是决定放下脸面，亲自去他家说事。如今的腿脚早已经比不上当年了，骨头里像是灌了铁，每走十几步，就要停下来喘口气。原本不长的路，如今却走得无比艰难。人老了，连老天爷都和你过不去，人老了，就该进土了，她叹气道，人死了，就该变成树。路上碰见了孙子浩浩。还没等她开口说话，浩浩便扭头走人，不搭理她。她不怪浩浩，因为她知道这一切都是爱花教给他的。她也不怪爱花了，她也不怪自己了，如今的她，早已经原谅了一切，即将而来的死亡让她原谅了自己。她终于走到了儿子家的门口。门口的两头石狮子瞪着她，好像随时都有可能扑上来咬死她。犹豫了片刻后，她还是决定进去找儿子商量这个棘手事。

　　走进去后，她先坐在门里的板凳上回了回魂，随后喊了喊儿子的名字。从屋里出来的不是儿子，而是板着脸的爱花。你一大早来我家干吗？爱花问道。这是我儿的家，我想啥时候来就啥时候来，春琴呛了回去。爱花没有再说话，而是转过身，返回到屋里。半晌后，儿子穿着拖鞋，满脸污垢地站在她面前，怨道，妈，你这么早来干吗啊？春琴按住内心的愤怒，冷冷道，看你这尿样子，被你老婆拿捏得死死的，没有一点男人样，对了，我是来跟你要钱的。儿子的脸变了颜色，声音也提高了半截，说，妈，我不是给你说了嘛，我会为你养老送终的，再说，这也是我爸的遗愿。春琴说，你不给我钱也可以，那你也要把你红梅姐给管了，黄土快埋住我了，我管不动你们了。儿子迟疑了半晌后，说，还是把她拉回来吧，这几年不知道把多少钱都砸进去了，也没见好，再也别烧钱了。春琴没有说话，而是凝视着从烟囱中冒出来的青烟，仿佛被燃烧的是自己的魂。儿子喊她一起吃早饭，她才回过了神，摇了摇手，转身离开了这个家。

下午，儿子开着面包车，拉着她一起去县城。一路上，他们都没怎么说话，而春琴看着车窗外不断倒退的灰色风景，回想着不断流走的往事。她有五六年都没有出过远门了，外面的世界也换了一番新模样了，而她嗅到了自己身上的馊味。她想到了多年前和姐姐们一起在户外挖野菜的场景。那时候，她像是个野小子，天不怕地不怕的，对世界充满了好奇心。如今，她的心已经死了，对世界也失去了兴趣。关于小时候的记忆越来越清晰，对眼前的事情却越来越模糊。洪水快要淹没她了。尤其是近几年来，她常常梦见死去的人，梦见他们重新来到了自己的身边。她知道，这是阎王爷给她的征兆。很多年以前，奶奶曾经说自己可以和亡灵们在晚上说话，而当时的她无法理解奶奶的神秘说法。如今，她变成了奶奶的模样，也拥有了奶奶与亡灵沟通的魔力。她看着窗外，发现奶奶从来没有消失——奶奶变成了树，变成了土，变成了风，变成了天边的云彩。这种突如其来的想法居然让她有点感动，但酝酿的眼泪很快被风吹干了。

　　眼前的路越来越长，而她也不敢问儿子具体的时间。她不知道该如何重新面对红梅，不知道该如何走完接下来的人生路。她闭上眼睛，试图忘掉自己，忘掉曾经的痛，然而无论多么使劲，她都无法获得真正的平静。她多么希望眼前的路永远没有尽头。

三

　　儿子把车停在了幸福家园的门口。他领着她走进了这家精神治疗院，或者更直白地说，就是疯人院。春琴早已经接受了女儿红梅是疯子这个事实。五年前,她和喜庆把红梅送到了这里,之后她再也没有来看过女儿,就当她是死了。喜庆偶尔也会骂她是狠心的婆娘,是没有责任的妈。她从来不反驳,因为他一辈子都没有真正地了解过她。她并不是抛弃了女儿,而是害怕看见女儿落魄的样子。她经常会在梦里听见女儿的呼喊,但她从来都不会转过头去看,因为那里是无法绕过的命运深渊。如今,她又重新走到这家疯人院,周围传来的依旧是谩骂、喧闹以及哀号。踏进院子后,春琴有种即将要溺亡的窒息感。如果世界上有地狱,那么地狱就是此刻的模样。

办事员把他们领到办公室,给他们办完了相关的出院手续。随后,他例行公事地说,红梅这几年恢复得不错,以后要是需要还可以再送回来,我们会尽心照顾她,我们一直把她看作亲人。他把名片递给儿子,儿子看了看上面的字,随后装进了衣兜。春琴原本想说上两句,话都到了嘴边,又咽了回去。如今说什么都没有意义了。

绕过前面的办公区域后,办事员把他们领到了后院。院子里有好几个病人在晒太阳,其中一个病人对着假花唱歌,还有一个病人踩着影子,跳着舞蹈。看到春琴后,有一个看起来有八十多岁的男人突然站了起来,表情严肃,对着她敬礼,然后唱起了国歌。春琴眼睛一酸,不过还是克制住了自己的情绪。要是在这里待上三天,春琴觉得自己也会变成疯子。她在这里闻到了死亡的气味,是那种让她找到了家的气味。半晌后,办事员把他们领到二〇三房门口,敲了敲门,里面没有传来任何声音。办事员推开了门,有一个枯瘦的女人坐在窗边,看着外面的景色,嘴里嘟嘟囔囔,如同念咒。看见他们后,她的神色中有细微的惊恐。与她目光相遇的瞬间，春琴才认出了自己的女儿。这么多年过去了，生活已经剥掉了女儿的魂，只剩下了她的皮囊。她走了过去，拉住女儿的手说，红梅，妈接你回家了。红梅看了看她，然后甩开了她的手，骂道，我妈都死了，我没有妈，我也死了，你们都滚吧，不要影响我念叨。办事员走上前，小声和红梅说了几句话，她的情绪才稳定了下来，跟着他们走出了房间。

出了院门后，女儿转过头，盯着越来越远的幸福家园，眼神中的惶恐也越来越深。一路上，女儿一直拉着春琴的手，没有半点松懈，而春琴也一直在找合适的时机，想要把她父亲去世的消息告诉她。不知道过了多久，儿子把她们拉到了镇子上，请她们吃羊肉泡馍。吃完泡馍后，红梅突然问道，咋没有见到我爸呢？春琴清了清嗓子，低声道，你爸前几天走了，你爸离开咱们了。红梅显然没有反应过来，于是春琴又补充道，你爸死了。红梅盯着她看了好久，眼神中的惶恐变成了冷漠，说，我没吃够，我还要个肉夹馍。红梅低下了头，喝光了碗里的肉汤。

他们终于回到了家。儿子把从镇子上买的土豆、黄瓜和青辣椒放到了厨房。在他准备离开前，春琴叫住了他，红斌，如果我以后走了，你姐就靠你了，你姐以前最爱的人就是你了。儿子的脸上罩了一团黑云，压低声音道，妈，实话实说，给你养老送终是我的责任，再说啊，我也养不起她，我也不想让村里人看笑话。还没等春琴开口说话，他又补充道，你难道忘记了吗？她以前差点掐死你亲孙子，我没找她算账，就算是给你们面子了。春琴早已经预料到了这个结果，于是叹气道，哎，再咋说，她都是你的亲姐姐啊，要不是她，你七岁那年早被河水淹死了。儿子脸上的黑云散开了，苦笑道，妈，这些陈谷子烂芝麻的事我早都忘了,她不是我姐,她是疯子,我姐早都死了。看着儿子脸上的陌生神情,她没有再说话,而是转过身,拉着女儿的手,把她领回了房间。

到了房间后,她指着墙上的照片,说,红梅啊,你爸前段时间走了,来,你来给你爸磕个头,道个别。红梅摇了摇头,笑道,走了好,走了好,我不磕头。春琴没有控制好情绪,骂道,你这白眼狼,你爸白养你了。话音刚落,红梅便走了过来,给她的脸上吐了一口痰。还没等她反应过来,红梅已经跑了出去,离开了她的视野。她用卫生纸擦掉了脸上的痰,然后指着墙上的照片骂道,哎,喜庆啊,我上辈子造了孽才嫁给你,你现在死了,清净了,解脱了,我一个人该咋办啊。说着说着,春琴流下了眼泪,而墙上的丈夫始终微笑地看着她。她走到墙边,摘掉了照片。

多年前,女儿犯病的时候,春琴还可以在村子到处找她。如今,春琴老了,骨架散了,根本走不了太远的路,只能坐在门口遥望,等着女儿的归来。也许是知道红梅回来的消息,村民们看春琴的脸色都发生了微妙的变化。在他们眼里,红梅是异类,是怪物,是孟庄的笑料与耻辱。春琴放下自尊心,问了其中的几个人,而他们都摇了摇头,表示没有看见红梅。在某个瞬间,她希望红梅永远不要再回来了,哪怕是死在外面都比活在这个破村子里要强。她在孟庄受活五十多年了,早已经看透了这里的人情世故,生老病死。如果有来世,她希望自己是风是云是树,只要不是人就好了。

太阳快落山的时候,红梅再次出现在她的面前。还没等她发问,红梅便嚷道,我去坡上找我爸了,和我爸说了一下午的话。春琴瞥见了她眼神中的暗光,于是问道,你和你爸都说了些啥啊?

红梅咧开嘴傻笑道，这是我俩的秘密，我喜欢和死人说话，不喜欢活人。春琴没有再接她的话，而是领着她去吃晚饭。说是晚饭，其实只有咸菜、炒鸡蛋和馒头。以前做饭是春琴最喜欢的事情，如今却成了一种负累，没了精力，也没了心情。黄土已埋掉了她的大半个身体了，留给她的日子早已经不多了。如今，眼前的一切都是空的，世界是空的，自己也是空的。

晚上，周围的黑暗包裹着她，而女儿的鼾声让她无法入睡。她躺在炕上，看着窗外的半轮明月，想到了很多年前的那些夜晚，那些和子女们一起度过的夜晚。那时候，他们睡在她的旁边，而她喜欢给他们讲故事，给他们唱歌。那时候，红梅是其中最爱唱歌的孩子，也是最聪明的孩子。那时候的日子太苦了，但他们是相亲相爱的一家人。如今这个家早都碎了，丈夫死了，红梅疯了，红丽离了，红斌也不怎么理她了。而她呢，早已经忘掉了那些歌，忘记了那些故事。她转过头来，仔细聆听女儿的鼾声。要不是她的原因，也许女儿现在过着特别好的生活，最起码也是正常的生活。她又看了看外面的月亮，和多年前的月亮并没有丝毫的差别。而她呢，早已不是当年的她了。

四

也许，这疯狂的种子很早就播在了红梅的心里，后来慢慢地发育生长，最终变成了枝繁叶茂的大树。如今回想起来，春琴似乎可以抓住女儿变疯的真相，而这个真相和她有着千丝万缕的关系。她乘着记忆之舟逆流而上，看见了命运的虚空与无常。

在红梅九岁那年，春琴逼着她去邻村跟仙菊学唱戏。春琴想让女儿掌握一门手艺，以后可以不用靠天吃饭，甚至可以凭本事养活这个家。她之所以有这样的判断，是因为在这三个孩子里，红梅唱歌最好听，也最懂事，而仙菊也说红梅有非常高的艺术天赋。平时的活再忙，她都要抽空带红梅去学戏。有时候，自己也会在旁边唱上两嗓子。学了三年后，红梅似乎掌握了唱戏的精髓。农闲时分，春琴就拉着女儿在院子里唱戏，引来村民们的围观与赞叹。村里有丧事时，春琴会让红梅上去唱《慈母泪》或者《三娘教子》。丧事结束后，他们会给红梅送上肥皂或毛巾，有时候甚至是钱。当然，红梅会把这些报酬统统交给春琴，而春琴也在苦涩的日子中尝到了一点点的甜。这点甜足以让她抵挡生活的洪水猛兽。那几年，红梅是她心里最大的骄傲，而她也觉得自己快要熬出头了。

在红梅十三岁那年，县里的戏剧团来镇子招人。可以说，春琴为此等待了好几年，这是改变红梅，甚至是改变这个家庭命运的重要机会。一旦女儿被选上，就会有正式工作，就会端上铁饭碗，吃上国家的粮食，就不用像她一样战战兢兢地活在这个世上了。为此，她特意去县城花大价钱买了身戏服，也加大了女儿的训练难度。几乎每一天，春琴都会给女儿说同一句话，红梅啊，我们这个家的未来就靠你了，妈也要靠你了，你可不能辜负了我们啊。红梅没有多余的话，只是点点头。

在去镇子试戏的前一天，红梅发了高烧，春琴带她去县医院看病。在路上，春琴没有控制好情绪，对着女儿骂道，早不来晚不来，偏偏现在生病，你这是故意气我的吧，把我气死了，你也就解脱了。春琴看到了红梅眼中的泪珠，又补充道，不管咋样，你明天都要给我唱好戏,就算死也要死在台子上,唱不好就别回这个家了。女儿没有说话,也没有点头。第二天,红梅在戏台子上突然失了声,最后倒在了地上,被人抬下了台。那个瞬间,春琴眼前一片黑暗,心也跟着碎掉了。

自此之后,红梅再也没有唱过戏,整个人也像是换了一身皮囊,以前的乐观自信变成了冷漠寡言。全家人也避免提起唱戏这件事情,而春琴也把关注的焦点放在了儿子身上。也许是看到了生活的真相,红梅随后把所有心思都放在了学习上,以为学习就可以改变自身的命运。她说想要考上中专,以后毕业了在镇子上当老师。对此,春梅没有鼓励,也没有期待。第一次中考,红梅距离分数线只差四分。回家后,她说自己想要补习,明年肯定没问题。春琴沉默了半晌,说,不行,我们供不起你了,你还是回来种地吧。话音刚落,红梅就跪在她的面前哭道,妈,求你再相信我一次吧。春琴没有说话,而喜庆走上前,扶起红梅,说,好,我们会供你的。第二年中考,红梅比上次考得更差,比分数线少了整整三十分。回家后,她再也没有提任何要求,而是把自己关在后面的黑屋子里,和家里人隔绝了关系。整整半个月,她都没有迈出过家门。那段时日,春琴天天说难听的话来刺激她,她从来没有反抗过,而这也加深了春琴对她的怨念。

在家里干了几年的农活后,红梅摆脱了身上的稚气,从内到外都换了一个人。春琴害怕看见这个孩子,因为在她身上看到了自己早年的模样,也看到了命运对自己的嘲弄。也许是因为春琴管教得太严,红梅事事都要看她的脸色行事,一旦出了差错,就要挨骂甚至是挨打。春琴心情糟糕的时候,就特别爱找红梅的碴儿。她不喜欢这个女儿,又离不开她。在红梅二十岁那年,春琴经过各种比较和算计，把女儿嫁给了邻村的张铁柱。张铁柱是个瘸子，但家里还算有钱，给了春琴很重的聘金。红梅似乎对春琴的安排没有异议，两个月后，便进了铁柱家的窄门。自从红梅走后，这个家也显得空空荡荡，而春琴的心也空空荡荡了。在这人世上，她的寄托也越来越少了。

两个月后，红梅回到了家，说的第一句话就是，妈，我不想回去了，他就不是个人啊。春琴问她怎么回事，她掀开了衣服，身上青一块紫一块，仿佛是不会凋落的花朵。春琴问她是不是做错了什么事情，红梅摇了摇头说，一句话没说对，他就上来一顿打，这次差点把我掐死了。春琴拍了拍女儿的肩膀，叹气道，刚结婚都这样，磨合一段时间就好了，我们都是这样过来的。春琴想起了自己结婚头几年也没少挨打，自己也是慢慢熬出来的，但身上的伤痕从来没有给任何人看过。随后，春琴又补充道，男人都是娃，你要哄着来，不要和他们顶嘴。红梅说，妈，我想留在家里，不想回去了。春琴拍了拍女儿，说，孩子啊，这里已经不是你的家了。红梅没有说话，吃了午饭后就走了。

又过了半年，春琴在医院见到了红梅。刚一走进病房，她就给了红梅一个巴掌，骂道，你这个死女子，有啥事过不去的，造这种孽，我还没死，你就想着死了。女儿的身上还隐隐散发着农药味，眼神中没有了光。看到这般景象，春琴的心像是被捅了好几刀，随后她走到铁柱身边，给了这个女婿两个响亮的巴掌，骂道，你就是个畜生，你看你把我女儿折腾成啥样子了，我今天非要打死你。铁柱跪在她们面前，连声道歉，发誓以后再也不动红梅了。春琴让他当面写了份保证书，第二天又看着他把女儿拉出了医院，拉回了他们的家。看着女儿眼中的绝望，春琴突然心生了一种可怕的念头——这是诀别,这是她最后一次见到女儿。

然而,春琴错了。大半年后,女儿再次出现在她的面前。这一次,事态已经触碰到了春琴作为人的底线。原本女儿已经怀孕三个月了,却因为一句话被铁柱拖在地上暴打,最后失去了孩子,自己也失去了魂。这一次,春琴终于站在了女儿这一边,主动提出和男方解除婚姻关系。之后很长时间,红梅都没有迈出过家门。与此同时,村里开始流传各种各样关于红梅的谣言恶语,其中最可怖的是说红梅已经不是人了,而是鬼魂。那个时候,春琴已经看出了女儿精神上的问题,因为红梅会无缘无故地笑出声,经常自个给自个说话。为了避免可怕的事情发生,春琴又开始给红梅张罗对象。两年后,她又把女儿嫁给了秦家村的秦刚,对方比红梅大二十多岁,前两年刚死了老婆。为了不让村里人看笑话,他们没有举办任何仪式。

半个月后,秦刚家把红梅送了回来,骂道,这个女人就是疯子,你们全家都是骗子,你们把婚钱还回来,要不我们搞臭你们祖宗十八代。为了不让村里人看热闹,春琴让丈夫立刻四处凑钱,还了那笔婚债。

自此之后,全村人都知道他们家养了一个疯子,换着法子来看他们家的笑话。很久之前,红梅是家里人的骄傲,如今却成了耻辱。春琴早已经没有了脸面,也很少和村里人来往了。有一次,村里的黑牡丹拉着他哭泣的孩子来找春琴,刚见面就骂道,管好你家的疯女子,你看她把我娃打成啥样子了,再这样我就要报警了,你们也别想在村里混了。春琴没有说话,而是从里屋把红梅拉了出来,当着黑牡丹的面,扇了红梅三个耳光。红梅哭着跑了出去,黑牡丹也摇了摇头,叹口气便走了。

春琴开始带着红梅四处看医，但女儿的病情时好时坏，仿佛老天爷给她下了诅咒。有一次，女儿脱光了衣服，在全村人面前追打那些嘲笑她的男孩。看到这一幕，春琴想到了死。之后，她把女儿送到了精神病院。那些年，喜庆工资的一半都用来给红梅看病，为此儿子和儿媳对他们有了很大的意见。等他们从精神病院把女儿接回来没几天，女儿一把扑上来坐在春琴身上，差点把她掐死。自此之后，喜庆把女儿锁在了后面的黑屋子。女儿一会儿笑一会儿哭，大部分时间都在自言自语。这么多年来，女儿要么在黑屋子，要么在精神病院，而春琴早已经被她磨掉了所有的生活热情。她知道这就是老天爷对她的惩罚，而她已经受够了这人间的苦日子。

如今，喜庆死了，她也老得只剩下一把骨头。以前喜庆在的时候，家里最起码会有固定的收入，也有人和她一起承担生活的重负。如今喜庆死了，安葬费不是她的，连工资卡都落在了儿子手里，而她觉得自己被剥夺了活下去的理由，甚至连个说话的人都没有了。很多年前，家里的一切都掌握在她的手里，那时候的她觉得生活充满了乐趣。如今一切都变了，她变得一无所有，只剩下了最后几口气。不，还有这个疯疯癫癫的女儿。她不敢想象明天，因为她已经没有了明天。

五

红梅回来没几天便闯了大祸。那天春琴正在炒菜，听到了外面的吵闹声。她关掉煤气灶，走了出去，看见村里的韩芙蓉拉着红梅的胳膊,堵在家门口。韩芙蓉的后面跟着一群看热闹的村人。红梅眼中含着泪,像是做了错事的孩子。还没等春琴开口说话,韩芙蓉便破口大骂,这狗日的疯子,刚才差点把我娃掐死,你再不管好你这疯女子,咱们村里人都过不上好日子,都跟着倒霉。话音刚落,后面的人就纷纷起哄,以表示对韩芙蓉的支持。韩芙蓉提高了嗓门,骂道,你这娃就是瘟疫,走哪就祸害到哪,要是下次再敢动我娃一根汗毛,我豁命也要弄死她。说完后,她松了手,红梅赶紧跑回了家。春琴站在门口,看着人群解散,没有说一句话,而所谓的尊严早已化为灰烬,不值一钱。不知为何,她突然想到了很多年前,父亲被剃了阴阳头,被拉出去游街的场景。那时候,春琴站在路旁,什么也不能做,什么也不能说,唯有心中的绝望。此时此刻,她又再一次体会到了这种无助孤苦。只不过,她现在老了,不知道还能不能熬过去。

她回到家,准备教育一下女儿。还没等她开口,红梅便向她脸上吐了一口痰,骂道,还不是怪你,都怪你,还不是你把我弄成这样子,这个世上我最恨你了。随后,她把春琴推倒在地上,接着跑出了家门。看着她消失的背影,春琴听到了心破碎的声音。她的骨头差点散了架,在地上坐了好久,恢复气力后才站了起来,走进了房间。休息了半晌后,她终于想到了比较周全的办法。

她再次来到了儿子家,敲了敲门,没有人回应。她推开了门,这次迎接她的是浩浩。还没等她说话,浩浩便对内屋喊了声,爸爸,有人找你呢。说完后,看都没看她一眼便跑出了家门。没过多久,儿子出现在了她的面前,问道,妈,你过来有啥事情吗?春琴反问道,没事情我都不能过来看看你吗?还没等儿子开口说话,她又说,你再帮我最后一个忙,我保证以后就不来找你了。

她把自己的计划告诉了儿子。儿子在原地愣了好久，然后点了点头，回屋收拾了一番。

当天下午，儿子便换掉了后屋的玻璃窗，换上了铁栅栏。之后，他们合伙把红梅推进了黑屋，锁上了铁门。当天夜里，她听到从黑屋里面传来的歌声。不，不是歌声，准确地来讲是戏曲《慈母泪》的选段。自从被县剧团淘汰的那天起，红梅就再也没有唱过戏了。这么多年过去了，春琴以为她早已经忘掉了戏曲。春琴站在门外，听她唱完了这个选段。春琴对着门说道，梅梅啊，你不要怪妈狠心，妈这也是对你好，等你好了，妈带你去看大海。等了好久，里面也没有半点回音。

整整三天，放在铁栏外的饭都没有被动过，而红梅又哭又笑，再没有其他回应。春琴知道不能把她放出去了，也没有钱再次送她进疯人院了，而这是唯一能保存脸面的方式，不仅是春琴的脸面，还有红梅的脸面，更是整个家族的脸面。虽然这个家族早已经抛弃了她们母女俩。整整三天，春琴都会时不时地站在黑屋外，和女儿说话，给女儿唱歌，甚至会给女儿讲述自己小时候的故事。女儿没有回应，只是坐在墙角，无望地看着铁栏外，眼神中没有了神采。不知为何，在女儿身上，春琴看到了极为神圣的光芒，看见了万事变空后的清澈宁静。

春琴把饭放到了铁栏外，然后对着里面的黑暗说，梅梅，赶紧吃饭，妈出去一下，等会回来。随后，她锁上了大门，走向村西头的公交站。她要去红丽家住上一段日子，因为除此之外，她已经没有了别的选择。她想过死，但死不能解决问题，而且会给儿女带来新的耻辱。她只有通过逃避来解决眼前的棘手问题。

等了很久，她才坐上了公交车。看着车窗外倒退的风景，多么希望时间也能倒退到自己的少女时代，那时候的她还对这个世界抱有太多的幻想与期待，那时候的天也比现在明亮温柔。她在玻璃上看到了自己的脸，已经接受了自己衰老的现实。她转过头，闭上了眼睛，黑暗慢慢地剥开了她的灵魂，带着她飞向了极乐之地。突然间，她脑海中响起了一段陌生又熟悉的歌谣，是的，是喜歌，是自己结婚时的喜歌。她不由得哼唱了几句喜歌。眼泪淹没了她的世界，而眼前幻为空茫茫的生死海洋。她使出了生平最后一丝气力，喊停了公交车。

——原载《大家》2022 年第 5 期

蓝色赋格

第一赋格

你知道人为什么喜欢仰望天空吗?

黑暗中,手机的响声捎来了暖意,照亮了我的蓝夜。打开微信后,我看到了羽蒙发来的这个抽象问题。我没有回答她的问题,而是离开了床,走到窗前,拍了一张夜空的照片发给她。空荡荡的暗色黑幕中氤氲着两颗星辰,如同朦胧之夜的双眼。夜已沉睡,唯人独醒。我又收到了她发来的城市温柔夜色,意识到我们是身处两地的同一个人。

凌晨一点多了,我却没有丝毫的睡意。也许是因为在城市生活太久的缘故,我已经不太适应乡村的空夜。母亲说我越来越生分,越来越像一个客人。也许,她的说法有一定道理——我是故乡的陌生人,也是城市的异乡人。我不属于任何地方,而任何处所也无法庇护我。自己如同飘荡在浮世中的尘埃,无根亦无花,无因也无果。但是,我又必须在形式上保持这种并不存在的亲密感。或许,这是一场关于告别的漫长仪式。

无法入睡，于是便翻出《林中路》来重读。虽然博士论文研究的是海德格尔晚期思想与语言转向，但直到现在，我仍旧很推崇这位哲学巨人看待世界的方式。越靠近他，越看见自我的渺茫与微弱。在通往终极思想的途中，我似乎瞥见了故乡的幻影，而真正的故乡是不存在的人间福地。躺在故乡的床上，我却有种强烈的不适之感。很快，我便放下了书，沉入梦的王国。

第二天，在秋日的阳光下，我们围坐在院中剥玉米。

大约从我小学五年级开始，每年秋末，全家人都会围在一起剥玉米，说一些家长里短的闲话，这仿佛也成为一种家族的小型仪式。在外求学的那几年，我错过了这种仪式，也错过了仪式的洗礼。上一个礼拜末，母亲特意打电话，叮嘱我抽空回家剥玉米。虽然有千万个逃脱的理由，但我还是应允了下来，因为这是重返心灵故地的重要方式。

其间，我把关于麋鹿与天梯的梦说了出来，却没有收到任何回应。祖母一边剥玉米，一边自说自话，仿佛是向命运之神的祷告。大姐给她的儿子叠纸飞机。二姐的眼神中映出麻雀乏味的舞姿。父亲抽着烟，六神无主地盯着地上的金光，而母亲拨弄着手中的玉米粒，仿佛是光的收集者。眼前的亲人们，距离我又是如此遥远。我不再说话，而是细数手中的颗粒，将沉默装入空壳。

没过多久，祖母打破了这种冷冰冰的壁垒，突然对我说，你爷也做过这个梦，和你刚才说的一模一样，看来梦也是会遗传的，我常常在梦里和你爷爷说话。当我开始询问关于祖父的过往时，她的眼神突然活泼盎然，如同枯木长出了青苔。我从未见过祖父。在我出生前的很多年，他便死掉了。但是在祖母的不断复述下，他在我心中的位置从未空缺，也不曾远离。据祖母说，在孙子辈里面，只有我与祖父的神情最接近，外貌也最相似。不知为何，我因这种说法而欢喜荣耀。因为我经常会产生错觉：另外一个我在别的时间与别的空间逍遥生活。也许，祖父便是另外一个时空的我。祖母谈论祖父的一切，却从未说过他的死。我们都知道这个话题是她的生活禁地。

正当大家沉默时，突然听到了黎莉打来的电话。还没等我开口说话，她便用嘲讽的口吻质问道，吴勇，你是不是特喜欢你那破农村，待着都不想回来了吧？

我早已习惯了她说话的方式，于是用最理性的语调问她发生了什么事情。她说家里的电脑突然出现了故障，打不开主机，而她所追的美剧正看到了紧要关头。随后，她用命令的口吻让我立即回家。当然，我拒绝了她的请求。还没等我来得及解释，她便挂断了电话。我们的婚姻也早已经出现了故障，而我选择了视而不见，自我欺骗，或者说选择了逃避。我们结婚四年多了，除了摆婚宴请宾客那次以外，她再也没有跟我回过孟庄。我明白，她心里鄙视这块穷乡僻壤，但是我理解她的选择。

挂断电话后，母亲问我发生了什么事情。我装出快乐的样子，谎称是收到了儿子团团的电话。听到团团的名字后，母亲的神色似乎从混沌中生出了光。她放下手中的玉米棒，掸落手上的灰，之后便让我拨通家里的电话。接电话的是黎莉，她很不耐烦地回应我。我把母亲的愿望告诉了她，之后便打开了扬声器，将手机交给了母亲。黎莉立即换了一个人，非常客气地与母亲交谈，随后便听到了儿子咿咿呀呀的说话声。通话最后，母亲问黎莉什么时候带团团回家。黎莉没有任何迟疑，非常爽快地答应春节一起回来，并补充说最近忙于工作，希望家人理解。我明白黎莉不会带儿子来这里，她所说的一切都只是托词，但我又不能在母亲面前挑明这一切。全家人又陷入了各自的沉默，只能听到从广播中传来的喧嚣与躁动。

　　与她恋爱时，我并没有意识到我们在本体论上的差别。那个阶段，爱成为我们唯一的主题。我们躲在爱的避风港中，对隐形的暴风雨避而不谈。结婚以后，当激情慢慢消退，问题的核心才慢慢浮出了水面。她是城市户口，家里的独苗，从小到大都顺风顺水，父亲是税务局的领导，母亲是国企职工，有着稳定的社会保障与地位。硕士毕业后，她非常顺利地进入公务员系统，拿到了所谓的金饭碗。而我呢，出身农家，上面有两个姐姐，父母都是靠天吃饭的农民，没有什么人脉资源，也没有什么社会背景。那时候，我常常面临因为家境原因而辍学的危险。我的心里装着恐惧与不安，闷头学习，一直熬到了哲学博士毕业。庆幸的是，我回到了长安城，通过层层关卡，最终被一所重点大学聘为教师，从而有了渴望已久的稳定生活与社会身份。然而，在身份的桎梏中，我越发感觉自己快要失去做人的资格，而自尊心是这个社会最鄙夷的玩意。

　　结婚后，我们搬到了她父母送的一套新房中，而我仍旧只是一个寄居者。不是因为我想强调这种境遇，而是因为她时常以此来嘲讽我，要挟我，甚至恐吓我，仿佛她的手上拽着我的命根。我们的感情充满了种种盘算和计较。我像是被关在铁笼中的鸟，失去了歌声。或许，我永远也找不到自己的栖息之地。我想到了家，却无家可归。

　　晚饭结束没多久，大姐夫便开着面包车来接大姐和外甥。他点燃了烟，和我闲聊了几句，之后扮出布道者的神情，告诉我一些人生大道理，而我什么也不说，凝视着他的可笑。没过多久，大姐打断了他庄重的布道，笑道，我弟是博士啊，啥能不知道，还用听你在这里瞎扯说教。姐夫将燃完的烟头扔到地上，不服气地说，只能说明他是个书呆子，你问问你弟，看他会不会撵兔，看他会不会赌狗，看他会不会杀鸡杀鱼，看他会不会开货车。还没等大姐开口说话，他便用挑衅的目光盯着我。我摇了摇头，回答道，我确实不会，我什么都不会。他警惕的眼神这才松弛下来，拍了拍我的肩膀，笑道，没事，哥下次带你，你有啥过不去的事情，就给哥打电话，哥帮你摆平。大姐走了过来，让我不要介意。我说，姐夫说得也对，我有太多不懂的事情，以后还要仰仗你们呢。临走前，大姐夫把剩下的半包烟递给我，说，不抽烟的男人不是真男人，书读再多也不顶饿。我苦笑了一声，接过了烟，望着无尽的夜，瞥见了白昼的幻影。

　　大姐夫和大姐离开后，整个院子也变得清冷寂静。月光洒在二姐瘦弱的身上，为她披上了银白色的羽衣。不知为何，我头脑中突然回荡起儿时的歌谣，也是二姐经常拉着我唱的那首歌谣。于是，我喊出了她的名字，就像小时候在树林中玩耍那样。她转过头，看着我，没有说话。那个瞬间，我看到了她眼神中的冰冷月光。我知道，她有可能永远不会和我说话了。很多次，我想要和解，想要解释一切，但她用沉默锁住了心，把我挡在了门外。这么多年以来，她一直怨恨这个家庭，厌恶这个村庄。吊诡的是，她选择了无婚生活，选择了留守在这个困扰她的逼仄之地。

　　小时候，我一直将二姐视为我最重要的朋友。只有在大人面前，我才叫她姐姐，而私底下，我直接喊她的名字。她比我只大一岁半，性格像男孩子，会爬树、玩弹弓与捉蝎子。有一次，为了帮我复仇，甚至和另外一个男孩厮打。不知从哪里来的勇气，我捡起了地上的半块砖头，敲烂了那个男生的头。要不是在父母的百般求情下，我和她肯定会被学校开除。也就是从那件事开始，我们之间形成了一种天然的隐形联盟。曾经，我天真地认为这种联盟攻不可破，坚不可摧。

回到客厅后，我陪父母看一部夸张无味的家庭闹剧。我们之间没有什么可以交流了，而噪音的存在恰好缓和了各自的尴尬。没过多久，父亲接到了一个电话。之后，他哼着小曲，带走茶几上的半包香烟与打火机，转头离开了家。母亲对着电视机喊道，大半夜的又出去混，出去就别回家，一天到黑就知道打牌喝酒，咋不死在外面呢！父亲消失在夜色中，回应母亲的只有电视上歇斯底里的剧情。她的脸色上，映出可怖的蓝。

广告时分，母亲的眼神才从电视的织网中短暂脱身，对着户外叹气道，每晚不是打牌就是喝酒，喝死在外面就算了，这日子真熬人，也不知道活着图了个啥。她与我的眼神短暂相遇，流露出一丝懊悔。她起身离开了沙发，从柜子中取出一瓶白酒与两个玻璃杯。她给我们各倒了半杯酒。像往常一样，我们先是碰杯饮酒，接下来便是她的沉默与抱怨，她的无奈与绝望。每次谈话的最后，她都会将自己生活的悲剧都指向父亲。从小开始，我就习惯了她的这套说辞，但我无能为力，只能成为沉默的聆听者。不到十点钟，母亲终于关掉了电视。我们回各自的房间休息。

回到房间后，我坐在床上，给黎莉象征性地发了一条微信。没过多久，她便给我发了一张儿子坐滑滑梯的照片。我没有再回复，也不知道该和她说些什么。恋爱时期，我们已经消耗完了彼此的爱。随后，我把昨晚写的一首情诗通过微信发给了羽蒙。没过多久，便收到了她的回复。她和我非常理性地探讨了这首诗歌。我们又聊了一些关于西方诗歌传统的问题。我心生欢喜，时间也因欢喜变得急促短暂。我知道自己在情感关系上是个烂人，但我无法抵挡欲望的洪水。两个小时眨眼间从指尖飞过，留下了片刻的空无与倦怠。结束对话前，她给我发了一张与柏拉图的合影，并且附上一句话：柏拉图在鄙视人类。柏拉图是我去年送她的一只布偶猫。她曾经说过，猫比人更值得信任。我不同意她的看法，却找不到辩驳的理由。

聊完天后，我又陷入了一个人的孤独王国。

羽蒙是我的学生。如今，她已经读到大四了，即将面临毕业。我们保持着一种非常亲密的语言关系。我为此陷入了一种道德困境，觉得自己在做一件危险且充满诱惑的事情。记得那是大学的第一堂文学课，我让每个学生说出自己最喜爱的作家及其理由。她给出的答案是法国作家尤瑟纳尔，并且清晰地表达了自己对《苦炼》这部作品的钟爱。那时候的她，坐在教室最后一排靠窗的位置，九月的风与光让她的眼神变得更加澄澈明亮。也就是从那一瞬间开始，我对这个学生有了特别的好感。这么久过去了，我仍旧记得她眼神中的那束光，而这也是大多数人所匮乏的东西。我从未亲吻过她，也没有碰过她的手。我喜欢这种平静的热情，这种微妙的距离，这种可怕的僭越。

夜间，我在梦中听到了魔鬼撞门的声音。沉闷的响声慢慢地击碎了我的空梦。睁开眼后，眼前的黑夜压在自己的身上，有种不适之感。打开台灯后，身体中的黑暗也消散了，光照醒了我的蓝梦。忽然间，我意识到那是父亲的敲门声，于是披上衣服，走入黑暗，去给他开门。打开门后，我看到了父亲扭曲可怖的脸，闻到了他身上浓烈的酒味。他喃喃自语，仿佛一种无人知晓的咒语。从小到大，我一直避免与他的眼神接触，避免与他深入交谈。我心中的父亲应该是一个闪着光的强人，而他是彻头彻尾的失败者。我在他的眼神中看到了自己的恐惧与悲哀，看见了自己的过去与未来。他是我的镜像，而我想敲碎这面看不见的命运之镜。我扶着他走了进来，听到他嘴里的话：我不回家，我也没家，这里也不是我的家。

他经常在酒后说同样的话。我理解他，因为我也经常有种无家可归的感觉。与他不同的是，这种感觉在清醒时更加强烈逼真。我的家或许在别处，但别处并不存在于物质世界，只存在于绝对理念。扶着父亲的时候，我感觉自己像是在与内心的恶魔角力搏击。快到房门口时，他突然转过身来，抱住我，开始号啕哭泣。这是父亲第一次在我面前哭泣，然而我无动于衷，心中甚至有份冰冷的嘲弄。

过了一会儿，母亲打开了房门，骂道：你还有脸回来，咋没把你喝死，想死就去找个好死法，别在这里装混卖疯。父亲止住了哭泣，瞪着母亲，没有说话，但眼中是怨恨的火焰。这种恨意在多年前早已种下了，如今开出了永不衰败的野生蔷薇。

再次回到房间后，夜已经装满了整个空间。关掉灯，躺在床上，黑夜再次降临我的梦中。在梦中，我似乎获得了罕见的自由，走在一条似乎没有尽头的夜路上。不远处的榕树下，我看见有一个等待的人影。我有点害怕，想要沿原路返回，然而身后的路却没有了踪迹。没过多久，我与那个人打了照面。惊奇的是，他和我相貌一致，只是比我苍老了很多。我问他为何逗留于此地。他说他无处可去，无家可归。随后，我邀请他同我一起往前走。他拒绝了我，说自己在等待。我问他在等待什么，他说他已经忘记自己在等待什么了，唯一能做的事情就是等待。我离开了他，沿着夜路继续向前走，也不知道自己为何向前走。突然间，我意识到那个人是我的祖父。当我转过身后，却发现他与树都消失了。我内心是空荡荡的蓝，什么也无法将其填满。

早饭时，我把梦告诉了祖母。她笑了笑，说，这是你爷想你了啊，虽然他没有见过你。我问这梦有什么含义。祖母说，你爷找不到家了。我原本想问该怎么办，又把疑问咽回肚子。吃完早饭后，祖母把我叫到了她的房间。她从箱子里取出一个铁皮盒子，盒子上镶嵌着一对龙凤。她把盒子递到我手上后，说，这是你爷当年留下的金表，以后就是你的了，还有这是你、我和你爷之间的秘密，不要让其他人知道。我点了点头，问道，婆，为什么要现在给我这个啊？祖母说，我快要见阎王爷了，我经常梦到你爷，他等我等太久了。祖母平静的语气中有威严的神圣感，而我只能接受她的这份馈赠。打开这个怀表后，发现时针早已停止，而整个世界也仿佛因此而停滞不前。

临走前，我给父亲偷偷地塞了两千块钱。他苦笑了出来，将钱装进自己的口袋，说，哎，爸这辈子太窝囊了，没给你们提供好的生活。我说，爸，你把我们拉扯大，把我送进大学，已经很了不起了。父亲没有再说话，而是分给了我一根烟。这是我们父子俩第一次一起抽烟，一起沉默。

坐在返城的高速公交车上，我凝视着户外的天空，梳理着自己紊乱的思绪。我抓拍了一张动物形状的云朵，随后把这张照片通过微信分别发给了羽蒙和黎莉。面对着空荡荡的风景，我空荡荡的灵魂也发出了无声的哀鸣。在空的幻景里，我辨识出了心的模样。

第二赋格

晚饭结束后,我又独自坐在书房里,写一篇关于海德格尔哲学的文章。我承认,这位德国哲学大师的理念改变了我观看世界的方式。每次当我思考某个问题时,我都会听到这样的声音:如果是海德格尔遇到了这个问题,他该如何阐释?也许,父亲的评价是正确的,虽然我读过太多的书,懂得很多理论,但我却不懂得真正的生活。与我相比,祖母是更懂得生活真谛的人,尽管她并没有受过什么教育。我常常怀念小时候,祖母给我讲故事的夜晚。那时候的夜晚,照亮了如今的白昼。

凝视黑夜让我遁入迷宫,而敲门声打碎了这种迷思。我转过头,看见图图站在门口,怀中抱着红皮球,眼神中是纯粹的明亮。我招了招手,他便跑了过来,坐在我的怀中,用手触碰黑色键盘。他让我陪他去玩皮球,而我对他说自己先要完成手边的事情,才能好好陪他。之后他便离开我的怀抱,带着皮球离开了房间。

我心有愧疚,无法凝神写作。十分钟后,我离开房间,走进了客厅。图图坐在地毯上,玩着积木,而黎莉则躺在沙发上,一边盯着平板电脑,一边傻笑。我坐到图图旁边,看他搭积木,筑城堡。我在他专注的眼神中看到了我曾经的模样。没过多久,他便搭建好了一座彩色的城堡。我拍了拍手掌,抱起他,亲吻他。他的脚碰到了城堡,小心翼翼所建筑的一切在瞬间崩塌。图图坐在地上,蹬着腿,让我赔他的城堡。我蹲在地上,打算帮他重建城堡,然而黎莉嘲讽道,你还是看书去吧,啥都不会,看了那么多的书也不顶用。我想要辩驳，又无力辩驳。她的眼神中浮出了某种蔑视。她放下了平板电脑，抱着儿子，唱起了歌谣。

我再次回到房间，将世界挡在了门外。我独自坐在房间，面对眼前的文档，衔接不上刚才的思路。于是，我一口气喝掉了剩余的半杯可乐。可乐中的碳酸味道能够短暂地治愈我心中的焦灼。我打开手机，给羽蒙发了一条微信，约她下午一起喝咖啡。大概过了十分钟，便收到了她的回复——两张她趴在桌子上的自拍照。我们便定了约会的具体时间与地点。放下手机后，我又看了看她的照片，喜从心生。随后，我删除了我们的聊天记录。我所进行的是一场危险的感情游戏，但我不知道如何终结它——她是我的心瘾，我却不知道如何戒掉。整个世界是苦的，而只有她是甜的。带着心中的甜，我又找到了刚才断掉的思路，很快便掉入了思想的漩涡。

等从漩涡中出来后，已是夜里十点钟了。我站了起来，揉了揉眼睛，走出房门。岳母正在哄图图睡觉，而黎莉依旧抱着平板电脑，眼神中长出了迷惘。我想要说句话，又不知道该说些什么。因此，我只能独自体会这被囚禁的自由。恋爱时期，我们总有说不完的情话，走不完的夜路，看不完的电影。结婚这几年来，我们的话越来越少，而路也似乎走到了尽头：我们更相信手中的智能机器，内心早已灌满了锈铁。我们疲惫，我们困惑，我们踟蹰，又假装微笑。晚上睡觉时，我从背后抱住了她，而她推开了我的胳膊，选择独自沉睡。那一瞬间，我突然明白我们并不属于同一座夜海方舟。

第二天上午，我连续讲了两个小时的西方文学史。午饭结束后，我独自去了学校图书馆，翻看了一些外文期刊，查找了一些学术动态。只有与书相处时，我的心才能暂时找到栖息之所。两点整,我出现在另外一个班的课堂上,这次上的是基础写作课。虽然我的专业是哲学,却被分到了文学院工作。其实,我还是有点庆幸来教文学。如果研究哲学,又去教授哲学,这种纯粹的思考状态可能会把我逼疯,而文学则会冲淡这种对绝对问题思考的自我压迫感。我不是哲学的圣徒,而是哲学的囚徒。

下课铃响后,我深吸了一口气,带着包离开了教室。户外的空气也因自由而显得开阔明朗。走出了校门,走向洛神咖啡馆。那里也是我们第一次约会的地方。走进后,我的目光很快便捕捉到了她神情中的微光。她坐在角落靠窗的位置,翻看一本书,户外的光透过蓝色纱布后闪出碎水晶的形状。直到我坐在她的对面后,她才抬起头,满面含笑,说,你先点个喝的,我马上就把这章看完了。我点了点头,随后点了一杯卡布奇诺。抿了两口咖啡后,我便凝视她惊心动魄的美。这么久过去了,我仍旧不敢触碰她的美,但偶尔相见,满心愉悦,也是满心徒劳。她正在为考研做最后冲刺。她专注读书的神情凝固了她的美,有着精工细凿的建筑感。大约二十分钟后,她放下手中的书,抬起头来,与我的目光相遇。那一瞬间,我回避了她眼神中的光芒。随后,我们像往常一样,抛弃了尘间的烦恼,畅谈文学艺术与电影哲学。接下来,我们又陷入各自的沉默国度。离开咖啡馆之前,她向我坦诚了一件事情:她已经有了新的男友,不过是在上海读书的工科男。说完之后,她又问我是否介意这件事情。

我笑了笑,摇了摇头,没有说话。

离开咖啡馆后,我独自走到学校的停车场,心中有种说不出的丧失感,同时又有种解脱感。车开动后,我打开了音响,Leonard Cohen 的 "Famous Blue Raincoat" 冲散了空间中的阴郁逼厌。我哼唱着歌曲，迎着眼前的城市风光，慢慢地摆脱了肉身的沉重，甚至有种飞翔的错觉。快到小区时，我突然改变了主意，于是换了方向，掉了车头，沿着公路向南方驶去。不远处的秦岭似乎有召唤我的声音。

等我上路时，夜将白昼慢慢染黑，山的轮廓也渐渐地被黑暗吞噬。我将车上的音乐换成巴赫的《赋格的艺术》。钢琴的声响浸染了空夜的寂静。在梦里，我经常看到的都是蓝色的世界图景，而只有赋格这种艺术形式能够短暂地消解我内心无法言说的忧郁。我经常梦想着自己能够写一本书，以赋格的形式来阐释我对世界的认知。然而，这只是偶尔的幻想，我从未真正将其付诸行动——我经常可以听到心底的旋律，但我既不是创造者，也不是演奏者，而更像是理念形式的乐器。在巴赫的这部作品中，我听到了整个世界的沉默，也瞥见了自我的虚空。这部作品是关于空相的音乐注脚。

距离城市与人群越远，我的心反而越发清澈明净。刚经过一个村落时，电话的响声闯入我的世界，扰乱了我的平静。那是黎莉打来的电话，铃声中携带着某种催促命令的口吻。放到平时，我会立即放下手中的一切，去接听她的命令。然而这一次，我想要绝对的安静，不想与任何人产生关联。没过多久，她又拨来电话，铃声如同监视我的隐形狱警，让我无处可逃，也无地可依。我直接挂断了电话。为了拥有绝对的私人空间，我关掉了手机，将音乐换成贝多芬的《大公三重奏》。我太熟悉这首曲子了，甚至可以跟着节奏哼出整个篇章。突然间，我又觉得可以掌握自己生命的方向盘了。也许在别人看来这是一种对家庭责任的逃避，但我已经厌倦了所谓的责任。那是另外一间用词语建造的牢房，而我们都是其中的囚徒。

很快,车子便沿着路深入山的核心,空气也骤然变冷。作为肉身的自己正在被眼前的黑暗悄悄吞没,而作为灵魂的自我却显得越发清醒。整条路上,只有偶尔的灯光车响与夜枭鸣叫,我有点害怕,有点对未知的恐惧,甚至嗅到了死亡的清冷气息。我想,要是此刻冲出山路的栏杆,掉入山谷中,肯定不会有人发觉我的死亡,而我也不再会有焦灼与恐惧,不再会有噩梦与幻境。也就是在这个觉醒瞬间,我突然有种想要赴死的冲动,想要以此来告别尘间。我已经没有什么可以留恋的了,死亡似乎在眼前召唤着我。然而,理智在最后关头扼住了冲动的魔鬼。我提高了警觉,静心凝神地开车,不想让山夜扰乱了我的心神。这条夜路的终点,仿佛是我的心。

我将车停在了一家山间餐厅的门前。点了两样菜后,我便坐在星空下,聆听山间万物的回音。我抬起头来,与眼前的黑夜长久凝视,忘记了自己身处何地,甚至忘记了自己的名字。那个瞬间,我的心不再焦灼与漂泊,似乎找到了永恒的归处。那个瞬间,我似乎看见了虚空的本质。我知道这种永恒只是一种幻觉,而我也注定会因幻觉而漂泊终生。我看到了夜色深处的深蓝,那里仿佛有自己命运的神谕。不知为何,眼泪模糊了眼前的世界。

两个小时后,我开车出了秦岭。

等待绿灯时,我打开了手机,随后便收到黎莉发来的五条信息。字里行间,我已经读出了她语气的微妙变换:从平和,到质问,再到最后的威胁——你要是不立即回我的信息,就请滚出我的家。这样的威胁我已经听过了很多遍,但我并没有麻木,仍旧可以体会到语言背后的刺痛。我拨打了她的手机,无人接听。我再一次拨打她的手机，收到的是她的拒接。我又拨打了岳母的手机，很快便听到了她的声音。还没等我开口说话，岳母便告诉我图图发高烧，让我立即去儿童医院。挂断电话后，我加快了回城的速度，心也提到了嗓子眼。我瞥见了自己的无能与恐惧。

到了儿童医院后，我拨打了岳母的电话，很快便找到了他们。岳父抱着图图，而岳母和黎莉坐在他的两旁，如同命运的守护之神。图图睡着了，从输液袋里慢慢掉落的液体如同时间的阵脚，发出滴答的催促声。我正想要解释，但黎莉蔑视的眼神封住了我的嘴。岳母的脸上露出一丝不悦，而岳父疲惫的眼神中也深藏着责备。我不知道该如何举动，只能站在他们身旁，接受这无言的审判。

出了医院后，他们像是商量好了一样，一起坐岳父的车回家，而我像是被他们孤立的孩子，只允许站在远处，观看他们的游戏。回到家后，黎莉把熟睡的图图放进了卧室。之后，她冷着脸坐在我的对面，而岳父岳母则坐在她的两旁，眼神中是不解的冷漠。长达三分钟的沉默后，黎莉终于开口责难。她首先质问我为什么不接电话，为什么要关机。我如实回答。听完后，她冷笑了一声，说，你骗谁呢，肯定是和哪个女的约会去了，怪不得一天心神不宁的。我摇了摇头，以示否定。黎莉也许看出了我的惶恐，坚持要检查我的通信记录。岳父说了两句圆场的话，想要以此击退她心中的冲动魔鬼。还没等她开口说话，我便把自己的手机递给了她。她知道我手机的密码，带着质疑的眼神，翻看我的通信记录、微信与相册。半晌后，她把手机扔到茶几上，面带嘲讽地说道，删得比我查得还快。这一次，她眼中的蔑视触怒了我。我站了起来，对她喊道，能过就过，不能过就散伙。她冷笑了一声，说，那你走吧,房子不是你买的,家里也没有几样东西是你的,孩子我可以自己养大。岳父在一旁拉住了她,让她保持冷静。

我没有说话,而是收好手机,带着包,离开了这个家。

下楼后,外面的冷空气钻入我的肺部,发出轰隆的金属声。整个黑夜是没有爪牙的恶魔,而我无处可逃,无路可走,仿佛是被四面八方的黑暗所捆绑的罪人。手机铃声突然响了,原来是岳父打来的电话。他让我在小区东门等他,想和我好好谈一谈。没过多久,他开着自己的车,出了小区。我坐上了他的车,驶向黑夜的乌托邦。

一路上,我们沉默不语,聆听着城市的寂寞呼吸。我不知道他要将我带向何处。奇怪的是,我在他的表情中却看到了自己迷失的模样。虽然平时与他没有太多的交流,但是,我一直觉得我们是某种意义上的同路人。

车子在城东的紫薇花园小区地下室停了下来。随后,他带我去了他的住处。我忽然意识到他很早之前就在外面建立了另外一个小家。

打开房门后,我看到了传说中的那个女人。她比我想象中要苍老,脸上却带着几分红晕,眼神中的温柔虽疲惫,但真诚恳切。看到我之后,她脸上流露出些许尴尬,但笑容很快遮掩了她的不安。她放下手中的佛经,给我们端茶倒水。岳父对她说,这就是我那个女婿,是个博士,学问特高。又对我说,她就是我的那个朋友,以前是唱歌的,现在学习做美食。我点了点头,与她握手,不知道该如何称呼她。很久之前,我便知道岳父在外面有其他女人,但他和岳母并没有因此离婚,一直保持着夫妻的名分。这件事情早已成为这个家庭公开的秘密,而岳父一直恪守他对两个家庭的不同职责。我们面对面坐着，喝了很多白酒，说一些闲话。他通红的脸突然变得严肃，告诫我要好好地照顾他的女儿，要多体谅她。我点了点头，心中泛出无法消解的苦涩。

晚上，我睡在他家的客房，随手翻了几页床头的《西藏生死经》，便遁入梦境。在这个蓝色的梦中，我不断地向前奔跑，而后面是追赶我的声音。当我跑到湖岸时，那些喧闹的声音已经消失。我坐在湖旁，观看一群翩翩起舞的白天鹅。正当我入迷时，突然听到一声枪响，天鹅们从眼前消失了，幻为天边的游云。还没等我站起来，便被未知的力量所捆绑。四个黑衣人用铁索将我绑住，之后便把我抬到了白色船上。我想要喊叫，却发不出任何声音。我只能看到黑衣人的眼神，却抓不住他们的神情。船到中央时，他们把我举了起来，扔进了湖中。奇怪的是，我在水中可以自由呼吸，身上的锁链也断了，甚至可以看到天鹅们的幻影。在水中，我获得了新生。

梦醒后，我看了看表，凌晨三点十五分。我坐在黑夜中，无法入睡，回味着天鹅们的舞蹈，回味着被虚空填满的充盈感。我又可以继续活下去了。随后我打开了灯，把梦变成文字，写在手机的备忘录上。我打算把这个梦分享给羽蒙，在最后关头，我又打消了这种交流的念头，而是将自己安放在绝对精神的黑暗岩洞。

第三赋格

当我们再次相见时，她已经被时间剥夺了说话的权利，但那沉默似乎成了命运的护身符。我坐在她身旁，握住她枯萎的手，试图给她以力量。她并没有回应，无神的眼神中似乎有无尽的言语——这些言语因为沉默而放大了声响。

他们很快将祖母从医院拉回家，放到床上，等待终结的时刻。

回到家的那一刻，她眼神中的光也消散了，整个人仿佛落满了灰烬。我期待奇迹的降临。多么渴望再次听到她说话，听到她呼喊我的名字。哪怕只有一句话，我也心满意足。我无法原谅我自己。住院的前一天，她让父亲给我打电话，让我回家看她，说是有重要事情交代。我用小谎言搪塞了过去。因为那时临近寒假，手头上有好些工作要处理。但是，我错了。我错过了她生命中的重要时刻。等回家时，我发现晚了，一切都晚了。她已经无法说话了。她的眼神中装满了遗憾与失望。

她躺在床上，偶尔咿咿呀呀，偶尔啜泣。除了大姑妈之外，没有人知道她真正的想法。家人们轮流照看她，陪伴她，但她却显得如此格格不入，仿佛眼前的生活已经容不下她了。没有人会提起死亡这两字，死亡的气息却笼罩着这间并不宽敞的房间。

她有五个儿子和两个女儿。我的父亲是她最小的儿子，从小体弱多病，也因此得到了最多的关照。据我的两个姑妈所说，祖母从来没有打过父亲，甚至连一句重话也没有。与此同时，祖母对其他儿女却相当严格，甚至可以说是一位相当霸道的母亲。祖父去世以后，她更是将这种强烈的控制欲推演到极致——她会追问他们每个人私生活的细枝末节，命令他们必须按照她的心思行事。子女们各自成家之后，他们既害怕她又嫌弃她，寻找各种理由搪塞她，躲避她，甚至是拒绝她。她放不下心中的恐慌——她害怕他们会离她而去，害怕自己会被孤立被遗弃。她把子女们管得越紧，他们躲得越远。每次与子女们发生激烈冲突后，她就扬言要去死,但她从未践行自己的誓言。

事情的转机出现在多年前的某个冬天。那一天,孟庄被多年不遇的大雪所围困,祖母则与大伯母因为白菜的储藏问题而发生了争吵。情急之下,大伯母将祖母推出了门外,关上了大门。祖母在外面骂了几句,便转过头,打算去二伯家。她没有踩稳脚,摔在了地上。她躺在雪地上,看着纷纷而落的雪花,突然瞥见了死神的降临。然而她并不想死,于是用尽体内的所有力气,呼喊着大伯的名字。大伯母及时地开了门,也及时将她送到了医院。那次,她的腿部骨裂,伴有轻微的脑震荡。

那个冬天,她住在大伯家养病,家人们轮流照顾她。在身体恢复的过程中,她几乎和别人没有交流,眼神中映出了世界的灰色图像。所有人都以为她熬不过那个寒冬,甚至为她准备好了棺材和寿衣。她挺了过来,灰蒙蒙的气韵上慢慢地出现了光亮。康复之后,她像是换了一个人,不再过问子女的家事,更不会与人争执吵闹。她缩进了自己的皮囊中,对外面的世界不闻不问,时不时会望着天空发呆。慢慢地,子女们对她越来越亲近,愿意把心底的困惑告诉她,而她只是聆听,从来不给意见或评价。她用她的沉默收拢住子女们的心,凝聚了整个家族的精神气象。

这么多年过去了,我一直不明白她经历了怎样的内心风暴,让她彻底地变成了另一个人。或许,她确实见过死神的模样,听过死神的布道。此时此刻,我特别想和她说话,告诉她我心中的恐慌与热爱。然而,她躺在床上,肉身干瘪,眼神迷离,无法说话。我祈祷奇迹的降临,又对奇迹不抱任何希望。

这个寒假,我原本想把图图带回老家过年。黎莉刚开始同意了,但听说祖母重病的消息后,便坚决否定了我的计划。她的理由非常简单,也让人无法辩驳:她不想让年幼的儿子过早地看到死亡的面貌。当问到她过年能否来我家时,她故意流露出为难的表情,之后推辞道,到时候再看,我尽量回去。我知道这又是一个否定的答案。她看不起乡村生活,鄙视农村风情,而这一切镶嵌在她很多的生活细部。也许,我们就是两条不同世界的河流,而我们的相遇便是一场错误。所有的河流都归于大海,但是,那片最后的海或许只是不存在的幻象。在她推脱之后,我突然对她说,你是一个没有故乡的人,你是一个没有根的人。她冷笑了一声,说道,你的那个故乡,我宁愿不要,我宁愿飘在空中,也不愿意烂在泥中。

我一直在思索她所说的这句话。当我走在河岸,看着凝滞不动的河流时,忽然明白,原来我也是一个没有故乡的人。我所谓的故乡只不过是一堆符号所堆砌的意义幻象,而具象的故乡早已面目全非,无从辨认,也无法拼凑。怪不得我常常会做类似的梦:我只能飞在空中,而在我落脚的那一刻,便是我的死期。

与故乡的物景相比,故乡人的变化更让我触目惊心。不知为何,我发现他们和这个村庄都突然衰老了,每个人的眼神中都染上了灰蒙蒙的尘埃。即便是幼童的眼神,也不那么纯粹明亮,所有的一切似乎都预示着某种历史的终结。也许在他们眼中,我也是一个不够明亮的灰色人影。我们都渴望光,却最终都归了影。

回家后,我专门去找了儿时的玩伴阿罗。他是我小学时代无话不说的伙伴,我们一起抓黄鼠狼,玩弹弓,偷麦子与逃课。我俩经常去河边的树林玩耍。他教会了我如何爬树。我们常会坐在树枝上聊天唱歌,听鸟看云。他曾立誓要离开孟庄,去更远与更大的地方,而我对于未来并没有清晰的认知。上了中学后,我们之间的关系越来越淡漠。高中毕业后,我们便断了往来。后来,我考上了大学,一直念到博士,最后在大学当老师,而他则去了南方,换过几家工厂,做过不同的零工,后来在花城结婚生子,重新扎根生活。每年春节,他都会回孟庄过年,而我们都心照不宣,对彼此视而不见。即使相遇,也是点点头,佯装陌生。然而此刻,我特别想了解阿罗如今的现状。我并没有事先打招呼,而是直接去了他的家。

走进门后,看见他正蹲在地上收拾煤炭。看见我的时候,他的眼神中突然升起了惶恐与惊愕,即刻放下了手中的煤炭。他站了起来,背微驼,没有说话,而是愣在原地,影子消失于煤炭堆。他转过身,去了屋子,将他的儿子和我撂在院子。在他儿子的眼神中,我看到了我们的童年时代。

没过多久,他便从屋子中出来了,换了一身洁净的衣服,手上的黑煤渣被未干的香皂泡沫所替代。挂在他脸上的笑与他眼神中的惊慌相互抵触。他请我去他家的客厅喝茶聊天。我们并没有说太多话,横亘在我们之间的是时间的高墙。我们总是说过往的共有记忆,而对未来避而不谈。更多的时候,我们都是在沉默,都在心中寻词找句。电视机上所发出的嘈杂声正好掩饰了我们心中的不适。在我临走前,他说自己不会再去南方打工了,他永远也不会离开孟庄了。我问他其中的原因,他说他太累了,外面的世界太没有安全感了。我并没有继续追问下去,因为我明白一切都归于无意义的漂泊。在这个意义上讲,我们依旧是同样的人。从他家走出来后,我嗅到了空中的自由气息。

腊月二十八日,还未起床,我便闻到了雪的气味。残留在体内的余梦在醒来的那刻便烟消云散。我躺在床上,听着断断续续的爆竹声与孩童们的追逐吵闹声。更多的时候，外在世界都因雪的沉默而消音。我可以听到雪沉默的歌唱——此种沉默包含了万物的回响。旧年历快要被翻过去了，而我对新年并没有期待与寄托。小时候最期盼过年，那时候对未来充满了奇思幻想。童年时代是透明而晶莹的玻璃王国。如今，玻璃已经破碎，王国已经解散，而我只能看到无法捕捉的破碎之光。

打开房门后，风将雪味灌入体内，发出轰鸣。深吸一口气后，内心世界的恐惧也纷纷而落。走出房门后，我看见四只麻雀抖掉身上的尘雪，飞到不远处的棚屋。这些麻雀与我小时候所捕捉的麻雀没有什么区别。最大的区别就是那只在笼子里的麻雀很快便死掉了，而我将它埋在了花园的月季树下，成土开花。而如今，那座孤独花园也消失在了记忆的暗国。我走出大门，看见二姐正在清扫门口的雪。她的身后又落下了一层薄雪。我从门口拿出铁锨，帮她铲雪，与她一同迎接寒冷。她依旧拒绝和我说话，依然将我视为透明人。我无法适应这种透明的角色。

初中毕业后，二姐再也没有去上学，也没有去南方打工，而是通过大伯的介绍，到镇上的造纸厂上班。那时候，她很爱我，总会偷偷地给我零钱，鼓励我好好读书，并且立下誓言——答应会供我读完大学。那时候，我也特别信任她，会把自己的小秘密告诉她，甚至会把写的情书先拿给她审定。

然而，世事难料，命运亦无常。有一天，一个面相凶悍的中年女人，领着几个壮实的男人闯入我家，跟在他们身后的是一群看热闹的闲人。我们一家人正围绕着饭桌吃大烩菜。还没等我们反应过来，那个胖女人已经闯了进来，将二姐从座位上拽了出来，紧接着便是三个响亮的耳光。父母和大姐起身去解救二姐，却被那几个男人拦挡。我拉住祖母的手,躲在她的身后,不知该做些什么。随后,胖女人扬起嗓门,痛骂二姐是狐狸精,是没皮没脸的骚货,是勾引男人的婊子。临走之前,她恐吓我父母管好自己的女儿,否则全家人都不会有好下场。之后,我才知道胖女人是厂长的媳妇,而二姐为了钱,做了越轨的事情。自此之后,二姐的坏名声带着爆炸时的烟火味,传到了孟庄的各个角落。他们在明地里躲着她,暗地里嘲弄她,诅咒她,侮辱她,而我们家却没有一个人站出来帮她说话,也没有人护着她。父母变着法子想赶走她,想让她去南方工厂打工,或者去城里做服务员。她没有离开孟庄,而是选择与耻辱和嘲讽共同生活。

有一天,她把我拉到一边,给我钱,让我去买书,而我把钱扔到了地上,喊道:我才不要破鞋的东西,你以后也离我远点,我没有你这样的坏姐姐。听到我的话后,她先是愣住了,接着转头痛哭,跑回自己的房间。也就是从那个时刻开始,她将我推出了她的世界,没有和我再说过半句话。那扇门永远关闭了。

这么多年过去了,我一直不明白自己为何会说出那样残忍冷酷的话。我是一个懦弱的人,我是一个虚伪的人,我是一个败坏的人。我在心里咒骂着自己,却依旧无法更改过去的事实。有好几次,我站在了她的面前,向她道歉,恳求她的原谅。然而,她对我始终是拒绝的姿态。后来的我放弃了这种努力,但愧疚的利刃始终悬挂在心间。

奇迹发生在这个有雪的清晨。扫完雪后,她走了过来,站在我面前,眼神中带着雪的寒意,而我手足无措,不由自主地向后退了半步。她对我说,给你说个事,过完年,我就离开这个村子了。还没等我反应过来,她又补充道,是在浙江的一个服装厂,邻家明英带我一起去。我问她有没有想好。她说，我讨厌这个破地方了，早都想离开了，这些年把很多事情终于想通了，也算是活明白了，还有，据说那个服装厂就在大海附近，我太想看到大海了。原本在我心中积攒了太多的话，却不知该从何处说起，唯有领赏眼前的雪意。我们在雪中沉默了片刻，随后回到了各自的空壳。

　　除夕夜，整个孟庄都陷入辞旧迎新的狂欢中，各家各户陆陆续续地放起了鞭炮，声音仿佛来自天空这头巨兽的疼痛嘶吼。父亲并没有准备烟花爆竹，而是和伯父们坐在客厅，一边划拳喝酒，一边吹嘘打赌。自从祖母被拉回家后，他们兄弟几人每天晚上都会聚在一起，要么打牌赌钱，要么喝酒闲聊，沉默与怨怼散布其中，像是无法被驱逐的阴影。他们用这种方式陪伴着他们的母亲。令我惊奇的是，他们对祖母的记忆存在很多偏差，甚至是矛盾与抵牾。与此同时，他们对祖父只有只言片语的回忆，而祖父是我们这个家族背后的幽灵。我喜欢聆听那些往事，因为那是我人生的泉源与征兆。

　　这些日子，父亲每天晚上都不离家，夜夜守在原地，等待终结时刻的降临。偶尔，他也会酩酊大醉，卧在沙发上，诅咒命运，诅咒村子，诅咒自己。母亲并无抱怨，而是听完他的咒语后，再去打扫他吐出的秽物。

　　在我的印象中，祖母与母亲的关系一直不错，只是偶尔会出现剑拔弩张的时刻。很久之前，祖母在烧炕的时候，给下面填了太多的玉米芯。意外发生了，凶猛的火焰透过裂缝，烧到了上面，点燃了褥套，发出了阴郁呛人的气味。庆幸的是，火兽还未开始张牙舞爪，便被父母用几盆水浇灭击退。祖母站在墙角，像是做了错事的孩子,而我则拉着她的手,挡在她的身前。火被浇灭后,母亲无法遏制心中的怒火,将祖母赶出了家。两个月后,她带着我,亲自去大姑家,说了很多好话,又将祖母领回了家。在我的记忆里,是从那个时候开始,她们就再也没有红过脸,后来甚至如同亲生母女。这段日子里,母亲每天晚上都会抽出一段时间来陪祖母。她拉着祖母的手,诉说着生活的苦涩与艰辛,自己的忍耐与焦虑。祖母躺在床上,眼睛紧闭,呼吸平缓而稀薄。母亲不像是交谈,而像是祈祷,甚至像是忏悔。

有时候,我也会陪着祖母。刚开始,我很不适应她的沉默,甚至有些害怕她冰冷枯萎的神情。后来,我突然领悟到了这样的真相:祖母已经站在了生死河上的那座大桥,驻足凝望,细思凝神,并且洞见了虚空的奥义。与她相处时,我会获得久违的平静,仿佛沉入海洋的空梦。面对沉默的祖母,我不知道该说些什么,也许语言已经不重要了。于是,我用沉默陪伴着她的沉默。坐在她的身旁,我开始重读海德格尔的《存在与时间》。遇到好的章节,我会朗读给她听。在我小时候,她经常给我讲各种各样的奇闻逸事。她虽然没有接受过多少教育,甚至没有完整地读过一本书,但她对生活的理解比我更加透彻宽广。我所读过的书开阔了我的视野,却没有增长我的生活智慧。但是,我离不开书,因为它们是我精神最后的避难所。

在旧年最后的时刻,外面的喧嚣声到了顶点。我走出家门,仰起头,看见绚丽的花火点缀暗冷的夜空。我没有丝毫的快乐,而短暂的花火之后,便是永久的尘埃。电视上的零点钟声响起时,我的心低到了尘埃之下,开出了午夜之花。手机上全是群发的祝福,而我一个也不想回复。钟声过后,我收到了羽蒙发来的信息,是一张她站在夜空下的照片。不知为何，我也没有热情去回复她。我领受了这命运的孤寂。

旧年过去后，祖母并没有迎来新的气象：她的呼吸越来越微弱，脉搏也越来越稀薄。但是，她偶尔会喊出声音，仿佛有未完成的梦，有未履行的诺言。亲戚们来拜年的时候，都会和她说话，都送她祝福，但临走时，他们都会问我父母是否把葬礼都准备妥当了。大姐夫当着祖母的面，毫不回避地说，等我婆走了，咱这个大家族也就散伙了。家人们面面相觑，默认了他的说辞。大姐狠狠地瞪了他一眼，之后便拽着他走出了房间。

初六晚，我和堂兄们一起喝酒闲聊。真实情况是，我们几乎没有什么共同话题，他们所谈论的恰好是我所躲避的话题。绝大多数的时间，我都是在聆听，都是在喝闷酒，都是在试图驱逐心中的恶魔。自从博士毕业后，我便戒了酒，不再与人深谈。然而这一次，我却突然对酒味着迷，越喝越无法止控，这或许是心魔在体内发出的呐喊。不知何时，我趴在了桌子上，头脑轰炸，听到了魔鬼的判词。随后，我从板凳上滑落下去，整个人瘫软在地上，心中是说不出的忧郁和恐惧。我蜷缩着身体，开始哭泣，而大地仿佛在此刻抱住了我。堂哥们把我拉了起来，将我送回了家。那个夜晚，我以为自己会死掉，以为黑暗会慢慢地吞噬我。我已经做好了成为黑暗的准备。

黑暗中没有光，我只能靠着直觉摸索而行。我永远不知道自己下一秒将经历什么，或是深渊，或是荆棘，抑或是窄门。我走了太久又太远，始终走不出黑夜的囚笼。我已筋疲力尽，却不能停止徘徊，也无法与神对望。有两个声音在轮番喊着我的名字，我站在原地，大声地回应着他们。火焰驱走了黑暗后，我才看清楚他们的脸。祖父与祖母站在我身旁,告诉我不要害怕,他们将要带我离开这片无光之地,带我回家。祖父将火把交给了我,随后,我们便一起向黑夜的深处前行。看到光的瞬间,我欣喜若狂,却发现他们已经消失了,发现所有的路也消失了,发现自己的声音也消失了。在我对峙眼前的黑暗时,我听到了他们呼喊我的声音。

母亲的哭声将我从梦境中拉回了现世。祖母在曙光快要降临时,撒了手,断了气,告别了尘世。我站在祖母的身旁,想要再次拉住她的手,又放弃了,因为我不想让她再有任何眷恋。她躺在床上,脸上的痛苦消失了,只剩下了极乐般的安宁。伯父伯母们很快便赶了过来,深沉的宁静被他们的哭声所敲碎。我回到房间,戴上了祖母送我的那个怀表。表早已停止走动了,而我听到了时间在我体内的剧烈轰响。

当他们用白色被单罩住她脸的瞬间,我世界的一部分也因此而消散终结了。我打开手机,发现今天刚好是立春,而呼啸声响彻在心中的荒原,幻为灵魂的主体。

第四赋格

在图书馆阅读一本研究哈贝马斯晚期思想的论著时,我收到二姐通过微信发来的一张照片:她穿着一袭白色的连衣裙,披着海藻般的头发,光着脚,站在海滩上,与眼前蓝镜状的海相互凝视,而空中的三团游云同时见证了她的美丽与欢喜。还没等我来得及回应,又收到她的文字:夏天的大海最美,下午去海岛游玩,去看看那座灯塔。原本有些想法与她分享，然而我只简单地回复了一句话：姐姐最美了，记得拍灯塔照片给我。

去南方后，二姐像是变了一个人，不再寡言冷漠，仿佛是大海的暗涌击碎了囚禁她的钟形罩。她不再提及过往的半个字，而是积极地与我分享她的当下与未来，她的困惑与快乐，而我也扮演着最耐心的聆听者。我们仿佛又回到了纯真的少年时代。只不过，我们的角色发生了颠倒：我成为那个隐藏在微笑背后的沉默者。不知为何，我已经丧失了向他人诉说的欲望，宁愿独自消化所有的困境。在别人眼里，我是光鲜亮丽的大学教师，只有我自己懂得自己的恐惧和焦灼。我走不出自己的黑夜。我甚至去看心理医生了，但从未和他人谈及此事。然而，我喜欢她的分享，仿佛那是我的另外一种人生。

她说服装厂的工作特别枯燥，人就像机器一样劳作，但她能在枯燥的时间中体会到某种畅快的自由。工作之余，她读一些闲书，重新拾起英语。她说她所在的工厂是中外合资，如果英文过关，甚至会有机会去外国做劳工，见识更大的世界。她觉得自己的人生才刚刚起步，有更大的海洋等着她去远航。我不愿意给她泼半点凉水，或者是列出一些关于这个残忍世界的种种冰冷法则。相反，我支持她的那些关于未来的虚幻想法。我甚至有些羡慕她的生活。经过长久的黑暗苦炼，她的人生开始折射出幽幽微光。与之相比，我的微暗之火却在黑暗中逐渐失光失热，湮灭成埃。

放下手机后，我又开始研读手中的学术著作。这些形而上的思考并没有让我更好地理解生活的本质。相反，陷入抽象的理念越深，我对鲜活的生活越无法理解：表象是深渊，而本质是深渊的幻象。我无处可逃，宁愿以幻象为生。

晚上回家后，我把二姐在海边的照片递给黎莉看。她放下手机，冷笑了一声，然后说，还不错，就是人和大海不相配。随后，她又低下头，盯着手机，刷看微博。又一次沟通失败，而她拒绝的姿态越发冷漠残忍。也不知从哪个时间点开始，我们的关系已经变味：她不再翻看我的手机，不再过问我的喜怒哀乐，也不再与我分享她的所见所闻，而我对她也完全失去了兴趣。这间房子，是我们共同的坟墓。

面对她的冷漠，我选择了回避。但这一次，我想和她把心结全部打开，想要寻找所有问题的泉源。于是，我轻声地问她，什么叫人和大海不配啊？她盯着自己的手机，手指在屏幕上游滑，没有说话。我提高了声音，再次问了同样的问题。她抬起头来，瞪了我一眼，继续玩手机。我被她脸上的轻蔑所激怒，于是站起身，从她手中夺走了手机，又把问题重复了一遍。她没有站起来，只是冷冷地说：既然如此，我就实话实说，我对你家人的那些破事不感兴趣，好了，麻烦您把手机还给我。

她的眼神中是令人灼热的冷意。也许出于无言的愤怒，也许出于可笑的自尊，我将她的手机重重地摔在了地板上，与我的心脏同时发出刺耳的破碎声。岳母抱着哭泣的图图走了出来，没有说话，眼神中满是责难诘问。黎莉站了起来，狠狠地推了我一把，差点把我推倒在地。随后，她冲我喊道：请滚出我的家。

我穿好鞋子，拿着包，离开了这座坟墓。我想重新活一遍。

其实，我不知道该去往何处。这里没有我的家。孟庄也没有我的家。所有通往光的窄门都向我关闭。我只是四处飘荡的夜游者。多么像当年高考结束的那个夜晚，心中的石头突然落地，便立即开出了蔷薇。那种突如其来的自由太过于汹涌，还没有学会该如何接受，就已经烟消云散。这么多年过去了，我弄丢了自己的心。

夏日空气中是浮尘气味，而我们都不过是人间的微尘。一切都是捕风，一切都是虚空。我穿着自己的空洞皮囊，越过浮光暗影，寻找庇护之所。路过广场时，我看到一只黑猫从走廊中越过，随后又潜入花园，消失于黑暗王国。我上前走去，已经看不见它的踪影了。我坐在广场的走廊上，看着夜色下模糊的人间镜像。广场的中央，一群失魂落魄的中年女人跟随着口水音乐，踩着僵硬的舞步，扭着腰身，跳着难看的舞蹈。但是，她们在此刻也许是快乐的，甚至是忘我的快乐。我羡慕她们的快乐。也许从大学毕业后，我就没有体验过快乐的滋味。

离开广场的尘嚣后，我沿着长安路向南走，眼旁的景与耳旁的风陪伴着我。路过小寨地铁口时，一个披头散发的流浪汉迎面走来，凶煞的眼神中带着某种祈求、某种慈悲。我有点恐慌，像是在他身上看到了变异后的自己。我转过身，潜入地下通道，落荒而逃。搭上地铁后，看着车厢中的人群，我试图在其中辨出自己的模样。然而，人群是空相，我在其中迷失了自己。我对着车厢中的玻璃，瞥见了自己眼神中的失落和无助。我避开自己，不想与自己的惶恐对峙。

到了大学城站，我便下了地铁。从地下世界走出来之后，我深吸了一口气，而郊外空气也氤氲着橄榄绿的淡香。我向自己所任教的大学方向走去。路过一个广场时，我听到了从不远处传来的歌声。一个学生模样的男生，背着吉他，唱着关于流浪的歌，周围没有一个观众。在他的歌声中，我听到了故乡的召唤，听到了存在的悲鸣。我明白自己的故乡只是乌有之乡，我的存在只是乌有之境。

离开广场后,我的头脑中回荡着萨拉萨蒂的《流浪者之歌》。我走进大学附近的洛神咖啡馆,又坐到那个与羽蒙见面的位置。我点了一杯香草拿铁,随手翻阅汉娜·阿伦特的《人的境况》。我的心是满的,无法摄入任何文字。这间熟悉的咖啡馆全是陌生人的身影,而我的胸口发闷,突然溢出了言语的泡沫。于是,我给羽蒙发了微信,问她能否出来陪我。很快,我便收到了她的回复:请等我二十分钟。

两个小时过去了,她还没有出现在我的视野,我的热情在等待中也慢慢落潮。我很快进入书本的世界中,那些关于人的种种困境的理论让我感同身受,又让我能从其中分裂自己。午夜时分,咖啡馆打烊,我离开了这个短暂的精神故土。

走出咖啡馆后,户外的夜沉重而清凉。抬起头来,我看见了天鹅座和天琴座。所有的星辰像是镶嵌在蓝夜中的宝石,眨着眼睛,而我的心四处流荡,没有栖息之地。小时候,祖母曾告诉我,这个世界每离开一个人,天上便会多一颗星星。我知道这只是编造的传说,只是不存在的寓言。然而此刻,我宁愿相信这是真实存在的奇迹。不知为何,我流下了泪水,不是为了我自己,而是为了所有死者的升华与生者的悲哀。

我挡了一辆出租车,返回出发点,温柔夜色仿佛无止境的大海。整座城市进入空眠,而我则在她的梦中漂泊流浪,不知所向,也不知所终。

打开房门后,刚才的狼藉喧闹已被深沉的宁静所替代。我没有开灯,害怕惊扰这种罕有的平静。床头灯依旧开着,黎莉躺在床上,玩着手机,眼神中是疲惫的喜悦。看到我之后,她下意识地把手机关机，然后放到了床头。她没有说话，而是直接关掉了灯。我也是没有说话，而是在黑暗中脱掉了所有的衣服。躺在床上后，我转过身体，抱住她，而她则一动不动，如同冰冷的冬日午后。她的冷意扑灭了我体内的火焰。我放下了她，转过身，平躺在床上，凝视着眼前的黑夜。我突然意识到，我们的关系已经变质了，只是我不愿意承认而已。我无法入睡，于是选择清醒，选择与梦决裂。也许黎莉没有做错什么，只是我辜负了她，我没有满足她的期待。我恨自己的无能，又对这无能乏力。剩下的黑夜，慢慢地涌入我的体内，而我听到了海洋的悲鸣。

  下午，我收到了羽蒙的信息。她约我晚上去艺术影院看安东尼奥尼的电影，问我是否可以排出时间。我有所迟疑，想要推辞，随后又改变了主意。我给黎莉发了一条信息，谎称晚上要陪系领导吃饭，可能会晚点回家。没过多久，我便收到了她的回复，只有短短几个字：晚上不回都行。看到这几个刺目的字眼，我没有痛感，反而轻松释怀。之后，我给羽蒙回复了信息，约她共进晚餐。

  晚上，我们在德福巷的一家日本料理店用餐。她坐在我的对面，画着淡妆，身上散出淡蓝色香味。她像是从旧日的茧中飞出来的蝴蝶，整个人的气象都焕然一新。在她的映照下，我看见了自己的衰朽与枯竭。我需要将这份忧郁藏匿心中，佯装出明朗达观的假象。或许，她早已洞悉了我的失落绝望，又从来都不道明理清。事到如今，她对我来说都是一个谜语，而我始终找不到谜底。

  她如愿以偿，通过了复旦大学的初试与复试，考上了中文系的研究生。出人意料的是，她以学生身份先敬了我一杯酒，感谢我多年来对她的鼓励和关照。我立即转换了状态，说了一些鼓励的话。她突然失声地笑了起来，我则涨红着脸，问她缘由。她便止住了笑，说，刚才那种说话方式太怪了，我们还是像往常那样吧。我点了点头，问她以后的生活计划。她说自己在上海读完硕士后，然后再读博士，以后想当个大学教师。我又问她的感情生活。她的眼神中出现了罕有的喜悦，笑着说，他在上海等我太久了，我们的感情一直很好，以后也许会结婚，但未来的事情，谁也说不清楚。随后，她又补充道，这些年来，太感谢你了，要不是你为我指路，我肯定也走不到这里。我说，自从知道你喜欢尤瑟纳尔之后，我就知道你不是普通的学生。

晚饭后，我们一起去附近的野草莓艺术影院。八点整，灯光变暗，眼前的荧幕上出现了崭新的世界。安东尼奥尼的《奇遇》浮现眼前，将我们引入一种无我的净土。出现大海时，我在黑暗中拉住了羽蒙的手。她手心的温度像是破冰船，破开了我这条冰冻之河。一直到电影结束前，我们都没有分开过手。某个瞬间，我感觉走出了自己的黑暗。

出了影院后，她和我又走了一段路，两个人沉默不语。我想拉住她的手，又没有勇气，身旁的光与声让我心生畏惧。我们的关系，终究不属于光。刚才的电影仍停留在脑海，像未做完的梦，清晰又模糊。走到拐角时，她突然转过身，对我说，这是我们最后一次见面了，谢谢你陪我度过了这么长的时间。虽然我早已做好了离别的准备，但心海却突然升起一股巨大的悲伤，将我的伪装彻底击溃。我突然哭了起来，像是被抛弃的孩子那样哭泣，只有哭泣才能填满我心中的丧失感。她走上前来，抱住我，而我在这拥抱中仿佛找到了家。生平第一次抱着他人哭泣，那是因为我在很早的时候就学会了隐藏自己，克制自己，也因此积累了太多的委屈与无奈。

那个夜晚,我们睡在同一张大床上,探寻着彼此的身体,害怕错过一分一毫的美丽。关掉灯后,我们共同找到了天堂的极乐。随后,我们精疲力竭地躺在床上,分享着各自的童年往事。很快,疲惫的喜悦引领我进入梦的乌托邦——梦之国是蓝色的,而梦中的我始终找不到迷宫的出口。再次清醒后,晨曦洒在床上,而她消失在别处,不再归来。我全裸着身体,躺在白色的床上,仿佛深海中的一艘白色孤舟。

毕业这几年来,我不再是那个纯粹而客观的我。我说了太多的谎言,做了很多违心的事情。对着镜子,我甚至无法直视自己伪善的双眼。从一开始,我便戴着面具而生活,而如今,面具已成为我的容颜。因此,当李抱一当面问我他的新诗集如何时,我所说的与我所想的截然相反,互相抵牾。我毫无羞耻地说了一些赞美的话,并且表示已经写出了一篇万字论文。他笑了,走上前来,拍了拍我的肩膀说,小伙子,前途无量啊。临走前,他约我晚上在酒桌上细谈,而我撑出微笑,点头答应。

我不能拒绝他,也不敢拒绝他。他是我们学院的领导,也是将我带入长安文学圈的人。在我工作这几年来,他帮我推荐发表了好几篇文章,帮我申请上了一笔文艺项目的资助,帮我出版了自己的第一本学术著作。于情于理,他算得上是我的伯乐,而我都必须说好听的假话。然而,我又要竭尽全力掩饰自己的谎言,不让他看出我的破绽,更不能让他看到我的嘲弄冷笑。我是演员,不得不依靠这座舞台为生。我想过千万条退出的方式,最后却发现自己无路可退。或许在他眼中,我不过是个小丑罢了。

令我惊讶的是,作为博士生导师,他的诗歌空洞浅薄,里面充斥着毫无意义的隐喻与象征,几乎没有什么艺术价值可言。然而,我已经学会了在无价值中创造价值,在无意义中生产意义。当然,作为知识分子,我也会为自己这种可悲的附庸价值而羞愧。但是,我又不得不说服自己去克服这种羞愧。从小到大,我已经克服了太多天真而纯粹的东西。面对虚情假意的世界,我发现自己越来越像是一个假人。也许,我算不上是真正的知识分子,只能算是个粉饰太平的学术小丑罢了。所谓的批判意识,在我这里从来没有兑现。为了活下去,我不得不公开说谎。我早已经不认识当年的自己了。

进入所谓的文学圈之后,我发现有太多的假人们了。他们有着关于文学的种种不切实际的幻想,他们谈论着与文学相关的一切。但是,他们中的绝大多数人所写的东西与文学毫无关联,也从未进入文学的窄门。从某种意义上来说,他们是文学上的献祭品。我并没有资格嘲弄或者批判他们。因为我与他们被无形的铁索捆缚在一起。为了能够在这个圈子立足,我一边在心里鄙视他们,又通过行动取悦他们。是的,我厌恶所有的圈子,又无法离开圈子。也许是因为我太害怕被孤立与被隔绝了,太害怕独自面对世界这座牢笼。所以,我选择在刀刃上行走,选择四分五裂的生活。

上大学时,我对文学也抱有可笑的幻想。那时候,最大的快乐就是沉浸在图书馆,从一本书走向另外一本书,甚至尝试写诗歌,但从未发表,也从未让第二个人读过。没有人知道我还写过诗歌。被称作诗人会让我羞愧不安。工作后,这种文学上的热情被生活的琐屑消解,而我几乎放弃了作为知识分子的良知,依靠惯性去写那些由谎言编织的文章。以前,文学是我精神的乌托邦,而如今却成了我的古拉格群岛。

晚上，我提前十分钟到了餐厅。除了李抱一之外，还有另外六个文学圈的人。我们彼此都认识，于是点头、微笑与握手，说一些无关痛痒的场面话。七点刚过，李抱一便举起酒杯，清了清嗓子，说了一段陈词滥调式的开场白。随后，我们便开始用餐，席间也交换一些关于文学的庸俗看法。慢慢地，话题的中心开始围绕在李抱一最新的诗集上面，而每个人都从不同的侧面夸赞这本书的精彩之处。其间，甚至有一位名叫初醒的学者断言：这本书是现代汉语诗的巅峰之作，其先锋性与思想性都无与伦比，势必会成为我们这个时代的不朽经典。说完后，我瞥见了李抱一眼中的欢喜。

不知为何，听到如此评论，我有种止不住的呕吐感。是的，我知道他在撒谎，他们都在撒谎——我们每个人都在撒谎。但是，在谎言的温床上，真相是一种毒药。

随后，我们开始互敬白酒。我的心因为酒精而分裂出更多个自我的碎片，每个碎片都映出疼痛的泡影。我讨厌酒精，又嗜好酒精：酒精让我暂时忘记了自己的卑微，忘记了自己的虚伪与可笑。随后，李抱一又开始了新一轮的灌酒。走到我跟前，他把手放在我的肩膀上，沉下嗓子，低声问我：你真的觉得我的诗集有那么好吗？

也不知道从哪里来的勇气，我对他说，不，还是存在一些问题的……

还没等我说完，他的手已离开了我，脸变成了铁灰色。他又坐回自己的原位上，其他人也静了下来。他涨红着脸，笑道：有些所谓的学者就是什么也不懂的寄生虫罢了。

空气凝重了三秒钟。接着，我们随即附和着他的看法，就像失控的小丑将颜料重新涂抹在自己的脸上,不让人辨出自己的恐慌。我跑到洗手间,将心里的恶心吐了出来。整个人像是被寄生虫掏空了。之后,我坐在酒桌上,没说半句话,而是将酒灌入体内。我想要逃离这个地方,却有一种无形的力量把我捆缚于此时此地。和他们一样,我也是寄生虫,不得不依靠这些谎言生活。

散场后,我叫了一辆代驾车。行进在夜色中,眼前的世界也变得摇摇晃晃。车内的电台上突然响起了小红莓乐队的歌曲"Zombie"。这首歌是我高中时代最爱的英文歌。我努力克服眩晕,跟着音乐一起哼唱。司机透过反光镜看着我,眼神中一半是疲惫,另一半是理解。我已经不在意别人的眼光了。我早已经忘记真正的自我了。体内的酒与耳中的歌让我想起在夜色中流浪的狄俄尼索斯。

坐在小区门口的长椅上,双腿瘫软,而我凭着最后一份力气,拨通了黎莉的手机。响了很久,她也没有接电话。过了一会儿,岳母打来了电话,语气中夹杂着些许不耐烦,责问道,你咋又喝酒了?你咋又这么晚回来?我还是没有控制好心中的怒火,吼道:问这么多干吗,让黎莉下来接我。我挂断了电话,心中懊悔,毕竟做错事的是我,逃避责任的也是我。我躺在长椅上,身上出现了很多裂口,每个裂口都爬出带刺的藤类植物。我捂住自己的胸口,生怕自己的心在此刻爆裂。不知为何,我又期待死亡的降临。也许只有死亡可以拯救我,只有死亡可以平息我。

没过多久,黎莉和两个男人一同走了过来。等他们站在我的面前,我才分辨出那是邻居家的一对父子。他们把我扶了起来,而我感觉自己像是被连根拔起的植物,失去了养分,剩下的命运就是等待枯萎,等待死亡。

我忘记了自己是怎样回到家的，只明白这是一条通往黑暗王国的艰难险阻。只记得黎莉的一句话：喝死算了，大半夜回来折腾人。忽然间，我产生了一种时间与身份上的双重错位：以前，母亲总是会把同样的话说给父亲听。那个瞬间，我突然理解了父亲，也看清了自我。是的，我和父亲原本都是同样的人。她们都没错，错的是我们，是我们的无能与无助，是我们的逃避与逃离。

　　等我再次清醒后，发现自己躺在客厅的地板上，户外的微光洒到我的身体上，仿佛是为我准备的葬礼。头脑中的嗡嗡声如同春日蜂巢。我需要喝大量的水来熄灭心中的火焰。我站了起来，走到桌前，拿起玻璃杯，仰起头，将凉开水灌入体内。随后，我躺在沙发上，闭上眼睛，寻找刚才断掉的残梦。

　　第二天上午，我突然收到了大姐的电话。还没等我开口说话，便听到她无法克制的抽泣声。我有点不耐烦，但还是安慰了她。在断断续续的陈述中，我才理清了事情的来龙去脉：大姐夫昨夜开着面包车，过镇子的十字路口时，将一位老头撞死。当时，他喝了很多白酒，如今已经被带到了派出所。大姐让我找找关系，将大姐夫从局子里捞出来。我一边宽慰她，一边允诺会想办法。

　　挂断电话后，我深吸了一口气，坐在沙发上，凝视着墨西哥画家弗里达的自画像，心里已经长满了无人知晓的蕨类植物。我不知道该做些什么，于是，拿出手机，随意翻看，无意寻觅。我又看到了二姐那张站在海边的照片。我凝视着那片海，突然在照片深处发现了一个岛屿，岛屿上有一座白色灯塔。

　　等黑暗再次降临，我给二姐发了一条微信：你去看那座灯塔了吗？

第五赋格

放寒假后,我独自一人回到故乡。伴我回家的,还有荫翳天空的海兽状乌云。原本计划独自去海南度假,让温暖的海风吹走我心中的冷意。在最后时刻,我还是改变了主意,决定回故乡过年。也许是因为我的心太疲惫了,需要一个精神的栖息之地。

但是,我错了。回家的那一刻,我便知道我错了。在父亲的眼中,我看到了他对我的怨气与失望。还没等我把行李放好,他已走到我面前,冷言道,你姐夫已经进局子了,这下再也不会麻烦你了,连这点事情都摆不平。还没等我来得及解释,他已转身离开,将我遗弃在海上孤岛。

也许,他的失望是有道理的,而我也理应为此遭受质问责难。当大姐打来电话求助时,我曾允诺要去找各种关系。挂断电话后,我相当后悔,陷入某种道德困境:一方面,我并没有那么复杂的社会关系网;另一方面,如果能找到关系,我会有种道德上的羞辱感,感觉是对死者的蔑视。于是,我采取了不作为的方式。随后,我捏造了一个接一个的谎言,告诉他们,我已经尽力了,却找不到合适的关系。在大姐打来的一次又一次的电话中,我听到了她越来越沉重的叹息和抱怨。我只用沉默作为回答。在姐夫被关进监狱的那天晚上,我收到了大姐的最后一通电话。还没等我开口说话,便听到了她的指责声:你就是个骗子,你从来没想过帮我,我没有念过多少书,但不是傻子,不用你这样糊弄我,以后再也不求你,我们这些文盲配不上你。挂断电话后,羞耻感让我坐卧不宁。我突然意识到,所有人都会离我而去,而我只能独自渡河过海。

此刻,我坐在房间,翻看相册,浏览过往陈旧的记忆。照片只铭记了欢笑,却将欢笑背后的大段悲伤变成空白。面对这些记忆,我已忘记了那些消失在空白背后的忧愁。在其中的一张照片上,大姐拉着我的手,站在县城广场上,背景是花团锦簇的蔷薇。我的左手拿着乳黄色的雪糕,大姐的右手上则举着蓝色风筝。虽然照片有些模糊,但我辨认出了自己面对镜头时的羞涩与喜悦。

大姐比我年长六岁,与我没有共同兴趣,却愿意教我很多事情。比如,是她手把手教会了我骑自行车,也是她教会了我如何区别麦子与稗子、鹧鸪与斑鸠。有一次,她带我去田野放风筝。蓝风筝距离我们越来越远,距离云朵越来越近。大姐手中控制着风筝线,嘴上则哼唱着一首与春天有关的歌曲。我望着风筝,听着歌曲,闻着暮春的淡味,心生喜悦。大姐把风筝线交给了我。刚开始,一切都很稳妥,而蓝风筝仿佛要挣扎着摆脱我的束缚。突然间,刮起了一阵旋风,而我也因之失去了平衡。手突然松开了,蓝风筝也因此而获得自由。我要去追风筝,但大姐拦住了我的手,说,不用追了,这一切都是天意。我没有再动,而是望着风筝消失在天色尽头。

这么多年过去了,我依旧记得当年她带我去放风筝的情景,也记住了当年的风与云。此刻,我坐在房间,突然想和大姐说话,又缺乏重新面对她的勇气。经过几分钟冷静的思考,我放下手中的相册,拿出手机,拨通了大姐的手机号码。她拒接了我的电话。放下手机后,我对照着镜子,盯着自己的眼神,想要在其中找到那个失散太久的蓝风筝。然而,什么也没有。我在自己的眼神中看到的是无尽的蓝色虚无。

为了抵抗这种虚无，我计划写一本关于乡土文化变迁与结构转换的非虚构作品。为此，我开始了大量的口头采访与田野调查。随着素材的不断密实，这本书的雏形也渐渐地在脑海中显现。生平第一次，我才觉得自己的学术生涯有了树木与血汗的真实味道，而不是沙漠中的海市蜃楼。我告诉自己要走出理论的城堡，去接触更鲜活更真实的世界——摧毁旧我，才能在废墟中重建新我。

然而，越是想要了解真实，真实却距离我越遥远。越去熟悉一个人，却发现这个人越发陌生。我觉得自己越来越不认识我的家人。我也发现我是一个谜语，我是我自己的陌生人。当聆听孟庄其他人的故事时，我发现每个人都有无法理清的过去，都有难以阐明的事实：我们都是自己命运的匆匆过客。

回到家后，我与父母的交流越来越少，他们视我为透明的存在。这一点让我既不安，又释然。与往年一样，父亲每天夜里都外出打牌，或者喝酒，有时候甚至夜不归宿。他整个人比去年冬天消瘦灰暗了很多，仿佛祖母的死击溃了他心中的最后堤坝：他成了没有母亲庇护的孤儿，又不得不独自面对整个世界的凶险。清醒的时候，他拒绝与我深入交谈，仿佛心中有着无法直视的深渊。当沉醉时，他总是对我说一些断断续续的呓语，而我也缺乏将其连缀成篇的耐心。

一天夜里，听到几声沉重的敲门声后，我便从床上爬起来，出去接他。等我打开门后，发现他已经平躺在地上，压住了自己的阴影。我把他扶了起来，如同他的拐杖，领他进入家门。我敲了敲房门。母亲拒绝开门，并且撂下一句话：他要是想死，就让他死在外面吧，这个家也不是收容站。

虽然很早便适应了母亲的语言暴力，但这句话还是捏碎了我的心。也许母亲并没有错，是父亲先伤透了她的心。我将他扶到自己的房间。从衣柜里取出棉被和枕头，让他躺在沙发上睡觉。关掉灯后，父亲忽大忽小、忽快忽慢的呼噜声响彻房间，而他的身体如同陈旧的乐器，他的灵魂则是与之匹配的演奏者。黑色的房间里，他断断续续的梦呓如同黑夜的耳语。虽然听不懂，但我因此理解了他和他的困境。

小时候，一切都不是这样的。那时候的天都是无限接近于透明的蓝。夜里，我会躺在父母中间，听母亲唱歌，听父亲讲故事。那时候的夜色格外温柔。也不知道从何处开始，父亲和母亲成为水火不容的敌人。他们摔东西，说恶毒的话，甚至会大打出手，这个家成了他们的战场。他们之间的战争持续了很多年，而我则是这场战争的见证者。后来的某一天，他们厌倦了战争，弃掉铠甲与弹药，各奔东西。虽然生活在一起，但他们已经成为彼此的陌生人。他们早年的爱情誓言已随风而逝，落地成埃。然而，我依旧身处战场，举目荒凉，却时时可以瞥见战争中的幽灵。

与父亲动荡不安的内心不同，母亲似乎获得了心灵的平静，找到了真正的归宿：基督教。不到一年的时间里，母亲从一位坚定的无神论者变成虔诚的基督教徒。我并不知道她在那段时间经历了怎样的艰难险阻。唯一肯定的是，宗教信仰让她获得了某种自由的幻象。与此同时，她偶尔会和我谈论经书，甚至会说服我入教。我喜欢那本神圣的经书，但仅仅出于其文学上的魅力。我不会直接拒绝母亲。我总是对她说，请给我些时间来考虑考虑，我还没有做好准备。

周末下午，母亲领我去镇子上的教堂。那座教堂距离孟庄约有十公里的路，而母亲坚持步行前往。因为她认为只有经过长途跋涉，心才会变得虔诚纯粹。我同意她的看法，同时也需要新的生活体验，于是陪同她一起前往目的地。

一路上，我们保持沉默。母亲的眼神中多了份坚定的明亮。我不敢说话，害怕破坏肃穆的仪式感。眼前的这条熟悉的路也变得陌生，仿佛是通向未知的神秘领地。走到快一半时，我有些口干舌燥，头脑中回荡的却是查拉图斯特拉以及他如诗般的布道词。我忍住饥渴，看着黄昏的降临，心中多了份罕见的自在自得。在太阳跃出地平线的瞬间，我似乎看到了永恒的幻象，也意识到自己会获得某种新生。等我们抵达目的地时，天色已浓，人声匿迹。看见教堂的瞬间，母亲欢喜的神情像是看到了圣光。走进教堂后，我被眼前的庄重气氛所吸引。我观察着每个教徒形态各异的脸，发现了某种共通的归宿属性。对于毫无信仰的人来说，我羡慕他们的精神状态。接下来，他们唱圣歌、读经文、做忏悔以及其他一些我并不清楚的宗教仪式。刚开始，我感觉自己像是格格不入的局外人，但很快就融入这种带有神秘主义气息的庄严氛围。

从教堂刚出来后，冷空气便钻进体内，哆嗦了两下后，也适应了寒冷。这个世界下雪了，我仰起头，看见了纷纷坠落的白色颗粒。我本打算挡一辆出租车回家，母亲却不同意。她坚持步行返家。我没有理由拒绝母亲，于是沿着原路返回。母亲早有准备，她从自己的包里取出手电筒。打开后，一束光像是插入黑夜的匕首，照亮了回家的路。

返家的途中，母亲挽着我的胳膊，我则掌管着光的方向。刚开始，我们沉默不语，只能听到夜雪的细语以及踩雪的脚步声。过了铁路后，母亲对着夜色，发出了几声沉重的喟叹。我问她叹息的缘由。她摇了摇头，说，我老了，已经可以看到死亡了，我突然很想你外婆了。我问她是不是害怕死亡。她摇了摇头，说道，以前害怕，现在不害怕了。接下来的路上，她给我分享了自己这一年来的所遇所思，而我也惊讶于母亲清晰生动的语言表达。雪越来越轻盈，前方的路也越来越难走。母亲的话让我的脚步变得更加稳健。皑皑白雪映亮了沉沉黑夜，也映亮了我深蓝色的心。

回到家已经接近午夜零点。我们掸落身上的雪之后，坐在客厅，打开电暖扇，喝着暖茶。透过玻璃，我看到纷纷落下的雪正慢慢地吞噬孟庄。母亲又回忆了自己的童年往事，说了一些曾经在雪夜的奇幻经历。突然间，她转了话题，以温暖的态度问我：孩子，你是不是有啥心事呢？你最近看起来有点灰灰的。

这个突如其来的问题击中了我的心。我还是决定不再隐瞒，告诉她事情的真相。喝了一口热茶后，我回答道：我离婚了，就在今年秋天。

为啥不和我商量？她问道。

我怕你担心，不，我怕你反对。

母亲没有说话，眼神中的光也随之散去。我们沉默了太久，以至于可以听到大雪的呼喊细语。随后，母亲摇了摇头，离开了座位，将我一人遗弃在客厅。我看着墙上的钟表，心中有说不出的冷意。回到房间已过了凌晨一点，我听着户外的落雪声，异常清醒。多想把户外的雪景发给羽蒙，但我已经没有了她的联系方式。于是，我只能独自把这些雪装进眼里，独自品尝外面的蓝色风景。或许，她正在和我看同一场夜雪。我毫无睡意，于是便拿出 Kindle，阅读托尔斯泰的《忏悔录》。

清晨起床后，外面的麻雀声叫醒了我。我穿好衣服，拉开窗帘，盯着院子里的三只麻雀。雪已经停了，寒冷却变得更加厚重。没过多久，母亲拿着扫帚，走到院子里，麻雀也顺势飞上了树枝。我从储物间拿出铁锹，帮母亲铲雪，打算向她解释我离婚的缘由。母亲并没有打算和我说话，只是把雪清扫到墙根，脸上堆满了疲惫与冷漠。我突然怀念昨夜那个与我在雪地中长途跋涉、无所不谈的女人。

扫完雪后，她突然站在院子中央的石头上，唱了一首与雪有关的民歌，而我则是这场表演的唯一观众。很多年前的冬天，母亲会带着我们在雪地唱歌。那时候，她是一个活泼开朗的女人，心中有着对未来不切实际的期待，而生活慢慢地磨掉了她唱歌的热情，磨碎了她的心。也不知从哪天开始，她突然停止了歌唱。今天再次听到她的歌声，我仿佛重返童年时代。此刻的雪像是多年前的一场谋略，带着先知般的预兆。天上的云发出启示录般的微光。唱完歌后，母亲从石头上下来，走到我的面前。还没等我开口说话，她罕见地抱住了我，说，儿子，我不理解你，但我支持你。

我没有说话。不知为何，她的拥抱让我更加寒冷无助。

这一年又是一无所获，而我又试图给人间留些痕迹。夜晚，我枯坐在电脑旁，将想法记录在一个名为"看不见的人"的文档里。这是我的日记本，是我的私人王国。只有独自面对眼前的空白时，我似乎才可以交出完整的自己。突然间，我想到了从未谋面的祖父。据祖母说，祖父曾经也偶尔在夜里写日记，但没有人见过那些文字。祖父将本子锁在抽屉中，为自己的秘密找到了安身之所。在那场声势浩大的暴风雨前夜，祖父看到了危险信号，他打开了抽屉，将那些本子抱到院子，一本接一本地烧掉。祖母想要前去阻拦，又找不到阻拦的理由。然而，这一切无法挽救他的厄运。没过多久，他便在众人注视下被活活整死，祖母的半条命也跟着一同死掉了。

这么多年过去了，我一直在思考祖父的死以及他那些消失的日记。他是那个看不见的人，又是无处不在的幽灵。写日记便是穿过幽暗的时间隧道去感应他，去理解他的心灵历程。我一直觉得他还存活在这个世界上，以另外一种形式与面容。我一直戴着那个停止走动的怀表，一直与祖父息息相通，即使死亡也不能阻隔我们。

这个夜晚，我想从自己混乱的头绪中梳理出明晰的思路。但是，我写不出一个字，眼前的空白阻碍了我的思考。我望了望窗外，明镜般的夜晚映照出大地的沉默。在我快要走出思想的迷雾时，突然收到一条短信，只有两个字：在吗？

直觉告诉我那是她发来的信息。我站起身，深吸了一口气，平复心跳，然后回拨了电话。当她还没有开口说话时，我便听到了她的叹息声。我问她，你还好吗？她回答，前两天的那场雪真美，看雪的时候我想到了你，想着你是不是也在看同一场雪。我对她说，我原本想拍张照片发给你，但是，我没有，我害怕打扰你的生活。紧接着，便是长达半分钟的沉默。接着，她说，柏拉图死了，我和他也分手了，我再也不想读博士了，以前都是在做梦，而现在梦也醒了。我没有说话，只是聆听，一直等到对方挂断了电话。随后，我如释重负，像是摆脱了束缚的风筝，危险但自由。

腊月二十八日，二姐带着她的男友黄海回到了孟庄。他们在南方领了结婚证，如今回老家办酒席。她整个人的气象都改变了，再也不是那个守在家中的隐形人，而是拥有了海洋的开阔气息。刚见到我，她便走上前来，拥抱了我，还用英语和我说了几句话。明年夏天，她和黄海一同去澳洲的工厂上班，已经和那边签好了协议。我无法相信自己的耳朵，但还是把最好的祝福送给了她。

在二姐的婚宴上，我终于见到了大姐。她强颜欢笑地坐在我的身旁，不与我说一个字。整个过程，我都感觉自己像是被沉默惩罚的罪人，也无心与周围人交谈。外在的世界喧哗热闹，心中的野兽却发出哀鸣般的嘶吼。但是，我无处可逃。世界上从来不存在一劳永逸的自由，只有无处不在的禁闭。我在他人的神色中看到了自我的匮乏。

宴会散后，我们走出了酒店。抬起头来，突然看见在空中飘荡的蓝风筝。我拉着大姐的手，说，姐，快看那里，和小时候的那只蓝风筝一模一样，就是那只飞掉的蓝风筝。大姐笑了笑，重复了很多年前的那句话：这一切都是天意。

晚上，我又梦见了大海，梦见自己坐在白色帆船上，被深蓝色的大海环绕，如同一座移动的岛屿。陪同我的只有一个没有温度的骨灰盒，盒子上刻着我的名字，以及死亡的时辰。当船停到海中央时，繁星的微光让我看到自己在海中的倒影。随后，我打开了盒子，将骨灰撒入海洋，仿佛这个人从来就不存在。骨灰撒完后，船开始下沉。我坐在船中央，扬起头，凝视天空，等待奇迹的降临。

我听到了来自另一个我的呼喊与细语。我从梦中游了出来，听到了心底淌出的蓝色赋格曲，也明白了该如何去写那本关于蓝色图景的梦之书。

披上衣服，我走出房门，来到院子里，抬起头来，凝视着天空深处的深蓝，流下了眼泪。我突然明白，此时此刻才是最真实的自己。此时此刻，我才似乎懂得了无法言说的生活奥义。此时此刻，我终于开始了一个人的战争。

——原载《湘江文艺》2020年第3期

恍然书

一

这是林书海今年第七次梦见大火了,梦见火烧掉了整个书店。他如临深渊,没有惊慌与畏惧,而火海最终吞没了他。梦醒后,他的身上似乎仍带有灰烬的气息。打开手机上的搜索引擎后,他特意查了这个梦的含义。有两种完全不同的解读:一种说是凶兆,预示着即将而来的灾难;另一种说是吉兆,预示着将会来财。他对着屏幕苦笑,于是打开了蓝牙音箱,整个房间回荡着马勒的《复活交响曲》。多年过去了,这部交响曲仍然是他最爱的音乐作品。这部关于重生的作品无数次照亮了黑暗中的他。

像往日一样,他骑上电动车,约莫十分钟后到了书店门口。把车子放好后,他便去了不远处的老马家餐馆,点了自己喜爱的胡辣汤,搭配黄灿灿的金丝饼。这原本是他一天中最惬意的时分,如今却染上了某种哀伤的乡愁色彩。这个店的胡辣汤,他已经吃了十多年了,却从未厌倦。世界变样了,很多事情也变味了,但这胡辣汤却没有变过味,包含着时间的热情。或许这也是他钟情于这家店的缘故。

　　店老板和他大致上是同岁，每次相遇，基本上是同样的话：你来了啊，快到里面坐，马上给你做好。临走的时候，也是同样的话：慢走啊，再来。这两句话仿佛时间的阵脚，在他的体内有规律地运转。今天临走时，他对老板说，不知道还能在你们这里吃几次了。老板说，这周末，我们也就搬走了。他说，太可惜了，这么多年的老店了，说没就没了。老板说，人也一样，说没就没了，这也是天意吧，之后会开新店的，有机会了来坐坐。他说，是啊，这么多年了，也不知道你的名字。老板笑道，我叫马远航，从我爷爷的爷爷那辈开始，我们家就做胡辣汤了，从河南做到了陕西。他也说了自己的名字，之后便离开了这家店，回到了书店。

　　打开书店门后，光也随之洒了进来，带来夏日的最后温情。天气预报说接下来的半个月都是阴雨天，而他再也不用为即将而来的雨季发愁了，因为眼下的书大部分已经有了出路，但他还没有找到自己的路。他打开手机，拍了书店的一角，先后上传到微博与豆瓣，配上了但丁《神曲》中的名句——我看到了全宇宙的四散的书页，完全被收集在那光明的深处，由仁爱装订成完整的一本书卷。他又登陆孔夫子旧书网，看到了新接的六个订单，于是去了地下室，把所需要的书一一找出来，摆好在前台。他叫来快递，按照地址帮顾客把这些书寄走。每次和不同的书告别，他都有某种不舍，毕竟有或深或浅的交情。这个书店就要消失了，整个幸福堡也将会化为灰烬，从城市中消失。这里将长出新的商业区。

　　半年前，他就听到了幸福堡将要被拆迁的消息。那时候，他还没有做好离开的准备。毕竟在这里干了十五年了，身体与灵魂已经扎进了这个城中村，仿佛门外繁茂的梧桐树。他用了很长时间才消化了这个事实，却依旧不敢想象没有了书店的日子。如果没有了这个书店，他可能会再次过上那种被罢黜的漂流生活。他把困惑讲给了周洲，周洲回道，你这个书店也不怎么挣钱，这刚好是个机会，你可以出去谋个事情。他苦笑道，这么多年都不上班了，早都不适应那样的活法了。周洲说，没啥适应不适应的，你当年可是咱班的大才子啊，要不我在我表哥的公司给你谋个职务。他说，以后再说吧，这种事也只能说给你听了。与周洲说话，就像与另一个自己交谈。他们约好了下次见面的时间。

周洲是他的大学舍友，也是他至今唯一联系的大学同学。大学毕业后，周洲去了县城的政府部门做公务员，三十二岁被调到了市里，三十六岁又被提到了省城，一步步稳扎稳打，如今是处级干部。与周洲的扶摇直上相比，他却平平无奇，经营着这家旧书店，旱涝保收，没什么大的起伏，是世俗意义上的普通人。周洲每次来找他，什么掏心窝的话都会告诉他，特别是关于自己枷锁般的生活。自从工作后，周洲几乎就没有了读书的心境，只有与他相处的短暂时间里，才能脱离俗世的束缚，看见自由的幻象。有一次，周洲说自己厌倦了牢笼般的日子，说自己羡慕他自由自在的生活。他想把自己心中的苦水倒给对方听，但话都到了嘴边又咽了回去，只能点头苦笑。直到书店面临倒闭，他才把自己的难处讲给了周洲。对于他而言，周洲更像是镜子中的自己。或者说，周洲是自己的另一个分身。

十点半，周洲来到了书店，带来了黄金芽。他说，来就来了，每次来都带茶叶，这么生分的干吗。周洲说，我在你这蹭吃蹭喝，也不能空手来嘛，再说茶叶也是别人送我的。他说，公家的饭不好吃，你可要把碗端平啊。周洲说，我在里面摸爬滚打十几年了，知道其中的分寸。说完话后，周洲自己下了楼，去了地下室，而林书海继续写那篇关于《过于喧嚣的孤独》的书评。编辑已经催过两次了，今天一定要完成这篇约稿。上午来买书的顾客不多，这是最宝贵的写作时光。到了下午，他就会被各种事情分神，只能用零碎的时间来啃噬这些无尽的书。对于他而言，这是无言又苦涩的快乐。他无法想象没有了书的生活。书，是他的亲密伙伴，也是他的隐蔽恋人。

半晌过后，周洲从地下室走了出来，带着莫里森的《所罗门之歌》。他问林书海是否读过这本书，林书海点点头说，非常喜欢，我还为这本书写过书评呢。周洲说，太羡慕你了，我已经没心读书了，或者说，我已经没有心了。林书海说，你这是瓤我呢，你们当官才是正道，我们普通人就是混口饭吃。周洲说，你这才是讽刺人哩，对了，剩下这么多的书以后咋办啊？林书海说，能卖就卖了，卖不掉的我就拉回家，再不行就当垃圾处理了。周洲说，那你也很心疼吧。林书海说，我倒是没什么，这些书在很多人眼里连垃圾都不如。周洲没有再说话，而是坐在沙发上，翻读手中的书。

十二点半，他们在对面的饺子馆吃饭，要了半斤韭菜虾仁饺子、半斤猪肉茴香饺子、一盘素拼盘和两瓶干啤。吃饭期间，周洲突然说，哎，告诉你一个事情啊，我估计也快离婚了，我们已经分居三个月了。林书海没有说话，而是看着对方的神情。周洲又说，这次是我的不对，对玲花没感觉了，不知为啥，不想回那个家了，那里就是牢笼。林书海说，哎，都不容易啊，那娃以后咋办啊？周洲说，玲花要养，就让她养，我每个月给他们生活费，哎，活着有啥意思啊，活着活着，最后连心都没有了，我晚上常常失眠，整个人也快秃头了。林书海没有再说话，却发现朋友眼中的星辰坠落了。他在他眼中看见了另外的自己。他总是在他身上瞥见自己的幻影。

吃完饭后，他们又在书店里拉了一些闲话。分别时，周洲再次叮嘱道，书店没了就没了，你可要好好的，心放宽，不要走极端啊。林书海说，你今天看起来有点古怪，是不是有啥话没有告诉我？周洲说，就是之前说的，如果你想上班，我帮你谋个职位，如果不想上班，我帮你找个新书店。林书海感谢了周洲，并且要把莫里森的书送给他。周洲摇了摇头，说，你也知道，出了你这个书店，我是不读书的，我们下次再约。

周洲离开后，林书海很快就写完了书评的剩下部分。交给编辑后，他坐在沙发上，泡了一杯黄金芽。看着在水中舒展的茶叶，他沿着记忆的河流，回溯到了他们的大学时期，回溯到了第一次见到周洲的情景。

二

一九九八年的九月，林书海去师大中文系报道。有个手续需要交六十元的现金，而他恰好忘记带钱包。正当他准备返回宿舍取钱时，后面有个人拍了拍他的肩膀说，嗨，我这里有零钱啊，你先用上。他转过头，看了看这张陌生的脸，说，谢谢同学，可你不认识我啊。同学说，我是周洲，我们是舍友啊。这个名字突然间涌向了眼前，于是他点点头，从周洲那里借来六十元，现场交了手续费。等忙完所有的事情，他们一起走出了行政楼，绕着秋日的学校散步。那一天，他们说了很多的话，走了很多的路，也由此对学校的各个建筑有了最初印象。这是他来大学后认识的第一个人。让他意外的是，多少年后，周洲成了他大学时代的唯一朋友。

转完圈之后，他们一起回到宿舍，也由此认识了另外四个舍友——来自广东的安迪、来自福建的胡凯、来自黑龙江的吉庆与来自宁夏的马晓涛。他和周洲来自本省，他是西安本地人，周洲是渭南人。和舍友们寒暄了几句话后，宿舍陷入了可怖的沉默，之后便各自忙各自的事情。他从书包里取出一本尼采的书捧着读。周洲喊了他的名字，说，你看我手里是什么书。他转过头，发现周洲拿着的是同一本书。那个瞬间，林书海觉得自己遇见了知己。以前上中学，他从来不提自己读尼采这件事情。父母也禁止他读这位哲学狂人的作品。他们交换读尼采的心得，好像也由此交换了彼此黑暗的心。

后来，周洲就拉着林书海一起加入了本校的文学社团。这个社团每周都有一个主题活动，或是文学讲座，或是读书会，或是创作竞赛，或是观影会。自从创社以来，中文系的领导就特别支持这个文学社团，不仅仅为其提供资金、场地以及人力方面的支持，而且为其办了一个名为《花冠》的文学月刊。尽管只是学校的内部刊物，但《花冠》在学校里拥有很高的知名度，据说师大每三个学生中，就有一个是《花冠》的忠实读者。在上面能发表作品，是他们这些文学爱好者的最初梦想。

十一月末的某日午后，周洲回到了宿舍，对正在读里尔克诗集的他说，今晚咱们去外面吃火锅吧，我请客。他转头笑道，是不是有啥好事情要分享啊？周洲把书包放在了桌子上，拉开拉链，取出了两本《花冠》杂志。他把其中的一本递给他，说，请你从这期杂志中找一找亮点。打开目录后，第一眼便看到了周洲的名字。林书海没有说话，而是直接翻到了这篇名为《夏之旅》的散文。他把这篇文章认真读了一遍，是一篇偶有佳句的旅行散文，记录了作者游玩南京城的所见所闻与所思。读完后，林书海说，祝贺你啊，周同学，文学事业迈出了如此重要的一步。周洲笑道，你可别瓢我了，就是瞎写呢，不过还领了一小笔稿费，晚上请你吃饭。林书海的脸上挂着笑容，但心里有点失落，毕竟他也给杂志投过三次稿子了，最终都是落了大海，没了回音。

第一学期很快就结束了，周洲邀请林书海去他的老家玩几天，顺便可以去渭河岸边散散步，谈谈心。林书海刚好也想借此出门逛逛，便接受了周洲的邀请。回家的前一天，他们去了学校的图书馆。周洲借了一本托马斯·曼的《魔山》，林书海借的是但丁的《神曲》。看见彼此所借之书之后，他们相视一笑，明白了彼此能成为朋友的真正原因。那个夜晚，林书海陷入但丁构造的地狱世界。他以前只在课本上读过这本书的概括。原本以为是距离自己非常遥远的宗教书籍，如今发现却是但丁的心灵史。但丁所遇到的人生困惑与他的人生困惑其实并没有本质的差别。重新发现了但丁，就像再次发现了大海。当然，这本书里也有很多他并不熟悉的历史典故与宗教知识。那个夜晚，他梦见了但丁所看见的黑暗森林，也梦见了那三头野兽。在梦中，他与周洲交换了彼此的身份。

林书海在那个名为孟庄的关中乡村待了五天，获得了全新的生活体验。临走前，周洲把一袋橡头馍和一份八宝辣子交给了他，说，这是我妈带给你家的，是我们这里的特产，咱们寒假后再见。林书海上了车，回头和周洲说了再见。虽然只有五天，但林书海的内心经历了某种平静的风暴，获得了某种微小的成长。车启动后，他看了看户外的零度风景，随后继续将目光放在手中的《神曲》上。在某个瞬间，他突然意识到但丁的世界与此刻的世界，其实是两个共存的平行世界。

自从周洲有了恋情后，林书海和他相处的时间也变短了。除了日常的课程之外，林书海将大量时间放在了图书馆，而文学借阅室和社科借阅室成了他的人间天堂。按照图书的序号，他一本接着一本往过翻，有的书看看简介即可，有的书则需要深入阅读。他会做读书笔记，甚至会为喜爱的书写简短的评论。只有与书相处时，他才能够获得深刻的平静。对于书的上瘾，让他想戒也戒不掉。阅读之外，他开始写日记，只不过是浮光掠影般的记录，却也是内心的真实图景。

五月的最后一个周末，他在阅览室读纪德的《田园交响曲》，抬眼时瞥见对面有人看着他。他迅速挪开了目光，半边脸燃起了火焰，心中的荒野着火了。他将书放进书包，起身离开了图书馆。图书馆外，他听见有人在背后呼喊他的名字。他转过身，看到了对面的那个女生，于是问道，你好啊，你是怎么知道我名字的呢？女生说，你的笔记本上写着你的名字和学院，我也是无意间瞥见的，对了，我也喜欢纪德的书，《窄门》打开了我新世界的大门。之后的情节像是很多浪漫小说那样，两个人因书结缘，成为书友，成为朋友，后来成了恋人。

女生名叫杨梅，也是西安人，是同年级的哲学系学生。杨梅也是一个书迷，只不过她并不想成为作家，而是想成为学者。成为恋人后，他们会交换彼此的读书笔记，而他也会把自己的文章拿给她去读。她成了他的第一个读者，也成了他唯一的评论者。大二下半学期，他把杨梅介绍给了周洲和陈舒，当天下午，四人便去看了伯格曼的电影《假面》，晚上又一起吃了火锅。回到宿舍后，周洲问他和杨梅发展到了哪种地步。他说，就是牵牵手，也亲过她。周洲说，只有睡过了，才算是真恋人哦，书海君，请继续加油吧。他笑了笑，没有继续说下去，而是打开了手中的黑色笔记本。不知为何，他感觉自己和周洲站在了同一个平台上，又有了更多的生活与艺术的交集。

  大三上学期，他去学校对面的书店买了些专业参考书。在一家名为"是梦"的书店里，他很快便找到了所需要的书籍。他又在书店里转悠，打量着书架上的书籍。书店老板对他说，这个同学，你也可以去地下室看看，那里或许有你想要的书。书店老板指了指地下室的方向。他点头感谢了他，于是沿着阶梯一步步往下走，有种下地狱的错觉。地下室仿佛另外的世界，摆放着形形色色的旧书，其间可以闻到时间的尘味。他自认为读过很多书，却在这里迷了路。在书籍森林中，他发现了一九九〇年版本的《神曲》，译者为朱维基，而之前在图书馆所借阅的是王维克的译本。他翻看了其中的前两页，是完全不同的阅读体验，便毫不犹豫地买下了这本书。回到宿舍后，他把这本书放进了自己的抽屉，时不时会拿出来翻读两三页。他在这本书中发现了更为陌生却更为本真的自己。他没有把这个发现说给任何人。

  自此之后，他每隔一些日子便去是梦书店淘书。有时候，他宁愿成为隐身人，因为那里是他的藏身之所。去的次数多了，和老板渐渐也熟络了，从浅到深，从少到多。他们说得最多的就是书，各种各样的书，多色多样的思想。老板名叫夏河，五十多岁，以前是国企的车间工人，因为意外事故导致肋部骨折，出院后也干不了什么重活了，于是选择从工厂内退，拿到了一些经济补偿。后来因为各种因缘巧合，在师大对面的幸福堡开了这家旧书店，生意不温不火，却也基本上够日常生活的开销。夏河说，自从开了书店后，我才重新找到了生活的意义，以前算是白活了。林书海问他为何有这样的想法。他说，以前在工厂，就像机器一样，没有任何精神生活，还以为世界就像自己想的那么大。等熟了之后，林书海也会把心事选择性地讲给这位长者，而夏河的回答总能说进他的心坎。他没有把是梦书店的事情告诉周洲和杨梅，因为那里是属于他一个人的秘密花园。

　　转眼间便到了毕业季节。周洲如愿地考上了公务员，陈舒则去了南方的某个报业集团做社会新闻记者。他们两个和平分手，并相约做一生的好朋友。林书海通过了教师考试，即将成为西安市某重点中学的语文教师，杨梅则选择继续留在本校攻读哲学硕士学位，两个人并没有说分手的事情，但彼此都明白已经不是同路人了。毕业前夕，他们四个人又去了那一家火锅店，吃了散伙饭。那天晚上，周洲喝了很多的酒，一会儿哭一会儿笑，最后林书海和陈舒把他扶回了宿舍。在学校的最后一个晚上，他失眠了，往事像书页般在他眼前翻过，没有留下文字。他想到了第一次住学校的那个夜晚，也是失眠，也是惶恐，只不过还有些许期待。四年过去了，期待已经褪去色彩，迎接自己的将是未知的命运。半夜，他听到了周洲的梦话，梦话中出现了杨梅的名字。恍然间，他明白了很多事情，他哭了，不是为自己，而是为已经失去的华年。

三

毕业后，他去了明光中学做语文教师。父母也满意他的这份工作，毕竟是有编制的铁饭碗。他也为自己制定了比较详尽的人生规划——比如说工作之外保持阅读与写作的习惯；比如说寒假的时候去哈尔滨与海南岛，暑假的时候去台北与东京；再比如说去健身、去游泳、去爬山、去看灯塔；等等。然而，工作并没有想象中那么轻松自在，相反，大量与教学无关的事情拖着他、缠着他、磨着他、耗着他，甚至常常以噩梦的形式控制着他。夏至的晚上，他梦见自己死去了，梦见了活着的自己将死去的自己火葬，看见了升入天空的缕缕青烟，最后，活着的自己把骨灰撒进了大海。醒来后，他盯着户外的黑夜，仿佛看见了在海中溺水的自己。如此活着，常常让他有种溺水感。

在经历了一次短暂的崩溃后，他选择把自己的困境讲给父亲。听完后，父亲说，你这刚进入社会不久，再熬一熬就习惯了。他说，不想熬了，现在看见书，看见字，看见教室，我就害怕，我就恶心。父亲说，你这就是太矫情了，要是你经历过我们那个时代，你就知道你有多幸运了。他说，你们有你们的痛，我们也有我们的疼，这不是时代的问题，是每个人的问题。父亲说，你就是太脆弱了，多经历些社会毒打是好事。他看着父亲陌生的脸，没有再说话，而是退回房间，继续批改那看不到尽头的作业。将近十一点半的时候，他才完成了当天的工作。临睡前，他想翻一翻身边的闲书，却发现自己没有了任何阅读的兴致。关掉灯后，在黑暗中，他觉得自己的灵魂与肉身都被这日常烦琐的事情慢慢掏空了。他开始想念自己的大学生活，想念周洲和杨梅，却发现和他们已经失去了联系。无法入睡，于是打开台灯，敲开笔记本，想要在上面记录心事，却写不出一个字了。眼前的稿纸让他感到害怕，如同步入了黑茫茫的森林。他的心生病了，又找不到医治的方法。看着眼前的《神曲》，他突然想到了那个在旧书店梦游的人。

周末，他去了是梦书店，见到了夏河。毕业后，他们有三年多都没有见面了，甚至连电话也没有打过。看到他后，夏河走上前，拍了拍他的肩膀，握着他的手说，你这家伙，还以为你消失了呢。他说，再不见你，我就感觉自己快要死了。他给林书海泡了一杯茶，两个人之间并没有什么生分，开始聊起了各自的生活。夏河说，今年冬天，我就要离开这里去成都了，老两口要去那里帮忙看孙子了。林书海问，那这个书店咋办啊？夏河说，看能不能找到下家，要不就得把书全处理掉，太可惜了，这些书也都是我的朋友啊。林书海想了半晌，说，其实，我很想接手这个书店，就是不知道具体的情况。夏河说，这个书店每月盈利还可以，也自在，不看人脸色，就是要常守在这里，比较耗人，不能和你铁饭碗相比。林书海说，我感觉自己被那里困住了，就像笼子里的鸟，再这样下去我会疯掉的。夏河说，这个你可要好好思索，和家里人好好谈谈，不是所有人都能吃上国家饭的，现在人都求稳定生活。之后，他们又闲谈了其他的事情。临走前，夏河送了他一套博尔赫斯全集，叮嘱他要好好读读这位阿根廷的文学大师。

读完博尔赫斯全集的那个夜晚，他终于可以写出属于自己的文章了，不是散文随笔，不是小说诗歌，而是辞职信。第二天，他把辞职信交给了校长。校长说，小林老师，你可是咱们学校的骨干教师啊，我非常看重你，你再好好想想，要慎重一点，这么多年来都没有人辞过职。林书海说，感谢校长这么多年对我的照顾，这个决定，我已经想了很久了。校长摇了摇头，没有再说话，而是在辞职信上签了名。之后，他走了离职的正常手续，盖了好几个章子，与学校慢慢地剥清了所有关系。走出大门后，他转过头，给学校摇了摇手，说了声再见。

当他把这个消息告诉父母之后，想象中的暴风雨并没有发生，取而代之的是更为可怕的寂静。晚餐时，父亲突然开口道，哎，不管你做怎样的决定，都是我们的孩子，我们都会给你托着底。母亲说，如果我们都不理解你的话，怎么可能会让别人理解你呢。听完父母的话后，眼泪从脸上滚进了汤面里，他没有作声，而是闷头吃完了饭。

和计划中的一样，他从夏河手中接管了这家旧书店。维持旧书店的运转，并没有想象中那么简单。不过在夏河的指导下，他慢慢地掌握了其中各个环节的要义——如何选书、如何进书、如何摆书、如何销书等等，所有的细部最终都化为生活的日常习惯。十月中旬，夏河正式离开了是梦书店。离开前夜，林书海请夏河去湘菜馆吃了晚饭，并相约以后要保持联系。

夏河离开后，他独自来打理这家书店，父母偶尔也会来帮忙照顾。在他二十八岁的时候，父母给他全款买了一套两室一厅的房子，并一再督促他结婚，而他总会找各种理由搪塞过去。毕业后，他先后谈过三次恋爱，最后的结果都是不了了之。所有问题都在自己身上——他对感情很容易就厌倦了，他对恋人缺乏持久的热情，他不懂得挽留，也不会哄人。更可怕的是，当恋人们离开之后，他没有遗憾，没有伤心，也没有愧疚，有的只是摆脱重负后的自由与自在。他觉得自己不适合恋爱，更不适合组建家庭。为了避免更多的伤害，后来的他，几乎不和异性发生微妙的情感纠葛。更可怕的是，他对于书的迷恋，远远超过对于人的迷恋。

　　有时候，他会睡在地下室，侧着身子看着眼前的书籍。他喜欢被群书环绕，有种脚踩大地的安全感。夜深之时，他甚至能听到从书籍内部发出来的声响。有个夜晚，他梦见周洲从山上跳了下去，以飞翔的姿态。梦醒后，他浑身盗汗，有种不祥的预兆。凌晨三点钟，他拨打了周洲很久之前留下的电话。对方并没有接，自己也只好作罢。清晨八点钟，他接到了周洲的电话：你这家伙，大半夜给我电话，是不是梦见我死了？他说，是啊，你怎么知道的？周洲说，我前两天也梦见过你死了，是从山上跳下去的，我当时也想给你打电话。他说，我也做了同样的梦，可能太久没有见面了，在彼此心里已经死了。周洲笑道，咱们都好好的，什么死不死的，我这周去西安，到时候一起吃火锅。

　　从这个梦开始，他更坚信周洲就是另外一个自己，过着自己的另外一种人生。后来读黑塞的《纳尔齐斯与歌尔德蒙》，突然觉得这本书就是关于他和周洲的另一种文学写照。第二天，他就把这本书寄给了周洲。

四

　　二〇〇九年春天的某个下午，他打开豆瓣网，收到一条私信，上面写道：林书海先生，您好，我是《青年文艺报》的编辑李曼童，读到了您写的关于库切小说《等待野蛮人》的评论，很喜欢，希望可以在本报刊发，并附有一定的稿费，是否同意，期待您的回复。林书海将这条私信反复读了五六遍，随后回复道：同意，感谢关注。之后，他打开自己的豆瓣读书的页面，发现这几年来已经标注了两千多本书，写过一百多篇书评，总计有五万三千多人的关注。他原本只想将这里作为自己的秘密花园，没想到却开出了可以供人观赏的花朵。无论是他人的赞许或是批评，他都会认真回复每一条网友的留言，这让他觉得自己并不是一座孤岛。他渴望成为海，而不是成为岛。

  自从在报纸上发表了文章后，又有其他编辑通过豆瓣陆陆续续找到了他。他的书评文字变成了报纸上的铅字，这让他有了某种微不足道的成就感。豆瓣上，关注他的人越来越多，而他也珍惜每一次表达的机会。后来，他在几家报纸先后开了专栏，把自己喜欢的书籍通过文章传达给更多的人。除过书评之外，他有时候也会写点散文与诗歌，记录自己的所思所想。与此同时，他也把旧书晒在了豆瓣上，会有网友通过网络来购买这些书籍。有时候，父母也会过来帮他搭把手，看着儿子的精神状况与经济收入都还不错，他们悬着的心才有了一丝丝安慰。

  二〇一四年，有个出版公司的编辑表示愿意帮他出一本书评集，问他是否有出版的意向。他很开心地接受了这个邀请，并且与对方签署了出版合同，书名就定为《是梦》。过了一段时间，书便顺利出版了，虽然首印只有八千册，稿费也不多，但对于他而言，这是一种莫大的荣幸，也是生活的新路标。可能因为在豆瓣上有一定的影响力，这些书不到三个月就告罄了，随后又加印了三次。豆瓣上对这本书的评价也不错，有八点五分，出版社的编辑自然也很满意，表示愿意以后长期与他合作。他感觉自己打开了那道窄门，看见了新天新地。在经历了地狱和炼狱之后，他仿佛进入了天堂。他又重新读了《神曲》，并尽可能收集《神曲》的各个中文译本。对于他而言，《神曲》就是自己的启示录。他已经写了足够多的书评，但仍旧找不到评论《神曲》的道路。

随着自己在书评圈的影响力越来越大，是梦书店的声名也跟着水涨船高，很多文学青年会慕名前来，借着买书的名义和他闲谈几句。在好几个中文系男生的身上，他看到了自己当年的模样。有几个常来书店的男生，最后也成了他的朋友。他偶尔也会想到夏河，想到曾经和他深谈的那些个午后。如果没有夏河，自己也许不会走上这条路。从某种意义上讲，夏河就是为自己领路，帮自己穿过地狱之旅的维吉尔。然而，他始终找不到给夏河打电话的理由。

二〇一五年冬天的某个上午，面对着文档，他往上面敲打着文字，是一篇关于斯坦纳《语言与沉默》的书评。写到收尾处，他收到了一条来自夏河的短信，内心有点惊诧。短信上写道：家父夏河先生已于今年十月因病去世，感谢您曾经和他有过交往，人生海海，万事如烟，家父的这个手机号码将于近期注销，再次祝您生活顺遂。林书海不敢相信眼前的话，又反复读了好几遍，才确定这并不是梦。他回复了那条短信：感谢您，夏河先生，我们还会见面的，我也会照顾好是梦书店的。发完短信后，他重新面对着文档，而眼泪已经淹没了面前的荒野。

又过了几日，雪停了，太阳从阴霾中探出了头，是梦书店的顾客也多了起来。手上的稿子完成了一大半，心情也舒畅了一大半。除了书店的生意之外，他白天大多数的时间都是用来阅读新到的著作。这里的每一本书，都是他严格意义上的朋友。他珍视与每一本书的情谊。这一天，是梦书店迎来了一位独特的顾客。他从声音中听出了她，经过确认后，才喊出了她的名字，杨梅，你怎么来这里了？杨梅转过头，眼神中的疑惑瞬间消散了，笑道，原来是书海啊，这是你开的书店吗？我还以为你一直在中学教书呢。林书海说，早都不教书了，你这些年过得很好吧。杨梅点了点头，说，好着呢，这是我的老公王晨宇，我俩都在师大中文系教书，你媳妇也还好吧。林书海摇了摇头，苦笑道，我还没结婚呢。短暂的沉默后，杨梅说，这么多年了，你还是这么爱书，你给我们推荐几本书吧。他原本想把自己的书送给他们，然而转念又把话咽了下去，给他们推荐了几本外国小说。临走前，杨梅和他又交换了手机号码，并邀他下次去他们家吃饭。他点点头，明白那些都是客套话，因为他们早已经不是同一类人，不可能会再见面了。在她丈夫的眼神中，他已经读出了那种想要掩饰的轻蔑。某个瞬间，他开始怀疑自己当初的选择是否正确。不过，这样的自问转瞬即逝。他已经厌倦了没有意义的追问，只有真正的行动才能让他体会到深刻的快乐。

　　临近年关，他带着父母去海南岛过年。那是父母第一次见到大海，他们久久地站在海边，看着一艘轮船起航，慢慢地消融于天海尽头。父亲说，你也大了，我们也陪不了几年了，我们还是希望你能找个陪你过后半生的人，哎，不过每个人都有自己的路。母亲说，看着海，人变小了，心却变大了。随后，他们三个人在海边散步，唯有大海知道他们各自的心事。夜间，他听见了海的叹息。

五

　　这么多年过去了,是梦书店已经成了他的精神避难所。他在这里读过各种各样的书,见过形形色色的人,也做过多彩多姿的梦。在这个人间方舟上,他理解了自己与世界的关系,也看清了意义的幻象。如今,幸福堡即将要消失了,书店也跟着要消失了,而他乘着海上虚舟,还没有找到未来的栖息地。然而,他已经不害怕时间了,也不害怕存在了,那些读过的书已经为他建造了坚不可摧的精神王国。

　　再过三天,他就要离开这个书店了。书店里的书基本上都处理完了,只剩下了最后的三四十本,其中的五本是不同版本的《神曲》。他把这五本《神曲》放进自己的包里,晚上带回家,与其他三本《神曲》摆在了一起。他打开了笔记本电脑,打开了空白文档,面对眼前的荧荧绿光,再看看眼前的《神曲》。忽然间,他找到了通往这本巨著的道路。在写这篇评论的时候,他仿佛先后又经历了地狱、炼狱与天堂,在敲完最后一个字时,他看见了真正的荣光。写完文章已是午夜时分,他凝视着窗外的黑暗,恍然间领悟到了生活的奥义,那是无言却又丰沛的永恒沉默。在那巨大的虚空中,他似乎听到了时间的叹息。打开其中的一本《神曲》,他重新念出了最初的篇章——就在我们人生旅程的中途,我在一座昏暗的森林之中醒悟过来,因为我在里面迷失了正确的道路。那一瞬间,他突然理解了但丁,也突然理解了自己。

　　他又去吃了老马家胡辣汤,马远航告诉他这是最后一次营业,明天就要离开这里了。林书海把自己的《是梦》从包里拿了出来，送给了他。马远航先是愣了一下，然后笑道，你是好多年的老顾客了，没想到你居然是个作家。林书海说，不，算不上是作家，就是随意写的文章。马远航说，等我们找好新店了，到时候把地址发给你。林书海点了点头，随后便离开了这家店。他站在路口，看着眼前的废墟景象。幸福堡往日的繁华已经不在了，剩下的只是人走店亡后的荒凉。但他的心并不荒芜。要不了多久，这里将成为一片废墟，这里的故事将化为尘土，而我们所有人终将会被时间所掩埋。

最后一天，周洲来书店帮忙。林书海摘掉了书店的牌匾，摸了摸上面的四个字，是时间的触觉，也是梦的触觉。他对周洲说，做了这么多年的梦，也是时候醒过来了。周洲问，接下来，你要做什么呢？林书海说，好久之前编辑就向我约了书稿，现在我终于知道该写点什么了。周洲问道，写什么呢？林书海说，就写关于这个书店的故事。周洲点了点头，帮他打理好了书店剩下的事情。

在关掉书店大门前，他又转过头来看了看这个空荡荡的空间，而他的心却被往事与未来共同填满。他不再害怕任何事情了，包括经常在梦中出现的那场大火。

——原载《广西文学》2022 年第 3 期

心

上篇

签完字后,他们让我再看你最后一眼。不,我没有看,而是转身离开了房间,走出了医院,走进了世界的迷宫。我听到了你父亲的呼喊声,但我没有回头,一直向前走,不张望,也不踟蹰,希望自己能走到尽头,走出这座心迷宫。一路上,我都不敢直视其他人的脸,因为我害怕在他人的神情中拼凑出你的表情。我低着头,像是犯了大错的孩子,等待着最后的审判。

不知道过了多久,我走进了长乐公园,整个人突然像是被抽空的皮囊。坐在长椅上,空空荡荡的头脑中吹着荒凉的风。有三个孩子在眼前的空地上玩耍,他们忘情的样子让我想到了小时候的你。那时候,你把大量的时间都放在了钢琴上,而我几乎就是你唯一的玩伴。你曾经说过自己有两个最好的朋友:一个是钢琴,另一个就是我。如今,我就这样失去了你,我的生命也因此失去了重量,没有了意义。看着眼前的孩子们,我的眼泪涌了出来,淹没了我的整个世界。我多么想对着空气把心中的郁结和痛苦喊出来，但我已经失去了声音，也失去了紧紧抓住你的最后机会。

　　太阳西斜了，孩子们也散了。我听到了手机的铃声，是你喜欢的德彪西的钢琴曲。手机响了三次，我都没有去接，我此刻特别害怕听到你父亲的声音。手机第四次响了起来，我犹豫了片刻，接了他的电话。他说，手术结束了，你快回来吧。我没有说话。他又说，你快回来吧，孩子还等着咱们把她接回家呢。挂断电话后，我坐上出租车赶往医院，接我们的孩子回家。

　　到了医院后，你父亲问我要不要再看你最后一眼。我摇了摇头说，没什么意义了，不管做什么，孩子也都回不来了。你父亲没有再说话，而是走过来，紧紧地拥抱了我。我听到了他的心破碎的声音，却没有看见他流下半滴眼泪。他问我要不要举办追悼会。我摇了摇头说，不了，就让孩子安安静静地走吧。你父亲明白我的意思，随后便联系了相关人员来为你处理后事。整个过程，我想要立即逃离医院，逃离世界，而我却无处可逃。世界如此空空荡荡，却容不下你一个人。我要送你走完最后一段路，这也许是作为母亲的最后职责。

　　在去往殡仪馆的路上，我和你父亲坐在你的两侧，而你躺在白色的床上，脸上盖着白布。在逼仄的面包车内，这是我们三个人最后的一次聚会。一路上，我们都不说话，而是将各自的目光放在了窗外倒退的风景上。在时间的倒流中，我们各自寻找着回忆的碎片，试图拼凑出更加完整的你。回忆越是甜美，现实越是苦涩，而那种甜美在此刻变成了成千上万支箭，穿向我们的心脏。这条通往终点的路如此漫长，漫长到自己仿佛已经走完了这一世的劫难。为什么死去的是你，而不是苍老的我呢？

　　从面包车出来后，我感觉你父亲的头发已经白掉了多半。除了我以外，没有人知道他经历了怎样的人间炼狱。他们把你抬到一个房间，放进了你父亲选好的棺木中，然后让我们签了字，做了最后一次确认。在我们的见证下，他们把你推进了另外一个房间。大概多半个小时后，工作人员通知我们去领你的骨灰。他们把你的骨灰装进了你父亲选的一个蓝色骨灰盒。你父亲说要把你的骨灰盒暂存到殡仪馆，而我不顾那些世俗的约定，坚持要带你回家。你父亲点了点头。随后，我们带着你一起回家，再也没有什么能够分开我们了，即便是死亡。

　　记得在你十六岁那年的某个晚上，你和我非常严肃地谈论过死亡的问题。那是在练习完肖邦的第三首《叙事曲》后，你突然对我说，妈妈，我发现自己不害怕死亡了。我问你为什么会有这样的想法。你说，在弹钢琴的过程中，我慢慢地忘记了自己，慢慢地将自己和钢琴合二为一，某些瞬间，我感觉自己就是钢琴，钢琴就是我，只要音乐在，我就在。我不怎么会弹钢琴，因此不能完全理解你所说的状态，但我意识到你的钢琴技艺已经达到了新的境界，而这也是我们所期盼的结果。随后，你又补充道，以后要是我死了，我可不想埋在土里，我想葬在大海里。不得不承认，这样的话让我格外诧异，因为我以前从未认真思考过关于死亡的问题。大约也是从那个时候开始，你开始写诗，而我则是这些诗歌的唯一读者。从你的诗歌里，我发现你思考的都是一些最本质的问题，而这与你的年龄似乎格格不入。我问你是不是有什么心事想和我分享，你犹豫了片刻后，摇了摇头，但我看到了你眼神中的迷惘与恐慌。有一次，你告诉我，写诗就是在纸上弹钢琴。那一刻，我似乎懂得了你，又觉得离你特别遥远。

　　把你的骨灰带回来的那个晚上，我们决定把你离世的消息告诉我们的亲人。于是,我先后给你的外公、舅舅和小姨打了电话,告诉他们你因为交通事故突然离开了这个世界,你也没有留下只言片语。在听到这个消息后,你的小姨在电话那头号啕大哭,我不知道该说些什么,只能默默流泪。等恢复了平静后,她说,姐,我明天就去看你和孩子。我告诉她已经把你火葬了,让她不要来了。她没有再说话,沉默了很久之后才挂断了电话。你父亲也把你离世的消息通知给了你祖母、姑姑和伯父们。打完电话已经是夜里的十一点了,我们瘫软在沙发上,肉身格外疲惫,内心却异常清醒。客厅里滴答作响的钟表向我们诉说着时间的残忍秘密。大概过了十分钟后,你父亲站了起来,走到钟表旁,拔掉了里面的电池。在那一刻,时间仿佛真的停止了,而关于你的记忆却如同洪水一般涌进我们的灵魂。

自从知道怀上你的那一刻开始,我便意识到我的人生发生了本质性的变化。从那一刻起,我的心便时时刻刻牵挂着你,生怕你出任何差错,生怕你出任何闪失。在你第一次用脚踢我的肚子时,我把这个消息第一时间告诉了你的父亲。也许我从来没有告诉过你的是,在怀孕的时候,我患上了轻微的忧郁症。令我忧郁的唯一原因就是害怕你是有缺陷的宝宝,害怕你死在腹中。有好多次,我都怀疑自己能否成为合格的母亲。你父亲是一个敏锐的人。他发现了我的恍惚与焦灼,带我去看了心理医生。那时候,我已经辞掉了在会计师事务所的工作,安心在家养胎。那也许是我们最亲密无间的时光,我们一起听音乐,一起读书,一起看电影。有时候,我会和你说说话,给你唱唱歌,会把心底的秘密告诉你,而你则会踢我的肚子,以此作为某种回应。怀着你的时候,我觉得我们就是同一个人的不同分身。那时候,我觉得自己是世界上最脆弱的人，也是最坚强的人。五月十二日十八点零六分，你哭着来到了这个世界。看到你的那一瞬间，我知道我们不再是同一个人了，而是两个独立的个体。

在你的身上，我才懂得了忘我地爱一个人是怎样的感受。也许你不知道，在我心里你比我自己更加重要，而我愿意为你做任何事情。这是一种作为母亲的本能，并不是失去了自我，相反是一种重新创造自我的方式——在你身上，我找到了另外一个自己。在你四个月零两天的时候，你第一次翻身；在你十个月零五天的时候，你第一次喊妈妈；在你一岁零九天的时候，你第一次走路；等等。从你出生的那天起，我就开始写日记，记录关于你的，也关于我的重要事情。因为不放心任何人带孩子，所以我不再去上班，做起了全职主妇，时时刻刻都守护着你。你父亲全心支持我的决定，他的收入也足够养活我们这个家。在你三岁半的时候，我们把你送进了附近的幼儿园。在你五岁的时候，我们给你报了一些兴趣班，让你学习画画、舞蹈、英语和围棋。你对这些课程的兴趣并不大，直到你遇见了钢琴。当你看到老师在弹奏钢琴时，我看到了你眼神中的璀璨星辰。在试听了两节课后，我们决定让你学习钢琴。

与钢琴相遇，是你人生的重要篇章。我们给家里置办了一架钢琴，也给你报了钢琴课。与其他课程不同，你对钢琴有种天生的热情。每次陪你去上课，都仿佛是参加重要的庆典仪式。为了能够为你营造良好的环境，你父亲特意给家里买了昂贵的音响与很多古典音乐的唱片，而我也买了一些音乐史、艺术史和钢琴类的读物。为了不分散你的注意力，我们处理掉了家里的电视机，取而代之的是摆满书的书架。除了学校的课程以外，你最重要的功课就是钢琴课。刚开始，我们只是想为你培养一门业余爱好，后来这种爱好成为你理解世界的重要方式。你的钢琴老师不止一次说你是钢琴天才，对音乐的悟性远远高于普通人。在一次全市的钢琴比赛中，你拿到了少儿组的冠军，我们把奖杯放在了家里最显眼的位置。也许是从那个时候起，我们下定决心要让你走音乐家这条路。这是我和你父亲深思熟虑的计划，当然我们也知道艺术这条路格外艰难凶险。

那时候，你只是个孩子，也有倦怠的时候，甚至动过放弃的念头。不过这些都是短暂的时刻，没有多久，你又投入新一轮的钢琴练习中。在反反复复的雕琢中，你的琴艺也越来越精湛，对钢琴的认知也越来越深刻。作为你的母亲，有时候我也不理解你所说的某些话。比如有一次，在弹奏完勃拉姆斯的第二首《间奏曲》后，你告诉我自己仿佛在黑暗森林中迷了路，经过长久的跋涉后终于找到了光。我无法抵达这样的精神体验，只能点点头，佯装自己已经明白了你的意思。对于我而言，音符就是音符，而音符则是你眼中的风景，是你手中的魔法石。在我四十岁生日那天，你为我准备了一个特别的礼物——你生平创作的第一首钢琴曲，名为《光》。虽然你只为我弹奏过一次，但这首钢琴曲的每一个音符早已经埋进了我的记忆里，并且开出了不会衰败的花朵。至今，我还珍藏着那份乐谱，那份仅属于我一个人的音乐。

十五岁的时候，你免试进入音乐学院附中学习，而这在你艺术生涯中算得上是非常重要的一步。你显得格外孤独，似乎没有什么真正的朋友。不过，你还是会把自己的一些心事告诉我。有一段时间，你特别喜欢弹奏舒曼的《童年情景》，你说在这组钢琴套曲中重新创造了自己的童年。我也特别清楚，其实你并没有普通孩子的童年生活。自从弹钢琴以后，特别是把音乐当作终生事业时，你的灵魂就已经苍老。我从你的眼神中经常会读到不属于你这个年龄的忧郁和焦灼。为了暂时地脱离钢琴的魔咒，我会带你去小区附近的运动馆打羽毛球和乒乓球，时不时也会一起去长跑、去游泳，偶尔也会去爬山。运动时候的你与练琴时候的你，是两个完全不同的你，又是同一个你。有时候，我也会想，要不是为了弹钢琴，也许你会过上更正常更普通的生活。但到底什么才是正常的生活，什么才是普通的生活，我自己也没有弄明白。

　　我们原本计划把你送到美国的柯蒂斯音乐学院去学习钢琴。然而在你高二的下半学期，家里发生了重大的变故——你父亲的公司因为融资等各种财务问题而宣告破产，积蓄花掉了一大半。我们没有能力送你去国外读书了。当我们把这个消息告诉你之后，你没有说话，而是转身走进自己的房间，关上了门。两天之后，你对我们说，我也不想去美国了，我就读咱们这里的音乐学院。后来，你以第一名的成绩考入了本市的音乐学院。你没有选择钢琴系，而是选择了作曲系。进入大学后，你选择住校，不过周末基本上会住在家里。你已是离岸的船，而这个家只是你偶尔停靠的港湾。当你不在家的日子里，我突然觉得自己失去了人生的航向，不知道该如何度过接下来的日子。

　　如今，你已经离开了这个世界，而我的精神也已经轰然倒地。这是你离去的第一个夜晚，我和你父亲躺在空空荡荡的房间里，彼此也没有什么话可以说。我突然想起了几年前的那个下午，你说自己做了一个特别重大的决定，但是需要得到我们的理解和支持。我们坐在了你的两旁，等待着你的决定。思考了片刻后，你说，我今天去申请器官捐献的官网上进行了登记，这是一件很有意义的事情。还没等你说完,我就打断了你的话,质问道,你是不是疯了,为什么要去做这样的事情?也许你早已预料到了我们的反应,于是非常理智地说,这是我的决定,也许你们现在不理解,以后肯定会理解的。看到你冷静的神情,我几乎失去了理智,对你喊道,清河,我对你太失望了,这么重大的事情也不和我们提前商量,你不把我们放在心上,那你走吧,以后也别回来了。听我说完话后,你带着自己的包离开了这个家。那是我生平第一次对你动怒,因为我那时真的无法接受这种突如其来的决定,也不知道你受了怎样的蛊惑,才会有这样莫名其妙的选择。我无法想象刀子切割你身体的情景。此时此刻,在黑暗中,我却突然理解了你当年的决定。此时此刻,你的视网膜让另外的人看见了黑暗,也看见了光亮;此时此刻,你的心脏在另外一个人的身体里跳动。你的生命并没有终结,而是在陌生人的身上获得了某种形式的重生。此时此刻,我特别想念你,我觉得自己也死掉了一大半,我不知道该如何面对接下来的人生。如果没有明天,那该有多好。

  接下来的三天,我们接待了来看你的亲人们。我们其实没有什么话可以说了,只剩下了眼泪与沉默。等他们都走了之后,家里又只剩下我和你父亲。我们的眼泪已经流光了,只想做些事情来抵抗内心即将而来的崩溃。我从你摔坏的手机中取出了电话卡,安放到另外一个手机里。片刻后,手机上显示了好几条来自同一个人的短信,大致意思就是一直在联系你,却一直联系不到你。随后,我拨通了这个没有显示名字的手机号码。接通后,对方质问道,周清河,你说消失就消失,你到底是什么意思啊?我沉默了片刻,说,对不起,我是周清河的妈妈,清河前几天出了事故,离开了这个世界。说完后,我仿佛能看到对方脸上的惊诧与悲痛。

片刻的沉默之后，他说，阿姨，您家在哪里，我要去看她。我挂断了电话，把家里的地址通过短信发给了他。

一个多小时后，他来到了我们的家。看到他的瞬间，我就知道这个名叫穆夏的人不是你的普通朋友，而是比普通朋友更为亲密的关系。你从来没有和我谈过关于你感情上的事情，而在穆夏的神色中，我突然明白了所有的事情。打完招呼后，穆夏走了过来，抱住我，微声地啜泣。我也抱着他，就像是抱着曾经的你。在这拥抱中，我突然理解了你很多次的沉默与许多次的失神。我给穆夏简单地讲述了事情的经过。沉默许久后，穆夏给我们讲述了你和他之间的故事。之后，他说，清河的毕业作品已经写好了，是一曲名叫《远航》的钢琴独奏曲，她原本计划让我去弹奏这个作品，今天我想把这个作品弹给你们听。你父亲点了点头，而我也为穆夏准备好了钢琴。

他从书包中掏出了琴谱，放到了钢琴上，随后坐在了钢琴椅上，闭目等待。片刻后，他睁开了眼睛，开始弹奏这曲《远航》。看着他弹奏的身影，我的眼前恍惚间出现了你。你所写的钢琴曲带着我们离开了这座人间孤岛，到远方的应许之地去漫游。漫游之时，我们忘记了时间，忘记了存在，也忘记了欢乐与痛苦。如果可能，我多么希望这首音乐没有尽头，多么希望我们可以离开这个荒芜的尘世。不知道过了多久，音乐停了下来，我没有哭泣，却看见了你父亲脸上的泪水。在音乐中，我们与你再次相逢，永不分离。随后，我们请穆夏留下来吃晚饭。晚饭期间，我对穆夏说，孩子，如果你愿意的话，这几天可以住在我们家，我们给你讲讲清河以前的故事，你也可以给我们多说说你们以前的故事。穆夏点了点头说，我非常愿意，谢谢你们的理解。随后的几天，穆夏就住在你的房间，而我们会给他分享关于你的故事，也会把你写的诗歌拿给他看。有那么几个瞬间，我把穆夏看作是你。如果你在生前就把穆夏介绍给我们，我想我们也肯定会接受他，也肯定会理解并且爱护你们。

在你离世的第七天，我们三个人乘着飞机，带你去了大海。在船上，穆夏抱着你的骨灰盒，什么话也不说，眼神中全是海水。看不见陆地的时候，我们三个人轮换着把你的骨灰撒进了大海。突然间，我们看见在大海与天空交融的地方出现了虹光，而我突然明白你并没有死，而是以另外一种形式活在了这个人世间。

下篇

我以为我会死，但是我没有死。不过，我已经体会到了死亡的滋味。尽管我的哲学博士论文是关于人的存在与虚无，然而任何语言都无法描述死亡的滋味，就像你能够感受到风的存在，却无法描绘出风的形状。从手术台上醒过来时，我觉得自己成了另外一个人——陌生人的心脏在我的体内跳动，而我能体会到其中的微妙变化。

医生告诉我手术相当成功，只不过以后长时间会离不开抗排斥药。我点了点头，接受了命运对我的所有安排。母亲问医生这心脏来自哪里，说她想亲自去登门感谢那家人救了我的命。医生摇了摇头说，这是机密，只要您儿子能健健康康地活着，便是对那家人最大的感谢。母亲显然无法完全理解医生的话，她的眼中含着泪水，而泪水则折射出外面世界的光。这段时间以来，母亲基本上都守在我的病床边上，每天早晚都会为我祷告——她不是教徒，她只是借用这种方式来完成关于重生的仪式。妻子海雪让母亲不要太过于操劳，毕竟她已经步入人生的晚年，身体状况也大不如前。母亲总是说我是她一手拉扯大的孩子，我年龄再大也都是她的孩子，照顾我是她一辈子的责任。母亲的话让我很是自责，因为成年以后我也没尽到作为儿子的责任。特别是工作之后，我很少回孟庄去陪她，每个月也只是给她卡上打几百块钱，然后象征性地在电话上和她拉扯两三句闲话。要不是因为这场大病，母亲和我的距离会越来越远，甚至会成为彼此的陌生人。在得知我生病后，母亲第一时间赶到城里来陪伴和照顾我。很小的时候，我非常喜欢听母亲给我讲各种各样的故事，特别是那些神话传说。这段时间，母亲又给我讲了很多的故事，不过基本上都是关于她和那座村庄的故事。在这些故事中，我对母亲有了新的认识，对自己的过往也有了新的体悟。

躺在病床上，我听着心脏在体内的跳动声，是如此陌生，又是如此熟悉。要不是因为这颗心脏，此刻的我也许撑不了半个月。事实上，我之前已经做好了迎接死亡的准备。在无望的等待中，我重返时间的河流中，试图从中打捞出关于过往的一切。我只能捞出一些碎片，大部分的记忆被河水冲到了无人知晓的远方。也许只有死亡才能让我如此近距离地思考哲学问题。以前研究哲学时，我只是一个近距离的观看者，如今则成了真正的参与者。当我想要把这些片段性的思考写下来时，却发现语言已经成为失效的工具。随着死亡的迫近，我才看清楚了自己无意义的人生，看清楚了生活的真相。死亡同时给我戴上了望远镜与显微镜。

很多次，我都想到了放弃，毕竟治疗费和手术费是一大笔支出。我只是一个高校里普通的哲学教师，妻子只是出版社的普通编辑，而我们也只是出身于农村家庭，并没有什么丰厚家底与广泛人脉。当我把这种想要放弃的想法告诉妻子时，她摇了摇头说，就算是卖掉房子，我们也要为你治病。但我们都很清楚，那套六十多平方米的房子是学校分配的，我们只有使用权，并没有出售权。妻子的立场既让我安慰，又让我难过，毕竟结婚这么多年，我们还没有属于自己的明亮宽敞的房子。我们的工资水平没有多少涨幅，但房价已经翻了好几倍。那次之后，我没有在妻子面前再提过放弃的想法。但我知道自己在医院每耗一分钟，家里的砖瓦就会少一块，最后那个家终究会轰然倒地，化为灰烬。在我还能动笔思考时，我已经写好了遗书，也写好了三封信，分别是给我的母亲、我的妻子和我的孩子。我们已经做了最坏的打算——在等待合适心脏的时候，我耗掉了所有的精力，最后死在了病床上。

然而，我并没有死，我暂时地活了下来。对此，我没有兴奋，也没有悲痛。在这之前，我已经在网上搜索了相关的信息，像我这样的心脏移植患者，三年存活率并不高，十年的存活率更低，并且要终身服用药物。我明白，即使这次手术是成功的，但我的人生已经进入了倒计时。然而转念又想，我们每个人不都是向死而生，一步步地走向死亡，一步步地走入那温柔的良夜。在与死亡长久地搏击之后，我获得了暂时的胜利，也揭开了生活的面纱，看见了存在的本质，看见了时间的真相。躺在医院的床上，我开始收集过去重要的记忆碎片，试图用碎片拼凑出更加完整的自己。

我人生的第一个碎片是午后燃烧的房子，那个时候我刚过了四岁的生日。我和其他孩子站在不远处，看着大火像野兽一般吞掉了那座房子。我的父母和其他大人用装满水的桶或者盆子去灭火，然而火势越来越大，那点水仿佛是给饥渴的野兽喂的水。我们听见了有人在大火中的喊叫声，也听到了孩子的哭声，最后这些声音统统被野兽吞没。接下来，我听见了房子倒塌的轰隆声。我们都往后退了好几步，有几个孩子捂着耳朵，跑着离开了现场。大人们也不再去救火了，他们看着眼前的一切，无能为力地摇摇头。我走上前，拉住母亲的手，问她到底发生了什么事情。母亲摇了摇头，让我别出声说话。不知道过了多久，大火熄灭了，原来的房子已经变成了废墟，而废墟中躺着四具烧黑的尸体。虽然母亲捂住了我的眼睛，但我还是看到了残酷的画面。那是我第一次接触死亡，第一次知道人是何等的脆弱无助。直到如今，我偶尔都会在梦里看见那场大火，在梦里听见那些呼喊与哀号。关于那场大火，没有人知道其中的真相。他们没有在原地再盖房子，而是在村长的建议下，在里面建造了一个花园，种上了很多蔷薇。

在我十一岁时，最疼爱我的祖父在炕上煎熬了三个月后，最终闭上了眼睛。他留给我的最后一句话是，孩子，你要好好地活着，活出个名堂。当时我并不知道名堂的真实含义，但我还是拉住了祖父的手，看着他的眼睛，点了点头。祖父是在干农活时突然倒地的，他们把他拉到了医院。医生的意见是要给祖父动手术，但不能完全保证手术的成功。随后，父亲和伯父去问了手术费和住院费。从办公室出来后，他们脸色铁黑，摇了摇头，说这笔钱对我们家来说是天文数字。他们把相关的情况告诉了祖父。祖父说，我大半个身子已经埋进土里了，花这些冤枉钱弄啥，你们赶紧把我弄回去，我死也要死在我们家里，这是咱们的风俗。于是，父亲又开着手扶四轮车，把祖父从医院接回了孟庄，放到了炕上，让他等待死亡的降临。那段时间,祖父的身体在一天天缩小,呻唤的声音却一天天变大,而他会尽量忍受住疼痛,保住人生最后一点点的尊严。祖父以前特别疼爱我,总把藏好的水果偷偷给我,而我也愿意把自己的秘密分享给他。当他躺在炕上等死后,我便很少再去看他了,不是因为无情,而是因为害怕,害怕面对他即将死去的样子,害怕失去他。在离世的前几天,祖父失去了声音,整个人只剩下了一把骨头。在他断气的那个下午,全家人都围在他身边,看着黑白无常带走了他最后一丝气息。除了我之外,没有人哭泣,他们的伤感早已经被这三个多月来的折磨消耗殆尽。如今,当我躺在病床等死的时候,我才真正理解了当年的祖父,理解了他的痛苦与绝望。我多么希望他能够原谅我,原谅我没能一直守护着他。

当我搜集过往的碎片时,印象最深刻的都是那些与死亡有关的记忆。这些死亡会提醒我关于活着的种种奥义。在我十二岁的时候,我的姨妈因为不堪忍受生活的重负而选择喝农药自杀。在我十四岁的时候,班上的一个同学因为交通事故而离世。在我十七岁那年,祖母因为脑出血而突然离世。同一年,我们高中有个学生因为高考失败而选择卧轨自杀。在我二十一岁那年,我们村有两个叔叔因为分地的纠纷,一个用刀砍死了另一个,而活着的那个被抓进了监狱,最后被枪决。在我三十五岁那年,父亲被检查出来是肺癌晚期,没过一个月便离世了。在父亲离世之前,我没有选择逃避,而是每天都陪在他身边,和他说话,帮他清洗身子,给他喂药。在离世前三天,父亲说出了生平最后一句话:谢谢你们,我这辈子过得很好。说完后,他好像也丢掉了魂,只剩下一具空皮囊。父亲死后,我在他的遗物中发现了一个笔记本。

笔记本上是他二十岁到二十五岁的日记，总计有四十八篇。在得到母亲的同意后，我把日记本带到了城里，偶尔会拿出来翻读。也许正是因为这些文字的存在，我偶尔会听到父亲的声音，听到他曾经对我的鼓励与教导。如今，当我经历过死亡后，我才真正地理解了那些死去的人，理解他们的无奈与绝望，也理解了他们的痛楚与解脱。

出院后，我开始在家休养。为了抵抗时间的虚无，我像父亲以前所做过的那样开始写起了日记。与父亲不同的是，我并不打算只为自己一个人写，而是选择在博客上写日记，选择与可能更多的人来分享自己的生活体悟。刚开始，我并不习惯这样重新去解构和审视自己的日常生活。面对空白的文档，我仿佛站在了一片荒原上，举目四望，皆是荒芜，只能听见风的浅吟低唱。后来，我慢慢找到了那些熟悉的字句，也掀开了日常生活的面纱。就这样写了二十来篇后，阅读的人越来越多，很多人也给我留言或者私信，说出了他们关于生与死的故事。我以前的编辑也联系到了我，说他非常喜欢这些文字，让我继续写下去，等到了合适的体量会帮我结集出版。他又问我能否现在就想一个书名。我想了想，说，那就叫《生死课》。编辑也当即认可了这个书名。有了这个书名后，我发现自己突然找到了灯塔，明白了自己该如何度过接下来的茫茫黑夜。

要不是因为这场大病，此刻的我依旧为所谓的学术研究而卖力工作。为了职称，我不得不去写大量的学术论文，不得不去申请各种学术项目。这些论文其实并没有什么意义，其实就是对他人观点的复述与变奏，其实就是行业内的黑话与套话，而我以前不得不去批量地生产那样的垃圾论文。除了我和期刊编辑以外，我想并没有什么人去理会那些论文。那些文章耗掉了我大量的精力，让我对本身的生活越发的麻木与冷漠。我本科是文学专业，硕士和博士读的是哲学专业，后来在高校教的也是哲学。随着年龄的增长，我对纸上的哲学观念越来越清楚，对生活的哲学却越来越模糊——那些抽象的哲学观念解构了我的日常生活，或者说把我挡在了生活之外，让我成为生活的局外人。我可以去写那些大部分人都看不懂的哲学论文，但我对真正的生活却一无所知。之前有很长一段时间，为了副教授的职称，我几乎每天都要熬夜写论文，同时也要处理好与学院各个领导的复杂关系。当拿到副教授的职称后，我并没有想象中的快乐，而是又要做好准备去写更多的论文，去做更多的课题，为后面的教授职称打好基础。有一次，我终于把自己的抱怨告诉了妻子，而妻子当时就反问道，别人都能做，为什么就你不能去做呢？我被她问住了，于是便转身继续写论文。自此之后，我再也没有在她面前抱怨过任何事情。后来的某个夜晚，正当写论文时，我的头脑突然轰鸣，眼前全是黑暗，从椅子上摔了下来。等再次醒来时，我已经躺在了医院的病床上，等待着最后审判的降临。不知为何，我在某个瞬间居然有种解脱的快乐。

如今，我的体内是另外一个人的心脏在跳动。我特别想知道那个人是谁，想知道他的过去和他的喜好，想知道关于他的一切。然而，所有的这一切都是秘密，我所能做的就是带着这颗心脏过好接下来的人生。

有一次，我在博客收到了一封陌生人发来的私信，上面写道：捐给您心脏的是一个年轻的音乐家，她最好的朋友就是钢琴，我们按照遗愿把她的骨灰撒在了大海，祝您一切顺利，平安喜乐。

我立即回复了这条私信，并且麻烦对方留下他们的电话号码。随后，我去看了对方的博客，空空荡荡，除了几张海洋的照片以外，什么也没有。好多天过去了，我再也没有收到过对方的回复。我明白了他们的用意，再也没有去打扰他们。

以前上大学的时候，我选修过西方音乐鉴赏课，了解一点点古典音乐。自从毕业后，我基本上没有听过古典音乐，更没有去过音乐会。自从收到那封私信后，我从网上买了一个蓝牙音箱，开始通过音乐软件来听古典音乐，特别是钢琴曲。与此同时，我在网上自学了一些古典音乐的课程，也看了一些相关的纪录片。随着对古典音乐的深入了解，我对自己的处境也有了全新的认知。在写《生死课》的时候，我只听巴赫的《赋格的艺术》。有一次在梦里，我看见了那个男子独自乘着白色帆船去远航。我在岸边呼喊着他的名字，他转过头来，和我摇摇手，说了一些话。随后，我独自站在海岸边，等待着他的归航。梦醒后，我忘记了他的样子，也忘记了那些话，只记得大海沉默的叹息声。我把这个梦告诉了妻子。她说，等你身体再好点，我们带着妈和孩子一起去看海。

半年后，我的身体慢慢地适应了你的心脏，而我也重返校园，给学生们重新上起了哲学课。这学期，我为本科生开设了一门名为"生死课"的全校公选课。我开始梳理西方哲学和东方哲学中关于生死的种种观念，并且结合当下生活以及各种艺术作品对其进行重新诠释。通过学生们的课堂表现，我发现他们是认可这门课的，也是有所收获的。有的学生甚至会给我写很长的邮件，说出了自己很多年以来的困惑。作为老师，我会尽力回答他们的人生疑惑——哲学对于我，不再是以前那些冷冰冰的抽象话术，而是变成了有温度的精神路标。慢慢地,我对生活重新恢复了学生时代的热情。

　　几乎每个月,我都会去音乐厅听一场古典音乐会,而这也成了一种纪念仪式。后来,我把将近二十万字的日记整理成了书稿,名为《生死课》。在提交给编辑之前,我在书稿前写下了献词——献给那位年轻的音乐家,你与我们始终同在。交完书稿后,我独自坐在房间里,开始聆听莫扎特的《安魂曲》。在此期间,我尝到了眼泪的咸涩,这也是我在手术后的第一次流泪。

　　暑假时,母亲回了孟庄,我和妻子则带着孩子去海边度假。那是孩子第一次看见大海,他显得又紧张又开心。第一个夜晚,我们坐在酒店的阳台上一起看星星。孩子突然问我,爸爸,每个人都会死吗?我看着他疑惑的表情,说,是的,不过死就是活着的一部分啊,我们都来自大自然,最后也回到了大自然。他的疑惑转为了忧伤,于是我又补充道,只要我们把爱的人藏在心里,他就不会死去。孩子点了点头,没有再说话,而是和我们一起聆听海洋的叹息声。片刻后,妻子抱着睡着的孩子去了房间,而我没有丝毫的睡意。片刻后,我看见一颗星星从暗夜中划过,最后又消失于暗夜。

——原载《大家》2021 年第 4 期

捕风记

第一部分：等风

也许，我是风的孩子。我的故事从我出生的那一刻便开始了。

我出生在农历大年初一。那天刚好是雪天，孟庄的欢庆气氛并没有因此而减弱。他们开着面包车把妈和我从县城拉回了家。旁边坐着婆和姑。婆的脸色非常难看，而姑则在旁边安慰她，这次算错了，下一个肯定是男孩。婆一个字也不说，闭上了眼，偶尔会用嫌弃的眼色瞥我。她的眼神是一个黑洞。

车在路上缓慢前行，而窗外的雪让世界变得模糊而清净。这一切多像梦啊，姑突然说道。之后，她脱掉手套，用食指在玻璃上画出一个心形。透过心形，我看见了外面的世界。这个世界与妈妈子宫中的世界完全不同。躺在妈妈的怀里，我知道，我的世界和我的梦或许才刚刚开始。

当爸把我抱到爷跟前时，他掀开了被褥，吼道，咋是个女子啊。说完后，他把我推开了，又开始抽手中的旱烟。姑走到他跟前，说，男娃女娃都一样，都是咱李家的后人。爷突然变了脸色，把旱烟袋摔在地上,对她喊道,你就不是李家人,天天凑在这里弄啥,赶紧给我滚。他重新取了一个旱烟袋,离开了房间。他们都愣在了那里,不知道该怎么办。姑抹着眼泪,捡起了旱烟袋。她又抱起了我,给我唱起了童谣。

每个人都需要名字。满月之前,我是一个没有名字的人。其他人都叫我女子,而妈会在无人之时,唤我娥子。娥子是我外婆的名字。在我出生很多年前,外婆就因为一场没来由的恶疾而死掉了。她没有给妈留下一句话。这里人的命就这样,匆匆地生下来,又匆匆地死掉。什么也不会留下来的,就像来往的风一样。

爷是家里最有学问的人,曾经上过高中,差一点就去了大学。因为家庭成分不好,最后又回到了孟庄。他的性格古怪,一有闲时间就会拿出书来读。家里人都害怕他,好像他拿的不是书,而是枪。起名字这种事情最后只能由爷来决定。他好像忘记了这茬事,或者说,他根本就没有把我放在心上。满月那天,亲戚邻里们都来看我,他们带来了鸡蛋、奶粉、油茶和麻花。他们给我和妈送上了几乎相同的祝福。那天,我见了很多人,他们都长着相同的脸。也许只有等长大了,我才能分清人与人之间的区别。

晚上,爸把一张纸条递给了妈,上面是爷的笔迹。妈念出了我的名字——李欢乐。她连着念了三遍,好像我会因此而重新诞生。有了名字就有了魂。

很小的时候,我就学会了讨好大人,尤其是讨好爷。爷从来没给过我好脸色。他把自己关在那个黑房间里,要么抽烟,要么看书,要么就是自言自语。有时候,他会把广播声调大,跟着里面的秦腔扯上几嗓子。我知道他需要观众，于是我坐在他面前，出神地看他的演出。结束后，我会起立鼓掌。我可能是孟庄唯一会鼓掌的人。我不知道自己从哪里学来的，也许是天生的本事。在我鼓掌时，爷的脸上会露出疲惫的笑。随后，他会把我赶出他的房间。我不会因此难过，因为我并非一无所用。

在讨好大人的时候，我就忘记了自己。这给我带来了欢乐。

我是有零花钱的。我把零花钱藏在一个瓶子里，把瓶子放在一个只有我知道的地方。我要攒够钱。等长大后，给家里盖上新房子。在很多次梦里，我都看到这个旧房子在夜里塌了，我们全家人都被活埋了，却没有死。我把这个梦告诉了妈。她一边择韭菜，一边笑着说，咱这屋，结实着呢，住上一百年都没问题。

我不说话了，跟着妈学择菜。自此后，我再也不会把梦说给其他人听。

我是有零花钱的，但不是随时可以去要零花钱的。每次帮家里干完活后，要是爸妈心情好，他们会自动给我钱。有一次在剥完青豆后，爸塞给了我五毛钱。这真是一大笔钱。之后，我去村东头的小卖部，给自己买了一根冰棍，花掉了一毛钱。剩下的四毛钱，放到自己的裤兜中，不让别人看见。在村子里玩了一圈后，我想着要把零钱放在瓶子里。等我去翻裤兜时，里面啥也没了。我急得哭了出来。我按着原路返回，还是没找到钱。周围没人，我坐在桐树下，哭了出来。天塌了下来，只有我一个人承受。

回家后，爸妈都出去了。我去了他们房间，把手伸向了爸的衣袋。他的口袋里有五十六块八毛钱。我犹豫了片刻，从中抽出了那五毛钱，然后偷偷地离开了房间。我把五毛钱塞进了瓶子我距离梦想又近了一步。

晚上,爸突然从外面进来,问我是不是偷了他的钱。我摇了摇头,但眼神背叛了我。他一巴掌落在我的脸上,我哭了出来,而妈在跟前也不敢说话。那是他第一次打我,并不是最后一次。我死活都不承认自己偷了钱。随后,他把我关在小黑屋,骂我是贼,骂我是哈尿,让阎王爷把我赶紧收走。

在小黑屋里,我有点害怕,害怕黑白无常把我带走。后来,我唱起了妈教给我的歌,害怕就慢慢消失了。这首歌是外婆留给妈的唯一挂念。也许是听到了歌声,妈把我从小黑屋中救了出来。但是,我一直不承认自己偷了钱。不知为何,在黑暗中,我看见了另外一个自己向我走来,她抱住了我,告诉我不要害怕,她会守护着我。

那时候,我每个夜晚都会等风。我会把所有伤心事都告诉风。风把这些秘密变成了种子,种子最后会变成大树。所以,我常常向树祷告。树比人更接近于神。

每隔一段时间,爸和妈就要大吵大闹一顿。有时候,甚至会出手打架,他们扬言要杀死对方,要掀了这个房子。妈个子高,人也胖,但毕竟是女人,不占什么优势,虽然每次我都希望她能赢。邻里人都叫妈是母老虎,甚至编出了一首顺口溜来笑话她。我也记住了这首顺口溜,但从来没有念出声来。他们打架的时候,会把我关在门外。门口都是些爱看热闹的闲人。我的脸发烫,但我不会离开家。

有一次吵完架,妈带着我离开了这个家,离开了孟庄。她带我住在外公家。我以为自己摆脱了痛苦,找到了真正的欢乐。然而，没过两天，两个舅妈就不再给我们好脸色，每天都摔盆子摔碗的，嘴上都是些难听的话。七天后，妈又领着我回到了孟庄。那是我第一次看见妈脸上的眼泪风干成了尘埃。

第二部分：收风

阿美是我最好的朋友。她和我同年同月同日生。我经常找她去玩。很多人都说我们像是双胞胎。有她在身边，我不害怕。我们是彼此的影子。她家在四组，我家在一组，中间隔着三个山坡。我们经常在山坡上玩耍。她也不喜欢回她的家。后来，她家里养了一些羊，她便跟着她爷在山坡上放羊。有时候，我会和她坐在山坡上，看着那些羊，等着太阳落山。她爷有时候会给我们讲故事。虽然都是些妖魔鬼怪的故事，但是，我们都喜欢那些和孟庄无关的故事。

有时候，我会住在她家，和阿美挤在一张床上。有个夜晚，阿美突然喊出了声，从床上坐了起来。我问她怎么了，她说她梦见几个黑衣人要把她带走。我拉着她的手，告诉她不要害怕，梦都是反的。她说她最后会被她爸卖掉。我不知道如何安慰她。她又补充说，我希望被卖掉，这样就可以离开这个鬼地方。

之后，我们穿好衣服，盯着月光，踩着影子，去山坡上玩耍。我问她害不害怕鬼，她摇摇头，说人比鬼更害怕。我们拉着手，在月光下奔跑。

婆有气管炎。这个冬天，她咳嗽得比以往更厉害。我总担心她会把自己的肺咳出来。我爱我婆。我希望她能活到一百岁。看到她的痛苦样，我为自己的无能而感到羞愧。家里没钱，只能让村医来看病。每次都是打同样的针，开便宜的药。这些药后来也不起什么作用了，就仅仅是种心理安慰。但我们还是会让村医来看病。这也成了一种习惯。没有其他人在场时，婆对我说她每天都在等待阎王爷叫她。我没有再追问，只是拉着她抹布般的手。其实，我不知道她为何对我说出那样的话。死亡是距离我太远的事情，但又好像时时刻刻围绕着我。

在黑暗中，我可以听到死亡的歌唱。

有一天，爸妈背着我，杀掉了多多。他们把多多的心挖了出来，然后油炸，清蒸。最后送到婆的床前，看着她吃掉了多多的心。这是另一个村医告诉他们的土法，说兔子的心专门治疗气管炎。他们把多多剁成碎块，与烩菜熬在一起。我在心里恨他们所有人，又不得不坐在饭桌前，嚼着肉块，表现出欢乐的样子。其实，我最恨的人是我自己。因为多多的肉比我以前吃过的所有东西都好吃。

多多是我养大的兔子，也是婆送给我的生日礼物。

在我上小学二年级的冬天，他们把姑的遗体拉到了我家。之后，他们扔下一笔安葬费便离开了，头也没回。姑的脸色比白霜还要白还要冷。我扶着婆走到了她跟前。婆给了她一巴掌，抹着眼泪离开了。我抓住姑的手，不想让她离开。她的表情已经给了我答案。从此以后，再也没人给我压岁钱了。我不由得哭出了声。

他们都说男像舅，女像姑。长大后，我会越来越和姑长得像，但是又爱她又恨她，恨她抛弃了我们。我不想和她一样死掉，我要活得轰轰烈烈。据说她是因为生不出孩子而喝药自杀的。听完后,我摸了摸自己的肚子,祈祷自己能生出小孩。如果生不出小孩,我就跑到外面的世界,和所有人断绝关系。我不害怕死,但我不能死。

他们把姑埋在了后坡上,旁边种了松树和月季。姑的旁边埋的是爷的妈妈,也就是我的太婆。虽然没见过太婆,但她的事迹却被反复歌颂——她一生有七个儿子和三个女儿,另外还收养了五个孩子。太婆死的时候,全村人都参加了她的葬礼。这也是她最后的愿望。在临死前的几年,她就开始谋划自己的葬礼。我想成为太婆那样的女人。

回到家后,下起了雪,玻璃上沾满了雪粒,看不清楚外面的景象。我突然想到了多年前的场景,于是,用食指在玻璃上画出了心的形状。透过那颗心,我似乎看到了姑的笑,也看到了太婆的笑。之后,我看到了死亡的模样。

在我十岁那年,家里迎来了弟弟。爷给他起名叫李明亮,然后拍着手,笑道,这下终于有盼头了,咱家的香火终于可以接下去了。说完后,他给我五毛钱,让我给他去买打火机。之后,又给了我一毛钱,算作是跑路费。这是我第一次见爷这么开心,也是他第一次给我零花钱。

他们给弟弟办了一个很大的满月宴。自此之后,我更觉得自己像是个多余人。我要使出更多的力气去讨好他们。不,我已经是这个家的女仆了,要分出很多精力来照顾弟弟。他的出生改变了我的生活。我不喜欢他,甚至希望他死掉。

有一天,家里没其他人,只有我和他。我曾经在电视上看过一个杀人方法。我找来一个塑料袋,套在他的头上。我封住了塑料袋。他哭了，蹬着腿，抓着塑料袋。在他快要断气的时候，我在他的脸上看到了某种微笑。我赶快松开了手，收拾好了塑料袋，假装什么也没有发生。那个瞬间，我听到户外的风捎来了死神的礼物。

为了止住他的哭泣，我给他唱了外婆曾经留下来的歌曲。

我喜欢学习，尤其是语文。郭老师当着全班同学的面夸我字写得好，作文也写得好。婆说女娃家的认识几个字就成，以后长大不叫人骗就成，学太多没啥用。每过一段时间，爷就劝我快点退学，好给家里干农活。没有其他人在场的时候，妈劝我好好学习，说这是我能走出孟庄的唯一的路。之后，她又叹气道，我这辈子最大的问题就是没文化，这辈子都要和土打交道了，最后两眼一闭，又埋在了这土里，想来想去也没多大意思。

为了让妈高兴，我更要像爬山虎那样往上爬。每一年，我都会被学校评为三好学生，家里有一面墙都贴满了我的奖状。每次看到这些奖状时，我都会叹气，要是姑在世该有多好啊，她肯定会给我很多零花钱，给我买好看的衣服。每过一段时间，我都会去墓地里看姑，把自己的心事说给她。只有耳旁风，见证了我对姑的怀念。

六年级时，我在全镇的作文比赛中获得了一等奖。副校长和班主任专门来我家，给我颁了奖状，还有一笔奖金。邻里人都围看着我，仿佛我是一个发着亮光的怪物。我把眼睛转向了爷，他的脸色阴沉，仿佛皱巴巴的乌云。不知为何，从那刻起，我不再害怕他了，而是觉得他很可笑。在那一刻起，我突然觉得自己拥有光明的未来。

那笔奖金是我见过的最大一笔钱。妈说把这笔钱存起来,以后可以做中学的学费。我把钱藏到了一个只有我自己知道的地方。睡觉时,我比以往都更香甜了。第三天放学回家,我发现钱不见了。那是我第一次失控,在家里大喊大叫,仿佛遇到了劫匪。后来,我才知道是爸拿走了那笔钱,在赌场上输了个精光。不知道从哪里来的勇气,我走到爸跟前,让他把钱还给我。他先是愣了一下,给了我一个恶狠狠的眼神,骂道,臭女子,老子白养活你了,把你这么些年欠我的还给我!

我突然愣在了原地,后面是深渊。我转过身,跳进了这深渊。我跑出这个房间,跑出这个家,跑出孟庄。就这样,一直跑,只为了逃离,为了摆脱。之后,河流挡住了我的去路。我坐在岸边,看着缓缓落下的太阳,内心也变得温柔宁静。

听说,这条河流最终流向大海。我站了起来,慢慢地靠近河流,想让她把我引向大海。死亡在我耳边唱歌,河流在眼前召唤我,但是另一个我突然出现,紧紧地抱住了我,让我无法进入河流。太阳坠落的那一瞬间,我流下了眼泪。回到家后,我把自己的想法写进日记本。从那个时候开始,日记成了我的知己。

我经常做一个古怪的梦。梦里,我被分身为两半,一半是男人,另一半是女人。男人和女人在林中迷路,呼喊着彼此的名字。他们拥有着同样的名字。他们能够听到彼此的声音,却始终找不到对方。每次梦醒之后,我都感觉自己的身体被分成了两半。

暑假的夜里,我和阿美睡在她家的院子里,周围是蟋蟀声和夜枭声。我又做了同样的梦。经过一番心理斗争后,我第一次把这个梦告诉了阿美。好古怪的梦啊,阿美说,明天让我三婆给你算算这个梦。

第二天，我把这个梦告诉了她的三婆，一个瞎眼的女人。她拿起我的手，嘴里默念了几句咒语，用她那看不见世界的眼睛端详着我的眼神。她放下我的手，用低沉的声音说道，你要经历种种磨难，最后才会获得幸福。

什么磨难啊？我问她。

这个只有你自己知道。她说。

我把我口袋中的五毛钱塞给了她。出去之后，我带阿美去了小卖部，请她吃冰棍，让她不要把今天的事情说出去，更不要把我的梦讲给其他人听。阿美点了点头，告诉了我一个关于她自己的梦。在那个梦里，她变成了一棵树。

自此以后，我们成了可以交换梦的朋友。孟庄，这个在我们心中位于世界中心的村庄，成了我们的梦游之地。至于什么是世界，我们心底也没有答案。

上了初中后，我以为自己摆脱了孟庄，开始了新生活。然而，我只是从一片苦海跳到了另一片苦海，而欢乐依旧是遥远的星辰。我越来越讨厌自己的名字，又摘不掉，好像那是长在我身上的黑痣。

中学的课程突然难了很多，自己在学习上也越来越吃力，除了语文之外，其他课程都向我露出了狰狞面孔。我从来不问别人问题，总是独自与那些难题对峙。然而，迎接我的都是自己的溃败。再后来，我放弃了学习，心里却获得了罕有的自由，而自由的背后是恐惧。尽管如此，我的成绩还维持在年级的中等水平。

与我相反，阿美好像更适应中学生活，学习成绩稳步向前，很快就超过了我。她原本就比我好看，如今，更是把我远远地甩在了身后。甚至有男生把纸条传给我，让我传给她。我曾经偷偷地打开纸条，上面都是青涩的情话。虽然阿美一直把我看成最亲近的朋友。在她的旁边，我越来越觉得自己像是丑小鸭。我只是太阳底下的阴影。

在好几个梦里，我把她推进了深渊。在梦里，我又快乐又羞愧，仿佛完成了一次重生。当然，我不会把这个梦分享给任何人。上中学后，我们就不再分享彼此的梦。

我们宿舍位于食堂的右侧，中间隔了一条砖路与两排冬青。我们九个女生共用一个宿舍，晚上睡在一张通铺上。熄灯后，我们会聊天，说笑，背诵课文，甚至会突然唱起歌。与我们相伴的还有藏在夜里的老鼠、蟑螂、苍蝇和蝙蝠，甚至有一次，我们在床底发现了一条青蛇。我们都是农村出来的孩子，对这些生灵习以为常。或者说，我们和这些生灵并没有什么区别。下一辈子，我有可能是一只猫，或是一棵树。

有一段时间，我们常在夜里听到猫头鹰的哀鸣。婆曾说这预示着有人将会死掉。于是，我们每天晚上都猜想谁是即将死掉的那个人。有时候，我的心里会冒出可怕的念头。我预感死掉的人将是我，甚至我也希望自己可以死掉，这样就不会有那么多的烦恼，也不会有痛苦了。于是，数着日子过最后的生活，反而让我获得了很大的欢乐。

冬天来了，猫头鹰不再歌唱了，而我没有如愿死去。不知为何，我心中多了份沮丧，但我还是会和她们在夜晚小声歌唱。冬天来了，在这个冷冰冰的房间里，唱歌让我们感到温暖，让我们体会到了活着的真意。

每逢寒天,我就想回家,虽然我并不喜欢那个家。但是,那个家有热炕,有热面条,甚至连做的梦都是热烘烘的。晚自习结束在八点整。之后,我叫上阿美和李海一起回家。从学校到孟庄大概有十里路,白天骑自行车大概需要四十分钟就能到,晚上则要花上一个小时。有他俩的陪伴,这么远的路也算得上是夜晚漫游。我们对那条通往家的路太熟悉了,摸着黑都能找到家。路长在了我们心里。

有一次,当我们骑到半路时,开始下雪了,而李海不小心滑倒在地。幸好车子没有压住他。于是,我们推着车子回家,过去熟悉的路变得如此陌生。雪没有停止的征兆,相反,却像是扯着嗓子要把我们吃掉的恶魔。走了没有几分钟,阿美突然哭着喊道,谁来救救我们啊。有几秒钟,我以为我们会被大雪吃掉,而我做好了死亡的准备。

李海和我都没有说话,只是缓慢地移动脚步,耳旁是寒风的呼喊与细语。回家的路显得越来越长,我们的呼吸越来越短。但是,我并不害怕,因为李海在我的身边。

我喜欢李海。大约只有我的日记本知道我的心事。我在日记中经常提到他的名字。正是因为他,我变得对大海更加痴迷。我从未见过真正的大海。也许,我只能把这样的秘密讲给大海去听。小学时,我和他就是同班同学。那时候,他是班里出了名的捣蛋鬼,而我和他也没有多少交集。但有一次,他被老师训斥时,有束光突然照见了他。我从未忘记那束光,以及在光中偷偷抹眼泪的他。

上了中学后，他像是换了一个人，嗓音变粗，个子变高，整个人也变得安静下来。也许是从看着他踩着梯子去房上帮妹妹捡毽子的那个瞬间开始，我就喜欢上了他。然而，我不能将这种喜欢说出口。有一次，在梦里，他拉着我的手在森林中奔跑。我们两个都裸着身体，不知疲倦地奔跑，最后跑出了森林，瞥见了大海。梦醒已是清晨，我听到了海洋的低语声。洗完脸后，我便跑出了家门，想要把这个梦分享给李海。他的家在孟庄的西头。等我快要到他家时，看到他牵着自家的狼狗，迎面走了过来。不知为何，我突然变了主意，假装没有看到他，转身去了阿美家。

他喜欢的人是阿美。这不是我猜的，而是他直接告诉我的。他不敢告诉阿美，因为他有点害怕阿美，害怕阿美拒绝他，也害怕阿美把这件事情告诉老师。我不知道他为什么要把这件事情告诉我，也许是他看出了我的心思，要么就是他想要我帮他传话给她。我当然不会去传话。阿美是我最好的朋友，或许也是我最重要的敌人。我不会把这些情绪挂在脸上，因为我早已经学会了伪装自己。

如何伪装自己，是妈教给我最重要的东西。当然，她不是用语言去教，而是用自己的行动。我害怕成为妈那样的女人，却越来越和她相像，无论是面容，还是行动。每次照镜子时，我都会看到妈年轻时的样子。自从有了弟弟之后，妈更加操劳了，也越发苍老了，整个人像是被揉皱的灰色云团。我宁愿死去，也不愿老去。

听村里人说，爸在外面有了别的女人。那女人是孟庄有名的寡妇。我不敢去问爸，但我确信这不是谣言。某个暴雨将来的午后，我忍不住去质问妈，问她为什么不管管爸，问她为什么要忍受这种关系。妈摇了摇头，没有说话，而是继续为弟弟织毛衣。我又把自己的问题重提了一遍。她说，哎，没办法啊，孟庄的女人都是这么过来的。我没有了话，坐在窗前写作业。过了半响，她把我叫到跟前，说，你要好好学，这样才能离开孟庄，不要像我一样。

我坐在她的身旁，看着她织毛衣。她在蓝色毛衣上织了一只白天鹅。

我依旧没法适应中学的生活节奏。尽管在暗地里下了很多苦功夫，但学习成绩在年级始终处于中等水平。每学期都有两次在全校师生面前颁奖状的仪式，全年级总成绩前五名，以及各科成绩年级排名前五名都可以登上领奖舞台。我梦想着能够站在舞台中央，让更多人认识我，以此来满足我渺小的虚荣心。然而，一次又一次，我只配做可悲的观众。有三次，阿美都登上了那个舞台。我与她的距离也越来越远了。

有一次回家，我看到家里的墙被重新粉刷了一遍。那些贴满整面墙的奖状也消失了。我有点沮丧，之后就是解脱。我不得不重新面对自己的真实人生。于是，我放下自尊心，拿出了几道不会做的数学题，去找阿美帮忙。这也是我第一次请教别人问题。刚开始，她的态度还比较谦虚，耐心地给我解释每一个步骤。也许是因为我跟不上她的节奏，她的脸上浮现出了傲慢与烦躁。我让她帮我重新讲一遍最后一道题。她半开玩笑道，乐乐，你啥时候变得这么笨了啊，以前你可是咱班的学霸啊。

我没有说话，而是站了起来，把卷子砸向了她。之后，我转身离开了她的家。我知道，我失去了我唯一的朋友。我也因此获得了某种自由。

　　爷得了肺癌。查出来的时候已是晚期，医院说可以化疗，可以靠昂贵的药物维持一段时间。他们是当着爷的面来讨论这件事情的，而爷皱巴巴地躺在床上，仿佛是无助的困兽。我和妈像是外人，对他的生死不发表任何意见。婆和爸达成了一致，不花冤枉钱，把他拉回家。从头到尾，爷都不说一句话，因为他们的话已经带走了他的命。他所剩下的只是一具空皮囊。我在他干涸的眼中，看见了泪水。

　　他们把爷放在了黑屋子。以前，很少有人进那个屋子，好像那里居住着一个面容可怖的怪兽。爷的脾气太臭，没人喜欢他，又不得不迁就他。如今，他躺在炕上，没有言语，等待着死亡的降临。亲戚邻里人都来看他，在这间屋子进进出出，有的送来哭泣与慰藉，更多的则是来欣赏死神的面容。不知为何，即将离世的爷让这个家多了份神秘庄重的宗教氛围。虽然我并不知道真正的宗教为何物。我学会了祈祷，向死亡祈祷。

　　刚好是暑假，我有更多的时间陪着爷。以前，他是我最厌恶的人。当我看到他被死亡折磨的眼神时，那种厌恶也烟消云散了。我同情他，甚至带着某种疼惜。他像是出生不久的婴儿，用好奇的眼神观看眼前的新世界。他因为疼痛发出的呻吟，是对死神一次又一次的叩问。有好几个瞬间，我在他的眼神中瞥见了死神。

　　我也想听到死神的声音。我和爷开始说话，但他从来也不回应。没有其他人在场的时候，我开始给爷说自己的秘密，说自己的恐惧与无助，说自己的嫉妒与希望。某个有雾的清晨，我对他说，我曾经恨过你，诅咒你快点死，现在却祈祷你能活下来，我每天都在向老天爷祈祷。说完后，我看到了他脸上珍珠般的眼泪。我问他为什么给我起名叫欢乐，他没有回答。过了一会儿，我又问他这辈子过得快乐吗，他摇了摇头。

九月十六日清晨，他死掉了，全家人也因此吐了一口气。没有人知道，我在夜里曾经祈祷，祈祷他能活下来，或者是没有痛苦地死去。我从来也没有爱过他。

初三冬天，我们为即将而来的中考做准备。一周只放半天假，让我们回家取伙食费，很多同学会从家里背来馒头和咸菜。冬天非常难熬，教室和宿舍都没暖气，学校也不允许我们带电热毯和热水瓶。上课的时候，我甚至能听见自己牙齿打架的声音。英语老师在台上讲课，我们在台下跺脚，仿佛是节奏整齐的踢踏舞——这种舞蹈是我在电视上看到的，没人的时候偷偷学过一些。老师停下来，打量我们，责备的眼神中带有某种怜爱。我们也停止了跺脚，用虔诚的眼神回应着老师，好像她的头上散发出神圣的光。她又开始为我们讲课，而这成为我们秘而不宣的约定。

虽然有手套，但我的双手还是冻成了红萝卜，连写字都变得困难，学习成为一种慢性的苦役。一方面，我希望冬天快点结束，这样身体上就不会受太多的罪。另一方面，我又希望时间过得慢点，这样就可以充分备考。对于中考，我心里还是没底，尤其是数学与物理，几乎成了我的噩梦。不过，不到最后时刻，我也是不会放弃的。这股热情帮助我抵挡身外的寒天冻地。

我的座位靠窗户。学习累了，看着窗外风景，舒缓脆弱神经，入神后会短暂忘记自我。有一天，我们正在上晚自习，突然停电了，教室里黑漆漆一片。没有喧哗，我们熟练地从桌子里掏出蜡烛。点燃后，继续复习。我们早已习惯了停电，而摇摇晃晃的烛光即刻装满了整座教室。烛火让教室变得温暖动人。我正在做英语卷子，同桌忽然喊出了声，用书拍打我的头。整个教室像是被捅了马蜂窝，炸开了锅。我闻到了一股烧焦的味道。原来是因为自己太入神了，距离烛火太近，头发被引燃却没发现。要不是被同桌及早察觉，我极有可能会被火毁容。老师的出现很快便平息了教室中的骚乱。我听到了同学们在暗处的嘲笑声。恢复平静后，我从书包中取出了那面小圆镜，盯着镜中的自己，忍不住笑出了声——原本就不好看的我，更显得滑稽可笑。与即将而来的中考相比，这点火算不得什么，而我的心早已是一片火海。

对于自己，我从来就没有同情与怜悯。

窗外雾蒙蒙的一片，趁着烛光，我在玻璃上哈了一口气，随后画出了一个心形。通过那颗心，外面的黑暗都通通地涌了进来，涌进了我的心。也许，整个教室里，只有我看到了在黑暗中一划而过的彗星。我不会把这个发现告诉任何人。

我预料到了最后的结果。我是一个过早被诅咒的人。我落榜了，比普通中学的录取线少了十二分。与我相反，李海刚好比普通线高了三分，这是他多次考试中排名最靠前的一次。为了不让我难过，他在我面前掩饰住了自己的欢喜。原本他做好了去外地打工的准备，如今却可以继续去上学，继续玩荡几年。他站在我的旁边，建议我再补习一年，明年冲刺重点高中。我知道他是在安慰我，但我并不需要安慰。我早已经学会了命运所给予我的一切。我为他感到高兴。因为我还是喜欢他，虽然他的心里没有我。

让我不快的是，阿美以全镇第二名的成绩被鹿鸣中学录取。

鹿鸣中学是县里唯一的省级重点高中，是我们农村孩子心目中的圣殿。阿美也一时间成为孟庄的名人，走到哪里，哪里就有赞美。甚至连父亲都以阿美的名字来嘲讽我，唉，看看人家娃，再看看你，都是一起长大的，差距怎么这么大啊，以前她还不如你啊，也不知道这几年你在学校混啥呢。我不知道该如何应对，于是整天把自己关在家里，不见任何人。无人时刻，我便向眼前的黑暗祈祷，而另外一个我从黑暗中走出来，拥抱着我，告诉我不要害怕，告诉我一切都来得及。只要我愿意，另外一个我就会出来保护我，而这也是我与黑暗之间的秘密圣约。我是黑暗的孩子。在我出生之日，就通晓了死亡的奥义。

有一天，我听到了外面的鞭炮声和锣鼓声，原来是我们中学的校长和老师们为阿美送来了奖学金，还给她家里送了一台彩色电视机。也就是那一刻，我觉得孟庄已经容不下我了。那个瞬间，我有种羞耻感，却找不到容得下自己的地窖。

暑假快要结束了，我还不知道该何去何从。爸让我回家种地，妈坚持让我去初中补习，而我自己也没有主意。我已经厌倦了学习，也不想混农村。我哪里也去不了，无形的绳索将我紧紧地捆住。只有在夜晚的梦里，我才是自由的孩子。有一次，我梦见自己变成了风，无拘无束，无影无踪。

第三部分：放风

我没有去补习。谁也没有强迫我留在孟庄。这是我自己的选择。除了帮爸妈干些农活之外，我去卖菜。我骑着自行车，两边放着竹笼,里面是从菜市场贩来的各种时令蔬菜。我去邻村卖菜。刚开始,我还放不下那点尊严,觉得自己像是怪物一样,闯入别人的生活,遭别人的围观。没过几次,我便克服了心中的恐惧,正大光明地去卖菜。爸说得对,要想在这人世上混,最不需要的就是自尊,人只要没脸,才能混天地。调整好心态后,买菜的人也多了起来。我把自己挣来的钱存到了银行,密码是李海的生日。这一次,我再也不会让爸偷走这笔钱。那个赌场,才是他的家。

等把几个邻村转完之后,我会骑着车子回家。如果还有剩菜,会在孟庄降价处理。我不喜欢在村子里卖菜。那些熟人的嘲弄眼光像刀子一样扎着我的心。虽然我也会和他们有说有笑,表演出毫不在乎的样子。毕竟多年前,我也是出色的学生,得过作文比赛的一等奖,有着光明的未来。也许,他们早已经忘记了,但我忘不掉副校长给我送证书,邻里们都来围观的热闹场景。我多么希望自己的人生就定格在那个瞬间啊。

然而,我还是必须面对真实的生活,而不是守住过往的短暂荣光。除了劳动之外,我还要负责照顾弟弟,陪他玩,给他教算术。剩下的时间,我跟着妈学习织毛衣。妈的身体越来越差,整个人被生活压榨得变了形。妈偶尔会劝我去补习,要不以后会像她一样被命运掏空了所有精力。我不知道该如何面对她。照镜子时,我越来越像她了,好像也看见了自己的未来。那是最无助的时刻,不知道自己的路在何处。

让我改变主意的是一个人的眼神。那天,我在孟庄,推着自行车吃喝着卖剩下的菜。不可避免地,我还是碰到了阿美。她喊着我的名字，而我假装没有听到，继续推着车子往前走。我听到了她在身后刺耳的叫喊，哎，卖菜的，停一下，我要买菜。

这句话像是命令，将我紧紧地拽住。我停了下来，转过头，看着她。她早已不是我的朋友了，甚至连敌人也算不上，只是一个陌生人。她挑选了五个西红柿和一把芹菜。付钱时，我看到了她眼神中的不屑。我忍着心中的痛楚，骑着自行车回了家。

回到家后，我趴在床上，放声哭了出来，想要把心中的黑暗和痛苦统统哭出来。妈进了屋子，拍了拍我的肩膀，告诉我不要害怕。等我平复心情后，看到她空洞的眼神中布满了无望。我告诉她我要去补习，她说她等这句话已经等了很久很久。之后，她走上前拥抱了我。在我的记忆中，这是她第一次主动拥抱我。

第三天，妈领我去了镇中，专门去找了校长和班主任。因为我与普通高中只差了一点分数，他们还是很高兴地接收了我，还免掉了我的补课费和半学期的学费。妈像是完成了一件特别了不起的大事，高兴地离开了学校。而我呢，内心升起了希望，未来的路又出现在我的眼前。这一次，我不能再弄丢自己了。

补习生活并没有想象中那样简单。那些知识点又要从头到尾复习一遍，老师还是之前的老师，但周围坐的同学换上了新的一茬人。我没有时间和别人沟通感情，而是把心思全部放在了学业上面。与过去不同，我完全改变了学习的心态，遇到不会做的题目，就主动找老师请教，完全克服了身上的羞涩。很快又到了寒冬，心中的热情让我早已经忘记了寒冷，整个头脑里只有学习这个事情。

有一天，我居然收到了阿美的一封信。主要内容就是鼓励我也上重点,她相信我有这样的实力。在信的最后,她说她和我之间有很多误会,希望能和我重归于好。

我没有回复她的信。我把她的信收藏起来,当自己有厌学倾向时,我会拿出来默读一遍。之后,我会得了某种力量。她不再是具体的人,而成了某种精神象征。

我依旧坐在教室靠窗的位置。窗外的风景会让我偶尔忘记自我的存在。有一次月考,我的成绩一塌糊涂,又被打回了原形。晚自习时,我无心复习,整个人恍恍惚惚,快要被眼前的世界所吞噬。憋了很久后,我冲出了教室,跑到了操场,大口地呼吸着外面的温柔夜色。站在操场中心后,我扬起了头,看到了缀满群星的天空。那是我生平见过的最美的天空,而此刻的我是如此微不足道,又是如此独一无二。我凝视着耀眼的星辰,想要喊出来,却发现泪水模糊了世界,也淹没了自己的声音。

我没有考上重点高中,但还是以不错的成绩考上了普通高中的重点班。对于这个结果,我已经坦然接受,因为自己已经尽了浑身气力。最高兴的应该是妈,她好像因此而得到了某种救赎。

收到通知书那天,妈拖着病恹恹的身体,去县城给我买新书包和新衣服。她领着我去了县城最大的连锁商城,给我买了一台复读机。为了表明自己是用这台机器学习的,我在音像店挑了一盘英文歌磁带,上面都是些经典的英文歌曲。其中有一首,我在电视上听过好几次,是卡朋特乐队的《昨日重现》。

从音像店出来后,我们又去了附近的书店。我买了泰戈尔和纪伯伦的诗集,是中英对照的版本。妈平时是一个特别节俭的人。然而今天,她像是换了一个人,出手非常大方。她嘴里嘟囔着,只要你能考上大学,我就一直供养你。

那个暑假,我基本上也没有出门,窝在家里看电视,反复听那盘磁带,偶尔会帮家里做点农活。有时候,我会在午后去找李海,和他一起沿河岸散步。我一直想要把心底话讲给他听,又始终找不到合适的机会。

有一次,我们坐在岸边,看着水中的倒影。也不知道从哪来的勇气,我给他唱了"Right Here Waiting"这首英文歌。他凝视着我,好像我不再是以前的我。等我唱完之后,他停留了三秒钟,然后鼓起了掌。也许早都看出了我的心思,他拍了拍我的肩膀,笑道,真好听,我要把这首歌学会,唱给阿美听。

我假装微笑,不再说话,而是陪他看完了当天的落日。

快要开学时,阿美来找我,而我们对之前的交恶绝口不提。我们说了一些无关痛痒的话。离开前,她拥抱了我,希望能和我重归于好。我点了点头,知道我们再也回不到过去了。一切坚固的早已经灰飞烟灭了。我不留恋过去,我只看未来。

这所普通高中位于县城的西郊,对面是废弃的纺织工厂,旁边是普通的生活区,连一个像样的商场也没有。不过,向东步行二十分钟,你就会看到新开不久的大商场与电影院,继续再往东走十分钟就是鹿鸣中学,位于县城繁华地带的重点中学。刚开学不久,阿美就领着我和李海在鹿鸣中学转了一圈,带着炫耀的神色,向我们介绍了她的学校。午饭时,她又请我俩在附近吃了葫芦头。

回学校的路上,我告诉李海我们都要好好学习,争取考上好的大学。李海笑了笑,说,我就算了吧,但是我看好你哦。我并不明白他那句话背后的深意,但也没有继续追问。后来,我才知道,这所普通中学,每年最多只有五个人能过一本线,不到五十个人能过二本线,剩下的人要么去上民办或者专科,要么就此结束。认清了这个事实后,我仍旧在自己的日记本上写了四个字——复旦大学。当然不会有人看到这四个字的。假如他们看到了我的梦想,一定会把这当作笑料,当作天方夜谭。我并不在意别人如何去想,我相信自己会创造奇迹。

第一次期中考试,我便认清了自己的现状——学校把全年级的名次张贴在教学楼大厅。找了很久,我才发现自己的名次,全年级的八十九名,而数学和物理两科成绩都不及格。我冲出了人群,跑到了操场。我为自己的无能深感沮丧。不得不承认,高中课程的难度和强度都突然变大了,很多知识,尤其是理科,远远超出了我的理解力。我又变成很久之前的样子,将自己囚禁起来,不愿意请教任何人。

艰难岁月里,幸好有音乐的陪伴。我用省下来的钱买了一些磁带,全都是英文歌。戴上耳机后,我随即就进入了另外一种语言的世界——这个世界是我短暂又舒适的精神避难所。也许是因为这种对外面世界的渴望,我的英语成绩始终是全班的第一名。单是这一点,其他人都要高看我一眼。元旦表演时,我在舞台上唱了一首 Celine Dion 的最热门的歌曲 "My Heart Will Go On"。也许是因为平时过于沉默的原因,表演结束后,他们的眼神中是不可思议的惊奇感,随后是洪水般的掌声。不得不说,这极大地满足了我的虚荣心。一时间,我成了学校的名人,他们纷纷打听这位用英语唱歌的女生是何方神圣。有那么一瞬间,我甚至幻想着自己将来可能会成为歌手。

很快，他们便忘记了我的存在，开始了各自千篇一律的生活。我又退回到自己的茧中，等待着破茧而生，等待着再次飞翔。

原本以为除了李海之外，我不会再喜欢上其他男生了。事实证明，这种执念很快就被击垮了。高二上半学期，我谈恋爱了，对象则是我的同桌安柯。起初，我对他并没有多少情愫，也基本不说话。我只知道，他家就在县城，而他也可能是全班第一个有MP3的人。他经常戴着耳机听歌，有时候会趴在桌子上，脸朝向我，一副忘我的神情。我很好奇他在听什么音乐，又不好意思去问。在我眼里，他是神秘的存在。

转机出现在一个秋日午后。我在校园里闲逛，突然在篮球场看到了一个熟悉的身影。那个平时看起来沉默忧郁的大男生，在篮球场上仿佛换成了另外一个人，高大，自信，身手矫捷，微光闪闪。我被他的另外一面吸引住了，于是停留在篮球场外，把目光放在他一个人身上。在他投进一个球，转过身时，与我的目光短暂相遇。我并没有逃避他的眼神，而他向我挥了挥手。在太阳的碎光下，他明媚羞涩的笑容点燃了我的心。大概半个小时后，他们结束了比赛，而我也打算悄悄离开。他叫住了我，我愣在原地，等待命运的悬赏。之后，他和我一起在校园里散步。刚开始，我们并没有说话，只是不停地走，等待着对方先开口说话。那天的晚霞格外美丽，而他身上的气味也尤为动人。

第二天上午的课间，我终于向他提出了心中的好奇，又不想直接去问，而是给他传了一张纸条，上面写道，我想知道你MP3里面到底装了些什么歌。看到我的纸条后，他也给我回复了一张纸条，上面写道，我可以把MP3借给你，你自己去听。之后，他便拿出了 MP3，给我介绍这个小型机器的用法。那天，我带着巨大的好奇心听他的歌单。他的音乐口味很驳杂，有流行乐，有爵士乐和说唱音乐，还有轻音乐和古典乐。当然，很多曲风都是他后来告诉我的，而这些风格迥异的音乐帮我的听觉打开了新世界。令我意外的是，他最喜欢的音乐居然是贝多芬的《欢乐颂》。当我第一次听到这部作品时，整个人仿佛跳入精神意志的深色海洋，同时看见了人类的渺小与伟大。或许是因为自己名字的缘故，我觉得这部作品与我的命运息息相关。在浩瀚的生死海上，我不过是一朵转瞬即逝的浪花罢了。

毫无准备地，我和他恋爱了。我突然间觉得自己也是值得被爱的，而我也是可以去爱别人的。他给我们准备了一个笔记本。上课的时候，我们在上面写下各自想说的话，探索对方的微妙心思。下课的时候，我们一起听歌，一起看武侠小说，把周围世界都挡在了我们的视野之外。所谓的爱占据了我，而我对学习兴趣骤减。偶尔独自看云的时候，我会幻想着和他结婚，和他去世界各地旅游。我笃定他就是我的另一半。

有一次，我们放半天的假，他带我去影院看新上映的电影。在黑暗中，他拉住了我的手，亲吻我的脸。我们的舌头也交缠在一起，交换着彼此的甜蜜与苦涩。电影结束后，他提议去附近的宾馆开房，而我并没有做好准备，于是拒绝了他。

高二下半学期的某个午后，我正在教室里上历史课，却看到了班主任在户外走动的身影，以为只是日常的教学巡查。她站在了教室门口，给历史老师点了点头，之后便在众人面前点了我的名字。我的心咯噔跳了一下，预感到糟糕的事情即将发生。安柯在桌子下拉了拉我的手,告诉我不要害怕。在众人的注视下,我离开了教室。

你家里刚来电话,说你妈走了,让你赶紧回家。她说。

走了?我小心翼翼地问道,因为自己并不确定这个词语的真实含义。

去世了,你赶紧回家看看吧。她的语气中有些不耐烦。

我的双腿突然软了下去,但我还是挺住了身板。愣了半晌后,我向校外跑去,越跑越快,心脏在体内剧烈跳动,好像听到了妈的呼喊。出了校门之后,我直接打了一辆出租。这也是我第一次坐出租回家。妈从来没有坐过出租车,她嫌这样太浪费钱。妈总是把任何事情都可以算到钱上。穷是我们的病。要是她看到我如此浪费钱,不知道该做何种感想。一路上,我都看着车外倒退的风景,心里却满是与她相关的生活片段。她是我的命运靠山,她不能死。在我的记忆中,她几乎没有过欢乐时光,而是无言地接受命运的种种不堪。有好多次,我听见了她在黑暗中的哭泣。

我默念着妈的名字,希望一切只是错觉,希望她可以度过此劫。然而,奇迹并没有发生,妈真的死了。她平静地躺在床上,脸色苍白,也因此而变得肃穆又平静。她好像是在做梦,而那个梦却循环往复,始终没有终点。她没有走出那个梦。她没有走出自己的黑暗。她把自己的黑暗交给了我。我上前去,握住她的手,悲痛像是抽掉了我哭泣的权利,我并没有流一滴眼泪。婆走上前来,拉住我的胳膊,告诉我不要害怕,说她去另外一个世界享福了。其实,我什么也不害怕,唯有内心的空荡。妈是因为脑出血而死的,就那样突然倒在了院子里,没有再起来。那时候,她怀里还抱着刚蒸出来的馒头。

一个俭朴的葬礼后,他们把她埋在了后坡上,没有立碑,没有悼词,好像她的一生不值得一提。我骑着自行车,带着弟弟,去镇上买花——妈生前非常喜欢花,给家里开辟块空地,只种花,但爸否认了她的愿望,给那块空地种上了豆角、黄瓜、韭菜和茄子。我们在集市上买了妈最喜欢的玫瑰花。之后,我带着弟弟,拿着锄头和铁锹,把玫瑰种在了她的坟旁。之后,弟弟坐在地上,哭出了声音。我没有哭,而是拍了拍他的肩膀,说,想哭就哭出来,咱们以后就是大人了,咱们好好活着,妈在天上看着呢。我们坐在妈旁边,守护着她,不让她感到寂寞。

晚上,全家人一起吃饭,而妈的那个空位置旁也放了一碗饭。沉默包围了我们。过了一会儿,爸开口说话了。他说今年种的西瓜彻底赔本了,大概赔了三万元,家里几乎没有钱了,又赶上这葬礼,也花了很多钱。我们没有回应他。最后,他把目光落在了我的身上,刺疼了我,而我也立刻明白了他的意思。

我回来帮忙,反正也考不上大学,纯粹浪费钱。我说。

爸没有说话,婆也没有说话,弟弟看着我,也不说话。沉默如同野兽,啃噬着我的心。吃完饭后,我对爸说,高二只剩下一星期了,我想把高二上完。

爸也老了。他点头的样子是如此困顿。

那个夜晚,我失眠了,想念关于妈的一切。我对这个最亲密的女人并没有太多的了解。我几乎不知道她的喜怒哀乐。我的样貌和她却越来越像,但我并不想成为她那样的女人。之后,我唱起了她教给我的那首童谣,是外婆曾经留给她的唯一念想。唱完后,滚烫的泪水淹没了我的世界。妈,我什么也不害怕了,但我对什么也都感到害怕。任何东西都有可能摧毁我,甚至连风都可能吞灭我。没有了你,我没有了靠山。

全班同学都知道我没有了妈,他们的神情中有嘲弄,也有同情,更多的则是冷漠的观望。我像往常一样,假装一切都没有发生,和他们一起迎接即将到来的期末考试。我知道自己肯定考不好,但我还是想给这段日子画上句号。

我没有把自己的决定提前告诉安柯,依旧和他谈着恋爱,听着歌曲,在操场上散步,背诵课文。他并没有多问我家里的事情。我也不想把自己的忧伤展现给其他人。或者说,我已经没有了忧伤,我是一个没有心的空皮囊。

期末考试结束后,我用自己所剩不多的零钱请安柯看了一场外国电影。在他把我送回学校的路上,我突然提出晚上想要和他一起睡觉。他先是怔了一下,然后用自己的小灵通给他家里打了个电话,谎称晚上在同学家过夜。他带我去附近新开张的冰激凌店,买了香草味的冰激凌,面对面坐着,说了些闲话。等夜色更深了,他领着我去了一家宾馆,开了一个标准间。

洗完澡后,我们赤裸着身体,面对着面,竟有一丝不安和羞涩。虽然我和他谈了很久的恋爱,但还是第一次看到彼此的裸体。我不禁笑出了声,随后保持庄重,像爱情电影中那样,走上前,抱住他。他生硬地用胳膊环住我的身体,亲吻我。没过多久,我们便摸清楚了这套情爱游戏的法则。强烈的痛感让我不禁喊出了声,之后我们便控制好了节奏,像是经历过暴风雨之后平稳行驶在海洋上的船。融为一体的瞬间,我几乎忘记了自己,忘记了世界。在某个瞬间,我体验到了肉身开花的极痛与极乐。也就是那个瞬间,我看见了另外一个我在黑暗中舞蹈。

我们躺在黑暗中,久久不说话。之后,他突然拉着我的手,承诺以后要对我负责。我苦笑了一声,说,咱们没有以后了,但我永远不会忘记你。虽然眼前的黑暗茫茫,但我还是看到了他脸上的疑惑以及释然的表情。在他的呼吸中,我听到了晚风的低吟。我又补充道,我要退学了,咱们以后可能见不上面了。

他拉开了床头灯,惊愕地看着我,问道,你为啥要退学?

我没有说话。

是不是因为钱的问题?他又问道。

我摇了摇头。

第二天清晨,我们像是在黑暗森林中迷失的孩子,在彼此的身上重新探寻新的大陆。随后,我们洗完澡,收拾干净,离开了宾馆。

再见的时候,他把那个MP3送给了我。没有说什么,只是拥抱了我。有那么一瞬间,我希望他能挽留我,他能说他可以供我上学,他能牵着我的手。然而,一切都是过眼云烟。回家的路上,我打开了MP3,戴上耳机,贝多芬的《欢乐颂》在我体内上演。我跟着那熟悉的旋律哼唱出了歌词。无论如何,我要寻找属于自己的欢乐颂。

那个冗长夏日因为我的无所事事而变得更加炎热无趣。我把中学课本全部卖给村里收破烂的人。我把那个写满心事的笔记本在河岸烧成了灰。除了帮家里做些农活之外,我整天的状态就是听听歌,看看小说,写写日记,偶尔沿着河岸去镇子上闲逛。

有时候,李海会陪着我一起去镇子。高考成绩出来后,他悬着的心也落地了。他距离大学二本线要差三十多分,也不会去上那些专科学校。他放弃了学业。忽然间，我又觉得我们是同一类人。我知道他从来不把我当女生看，而是看作无话不谈的哥们。我也不再强求什么，只要和他在一起，我就相当快乐。有时候，他会带我去网吧，给我教网络游戏。我不喜欢游戏，他也很快放弃了我。于是，在他打游戏的时候，我便在另外一台电脑上看电影，听音乐，或者是浏览各种网页。有一次，我给自己申请了一个博客，在上面记下了自己的心情。这种想要隐藏又想要被发现的感受复杂又刺激。

让我高兴的另外一件事情就是，阿美因高考发挥失常，只比一本线低了五分，最后被省城的一所二本院校的中文系录取。我和李海去找她，想要给她安慰，但她闭门不见人，她妈妈说阿美打算去复读，明年准备考名牌大学。当她说出了复旦大学四个字的时候，不知为何，我的内心有种被针刺的疼痛。

后来，阿美主动来找我们了，她说自己不会去复读了，她已经厌倦了高三的生活。又说自己将来要考取研究生，争取实现自己的梦想。我们都为她加油鼓气，但没有人知道我心中的酸涩苦楚。

夏天很快结束了，而我又一次站在了人生的十字路口。我把心中的苦涩全部写在了博客上面，我知道，没有人会注意我的文字，这些不过是写在风中的句子。或许，我永远都注定是一个没有身份的隐形人。

阿美去了省城读大学，李海去了南方靠海的城市打工，而我则留在了孟庄，像是弃儿那样等待着奇迹的眷顾。我知道这样并不是办法，于是便跟着堂姐去县城的饭馆当服务员。然而，没过几天，我便在门口看到了好几个熟人。我假装不认识他们，但从他们疑惑的表情中，我知道他们肯定认出了我，并且以此为笑料。我早已经习惯了种种蔑视，并尽可能地忽视这些目光。就像爸以前所说的，自尊在这世上最不值钱。

就这样战战兢兢地过了些日子后，最担心的事情还是发生了。有一次，我站在门迎处，笑脸迎接每一个客人。突然间，我看到了那个熟悉的身影，他旁边是一个年龄相仿的女生。是的，那个人就是安柯。有那么一瞬间，他抬起头来，好像看见了我。我快步离开了门迎处，躲进了厨房。我听到了老板娘喊我的声音，但我忍着心中的惧怕，没有回答。过了半晌，我从厨房走了出来，那颗心已经死掉了一大半。

当天下午，我辞掉了这个工作，回到了孟庄。

整个冬季，我都守在家里，给他们做饭，陪婆说话，帮爸干活，看弟弟学习。自从妈去世后，爸也变得消瘦了，也不爱说话了。有时候，他会像往日那样出门去赌博或者喝酒。更多的时候，则是守着电视看，从一个频道换成另外一个频道。他变了。岁月改变了他，他不再对我说那些难听的粗话了。是的，他身上是衰朽的气息。闲下来时，我开始织毛衣了，给他们各织了一身毛衣，给李海也织了一件海蓝色的毛衣。这是妈教会我的技能。我把很多时间和心情都织进了毛衣。晚上睡觉前，我会听音乐，读小说，偶尔会与另外一个我对话。看着镜中的自己，我越来越像妈了。

下雪那天，我织好了那件海蓝色的毛衣。我把这件毛衣穿在自己的身上，对照着镜子，想象着李海穿着这件毛衣的模样。

腊月二十八日，李海回到了家。他给我带来了南方的特产，而我则把毛衣送给了他。随后，他从包里取出了一张合影照，背景就是海洋，而他的旁边是一个眉目清秀的女生。他说那个女孩和他一个工厂，是他的女朋友，问我觉得她怎么样。我说后面的大海真美啊，我也想见见大海。他看了看我，没有说话。

晚上睡觉前，我在玻璃上画出一个心的形状。我告诉自己，等过完冬天，一定离开孟庄，去靠近海的地方生活。

第四部分：听风

我来到了这座靠海的城市。虽然名叫花城，但多数时间都看不到花，看到最多的是轰隆作响的机器。夜深人静时，我躺在工厂的宿舍里，可以听到海洋深沉的叹息声。我终于看见大海了，却早已没了往年的热情。我已经不是过去的我了。

我是制鞋厂的女工，负责把鞋底用工业胶粘在一起，然后送到下一个程序。每天的工作循环往复，自己就是大机器的一个零件。虽然枯燥琐屑，但并不后悔来到这里，至少要比孟庄有趣，能认识更多的人，也自食其力。工厂包吃包住，赚来的钱都落在了自己的口袋。我一直没忘记爸的训导，要攒够钱，然后给家里盖一座楼房。

每周会有一天的休息时间。我出门逛街，有时去海边散步。在这里，我认识了几个和我年龄相仿的姑娘，她们也是从北方的某个村子辗转到这里打工挣钱。其中，阿花来自邻县，和我同岁，人也活泛，又和我是同一个宿舍。很快，她便成为我在这里无话不谈的朋友。我们从来不用方言说话，仿佛那是刻在我们胸口的红字。她比我早来两年，普通话非常标准，上班的时候也化着妆，像是戴了一副精心准备的面具。在她的建议下，我也开始学习化妆，把口红、粉底与彩妆等形形色色的东西都往脸上抹，对着镜子，雕刻自己的神色。在这伪装中，我拥有了安全感。

慢慢地，我迷恋上了化妆。我将自己的恐惧都放在了面具之下，令我开心的是，这副面具不会让我想起我的妈妈。

再后来，在阿花的建议下，我开始使用廉价的香水，出门逛街时，甚至会穿上黑丝袜和吊带裙。又过了一段时间，我有了自己的手机。我拨出去的第一个电话是给李海的。那是在夜里，我站在宿舍外面的院子里，在繁星之下，想和他谈谈自己的心事，而收到的却是他敷衍的回答。没说两分钟，我便挂断了电话。之后，我给家里打了电话，叮嘱爸要照顾好婆和弟弟，最后强调自己会每个月按时给家里寄钱的。听到这句话，爸才放心地挂断了电话。

没有人能给我带来安慰。于是我在禁锢中学会了独处。也许是因为太失望的缘故，我对他人也越来越没有寄托，反而因此得到了某种自由。令我自由的另外一个地方就是工厂附近的繁星网吧，收费也不贵，环境也还凑合。烦恼时，我会去网吧，打开自己的博客，交出自己的心事。每次从网吧出来后，就像是洗了一次热水澡，洗掉了体内的郁闷。在这片梦游之地，我想成为无梦的旅人。

厂子里有好几个男人追求我，但我都无法动心，并不是因为看不上他们，而是因为我丧失了爱的能力。换句话说，我最终还是会离开花城的，我不想和别人有太多情感上的瓜葛。当我戴着 MP3 听歌时，我还是会想起中学生活，想起安柯，想起曾经的梦想与欢乐。其实，我有他的手机号码，但从来也没有联系过他。我明白，一个流水线的女工和一个大学生是不可能的。我知道他的博客地址，那里偶尔会出现他的日常生活。当然，我不会在那里留下半点痕迹。其实，我挺期待他会在文字中间偶尔提到我，但从来也没有，我只是在他生命中没有留下任何印迹的穿堂风罢了。后来的某一天，我不再去看他的博客了。再后来，我甚至忘记了他的样貌。

有时候，我会和李海见上一面。他在花城的另外一个工厂，当时也是他带我来到这座城市的。两个厂大概有二十公里路，每次都是坐公交车去见他。每次见面，我们都是吃一顿饭，在附近的街道闲逛，偶尔会一起去看大海。当然每一次，他的那个女朋友都在场。我当然知道她并不喜欢我，她脸上的喜悦都是僵硬的表演罢了。我并不在乎这些，也不知从哪个时间点开始，我不再取悦任何人。

李海变了，把头发染成了棕色，抽烟，文身，偶尔口中还带着脏话。在我面前，常常会夸夸其谈。然而，我并不会当面戳穿他的谎言。在我心里，他仍旧是那个纯净又勇敢的少年王子。我对他还留有最后的幻象。我也明白自己不过是可笑的角色罢了。

在工厂的第三年，阿花离开了工厂，到花城的另外一个地方上班去了。离开那晚，我们一起去工厂外的德春饭店喝酒吃饭。她一直说我是她认识的最好的姐妹，要多多保持联系，然而，她并没有告诉我她要去哪里上班。在我的询问下，她说，是一个又神秘又挣钱的好地方。我原本想要让她带我一起离开这座工厂，但黑夜缝住了我的嘴。那个夜晚，我们喝了很多的酒，到最后哭了出来，好像彼此都没有亮出心中的底牌，同时又被其深深刺痛。我们的浓妆都被泪水冲花了，她握着我的手，我们又笑出了声音。

直到最后，我都没有告诉她，这一天也是我的生日。

夜晚，我听到了她的鼾声。我没有丝毫的睡意。生日这天，我没有收到任何人的祝福。这世界没有人需要我。我不知道自己为何艰难地存活在这个世界上。我突然特别想念妈和姑。在另外一个世界，她们已经送出了生日的祝福。记得小时候，每次生日，妈都会给我打两个荷包蛋。如今，我都记得荷包蛋的味道。

这座城市的冬天不下雪，而我的世界却大雪纷飞。临睡前，我又听到了海洋沉重的叹息声。另一个我又从黑暗中出现了，她从身后抱着我，不让我感觉到寂寞。

也许因为那个电话，我的人生才有了这样天翻地覆的变化。那天下班，我在宿舍里洗衣服，忽然接到了李海打来的电话。还没等我开口说话，便听到了他那边故作镇定却又惊慌失措的声音。他问我能否借钱给他。这是他第一次向我求助，我也不可能拒绝他。我并没有问他借钱干什么，而是直接问他需要多少钱。

十万。他犹豫了一会儿，说道。

好的，什么时候给你？我问道。

明天，你能给我送过来吗？

我答应了他的请求。挂断电话后，我还是后悔没有问他要这笔钱干什么。其实，我每个月的工资很有限，虽然自己比较节俭，但除过每个月的开销以及给家里寄钱之后,剩下的钱都存到了银行卡。原本已经答应家里人,计划干完这一年,就带着这笔钱,回老家盖楼房。我已经厌倦了海边的生活,也厌倦了大海。我已经开始倒数着回家的日子。如果把这笔钱给他,那么就意味着回家盖房的计划完全破产,自己又要重新开始面对眼前的空洞生活。直到睡前,我都没有决定好是否把这笔钱给他。

第二天,我请了假,如约去见他。他像是做了错事的孩子,不敢直视我的眼睛。我从包里取出了十万块钱,交到了他手上。他没有说什么,主动上前,拥抱了我。之后,他叫了一辆出租车,和我一起去市医院。一路上,他都没有说一句话,眼神中是惊恐,而我一直握着他的手,告诉他不要慌张。

到医院后,他拿起手机,拨打了一个电话。过了一会儿,一个穿黑衣、拿着公文包的男人走了过来。他把我们带到了一个办公室。李海把钱交给了他,而他则给了李海一张按着手印的收据。随后,他站了起来,与李海握了握手,说,好了,这件事情就到此结束了,向你们厂长问个好。

回来后,他才告诉了我整件事情的始末。有一天,他发现自己的女朋友拉着别的男人的手。他二话没说,就冲了上去,把那个男人压在身下,用啤酒瓶砸了下去,男人便被打得头血迸飞,几颗牙齿带着血丝,落在了街旁。之后,他又站了起来,狠狠地踢了男人。他被人群团团围住,但没有人敢上前拉他。他的女友半蹲着身体,一边哭泣,一边喊着那个男人的名字。李海没有逃走,而是等警察带走了他。到警局后,李海被带到了一个空房子。过了很久,厂长找关系花钱把他领了出去。后来才知道,是他的女朋友通过种种关系,给他的厂长打了电话。这件事的结局就是,厂长亲自出面，与那个男人的家人达成一致——通过私了来解决这件事。经过协商，李海要给那家人赔偿现金十万元，要在三天之内一把还清。这几年来，他把钱都花在了女朋友的身上，没有多少存款，又不能向家里人伸手。于是，他想到的第一个人就是我。他说他知道我肯定会帮助他。

不知为何，听到这里，我内心居然涌出了一种莫名的温暖。至少，在最艰难的时刻，他首先想到的那个人是我。随后，我又看出了自己的可笑与可悲。他问我晚上能不能陪陪他，和他一起去喝酒。没有任何犹豫，我便答应了他。

那个夜晚，他喝了很多的酒，而我只是象征性地喝了几杯。他一直在说话，一直在抱怨他的那个女友，一直在讲自己生活的种种不易。她背叛了他，而且在他出事之后，她突然间消失了，斩断了与他的联系。讲到难受之时，他竟然哭出了声。不知为何，我有种心碎的感动，于是抱着他，告诉他不要害怕。

那个夜晚，我领着烂醉如泥的他去了宾馆。我们睡在一张床上，而我脱光了他的衣服，紧紧地抱住他。我太渴望得到他的爱了，但我又知道这并不是爱。他开始亲吻我，从额头到腹部，最后到了极乐之境。当他穿过幽暗森林，进入我的世界时，呼喊的却是另外一个女人的名字。那一瞬间，我觉得自己是全世界最糟糕的女人。

经过痛苦的挣扎，我还是拨通了阿花的电话，告诉她我所面临的种种困境。听完我的抱怨后，阿花用带着乡音的普通话对我说，说来说去，问题还是出在了钱上，这世界就是这样，只要有钱，就能摆平一切。还没等我开口说话，她又补充道，妹妹，你来找我吧,给你介绍个赚大钱的事情。我并没有再多问什么,只是谢了谢她。随后,我收到了她的短信,上面是她详细的地址。

等到再次见到她,我才知道自己之前的直觉是如此准确。她化着浓妆,身上是刺鼻的香水味,耳朵上挂着硕大的星状耳坠,最醒目的也许是那血红色的指甲油。后来,她给我涂抹上同样的颜色,并告诉我这种红有致命的魔力,是男人们最爱的颜色。她说话时的矫揉造作让我很不适应,但我还是频频点头。她把我领到她的住处,让我暂时有个落脚之地。

她带我去洗了个澡,做了头发,买了新的衣服和化妆品。吃完晚饭之后,她给我精心地装扮了一番,然后对着镜子,问我是否真的做好了准备。我毫不犹豫地点了点头。那个瞬间,我在镜中又看到了妈的样子。打完一个电话后,她说要带我去见一个人。我明白了她的意思,于是像影子那样紧随其后,而心中的野兽在哀鸣。

她带我去见一个穿得花枝招展,却半口黄牙的胖女人。她瞅着我,满脸不屑地问我的名字和年龄,之后又让我转过身,脱掉衣服,说要看看我的身材和体格。我有点恶心,但还是照做了。等结束后,她对我说,干这行,就不要用真名字,记住,你们都是没有名字的人。之后,她点燃了一根烟,略有所思地对我说,不要对男人生感情,这个钱也好挣,只要腿一张,眼一闭,钱就哗哗地来了,最要紧的是要做好安全措施。说完后,她留下了我的手机号码,又简单地交代了一些事情。临走前,她拍了拍我的肩膀,说,你以后就是我的人了,就叫我二妈。不知为何,这句客套话却让我顿生暖意。

夜晚,我失眠了,不知自己为何走到悬崖边上,眼前就是深渊。多么希望有人能够拉住自己，不让自己堕落。然而，转过头去，满眼荒芜，没有任何人能够帮助自己。也许，我不得不独自走完这片黑暗森林。也许，黑暗的尽头就有光亮。无法入睡，于是借着昏暗的光，打开了MP3，准备听《欢乐颂》。遗憾的是，这个陪我多年的机器却在此刻坏掉了。我盯着户外的月亮，祈祷着黎明不要降临。

　　第二天下午，我收到了二妈的电话，她说你的第一单生意来了，晚上就可以开张了。她把具体的时间和地点通过短信都发给了我，又嘱咐我不要害怕，把自己收拾漂亮点。晚上，我来到这个名为天鹅湾的酒店，在指定的时间敲响了指定的房门。迎接我的是一个五十出头的肥硕男人，穿着极不合身的西服，脸上的赘肉像是挂在墙上的腊肉肠。看到他的瞬间，我有种想要冲出去的念头，然而，二妈关于勇气的说辞却在我脑海回荡，制止了我的冲动。我闭上眼睛，把自己交给了黑暗。

　　没有开场白。我像是猎物一样被他扔到了床上，被扒光了衣服，等待着被他慢慢享用。我闭上了眼睛，想象着自己的肉身被慢慢地吞噬，灵魂也跟着消失了。在最大的疼痛到来的瞬间，我多么希望自己可以死掉。大概过了好几个世纪，我终于睁开了眼睛，看见自己的身体像是被蹂躏后的圣殿，等待着重新被修缮。我躺在床上，突然想到了那件给弟弟织的毛衣。那件毛衣上镶嵌着黑天鹅。我想象着自己就是黑天鹅，等待着从湖泊跃起，等待着飞向天空。

　　男人洗完澡后，坐在我的身旁，问我刚才感觉如何。我心里发出了几声冷笑，但还是点了点头。我知道，我的工作就是哄他们开心，他们是我的摇钱树。于是，我故意装作认真纯洁的样子，聆听他大段大段的抱怨。临走前，他说自己熬了这么多年终于坐到处长的位置了，还给了我一千块现金作为奖赏。他问我的名字是什么，下次还准备叫我，我表示了感谢，告诉他我的名字叫作莎莎。

他离开后，我给二妈打了电话，告诉她我完成了工作。她说了几句赞美的话，然后话锋一转，说她已经为我明天预约了两个客人，让我晚上好好休息，保持最佳的状态。挂断电话后，我瘫软在床上，嘴里哼唱着妈妈曾经教给我的歌谣。不知不觉中，我尝到了咸涩又冰冷的泪水味。另一个我又出现了，她擦掉了我的眼泪，说准备带我回孟庄。我摇摇头，告诉她我需要钱，我需要给家里盖房子，我需要他们仰视我。

三天后，我接到了李海打来的电话，他说自己太累了，这里的钱不好挣，准备回孟庄，问我要不要一起回家。我沉默了半分钟，告诉他，等我攒够了钱，再回去。之后，他又为那个夜晚发生的事情道歉。我笑了笑，假装什么也没有发生。直到挂掉电话，他都没有问我现在是否过得快乐，更没提还钱的事情。

这是我做这行业的第四个年头。或许，也是最后一年。等到年底时，我会带着攒的这笔钱回家。这些钱足够家里盖一座二层楼房，也够弟弟好几年的学费了。这些年，我没有回过一次孟庄，只是在春节的时候，象征性地打一个电话。每个月，我会在固定的时间给家里寄钱。除此之外，还有很多其他的花销，比如弟弟的生活费，家里换彩电的钱，婆的医药费。爸再婚的时候，我没有回家，而是给他的卡上打了一万块钱。他只给我发了一条短信，告诉我钱收到了，然后什么话也没有了。

我也知道，自己只是那个家的赚钱工具，他们根本不在意我快不快乐，受没受委屈。被人需要，或者说被人利用是我活着的唯一理由。我早已经不是当年的我了，我没有委屈，没有恐惧，也没有欢乐。我眼中有的只是钱，有的只是一个接一个的男人以及他们乏味的身体。我有一个日记本，上面没有文字，只有时间、次数以及钱数。自从入了这行后，我再也没有去过网吧了，没有更新过博客。我害怕文字，害怕面对真正的自己。或许是因为我已经写不下任何文字了——我的肉身排斥任何形式的思想。

　　和那些男人斡旋时，我换了一个又一个的名字。在某个瞬间，我甚至忘记了自己的真实名字。也许，这样会更加轻松，因为每个名字都是沉重的翅膀。从一个男人到另外一个男人，就像从一座岛屿驶向另外一座岛屿，看到的全是欲望的孤独，看到的都是空荡荡的生死之海。每一座岛屿都如此不同，境况却又如此相似——我们都是被同一片大海隔离与围困。海是如此蓝，而人又是如此悲哀。不知为何，我越来越同情那些可怜的男人们。我从来不同情自己。有一次事后，那个男人在我面前开始啜泣，随后是情绪的崩溃。我不知道该如何安慰他，于是把他抱在怀中，抚摸着他的头。我甚至有种错觉，认为自己是最圣洁的女人。他们是迷途的羔羊，而我是可以拯救他们的圣母。我的身体，就是一本没有文字的经书。

　　阿花在一年前离开了花城，而我也在等待着回家的日子。这么多年来，我甚至丧失了所有情绪，没有什么能够真正触动我。有一次洗完澡后，我对着雾蒙蒙的镜子，画出一个心形，然后凝视着镜中的自己。我发现自己空洞的眼神中已经没有了光。这些年来，陪伴在我身边的只有一本经书，是路过教堂时，牧师送给我的礼物。在好多个夜晚，我对着经书诉说自己的困惑，没有妥协，也没有忏悔。

回孟庄那天恰好是妈的祭日，爸开着面包车，和弟弟一起接我回家。好几年没见，爸并没有多大的改变，只是皱纹比以往更深更重，但浓云密布的忧愁却随之消散，笑容也变得爽朗。与此同时，弟弟突然从男孩变成了半个男人，比我都高出了半个头，声音也变得粗哑低沉。最让我吃惊的是，叫了我一声姐姐后，他主动上前来，拥抱了我，说，姐，你终于回家了，我们等你等了好久。不知为何，我还是没有忍住，流下了眼泪。我原本以为自己已经丧失了哭泣的能力。

是的，他们看不到我千疮百孔的心，因为我早学会了掩饰自己的悲哀，将最纯真的面孔展示给他人。即使此刻，我没有化妆，但面具已经生长在我的脸上，成为我的面孔。我将化妆品、性感的内衣、渔网袜以及各类裙子都留在了花城，而是穿着最普通的衣物，素面朝天地回到了孟庄。我想和过往的自己一切了断，对过去绝口不提，开始新的生活。我想忘记过去的一切，又知道自己走不出我的黑暗。

我见到了那个女人，那个取代了我妈妈位置的那个女人。之前，我只见过她的照片。她本人的神采要比照片生动饱满。我走上前去，主动和她握手，叫她张姨。也许是因为我的热情感染了她，她连连点头，领着我去吃午饭。张姨的丈夫在两年前因癌症去世，她的儿子因为交通事故而去世，女儿也嫁为人妇，后来在中间人的撮合下，与我爸相识，三个月后便领了结婚证，还在村子里摆了八桌酒席。这些都是爸后来告诉我的，也许，他是想让我对她多点怜悯。庆幸的是，她有一张饱受摧残后的善良的脸，也从来不过问我的事情。我也不会追问她的过去。我和她仿佛达成了一种无言的契约，形成了一种天然的联盟。她对我的态度还算温和，至少看起来如此。

午饭后，我和弟弟一起去后坡，一起去看妈。让我欣喜的是，她的坟墓并没有杂草丛生，而是被整理得妥妥帖帖。我们前些年种的玫瑰也开花了，散出幽暗的清香，与周围荒芜的景象格格不入。也许，这也是一种信号，说明她在另外一个世界不用谨小慎微地活着，而是更自我更勇敢地生活，而我也一直坚信她以另外一种方式活在人间。否则，我不会经常在梦中看见她。我们在她的坟旁坐了半个小时，离开之前，我对她说，妈，我回来了，再也不走了，这里才是我的家。

晚上，我和婆睡在一个房间。婆的耳朵变背了，只有对她大声说话，她才能听清楚。但是，她好像对别人的事情并不在意，而是活在自己的回忆王国，要么完全地沉默，用呆滞的眼神观看周围的世界，要么就是喃喃自语，也不在意有没有人聆听。这个夜晚，她给我讲自己的那些陈年往事，特别是自己少女时代的故事。她说她那个时候特别像个男孩子，留着短发，会爬树，会用弹弓，喜欢转铁环玩。后来，她在黑暗中又叹息道，要真是男孩该有多好啊，要是重新活一遍该多好啊。

我不知道该说些什么，于是什么也没说。等婆在身旁睡去，黑夜便在周围缓缓落幕。回想那些过往，一切都像是关于梦的梦。当天夜里，我梦见自己是一个收集梦的女巫，我可以看见所有人的梦，可以由此了解他们的欲望和困境，但我是一个没有梦的人。他们害怕我说出他们的梦，于是把我捆在一棵死去的树上，之后他们点燃了我身下的干柴堆。大火烧了起来，而我已经做好了赴死的准备。之后，我从火中飞了出来，我从梦中游了出来。我没有了睡意，在日记本上记下了这个梦。

回家后的第三天，爸便请人拆掉了旧房子，开始盖他们梦想中的楼房。在旧房子倒塌的时候，邻里们都围了过来，和我们一起见证这个特殊时刻。他们还纷纷地向爸爸表示祝贺，祝贺他有这样有出息有孝心的女儿，还记得给家里盖楼房。生平第二次，我在他脸上看到了因我而生的荣光。上一次还是在小学时，我因为在全镇的作文比赛中得了一等奖而得到了邻里们的关注。这么多年以来，我还是没有学会如何讨他的欢心。然而，如今的我，早已经放弃了讨任何人的欢心。

爸爸负责找工程队干活，联系瓦工、砖工和木工，和那些人协商价格；张姨负责做饭和后勤工作；婆和弟弟偶尔负责监督。而我呢，则负责财务，从我这里出去的每分钱，我都要做到心中有数。这段日子，我们全家人坐在同一个方舟上了，表面上像是一家人了。除了我之外，他们都在设想着如何装扮未来的房子。晚饭时，爸爸突然感叹道，还是你爷会起名字，你确实给咱们这个家带来了太多的欢乐。

我在头脑中回想着爷的样子，却没有什么印象了——除了我的名字之外，他好像从来没有在我的世界留下多少印记。后来，我发现自己忘记了很多人的名字和形象，偶尔会在脑海中闪烁一段记忆，却和具体的人无法产生具体的关联。然而，一些特别想要抹去的事情，却扎向了记忆深处，开出了地狱之花。有时候，我会梦到自己变成了一棵树，一棵没有树叶和花朵的荒树。

等一切安定下来后，我去找了李海，看他能否把借的钱还给我。经过短暂的交流后，他说自己没有那么多钱，手头上最多能拿出一万块。不知为何，他的语气真诚恳切，但他的眼神中却流露出无赖般的狡诈。眼前的这个人，早已经不是我认识的那个李海了。他结婚两年了，娶了邻村的一个女人，有一个十个月大的男孩。我原本给他的孩子包了一个红包作为见面礼，但看到他的态度后，我并没有把红包掏出来。说了几句闲话后，我们便分开了。出门后，我深深地吸了一口气，然后缓缓地吐出，仰着头看了看天上的流云。我们的关系已经走到了尽头。

　　回到家没多久，我便收到了他的短信，上面写道，我不仅睡过你，也睡过阿美，放心吧，我不会把这件事情告诉任何人的。之后，他又补充了第二条短信，你在花城做的那些事情，别以为我不知道。

　　看到这样的短信，我明白了他的意思，苦笑了两声，然后删掉了他的联系方式。虽然以后还会在孟庄碰面，但他在我心中已经死掉了。那十万元算是我提前送给他的花圈，算是我给命运交的学费。

　　之后的某一天，阿美也回到了孟庄。如今的她在省城的一所重点师范大学读博士。我鼓起了勇气，去找她谈心，却发现我们早已经是两个世界的人了。她所感兴趣的事情，我几乎不懂，而我所找出的话题，她却流露出了不屑的神情。没有必要去挽留什么，我很快便离开了她的家，跑向了不远处的河流。坐在河岸边，眼前的河流没有改变，天边的云朵没有改变，而我们每一个人都改变了模样。

这是我在家的第三年。除了帮家里干些农活，大多数的时间，我很少与外面的世界交流，而是把自己关在二楼的卧室——这里是我的乌托邦，也是我的人间乐园，是生活净土。我给家里装了网络，给自己的卧室放了台电脑，旁边是蓝牙音响。大多数时间，我把时间放在了网络上，与陌生人聊天，看电影，刷论坛，玩游戏。还有，我又开始写起了博客，写自己的故事，从自己诞生的那个雪天开始写。不知为何，我开始尝试去面对自己的真实人生了，或者说，用旁观者的态度打量自己的往事。特别是在写花城的那段经历时，我不再畏惧，也不再隐藏。也许，那段经历不是噩梦，不是人间炼狱，而是我成为我的人间历程。不会有人看到我写的故事，因为我把博客设置了仅自己可见。我是自己唯一的读者。与此同时，我也说了好多谎话。

也许，这是一份忏悔录，但我没有做错任何事。或许，这是一本病相报告，但生病的又不是我一个人。或者，什么都不是，什么又都是，是一种观察，一种疗愈，一种省思，一种领悟。有时候，我甚至分不清哪些是真实的，哪些是虚构的，哪些是我亲眼所见，哪些只是道听途说。甚至，我会迷失在故事的森林中，抬起头来，满眼的荒芜，不知自己身处何地，不知自己是谁。对别人而言，这些故事只是漂流在世界中的烟尘。于我而言，这些烟尘就是我的全部世界——我就是烟尘。

弟弟考上了本省的一所二本院校，我送了他一台笔记本电脑，偶尔会和他在网上聊天。小时候，我对他充满了敌意，认为他占据了本属于我的欢乐王国。到如今，经过世间的种种历练，回过头来，却发现他才是我最亲近的人，甚至可以说，是另外一个自己。他会讲自己的生活、自己的故事，而我会有种身临其境的错觉。

自从给家里盖了这座二层楼房之后，爸爸似乎也默认了我才是这里真正的主人。他再也没有说过我半句重话，连难看的脸色也没有了，甚至语气中还带有讨好的成分。我们之间几乎没有什么交流，偶尔在饭桌时会说上几句家常话。后来，我们甚至把这几句简单的话也省略了。晚饭后，他去看电视剧、打麻将或者喝酒，而我又回到自己的欢乐王国，与外面的世界切断关联。有时候，我也害怕自己丧失说话的能力。

　　与爸不同，张姨却时不时找我说说话，非常热心地托人给我介绍对象。其实，她也是出自好心，我甚至在她身上看到了妈的影子。她会领着我去见那些形形色色的男人，而我也会假装自己是从来没见过世面的姑娘。在别人面前，她总是说我是她的闺女，而我也不说话，只是用微笑来默认这个事实。

　　原本以为自己对男人失去了兴趣，对婚姻也没有任何想法，然而当我见到云生的时候，这种预设的观念便土崩瓦解了。在他身上，我居然有种怀春般的心动，和当年喜欢李海是一种感觉。后来，经过几次交流，才发现我们也有很多共同点——我们是同一个星座，我们在同一个中学上过学，他高中也没有毕业，只不过他是去了部队。转业后，他被分配到县城的一个事业单位，有着稳定的生活。还有，他结过一次婚，有一个八岁的儿子。他的妻子在三年前便离开了这个世界。他并没有说离开的真正原因。我和他有很多共同话题，而他也是一个很好的聆听者。我说了很多谎言，特别是在花城的那段经历。我并不为此羞愧，因为我知道他也说了很多谎话。很大程度上，我们每个人都依靠着谎言而活。在云生身上，我第一次看到了婚姻的可能性。

　　爸爸并不满意这个男人，觉得他是二婚，又有儿子，而且比我大整整十岁。但是,他还是执拗不过我,最后便同意下来。或者说,他其实也希望我离开这个家,开始自己的新生活,而不是做一个躲在房间里的怪女人。

订完婚的那个夜晚,我躺在自己的房间里,不知道自己的选择是否正确,不知道迎接自己的是光明,还是黑暗。回想这么多年来的坎坷,我越发不敢相信自己能够走到今天这个地步。辗转反侧,无法入睡,于是我披上衣服,下了床,看着户外的雪。记得妈妈说过,我出生的那个夜晚也下着雪,而刚出生的我异常虚弱,血气不足,没有人认为我能活过那个夜晚。然而,妈妈却坚持认为我能活下去,而且能活得很好。这么多年过去了,我经常在梦中看见自己诞生的那个雪夜。

也许,这个夜晚也是我重新诞生的夜晚。我已经听到了妈妈的祈祷声。随后,我在空中画出了心的形状。妈妈曾说过这是最好的祈祷方式。另外一个我又从黑暗中出现了,她走在我的身旁,没有说话,而是拥抱了我。我听到了夜晚的心跳。

随后,我打开灯,音响中传来了贝多芬的《欢乐颂》。跟着那深入骨髓的旋律,我不禁哼唱了出来,却发现自己失去了哭泣的能力。那个夜晚,我又梦见自己变成了风,自己可以抵达任何想要去的地方。梦醒后,我发现自己的眼泪弄湿了枕巾。是的,我是风的孩子,我的故乡是世界上所有的地方。突然间,我发现自己沉重的肉身越来越轻盈,开始慢慢地脱离地面,升上夜空,距离那颗最耀眼的星辰也越来越近。我似乎看见了永恒,也看见了永恒背后的虚空。

经上说,日光之下所做的一切事,都是虚空,都是捕风。

也许，我的故事就应该到此结束了。我的捕风生活才刚刚开始。我没有见过风，但我是风的孩子。我们都是风的孩子。

——原载《延安文学》2022年第1期

抱一

一

我走出了监狱，又来到了人间的修罗场。出大门的瞬间，我早已经适应了黑暗的眼睛还无法适应光亮。于是，我又重新闭上眼睛，返回黑暗的山洞，重新聆听布道者的孤独献词。过往的记忆犹如螺旋上升的天梯，抵达有光的荒蛮之地。我沿着梯子，走到了荒原的中央，领略到了他人无法看到的风景。经过这些年的苦炼，我已成为一个有力量的新人。再次睁开眼睛后，我慢慢适应了光亮，也适应了我自己的黑暗。

此刻是冬天，眼前的梧桐与三年多前并没有太大的区别。只不过那时候是秋天，树上还挂着许多叶子。如今，只剩下光秃秃的枝干，在寒风中微微战栗，仿佛还没有做好赴死的准备。看着眼前的光景，我流下了冰冷的泪珠，不是为我自己，而是为终将毁灭的万事万物。我的人生走到了冬天，也不再会有春天。在这一点上，我羡慕树的四季轮回，生死更迭。我并不害怕死。我害怕的是在死前没有尝尽作为人的所有滋味。

大概等了半个多小时，我才看到儿子的身影。他从白色面包车里走了下来，穿着黑黝黝的羽绒服，仿佛是没有翅膀的巨型乌鸦。他比三年多前胖了不止一圈，留着邋遢的胡子，眼神中依旧没有光。看到我后，他迟疑了半响，然后摇了摇手，喊道，你过来吧，我在这里等你。我在他的举动中瞥见了过去的自己。在我走向他的时候，冬天的寒气灌入体内，发出轰隆隆的鸣叫。突然间，我才体会到了人生的寒冷。

他已经比我高出了半头，而我也在不断退化，不仅是身体，还有心灵。他从车上取出一件黑色棉袄，递给我，说，这是我妈给你拿的，你快穿上吧，外面怪冷的。我原本想问他们这几年过得好不好，话到嘴边又咽了回去。于是，我穿上了黑棉袄，寒气也因此长出了翅膀，飞出了我的身体。

上了车之后，儿子递给我一根烟，帮我点燃。我猛吸了一口烟，想象着尼古丁催醒我每个细胞的场景。真实的情况是，我被呛出了泪花，随后便扔掉了多半支烟。在我缓神的片刻，儿子扭动了钥匙，启动了车。也许是因为沉默了好几年的缘故，我找不到合适的交流语言，于是转过头，看着不断倒退的冬日风景，思索着如何面对接下来的生活。或许，我已经失去了生活的资格。

过了一会儿，儿子打开了音响，里面传来可怕的口水歌。这么多年了，他依旧喜欢听垃圾音乐，吃垃圾食品，看垃圾视频，这种垃圾人生只是不断地更换外衣，本质上并没有什么变化。作为父亲，我应该随时指出他的问题。然而对于蹲过大牢的我来说，早已经被剥夺了作为父亲的威严。这几年来，他和他妈从来没有来看过我。我非常理解他们的心情和处境。他能在今天接我回家，我已经非常欣慰了。对于他人，我早已经没有了什么热情与期待。

对于自己，我也失去了兴趣。

大概过了一个多小时，儿子把车开到了平阳镇，最后在镇子南边的幸福洗澡堂停了下来。他对我说，后座上有你的衣服，拿进去冲个澡吧，身上一股死尸味。我摇了摇头，说，浪费这钱干吗，还是回家洗吧，再说我身上也没啥味道啊。他拉下了脸，嚷道，你身上都快臭死了，再说家里也没有你洗澡的地方。我自觉理亏，便不再说话，从后座上拿出了那个蓝色塑料袋。他给我塞了二十块钱，说，你进去吧，我就在外面等你。我点了点头，转过身，走向眼前巨大的熔炉。某个瞬间，我感觉自己走向了命运的火葬场：现在的我和死去的我就要在此诀别。

很多年前，每逢春节前，我都会带儿子来这里洗澡，洗掉整个冬天的寒气与脏气。对于那个时候的我们而言，洗热水澡成为某种清洁的仪式。那时候，儿子最爱的人是我，最信任的人也是我。我是他心中无所不能的英雄。我曾答应带他去城里游玩，而他也发誓要好好学习，考上大学，将来带我去城里生活。我们依靠这个美梦生活了很久，后来，梦破碎了，而我们早已经伤痕累累，换了面目。他没有考上大学，甚至连高中的大门都没有进过，而我呢，自从进了监狱，也失去了作为父亲的资格。

此时此刻，我赤身裸体地站在澡堂的浴池里，回想着往事，回想着曾经甜蜜的梦。此时此刻，我和他们都赤裸着身体，看不出彼此的身份，也看不出彼此的差别。此时此刻，我们都是同样的人。每一次对肉身的清洗，我都感觉心中的罪孽少了一分。从澡堂出来后，我觉得自己如同轻盈的鸟儿，只不过早已经被剪断了翅膀。

再次见到我后，儿子说，终于有点人样了，以后再也不要干偷鸡摸狗的事情了，已经没法在村子里混了。原本以为自己对所有的痛苦早已经免疫，但他的话还是刺痛了我的心。很多年前，没人敢和我这样说话。如今的我，早没有了说话的底气，只能依赖儿子的脸色而活。我是寄生虫。为了活下去，我不得不适应全新的法则。

回孟庄的路上，儿子都没和我说话，而是跟着广播唱那些难听的歌。过了铁路，快到村子的时候，他关掉了音乐，板着脸说道，回去吃完饭后，你就住在我婆家，我刚有了娃，住在一起影响不好。我苦笑道，啊，我终于有孙子了，我应该给娃准备些啥礼物。儿子冷笑道，你连一毛钱都没有，想准备啥礼物啊。也许是意识到自己的话有点重，他又补充道，等会我给你一百块钱，你当着我媳妇的面给娃，就当是见面礼了吧。我没有再说话，而是点了点头。也许他并不知道，自尊心对我而言是最不值钱的玩意儿。

越是靠近家，我越想逃离。然而，我无处可逃。这个家也许是我最后的避难所。

二

下了车后，面对眼前的二层楼房，心里又喜又悲。喜的是儿子终于有了新房，悲的是这里已经没有了我的房间。儿子咳嗽了一声，打开了门，把我领进了楼房。看见的第一个人便是春花。春花挤出了笑，说，利民，你回来了啊，把你的包放在沙发旁，饭马上就对了，这几年你也瘦了。我笑了笑，不知道该说些什么。我把包放到了沙发旁，然后站在原地，不知所措。儿子看出了我的窘境，于是打开了电视机，把遥控器递给我，说，你看看电视吧，你不在的这几年，这个世界都变了样。我坐在沙发上，看着眼前的国际新闻，试图了解世界的每一次改变。其实，并没有什么改变，依旧是战争，是自然灾害，是政治斗争，是谎言与迫害，是金钱与极权，是欲望与交易。怎么说呢，依旧是那个破碎的世界，依旧是社会的法则。这个世界并没有变好，也没有变坏，最核心的部分从未改变。我换了一个电视台，看一个普法栏目。

听到孩子的哭声后，我把电视调到了静音，站了起来，看着儿媳妇林萍抱着孙子走进了屋子。也许是没有完全反应过来，看到我后，林萍下意识地向后退了一步，随后便调整了脸上的表情，笑道，爸，你回来了啊，看，这是你孙子东东。随后，她对怀里的孩子说道，东东，这是爷爷，快叫爷爷。孩子盯着我看了半会儿，眼神中满是疑惑，随后便转过了头，哭出了声。我走上前，掏出了那一百块钱，塞到孩子的口袋，以此作为见面礼。在东东的身上，我看到了儿子的幼年。我哼了哼过去的歌，东东转过了头，盯着我，止住了哭泣。我原本想要去抱抱孩子，林萍却找了个借口，抱走了孩子。

晚饭是我最喜欢的韭菜大肉饺子。春花还特意做了两盘凉菜。儿子也准备了半瓶白酒，然而自始至终，他从来都没有开口叫我爸。我知道，我是他的耻辱，而他也从来没有原谅我。由于我的存在，他在孟庄抬不起头。要是我死了，他肯定会过得很好。然而，我并不想死，我还想好好活着。特别是这次出狱后，我立誓要成为一个有用的人，想重新成为让儿子自豪的人。喝了三杯白酒后，儿子对我说，你先住在我婆家，等以后有机会再回来住吧。我默不作声，吞咽着黑暗。他又补充道，你以后就给我干活吧，我会给你养老的,不要再做那种事情了。我们都不再说话,怀着各自的心事吃完了饭。从头到尾,我吃到的全是苦味。临走前,春花把打包好的饭交给我,说,这些你拿给妈吃,以后就过新日子了。不知为何,转过头后,我差点流出了眼泪。

  母亲的家在村东头,旁边是一个大壕沟。在我小时候,壕沟里长满了树木,那里是孩子们的秘密森林,如今却成为村里的垃圾场。如今的孟庄,早已经换了模样,而我所认识的很多人已经被埋到了后山坡,其中包括我的父亲和我的两个哥哥。终有一天,我也会被埋在后坡上,沉默地守护着村庄。我不想和他们埋在一起,因为我早已经受够了他们的聒噪与浅薄。走到母亲的家门前,我突然嗅到了死亡的气味。

  我犹豫了片刻,然后冲了进去,喊着母亲。我进了房间,腐朽的尘味扑面而来,而母亲也不见了踪影。我悬着的心升到了嗓子眼,好像随时都有可能吐出来。准备出去的时候,我突然听到了母亲的咳嗽声,心才重重地落在了地面。看到我后,母亲的脸上没有任何惊诧,而是走上前来,拉着我的手说,民娃,妈都有好几天没见你了,你出去也跟妈说一声。也许是看出了我脸上的疑问,母亲又补充道,你爸昨天出门了,出远门给你们赚钱去了。我帮母亲整理了头发,说,妈,我爸十多年前都死了,现在埋在后坡上呢。母亲掀开了我的手,骂道,你这娃咋胡说哩,我昨个还和你爸吃饭哩,难道是我哄你哩?我苦笑着,说,妈,我哄你哩,你说得对,我爸就是赚钱去了,回来给咱们盖房子。说完后,我把饺子端到了母亲的旁边,打算帮她喂。母亲笑道,我又不是娃娃,我自己会吃。随后母亲又问道,民娃,你好几天都没来看我了,你都干啥去了?我说,妈,我出去修铁路了。母亲说,我娃就是有出息。说完后,母亲吃起了水饺。母亲有好多年基本上都没出过大门了。她活在自己的记忆王国,把喧嚣的世界挡在了门外。很多时候,我甚至羡慕她的这种生活方式。

晚上,我独自睡在一个房间。其实没有半点睡意,于是从柜子里翻出了那本泛黄的书,也是我的圣书。这么多年来,我的精神导师始终都是尼采,我最爱的书还是《查拉图斯特拉如是说》。也许除了母亲之外,没有人知道我的秘密。庆幸的是,母亲并不认识字,她无法通晓儿子真正的灵魂。在我迷惘的日子里,尼采的书挽救了我的命。在漂泊的日子里,尼采的书成为我的护身符。如今,我重返山洞,重新翻开这本书,我又重新找到了自己的心跳,又重新找到了自己的力量。是的,我可以摧毁自己,也可以重建自己。我就是超人。我已经厌倦了布道的日子。因为生命的轮回,我又重回母体,重回山洞。只有在这里,我才能听到自己的心跳,才能感觉到自己作为人的快乐。

凌晨两点,我关掉了灯,凝视着黑暗,回想着自己的前半生。奇怪的是,我找不到连续性的画面,所有的记忆就像是掉落在水泥地面上的花瓶,变成了碎片。我听到了破碎的声音。我躺在黑暗中,试图用记忆的针线,缝补同样破碎的自己。在进入梦境的瞬间,我多么希望自己永远不要醒来。

三

二十岁那年,我人生的航向再次发生了调转。那年夏天,我高考又落榜了,这一次距离大学仅差三分。这是第三次高考落榜,但我还是不甘心，不愿意向命运低头。离开学校后，我走到曾经熟悉的街道上，眼前的一切都灰蒙蒙的，没有生命的气象。我走进县城唯一的书店，来到哲学类的书架旁，随手翻开了眼前的一本书。让我惊诧的是，这本书说出了我想说却无法说出的话，仿佛是遇到了专门为自己而写的书。看了其中的五页之后，我就买下了尼采的这本《查拉图斯特拉如是说》，基本上用光了我身上的零花钱。没有钱坐公交车回家，于是，我只能步行接下来的二十多里路。这是我人生第一次走如此远的路，但我是多么希望这条路没有尽头。

我把自己落榜的消息告诉了父亲。听完后，他的脸色中露出了微微的失望，以及失望后的释然。我请他再给我最后一次机会，让我再去补读一年。他点了点头，说，民娃，咱家快揭不开锅了，你就回来帮忙干活吧，再说啊，人的命天注定，你就认命吧。说完后，父亲转身离开了我。我的眼泪流了下来，流进了嘴角。那个瞬间，我突然觉得父亲老了，不再是我的靠山了。我并不责怪他，因为他已经尽了自己最大的力气。我责怪的只有我自己。于是，落榜后的很长一段时间，除了必要的劳动之外，我基本上都不怎么出家门。我的房间就是我的山洞，尼采的书就是我的圣书。独自一人的时候，我觉得自己就是尼采所谓的超人。与庸众相处时，我觉得自己就是先知。尼采启发了我，鼓励了我，点燃了我，让我找到了心灵深处的声音。有时候，我甚至觉得自己就是乡村的思想家，觉得自己有义务去启蒙那些未开化的盲民。

在孟庄，我成为他们眼中的怪人。因为我从内心看不起那些蝼蚁般的人，看不起那些不知生死奥义的人。他们古怪的眼神塑造了更加圣洁的我。有一天，村长来到我家，对父亲说，民娃脑子是不是出问题了,要不要给娃去看看病,没钱的话,我们可以借一些给你。平时还算温和的父亲,脸色突然变得难看,骂道,你们脑子才有问题呢,我娃比谁都正常,只不过就是爱看书罢了。村长叹了叹气,转身离开,再也没有来过我的家。自此之后,村里人都说我被恶鬼附体,已经无药可救了。村里人像是躲着瘟疫那样躲着我和家人。甚至还有另外一条传言,那就是他们将在合适的时机要把我当众烧死。母亲在家时不时会哭泣,甚至扬言要把我送到精神病院。每到这样的时刻,父亲便会站了出来,说,咱儿子咋可能有病,有病的是那些看热闹的人。听到父亲的话,我才觉得自己并不是一个人生活在这孤独的王国。有很长一段时间,我害怕看见人,害怕外面的世界。在这秘密山洞里,我已经通晓了关于人的所有奥义。

在我二十四岁那年,发生了两件改变我命运航向的事情——那年三月,祖父因为与子女的矛盾而悬梁自杀;十一月,我把春花娶回了家。虽然我还是喜欢独处,但为了家庭,我不得不重新走出山洞,抑制心中的疯狂,尝试与村里人打交道,试图过上所谓的正常人的生活。春花是一个爱热闹的开朗人,喜欢和左邻右舍打交道,而这也多多少少地感染了我,改变了我。只不过像村里的那些女人一样,春花从来不读书,也没有什么精神生活。这不是她的错,而是因为我太挑剔,太古怪了。为了避免再次疯狂,我把尼采的书全部交给了母亲,让她替我保管。从母亲的房间出来后,我感觉解除了魔咒,获得了前所未有的自由。然而,我的本质是自由的精灵,我经常在午夜听到尼采的召唤,经常在梦中遇见查拉图斯特拉与狄奥尼索斯。我从来没有告诉别人这些梦,更没有告诉别人查拉图斯特拉其实和我的祖父长得一模一样。

结婚后的第三年，我们迎来了我们的女儿有慧。为了肩负起作为父亲的责任，我更加卖力地干活，农闲时也外出打点零工，甚至还去过邻县的煤矿。我尝尽了世间的苦涩，看惯了别人的脸色。每次回家看到女儿的笑容，所有的一切似乎也值得了。我从来也没有告诉过他们，有一次发生了矿难，我被埋在了地下，差点化为尘土。更为可怕的是，我有时候甚至期待过在矿难中死去，这样就不必在生活中忍受煎熬，甚至可以给家里赔上一大笔钱。我受够了作为人的命运与责任。我曾经幻想过早点死去，永无复生。

又过了两年，我们终于有了自己的儿子有智。母亲悬着的心也放下来，拉着我的手，说，终于有儿子了，我这辈子的任务也算完成了，以后再也不操闲心了。在儿子百天的时候，母亲拿出了自己的值钱家当，换了一些钱，在村子里摆席宴客。我从来没有见过母亲如此快乐的神情。宴会之后，父母和我们分了家，在村东头的宅地上盖了新房子。自此之后，除了特殊的日子，他们基本上没有在我家吃过饭，而我经常去他们家吃饭闲谈。没有了父母的庇护，我不得不独自面对这个世界的凶险。

为了扮演好父亲的角色，特别是为了给儿子做好榜样，我不得不切断自己的翅膀，在泥地里艰难跋涉，以此换来生活最基本的保障。然而孟庄囚禁了我，我想要带着儿子一起去远方。那时候，我给儿子编造了很多关于我的传奇故事。那时候，我还是儿子心中的英雄。有一次，他对我说，爸爸，我以后想要变成你，以后也想拯救人类。这句话既让我感动，又让我难过。我越来越不知道该如何面对日复一日的可怖生活。

在儿子十一岁那年，我迎来了人生的第一次大转折。那一年，家里的五亩地的苹果品相惊人，却找不到合适的瓜果商人。眼看着果实越来越熟，在风中的样子也从最初的生机盎然，变成后来的摇摇欲坠。到了最后，春花也坐不住了，跑到苹果园里放声哭泣，骂天骂地，怎么劝也劝不住。这是我们作为农人的悲哀。我理解她，毕竟粮食不值钱，而果园是我们家最为重要的经济来源。最后，我决定和张天明、王九月两个老乡雇一辆货车，把苹果拉到省城贩卖，据说价格是平时的三倍。我们像是被惊醒的梦中人，做起了关于发财的美梦。临行前的夜晚，我失眠了。我从来没有去过繁华之地，既恐惧又欣喜。我答应赚很多钱回来，承诺要给孩子们带回礼物。

那是我人生中第一次出远门，第一次追寻我的黄金梦。我并不知道迎接我们的将是怎样的命运。到了城市之后，我有种窒息的欢愉，屏气凝神地看着窗外，不愿意错过每一处风景。不知道过了多久，我们到了事先约好的瓜果市场贩卖地。这里的苹果价格并没有想象中那么乐观。第一天，我们还抱着观望的态度，却没卖出多少苹果。第二天的价格下跌了一些，我们心里还是有点惊恐，但还是故作镇定地等待。第三天，价格又降了，车舱里的苹果也坏掉了一些，我已经闻到了腐朽的气味。时间每过一分，我的心就像是被针扎了一下，随时都有可能破碎。临近晚上的时候，我撑不住了，最终向现实妥协——苹果以三毛五的超低价卖给了一个川商。拿到钱后，我感觉自己被野兽吞食了。那天晚上，我请他们吃了夜宵，还一起喝了啤酒。我喝了很多酒，差点断了片，是他们把我送回了廉价旅馆。第二天一大早，我们离开了这个泪之地。对于窗外的风景，我没有一丝的眷恋。回到家后，我才突然意识到自己没有给孩子们买礼物。家里人都默不作声，接受了命运的安排。

那一年，我们的苹果园亏损了将近三万元，这对于当时的我们而言就是一个天文数字。那一年，一切都变了，而我又再次走到了人生的十字路口。

那段时间，我无法面对家人，更无法直视孩子们的眼睛。我选择了逃避家庭，选择了麻痹自己。在黑娃的引导下，我找到了自己的避难所，那就是赌场。所谓的赌场，也不过是村东头旺盛家那个摆着四张麻将桌的房间。在玩了一场之后，我在心里宣布这里是我的人间乐园。那个晚上，我似乎找到了人生的意义。与此同时，我看见自己不断地下坠，下坠到无尽的深渊。

从那晚开始，我没有心情理会家里的事情了，而是把所有的热情都放在赌博这件趣事上。当然，有输也有赢，大多数情况下是输，但我并不在意输赢这个结果，而是在意整个惊心动魄的过程——这个过程可以让我听到自己的心跳，可以让我再次体验活着的感觉。刚毕业的时候，我的房间是我的山洞，是修炼自己心性的天堂。如今，赌场成为我新的山洞。在这里，我又再次成为尼采的信徒，再次成为乡间的查拉图斯特拉。他们都觉得我变了，变成了和过去相反的人。其实，他们看到的都是表象，我的本质并没有改变——我是超人，我一直走在通往不朽的林中路上。

有一天，春花带着儿子来赌场找我，说要带我回家。儿子过来拉了拉我的胳膊，而我不耐烦地推开了他。儿子哭了，春花骂道，哭啥哭，你以后就不要认这个爸了。说完后，她拉着儿子走出了赌场。也许是从那一天开始，儿子和我也越走越远，却和我长得越来越像。没过多久，我输光了所有的钱，而作为家里的掌柜，春花也断了我的财路。没有了钱，我便沦为赌场的看客。又过了几日，我甚至被剥夺了看客的资格。再次回到家，春花对我冷言冷眼，女儿对我也是不理不睬，唯有儿子会喊我一声爸爸，然后又迅速地跑开。我明白，在他心中，作为英雄形象的我早已经轰然倒地，而我也听到了自己破裂坍塌的声音。

走投无路之下，我又找到了黑娃，而他犹豫了半晌，最终给我指出了一条所谓的明路。所谓的明路就是每逢镇子赶集的时候去偷那些商贩的钱包。在我的哀求下，他把我介绍给了镇子上的季风。季风看了看我，拍拍我的肩膀，说，这个兄弟一看就是聪明人，好用。随后，他给黑娃塞了一百块钱。黑娃拿着钱，乐开了花，摇摇摆摆地离开了我们。季风给我讲了所谓的江湖上的规则，其中最重要的就是不能出卖自己的兄弟，否则后果特别严重。接着，他又给我讲了扒手的几个要点，我也很快就领略了其中的奥义。当天下午，两个兄弟配合我作案，其中一个假装买货，分散老板的注意力，另外一个负责盯梢和开车，而我在合适的时机打开货车门，拿走了摊主的钱包。第一次伸手时，我听到了自己的心脏快要破裂的声音，双手战栗，又恐惧又兴奋。得手的那一瞬间，我体会到了生命的极乐，感受到了自由的意志。接下来的三单，我们也是顺风顺水，没有任何差错。

那天，我们总共拿到了八百五十六块钱，而作为主力，我分到了其中的三百块钱。在天快黑的时候，我在附近的服装店买了两身衣服，一身给儿子，另一身给女儿。随后又去隔壁的店给春花买了化妆用品。回到家后，我把礼物送给了他们。女儿说了一声感谢爸爸，儿子则上前抱住了我，让我以后带他去城里玩。接到了化妆品后，春花先是诧异，接着是惊恐，最后是欢喜，毕竟这是我送给她的第一份礼物。晚饭的时候，我又坐回了家里最核心的位置。睡觉前，春花问我这些钱是怎么来的。我说，是在镇子上干活挣来的。春花似乎明白了什么，叹气道，你是这个家里的顶梁柱，没了你，这个家就要塌，你可不要走上邪路。我没有再说话，而是凝视着黑暗，让自己成为黑暗。临睡前，我似乎听到了黑暗中倒塌的声音。

接下来的日子，每逢赶集，我就会去镇子上干活。说实话，我越来越享受这种偷窃所带来的精神快感。或者说，我对此慢慢地上了瘾，怎么戒也戒不掉。原本以为会这样一直顺利地干下去，没想到在立冬的这天却迎来了转折。在拿到一个钱包后，我被突然出现的几个人团团围住，被摁在了地上，随后被带到了警车上。那个瞬间，我明白自己活着的一部分已经死去了，死去的一部分又重新复活。我不害怕，相反，我很镇定地接受了老天给我的一切。我接受了命运的虚空。

在牢里的时候，刚开始我还期待孩子们会来看我。然而，这种期待次次落空，最终只剩下了空想。有一次，我梦到了他们砍掉了我在家里种的那两棵泡桐树，我的心死了，我明白孩子们不会再来看我了。只有母亲会偶尔来看我，每次说的都是同样的话，民娃，你以后出去了，一定要做个好人，要不然我和你爸在村里都没法活了。在她来看我的第四次，我对她吼道，我成了现在这个样子，也是你们害的，求求你以后不要再来了。母亲摇了摇头，再也没有来看我。不知为何，在牢里，我慢慢地忘记了时间，忘记了空间，每天都是重复单调的日子。我感觉自己的身体和灵魂变得越来越轻盈，在梦里时常处于飞翔的状态。也许你们不相信，我看见了自由的幻象。

四

三年多后,我出了监狱,整个人脱了层皮,也换了面目。世界也变了面目,灰秃秃的,没有了生命的亮色。那一次,父亲和母亲接我回了家。看着母亲空洞的眼神,我立志要做一个好人,做一个踏踏实实的本分人。

就这样,我在村子里浑浑噩噩地过了两年多,体会不到任何活着的乐趣。我又去镇子上联系到了季风,又重新干起了老行当。没过多久,我再次被抓了现行,再次被送进了监狱。在此期间,除了母亲唯一一次探监之外,没有任何人来看我,而这也正符合我的意思。在狱中,我试图改造自己的思想。无数次的黑暗,洗干净了我。

第二次出狱,是大哥来接的我,他告诉我的第一个消息就是父亲因中风而突然离世。我没有哭,没有自责,而是突然明白了人世的无常。回到村子后,我发现自己失去了作为人的资格——村里人开始躲着我,春花也不给我好脸色。至于孩子们,他们已经长大了,已经不需要我这样的父亲了。经过很长时间的自我改造,我再次适应了农村的生活。七年后,我旧病重发,再一次进了监狱。我知道,这个世界上再也没有人相信我了,而我也对此没有任何期待了。

如今,我重新回到人间。经过三年多的历练,我觉得自己已经根除了心瘾,摆脱了心魔,成为世界上最健康、最纯洁的人。当然,除了母亲,没有人相信我的话。讽刺的是,母亲已经失去了记忆，是没有过去，也没有未来的人。在家里，我没有任何地位。在孟庄，他们把我当成会说人话的怪物。如今，我也当上了爷爷，和我的爷爷也越来越像了，这让我异常惊恐，因为留给自己的时间越来越少，距离生命的终点也越来越近。夜里睡觉前，我总能听到风从远方捎来死亡的绝对信号。

在梦里，我经常遇见那些已经死去的人。他们是如此鲜活，如此真实，而现实又是如此绝望，如此死寂。留给我的日子也越来越少了，但我不知道接下来要做些什么事情。我唯一确定的是，这一次我一定要选择适应这个世界，选择成为正常的人。

为了重获生命的元气，我又去了一趟县城，在书店里买了几本尼采的书。这么多年过去了，我依旧是尼采的信徒，依旧相信超人学说，依旧信奉权力意志。在他献给自由灵魂的书中，我读到了呐喊，读到了自由，读到了恩惠与慈悲，读到了宽恕与拯救。虽然我被囚禁于自己的肉身，但没有什么可以囚禁我的灵魂。重新回到这个山洞，我发现自己的肉身已经衰败，而我的灵魂却越来越轻盈，越来越接近生命的本真状态。

自从住在母亲家后，春花再也没有给我们送过饭。儿子送来的大白菜够我们母子俩吃半个冬天。除夕夜，我和母亲两个人过节，看着春晚，包好了大肉水饺。等煮好后，母亲总共舀了三碗，然后嘱咐道，最大的那个碗给你爸，你爸最喜欢吃我包的饺子了。我点了点头，把最大碗留给了不存在的父亲。吃饭的时候，母亲边看电视边喃喃自语，所说的话也许只有父亲能听懂。也许，在她的眼里，父亲就一直在这个幽灵之家，从来没有离开，更没有死去，而是以另外一种形式获得了某种不朽。

零点的时候，我点燃了爆竹，噼里啪啦的声音预示着某种终结。没过多久，我看到了在高空中爆裂的烟花，看到了在黑暗中被瞬间照亮的大地。不知为何，我突然想到多年以前，父亲第一次带我们兄弟三人一起看烟花的场景。如今，他们都离开了这个世界，只剩下我这一具空皮囊。人到底为何要活在这个世界上，我至今都没有找到答案。站在夜空下，我等着烟花迅速地凋零，迅速地化为尘埃。当世界在我眼前重新变暗的时候，我想要和小时候一样去抓住父亲的手，却意识到父亲早已经离开了我。那个瞬间，我尝到了泪水的咸涩，尝到了生活的苦味。如果可能的话，我多么希望自己能像烟花一样绚丽地活过，哪怕只是短暂的瞬息。即将而来的曙光，只不过是过往黑暗的回光返照。对于没有明天的人来说，明天是一种关于残忍的想象。

五

过年的时候，儿子不让我出门，说他会走完家里的亲戚，说这样还能省一些钱。我当然明白他的意思，我是这个家族的耻辱，是村里人的笑话，而他是怕我丢人现眼。以前，我在孟庄里还有几个好伙计，不过到现在，死的死，病的病，走的走，还有一个成了疯子，被送到了疯人院。当然，这个世界本来就是个疯人院。

数来数去，除了明光之外，孟庄再也没有可以说话的人了。明光没有成家，父母前几年先后去世，唯一的哥哥也和他断绝了关系。从某种意义上来讲，明光和我是同类，都是被社会抛弃的边缘人。然而我们有着本质的差别：明光小学三年级就辍学了，基本上算是文盲；而我呢，差一点考上大学，特别喜欢读书，是尼采哲学的忠实信徒，算得上是没有立著的思想者。我在这个世界上太孤独了。我也是人，需要表达，需要交流，于是我会时不时地去找明光，会和他说说话。即使他听不懂我的话，也比我自说自话要好很多。在村里人眼中，我们是不可救药的反面教材，是被家族除去姓名的败类。

有一天，明光对我说，哥，活着没啥意思啊，还不如死了算了。我说，死了也没啥意思，还不如这样赖活着。明光面露疑惑，问道，你又没死过，你咋知道啊？我停了几秒钟，答道，我死过好几次了，只不过又活了过来，阎王爷不收我罢了。明光盯了我一会儿，没有再说话，随后他把目光放在了喧闹浮夸的电视剧上，而我则走出了他的房间。我们都想成为好人，却发现已经被剥夺了成为好人的资格。

初三，程铭回老家过年，见到年长的男人就会发烟，见到小孩就会发红包。时不时地，他还会和村里的女人们拉上几句闲话。这么多年来，除了额头的几条皱纹，他的样子几乎没有什么改变，说话响亮，底气十足。他是村子里的传奇人物，是每个村民心中的亮光。他是村子里走出去的第一个名牌大学的学生，也是第一个博士，也是唯一一个大学教授。他也是唯一去过欧洲的人，而他的妻子是以前省上领导的女儿。也许除了我之外，其他人都想巴结一下这位传奇人物。也许没有人知道，他以前是我最好的朋友，一起玩耍，一起上学，一起去河里捉鱼。我们同年同月生，曾经相约一起考大学，一起闯世界。高考改变了我俩的命运——他在光明的路上越走越远，而我在黑暗中越陷越深。再后来，我们便没有了来往。具体地说，是我主动切断了两个人的关系，是我害怕面对他。他是我的镜子，照出了我最不堪的模样。下午，程铭来看我，而我兵荒马乱，不知如何面对。我们虽然同岁，但他看起来还有少年的气象，而我早已是衰败的老人。他随意说了一些客套话，随后便是长久沉默。临走时，他对我说，有啥需要帮忙的，尽管开口说，我们仍然是朋友。我抬起了头，看着他，说，我现在最需要的就是钱。他先是惊愕，随后便翻出了钱包，掏出五百块钱，递给了我，说，这里还有我的名片，你以后有事情可以联系我。我点了点头，把他送出了家门。随后，我看都没看，便把他的名片撕成了碎片，扔进了垃圾桶。

我带着明光一起去赌场玩牌。我并不是重新犯上了赌瘾，而是想重新体会热血澎湃的感觉。只有在赌场，我才能体会到活着的乐趣。以前和我赌博的那批人基本上都退出了历史的舞台，如今换上了新的一拨人，而我基本上叫不出他们的名字。就这样，连续好几天，我吃喝住都在赌场，整个人被烟酒味熏得发黑发臭，而身体也变得浮肿难受。我知道再继续这样下去，我很可能会暴毙在赌场。但我早已经不害怕死亡了。

有一天，春花和儿子又来赌场，喊我回家，而我理都不理他们。儿子喊了我的名字，我转过脸，被他狠狠地扇了一巴掌。他骂道，你这老不死的，以后就不要再回来了，我们家没有你这个人。随后，儿子拉着春花离开了赌场。周围全是嘲弄的笑声，而我为了衬托气氛，也跟着笑出了声，嚷道，这尿货，让我惯得没样子了。那个瞬间，我的心已经死了。那个晚上，我输光了身上所有的钱，再一次被赶出了赌场。

回去的路上，明光问我接下来该咋办。我想了想，说，要不你跟着我一起去镇上弄钱吧。明光沉默了半晌，说，好的，哥，我都听你的，反正活着也太累了，也没啥意思了。那个晚上，我没有回去，而是住在了明光的家。整个夜晚，我都睡不着觉，头脑中塞满了关于过往的记忆碎片，怎么也清除不掉。我早已经不适应这个世界了，也许牢房才是我最自由的地方，才是我真正的山洞。我想到了尼采的那本书，想到了筋疲力尽的查拉图斯特拉重新返回山洞的场景——山洞囚禁了他，又给了他自由。我又想到了自己，想到了没有明天的明天。

夜深了，而我却没有丝毫的困意。突然间，我闻到了从户外吹来的清新气味。我披上衣服，走出了房间，迎面而来的是今年的第一场雪。我闭上眼睛，想象着我童年第一次看到大雪时的激动心情。也许，那场雪和这场雪并没有本质的区别，而现在的我和过去的我相比却有了天翻地覆的变化。也许，明天起来，这场雪可以覆盖所有的黑暗与丑陋，世间的一切都干净茫然，没有丝毫的差别。不知为何，我又重新期待明天的降临。

——原载《红豆》2022 年第 2 期

零年

第一年

　　他们把你的尸体运回孟庄时，我听到了布谷鸟的歌声。大伯与二伯在前，舅舅与姑父在后，他们四个人分别扯着木板的四个角，小心翼翼但又趔趔趄趄，仿佛风暴中的海上方舟。你躺在木板上，身上盖着皱巴巴的白布，而你的脸色比布还要苍白清冷。父亲跟在他们身后，垂着头，体内装满了生锈的铁。

　　将你放到院子中的泡桐树下后，他们起身离开了这个晦暗之家。我跟在他们身后，目送他们离开。之后，我关上了铁门，将看客们挡在了门外。

　　祖母从房间里走了出来。她走到你的面前，摇了摇头，接着是一记耳光。她骂道，你这个没用的祸害，和你爷一个德行，咋说走就走了。说完后，她用手帕抹掉了泪珠。我站在她的阴影中，想要扶稳她，却又不敢靠近她。

　　我想要呼喊你的名字，但悲痛如骨刺般卡在了喉咙。我想要逃离，但双腿却像是扎入大地的根须。在我的眼中，你的死与死亡无关。

父亲给另外一个人打电话，他忽高忽低的声音吸引了树上的麻雀。他喊道，不要再说了，明天就把他埋了，眼不见心不烦。挂断电话后，父亲用脚猛踢了泡桐树。整棵树几乎无动于衷，但麻雀们却叽叽喳喳地飞走了。几片树叶缓慢地落下来，其中一片落在白布上，躺在了你的心口处。从小到大，你是众人眼中的乖孩子，几乎没惹过父亲生气。但这一次，你却用这种沉默的方式摧毁了他。

他打开铁门，走了出去，而风卷着门外的喧哗声冲入院内。祖母打了个趔趄，而我顺势扶稳了她。她将我推开，取下头上的叶子。她凝视着枯叶的脉络，随后将其踩在脚下。花猫从她的脚旁躲开，钻入院中那座废弃的花园。

母亲从那个囚室里走了出来，她的脸因痛苦而变形。在得知你离世的消息后，她放下了手中的玉米，摇了摇头，之后便将自己反锁在房间里。你的死让这个风雨漂泊的家坠入了深渊。你的死也带走了母亲最后的精神气。她走出囚室，遇见光的那一瞬间，突然就衰老了。

那年冬天，大雪围困了整个孟庄，而你要提前降临于世。所有通往医院的路都被大雪封住了，而你想迫不及待地看到人生的第一场雪。无奈之下，父亲请来孟庄唯一的接生婆，而姑妈与伯母在旁边搭手帮忙。男人们在户外抽烟，焦灼等待，而女人们则在屋内并肩作战。整整两个小时后，你来到了这个世界。户外的雪盖住了孟庄所有的肮脏与美丽。

每次讲完这个故事后，母亲总是会对你说，你那时候差点要了我的命，长大了可要好好地报答我，你的出生日，就是妈的受难日。

你使劲地点头，承诺以后要将母亲带到城市生活。孟庄的生活太苦闷了，每一个人都想要逃离，但很少有人能够逃出这座囚笼。你的生差点让她死掉，而你的死却带走了她的魂魄。她走到你的面前，俯下身，亲吻了你的额头。这是我第一次看见她亲吻一个人。接着，她轻声地说道，你这个娃太没良心了，我以后也没法活了啊。

父亲从县城拉回了一个冰棺。他们把你放到那个冰冷的世界。你曾经说过你是在冬天出生的孩子，所以不害怕寒冷。而此刻，你是否知道这个家因为你的离场而进入永远的冬天。我站在冰棺旁，凝视着你的脸，想要在其中寻觅到生的气息。这么多年过去了，每当我们一同出现在陌生人面前，他们一眼就可以看出我们是姐弟，有的甚至觉得我们是龙凤胎。我是你的姐姐，比你大十八个月零五天。我是夏天出生的孩子。我对冬天有种天然的恐惧。如今，你躺在冰棺中，而我在你的表情中瞥见了自己的恐惧。

你是我生命中的独特存在。很小的时候，你老是喜欢黏着我。我走到哪里，你就跟到哪里。其他小朋友叫你跟屁虫，你并不理会他们。说实话，我偶尔会厌烦你，想要甩掉你这个包袱。但是，我做不到，因为你就像是我的影子。即使身处黑暗，你也如影相随。我害怕黑夜，害怕身后的黑夜巨兽会将我吞噬。每当我去小卖部或者外婆家时，总会带上你。走在路上时，我们唱着歌，吹着口哨，以此驱逐内心的恐惧。有一次，家里突然停电，而我的作业还没有完成。你对我说，姐姐，不要害怕，我一直会陪着你。我点了点头，于是打开手电筒，和你一起穿越黑暗，去小卖部买蜡烛。

你没有信守承诺,没有一直陪着我。在认识了社会和人心的复杂之后,我依旧害怕与黑夜独处。但是,我早已经成人了。成年人必须假装自己无所畏惧。

当天晚上,父亲关上了铁门,不允许任何外人闯入这个家。我们不说话,假装过着正常生活,假装你还没有死去,假装我们还有明天。晚饭是你最爱吃的土豆煮粉条、香辣白菜以及酸菜鱼。全家人环绕着桌子,低下头,咀嚼着嘴里的食物,也咀嚼着各自的痛苦。我的身旁为你留有一个空位置,但我知道,你将不再归来。

花猫跑到桌子下,啃食那些掉下去的鱼骨。父亲突然放下筷子,弯下身体,抓住猫的后腿。他站了起来,将猫悬在半空,而猫在夜色中挣扎嘶叫。父亲走到砖墙前,思考了两秒钟,随后将猫摔到了墙上,发出破碎的声音。我们目睹了一切,但没有人敢说话。父亲重新坐到饭桌旁,将半块土豆塞入口中。这时候,我听到了风的哀鸣。

第二天,我将猫埋到了花园中的蔷薇之下,而这也是我埋掉的第三只猫。花园中的蔷薇也一年比一年长势凶猛。

他们把你在家里藏了整整七天。你的身体在渐渐萎缩,而冰棺像是孕育你的子宫。我们期待着你的复活。有一次,祖母把我拉到墙角,提醒我不要太靠近你。她对我说,你怀孕都七个月了,不要离得近,他已经死了,有晦气。我说,不,他没死,我在等他醒来。

第八天,父亲打开了门。在邻居和亲戚的帮助下,他们把你埋在了孟庄的公坟中,与那些死者为伍。在你的墓旁,是祖父的墓。父亲说这样做,是为了让你们在另外一个世界可以相互照应,将来我们会在另外一个世界重新相聚。

葬礼结束后，母亲又将自己反锁到那个囚室里。我和祖母坐在泡桐树下，沉默不言。突然，孩子踢了踢我的肚子。这个孩子将在两个月后出生，那时候就是冬天了。

晚上，我梦到了你。我梦到你将院中的蔷薇采摘下来，插进瓶中。接着，那三只猫从坑中爬了出来，它们有着完全相同的外貌。你蹲下去，张开胳膊，其中的一只猫跑到你的怀中。你站起来，抱着猫向我走来。你并没有和我说话，而是抱着猫走出了家门。我喊着你的名字，但是你并没有回头。

醒来后，我知道你再也不会回来了。

第二年

我知道他所说的是谎言，但我并没有当面揭穿他。

他脱掉袜子，洗完手，整个人瘫软在沙发上，手上举着平板电脑。他的脸在荧荧绿光中变得冰冷僵硬。突然间，他对着电脑屏幕傻笑。我问他为什么傻笑，他置之不理，好像我是个不存在的人。我走进厨房，将做好的晚餐端出来，放到餐桌上。还没有来得及喊他，他便带着平板电脑，坐在餐桌旁。他一边吃饭，一边看网络脱口秀节目。看着他专注的神情，我终究没有控制住心中的怒气。我把电脑夺了过来，关掉了视频。他只是瞪了我一眼，没有说话，而是默默地吃着碗里的粥。

吃完饭后，他又带着电脑，坐回了沙发，继续看那个脱口秀节目。我明白他需要娱乐来舒缓紧张压抑的神经。他是一家外企的软件工程师，每天的工作就是与电脑打交道。回到家后，他又把大量的时间献给了电脑。有时候，我觉得他不像是人，而是由各种数据和密码编写而成的软件。

然而，我不能将这种感情表露出来，因为这个家目前所有的收入都来自他。自从怀孕五个月之后，我便辞掉了之前的恼人工作，安心地等待孩子的降临。孩子出生之后，我更没有了工作的动力。他不愿意让他的父亲和后妈来照顾孩子，更不愿意让我父母过来帮忙。虽然并没有讲明原因，但我明白他心中的忌讳：他将我弟弟的死归咎于我父母错误的教育方式。他请了一个远房亲戚来做保姆，三个月后，那个人便辞职离开了。最后，一切只能依靠我自己。面对这空荡荡的人生，只有我自己。开始时，我觉得做这些事情都是理所应当：他负责挣钱养家，而我负责照顾好孩子和这个家。然而就在最近，我越来越觉得这是一个错误，我困在了原地。我必须走出家门，必须重新找份工作。

洗碗的时候，我一不留神，将手中的瓷碗摔在了地上，变成了碎片。我蹲下去，捡起其中的一个碎片，却不料手指被划出了一道伤口，而血在白瓷上开出一道花朵。他走了进来，嚷道，声音小点，别把娃吵醒了，多大的人了，还笨手笨脚。我没有说话，而是走进了洗手间。打开水龙头后，清凉的水冲净了手指上的血，留下一道疤痕。我抬起头，看着镜中的自己。身材臃肿，眼神涣散，发色干瘪，最致命的是，我眼角和脖子上的皱纹变得更深了。我突然意识到自己变成了另外一个人，一个更糟糕的人。对着镜子，泪水从眼角流进了嘴角。我回到厨房，洗完了碗筷，将地上的碎片倒入垃圾桶。

晚上，等孩子吃完奶，睡稳觉之后，我才关了灯，上了床。

睁开眼睛,面对着眼前的黑夜,我又看到了自己那张被时间摧毁的脸。他蜷缩着身体,打着微鼾,像是在梦中经历着一场奇幻之旅。直觉告诉我,他一定有不可言说的秘密。我无法入睡,于是在黑暗中做出了一个令自己都吃惊的决定:为了印证我的直觉,我决定去偷窥他的个人隐私。我蹑手蹑脚地离开了房间,拿起了他的手机。

来到洗手间后,我坐在马桶上,打开了他的手机。我在锁屏上输入了他的生日日期,便顺利地进入他的手机页面。我想,他应该是信任我的,或者说,他并不在意我的感受。我直接打开了他的微信,查看他与其他人的聊天记录。令我吃惊的是,微信页面的最顶部是我的闺蜜小塔的头像。我原本以为是一些简单的交流,但我错了,最后一条是他今天晚上发给她的甜蜜晚安。我大惊失色,沿着这些记录一直向前翻,他们的对话远远地超越了朋友间的界限,中间夹杂着不堪入目的情话以及照片。

我一边凝视着这些不堪,一边鄙视着自己的可笑。

很显然,他俩是在我回老家待产的时候共同背叛我的。他偶尔会把她领到这个家里过夜,更多的时候,他们会在宾馆共度良宵美辰。翻完他们的聊天记录后,我站了起来,双腿有种酸痛感,整个人也是摇摇晃晃。我想立即把他从床上拉下来,从梦中拽出来,把手机砸在他的脸上,让他给我解释所发生的一切。然而,当我再次走入房间时,却改变了主意。我把手机放回原位,平躺在床上,而回忆的河流在我的体内浅吟低唱。整个夜晚,我都无法入睡,面对着眼前空荡荡的黑暗,不知道自己该去往何处。我已经无路可退。清晨,当他出门上班后,我收拾好了行李,带着孩子离开了这个家。

看到我们后，母亲放下手中的活，把开开抱在了怀中。自从上次离开孟庄后，我们已经有整整半年时间没有见过面了。母亲一边摇着孩子，一边给哼唱着歌谣。那些歌谣是母亲以前唱给我们听的。我从未给孩子唱过这些歌。孩子很快便入睡了。母亲轻轻地将他放在床上，盖上了毛毯。从房间出来后，母亲对我说，开开和你弟小时候长得一模一样，连睡觉的姿势都一样。我不知道该说些什么，只是点了点头。接着，我跟着母亲一同去做午饭。祖母也过来帮忙，不过她整个人处于失神状态。自从你走了之后，祖母心中的神灵也跟着离开了这个世界。我们都不愿意惊扰她的孤独。

当我们把水饺摆在桌子上时，父亲也从外面回到了家。洗完手之后，他坐在桌子旁，敲了敲手中的旱烟袋，问道，我外孙在哪呢？我指了指房间。他又问道，你咋今天回来了？还没有等我反应过来，母亲便说道，明天是浩浩的一周年，她回来看她弟了。父亲把目光转向了我，而我则顺势点了点头。

吃饭的时候，我旁边有一个空位置，桌子上也摆着一副碗筷。我突然明白，你一直以另外的形式活在这个家中，不是幽灵，而是活生生的却不以实体存在的某种形式。是的，我每天都会在某个瞬间想到你，但我刚刚才意识到你已经离开这个世界有整整一年了。这一年来，我内心的黑洞越来越大，沉默也越来越多。没有人可以打开我的孤独。我不知道该和谁说出自己的心事，所有人都仿佛是我的陌生人。

午饭后，我从你的书架上取出了叔本华的《作为意志与表象的世界》。你曾经说过这是对你影响最大的一本书，甚至改变了你看待世界的视角，甚至拯救过你。那时候，你是我最好的朋友，我们无话不谈。也不知道从什么时候开始，你开始拒绝与我交流，而是将自己独自封闭。后来，我给你发过七次信息，你一次也没有回复，而我也放弃了与你交流。

此刻，我翻着手中的这本书，却无法进入叔本华的哲学世界，就像无法理解后来的你。我靠在沙发上，拿出手机，进入你的微信朋友圈，翻看你过往的记录。在那些记录中，看不出半点忧郁和灰暗，相反，更多的是乐观与喜悦。在你离开的前两天，你留下了生前最后一条记录，只有四个字：想去看海。配图则是一片海洋，海洋上则是一艘白船。我看不出这艘白船是起航，还是归航。

晚上，我收到了他的电话。他质问我为什么不打招呼就走了。我原本想要和他摊牌，但话都快要说出口了，我却将苦涩吞了下去，将疼痛咽了回去。我转化了语调，说，明天是我弟的一周年，我想要回家待两天。他在电话那头沉默了半分钟，说，以后做事情先要和我商量啊，明天我开车接你们回家。

第二天吃完早饭后，我把孩子留给父亲照看，自己和母亲去墓地看你。快到墓地时，我听到了鸟鸣声。抬起头来，一群鸟从我们的头顶上经过，没有留下半点痕迹。走入墓地后，我很快便找到了你的坟墓。去年的新土如今泛出陈色，旁边栽种的柏树却生机盎然，染绿了半个世界。母亲在你的坟前点燃了一堆纸钱，我站在一旁，脑海里是我们小时候在麦田中放风筝的场景。火熄灭后，母亲擦掉了脸上的泪珠，没有说话，而是拉着我的手，和我一同回家。

回到家后，他的车已经停在了门口。在父母面前，他表现得热情懂事，和他们拉家常，说闲话。母亲很喜欢他，让父亲专门从镇子上买回一只土鸡。等到我们单独相处时，他冷漠的本质又从表象中浮现，没有一句温暖的话。在他抱着孩子的时候，我终于说出了那句憋了很久的话：吴东，我们离婚吧。他瞪着我，整个人杵在门旁，眼神中全是疑惑，说，你最近是不是生病了，一咋一呼的。我说，你和小塔的事情，我已经知道了，祝福你们。他没有回应，而是抱着孩子去了厨房。

第三年

　　你离开这个世界太久了，久到仿佛就在眼前。我总会产生某种错觉，以为你就在我的身边。这一秒钟，我还想着和你分享身边的故事，到了下一秒，却意识到你已经死了，已经无法听到这些故事了。于是，我的心在这起起落落中失去了平衡。我想要在这恍恍惚惚中找到安稳之地，却发现自己身处一片汪洋，看不到任何彼岸。如果你能听到我的呼喊，请告诉我，你是否在另外一个世界中找到了彼岸。

　　我没有和他离婚。不是因为我原谅了他，而是因为我不想成为单身妈妈。那天回家后，他当着我的面，删除了与小塔的所有联系方式，并且举起右手，发誓不再与那个女人有半点瓜葛。我冷笑了一声，没有理会他，而是回到卧室休息。自此之后，我在他的面前从未提过这件事情，更没有和他发生过任何争执。我的不动声色是为了让他把这种内疚种在心田，让他永远对我和孩子心存愧疚。

　　母亲忙完家中的活计后，便来到了长安城，帮我照看孩子，而我则通过朋友的关系，在教育机构找到了一份新工作。我又报了一家瑜伽班。我要将命运握在自己手中，不再让任何人控制我。

令我惊奇的是，很多天以后，我居然收到了小塔的新婚邀请。在婚礼当天，我和他一同出席了她的结婚典礼。他看她的眼神中包含着微妙而复杂的情感。也许是为了避嫌，他掏出了手机，在上面玩着消消乐。我知道他依旧没有放下那段感情。婚礼结束后，我把小塔拉到一旁，对她说，你和吴东那些破事我都知道了，咱们今天就正式绝交吧，还有就是祝你婚姻幸福，白头偕老。说完后，我挽着吴东的胳膊，离开了酒店。

我原本以为自己是这场战役的胜者，然而我错了，我同时失去了两个人的心。在母亲和孩子面前，他还会象征性地和我说几句话。等到和我单独相处时，他会变得更加沉默。我知道，这种沉默是一种惩罚。至于惩罚什么，我自己也没有答案。在卧室时，他也会抱着电脑，要么编程，要么游戏，要么电影。我不知道该说些什么，或许，我也应该保持沉默。我知道，他对机器的爱早已经超过了人。或许，他已经是半个机器人了。

如今，我也是一个机器人了，虽然工作的内容与电脑编程没有什么关系。但是，我却被置于另外一架工作机器上。没有灵活性，更谈不上创造性，我只是按照既有的程序，一步接一步劳作，中间不能出现丝毫的差错。

在这所教育机构中，我是一名班主任。与学校的班主任不同的是，我没有教学的任务，而平时的工作就是管理学生、排课以及向家长反馈学生的情况。听起来是一件相当简单的事情，做起来却异常的琐碎与复杂。为了留住学生，我不得不对家长点头哈腰，对那些淘气鬼要百般忍让，想着法子给学生们排更多的课，这样才能保证课时量与销课任务。每星期只允许休息一天假，周六周日不允许请假。电话也必须保证二十四小时开机，不允许关机，更不允许拒接任何陌生电话。因为每一个电话都有可能意味着一个单子，意味着有新的生源。我工作的核心内容就是打电话。每天就是把相同的话术讲给不同的人。

我越来越不认识自己了，甚至开始厌倦自己了。这份工作几乎要榨干我所剩无几的想象力。每次坐在办公桌前，恐惧就会附体，而我又必须时时刻刻保持镇定和警惕。每当接听电话时，我便将心中的恐惧吞咽下肚。我变成了另外一个人，用另外一种腔调与他人沟通协调。应该不能将其称之为另一个人，而应该称之为机器。挂断电话后，恐惧又会重新附体，而我又不得不扮演正常人的角色。

我讨厌与人相处，但在办公室时，我又不得不和每个人处理好关系。每一天，我都想要辞职，想要开始一个新的工作。但是，离开这里，我又能干些什么呢？大学主修的也许是这个世界上最没用的专业——市场营销。大学一毕业，所学的知识便交回了学校。我时时刻刻都想逃离，但没有一个地方是我的避难所。慢慢地，我明白并没有所谓的自由生活，因为生活处处都是牢笼。

回到家中，我不想多说一句话。每次吃完饭后，我象征性地陪儿子玩一小会儿。剩下的时间，什么也不想去做，只想躺在床上休息。之前报的瑜伽班和英语班，也只是去了三四次。每天起床的动力就是离开这个家，去外面赚钱，成为经济与精神都独立的女性。然而，我错了，我的精神生活从来没有过真正的独立。我是一个挣扎在现实囚笼中的困兽。我越是挣扎，牢笼也越坚固。后来的我，切身明白了笼中鸟儿为何歌唱。当整个人陷入崩溃状态时，我甚至想过终结自己的生活。但是，我没有你的勇气，我在现世中还有太多的牵绊。你已经离开这个世界整整两年了。如今，我越来越觉得，活着比死去更加艰难。也许，对于很多像我这样的人来说，活着便是一种对意义的逃避。活着，就是一种缓刑。

晚上回家时，母亲和我在路旁的梧桐树下给你烧纸钱。在火焰熄灭的瞬间，我似乎在灰烬中看到了你的脸。晚上临睡前，我给你发了一条微信，关于活着，也关于死亡。我再次打开了叔本华的那本书，仿佛进入了一片黑夜森林。

第四年

今年七月七日，祖母按照她很早便预想的方式离世了。她是在夜间离开的，或许就是在梦中离开的，脸上是平静的喜乐。她整个人平静地躺在床上，身上穿着洁净的衣物，表情淡然安静，仿佛是进入梦境的孩子。也许，在世人的眼中，这是最好的离世方式。

他们把坟墓再次挖开，将她的棺材与祖父的棺材并排放在一起。他们又用土填满了那个黑洞。或许，她并不乐意这样的安排。因为她并不爱祖父，甚至有些瞧不起他。以前，她给我们讲过她过去的故事。他们的婚姻是由父母包办的，他们结婚的当天也是他们第一次见面。她抱怨祖父的左眼有毛病，人太实诚，看起来有点窝囊。祖父是木匠，人又很勤快。农活之余，他多处揽活，为这个家补贴了很多额外收入。他没有不良嗜好，所有的钱都上交给祖母保管。也许，这是他唯一让她满意的地方。在我的印象中，她和祖父基本上没有什么话。祖父所做的最后一个活,就是为他和祖母准备好了棺木,做好了棺材。之后,他不再干体力活,整个人也突然衰老了,唯一做的事情就是等待死亡的降临。

去年春节,祖母给我讲了很多她自己的童年往事。在沉默的片刻,我问她,你爱过我爷吗?她尴尬地笑了起来,神情宛若少女,眼神中露出了羞涩。她想了一会儿,然后郑重地回答道,都生活一辈子了,有啥爱不爱的。也许,她看出了我脸上的疑惑,接着又补充道,不过老了之后,我离不开他了,他死了,我也感觉自己死掉了一大半。如今,她也死了,而剩下的那一小半也有了归属。尘归尘,土归土。我经常听到死亡在我体内的回响。那么,在你决定去死的时刻,是否也听到了死亡之神的召唤呢?如今,祖母和祖父都陪在了你的身边,而你在另外一个世界或许也不孤独了。

如今,我在这个世上太孤独了。不知道该说些什么,也不知道该说给谁听。小时候,祖母总是给我们讲各种各样的奇闻逸事。在那些故事中,有土匪,有狐妖,有雨神,也有英雄传奇,而我们是贪得无厌的孩子,总期待更多更出彩的故事。那时候的物质生活清贫简朴,但那些故事哺育了我们的想象力,让我们的精神世界长出了森林。如今,我已经没有精神生活了,我唯一的生活就是面对残酷的现实世界。有时候,我想要在想象的世界中飞翔,却发现物质世界已经剪断了我的隐形翅膀。

葬礼结束后,我拖着疲惫的身体,再次回到了长安城,回到了之前的庸俗生活。吴东在外企工作,他被提升为部门经理,工作也比往日忙碌很多,经常去北京出差,甚至去过两次澳大利亚。我在工作上依旧浑浑噩噩,没有任何进展,像是停滞在无尽隧道中的汽车,看不见出口,也看不见入口。小时候,每当自己受了委屈,便会在母亲或者祖母面前哭泣。如今,我已经忘记了如何哭泣。高兴的时候,我会微笑;难过的时候,我也只会微笑。对照镜子的时候,我感觉自己像是一个只会微笑的小丑。

记得小时候,父亲带我和你去县城看马戏团表演。马戏团里有狮子、斑马、猴子和蟒蛇等各种各样的表演。整个过程,你始终拉着我的手。你专注地看着舞台上的一举一动,生怕错过任何一个场景。最后出场的是小丑,他滑稽的行为方式惹笑了全场观众。你放下了我的手,和其他人一起欢呼鼓掌。在一片热闹的笑声中,小丑退下了舞台。演出结束后,我们一同走出了表演场馆。回家的路上,你突然对我说,姐姐,我以后也想当个小丑。

为什么?我问道。

因为小丑好像没有什么烦恼,还能让别人开心。

我笑了笑,没有说话。这么多年过去了,我仍然记得当年的种种场景。如果再次看见我,你便知道小丑是这个世界上最忧郁的工作。

有一天晚上,吴东突然从后面抱住了我,说,亲爱的,我有一个可以去澳大利亚工作的机会,咱们一起去那里生活吧。对于这个突如其来的消息,我有点错愕,不知道该做何种回应。也许是因为看出了我的疑虑,他又补充道,到时候,你就不用工作了,专心带娃,还可以把以前的兴趣爱好全部拾起来。

我没有什么兴趣爱好,也不打算去国外生活。我说。

这可是一个难得的机会啊。

你可以一个人去,我在国内照样把孩子养得很好。

你越来越古怪了,和你没法沟通了。

说完后,他离开了房间,去户外跑步。我独自待在房间,独自面对眼前的荒野。是的,我应该到旷野去,应该到灯塔去,应该到世界去。在这囚笼里,我已经忘记了如何歌唱。我开始想象未来的生活。也不知道从什么时候开始,我想要表达的与我所表达的意思完全相反,言语是困住我生活的另一座囚笼。我知道,自己作为囚徒的命运将不会改变。生活不在别处,因为别处也是炼狱。但是,我又渴望离开这里,去别处生活。

　　在你三周年祭日那天,父亲突然在饭桌上宣布了一件重要事情:明天,我就雇人拆掉老房子,开始盖新房子。我想要反对,因为那座老房子有太多的记忆,但我终究没有找到合适的理由。父亲又补充道,有一个房间给你,有一个房间给你弟。

　　吃完饭后,我也向父母宣布了一件事情:吴东和我将要带着孩子去墨尔本生活。

　　听到这个消息后,父亲摇了摇头,没有说话,随后离开了饭桌,离开这个家。母亲则坐在我的对面,脸上挂着微笑,嘴上却说,走吧,你们都走吧。

第五年

　　这是我在澳大利亚生活的第五个月份。

　　如今,我有了大量的空闲时间,有了以前所向往的自由。我总是找各种各样的事情来做,来填满时间这个半透明的容器。在工作日送走丈夫和孩子之后,我一般会绕着住宅区散步,然后回到家读书,看电影,打扫家务。等到下午时,我会接孩子回家,准备晚饭。晚餐结束后，我们陪孩子玩一会儿。等孩子熟睡之后，他便趴在电脑前浏览各种网页，而我则会读读书，写写日记。我们之间的交流越来越少了，而我将这种冷漠视为平常生活的本真样貌。

　　夜晚睡觉时，我总能隐隐听见海浪声。不远的地方就是大海，而关于大海的梦寄居在我的体内。最近，我常常梦到同样的场景：我独自一人停留在白轮船上，而白轮船则停留在大海的中心。我举目四望，除了一望无尽的海水之外，看不到任何海岸。我想要喊出一个人的名字，却发现自己没有了声音。我知道，自己唯一可做的事情就是等待——等待死亡，也等待活着。每次从梦中醒来，我睁开眼睛，四处打量，眼前除了黑暗之外，别无他物。虽然大海就在附近，但我害怕看见大海，害怕这孤寂终将淹没我的灵魂。

　　其实，来到澳大利亚之后，我始终有一种无法摆脱的疏离感，而这块土地则像是漂在大海上的一座孤船。无论身在何处，我都像是一个没有故乡的异乡人。

　　前两天，表姐通过微信告诉我，孟庄将要消失了，有一家大型的石化企业将要征用那块土地，而孟庄的历史也要走到尽头。政府已经在县城附近规划了一块地，作为他们新的住址，而习惯了开阔空间的孟庄人，将要被塞入那个狭小的空中囚笼。之后，我和父母视频聊天，询问他们一些更具体的情况。母亲在一旁不说话，而父亲则说，这是一件好事情，会赔很多的钱，而我也做够了农民，以后不用看老天爷的脸色吃饭了。

　　父亲走后，母亲对我说，那块公坟也被征用了，可是，你弟还埋在那里呢。

我不知道该说些什么，只能看着屏幕上的母亲，望见了她眼中的生死海洋。每次想起你的时候，我内心总有种绞痛感。但是，我已经忘记了如何哭泣。我把那本《关于意志与表象的世界》带到了澳洲。晚上睡觉前，我会拿出来翻读，而每次只读两三页。几乎每一页都留下了你的批注或者符号，我试图在这些印记中寻找你当年的心境。阅读过程中，我产生了一种错觉：你还没有死，你以另一种形式活着。

慢慢地，我也喜欢上了这位哲学家，喜欢上了他对人生的种种看法。有一次，我读到了感同身受的一个章节，于是便一字一句地念给身边的吴东听。还没有念完，他便制止了我，说道，不要再读了，会把你脑子读坏的。

这是我弟最爱的书。我立即反驳道。

所以，他才会做出那种傻事。

我没有再说话，而是直接走出了卧室，走出了这个在异国的房子。夜里，我点燃了一支烟，而来自大海的晚风中有股咸涩味，仿佛带着天空的泪珠。外面几乎没有了声音，陪伴我的只有自己的心跳声和呼吸声。将烟捻灭后，我一直走在风中，一直找不到停止的地方。最后，我来到了海边，凝视着眼前的黑暗，想象着自己被黑暗淹没。我想到了你，想到了从未见过大海的你。面对着大海，我呼喊了你的名字，却没有听到你的回音。

过了很久之后，我又回到了那个家。我摸着黑，走入卧室，脱掉衣服，睡在他的身旁。我又想到了你，想到了咱们老家的房子。那时候，我们睡在妈妈的两侧，而她总有很多的故事讲给我们听。每次讲完故事后，她还会和我们在夜间一起唱歌。你有唱歌的天赋，学得也快，能迅速掌握旋律和歌词，而我五音不全，总不在调子上。那时候的我还会因此而嫉妒你。我也知道,妈妈对你的爱远超过了我。为此,我小时候甚至想过如果你没有来到这个世界,那么,妈妈或许会更爱我一些。我是一个不合格的姐姐。如今,你已经不在这个世界上了,但妈妈对你的爱仍旧超过了我。但是,我不再嫉妒你了,而是有点怨恨你。因为你什么也没有说,便将我们抛在生活的孤船上,而四面全是海水,我一直找不到归航的路。

第二天是你四周年的祭日。在送走丈夫和儿子之后,我换上了运动鞋和运动装,再次向海的方向徒步而行。原来,白天的海与夜晚的海,并不是同一片海。我坐在沙滩上,聆听着海的细声低语。突然,我看见了一艘白轮船,它正在向海岸驶来。我掏出手机,拍了一张照片,然后通过微信发给你。之后,我给你发了一条语音:浩浩,你小时候一直说要看海,这就是海,你喜欢吗?

这么多年来,我每隔几天就会给你发一条微信。这是一种祈祷,也是一种祝福。我知道不可能收到你的回复。但是,我一直在等待你的回复。

——原载《红豆》2021 年第 1 期

圆觉

接到大舅的电话后,胜利才知道父亲住进县医院已整整三天了。挂断电话后,他从卧室的抽屉中取出银行卡,放到自己包里。出去时,恰好碰到了爱花。她问他这么慌慌张张地去干吗。他只说自己有点事,先出去一下。爱花又问他是什么事情。他不耐烦道,没啥大事,等会说。他心里明白,要是让爱花知道了这事,肯定又会大闹一场,她不会让他带走银行卡的。他宁愿说谎,也不愿多讲。为了省钱,他没有坐公交或者出租去县城,而是开着自家的那辆破电摩。这电摩是父亲三年前给他买的。不知为何,从那时起,他的心中就埋下了不安的种子。

到了医院后,他把电摩停在了附近的免费停车场,之后便加快了脚步,奔到三楼。在楼道,他看到了脸色难看的大舅在窗口旁踱步。看见他之后,大舅质问他为何来得这么晚。还没等他开口解释,大舅便转过头,领着他进了病房。

看到父亲的那一瞬间,他的心像是突然塌方的房子,满是灰烬与荒芜。他迟疑了半分钟,走上前,蹲下去,抓住父亲满是老茧的手,说,爸,我来了,你没事吧,你有事咋不使唤我啊。父亲没有说话，只是摇了摇头，指了指自己的胸口。他握紧了父亲的手，说，爸，咱不害怕，过两天就会好了，到时候就能回家了。父亲依旧没有说话，浑浊的眼神中蒙上了深色的恐惧。这是他第一次看到父亲绝望的眼泪。

之后，他被叫到了医生的办公室。医生开门见山地告诉他，你爸的病在这里是看不好了，你要么把他拉回家，要么拉到西安去看看。他用自己的左手握住自己的右手，犹豫了几秒，问道，医生，我爸是不是得了啥坏病？问完后，他下意识地摸了摸自己的胸口。医生肯定明白了他的意思，说，他的病况还是太复杂，这边不能确诊，你还是去西安的大医院看看吧。他还有几个问题想要咨询，但医生已把另外一个患者家属叫到了办公室。他心凉了一大截，只能带着诸多疑问，离开了办公室。

他把大舅叫了出来，和他商量接下来到底该怎么办。大舅问他带银行卡了没，他点了点头，摸了摸口袋。大舅又问他卡上的钱够不够用。他犹豫了半会，说，这是我家所有的家当，就是砸锅卖铁，也要给我爸看好病。大舅再也没有追问，而是从口袋中掏出一张卡，说，这是你爸的银行卡，也没剩下多钱了。把卡递给他后，大舅又补充道，如果要去西安看，我现在就联系鹏鹏，刚好他媳妇在汉都医院工作，如果不看了，咱就把你爸往回拉。他想都没想，便说道，往西安走，一定要给我爸把病治好。说完后，他觉得自己如同泄了气的皮球，失去了全部神采。接着，大舅又问他有没有给爱花打招呼，他又仿佛来了神似的，说，不用和她商量，家里的事情我说了算。

随后，他在医院附近雇了一辆家庭救护车，有专门的医护人员陪同。他们把父亲从病房转移到了车内，让父亲平躺在车内的病床上。父亲戴着氧气罩，大口地喘着粗气，肺部仿佛吹胀的气球，随时都有可能爆炸。没过多久，父亲又平静下来，脸上甚至有解脱重负后的轻松。他尽量不去看父亲的脸，因为他暂时无法接受无助无言的父亲。车上了高速后，他给妹夫建军打了电话，让他到西安一同照料父亲。

  这是他陪父亲第二次去西安看病。上一次是在二十年前，自己那时才二十岁出头，愣头愣脑，也是第一次去西安，什么也不懂，那时幸亏有大舅陪着他。那年，父亲以为自己会死，去医院检查前，便交代好了后事。结果出来后，庆幸只是胆结石。在肚子上拉了条口子，取出石头，封上后没多久，父亲便出院了。父亲又恢复了原样，像往日那样壮实有力。那时候的父亲，就是他现在的这个年龄，而现在的自己，仍旧没有做好失去父亲的准备。他对大城市有种莫名的恐惧，觉得那里处处都是凶猛野兽，而自己作为乡下人，只能是任人宰割的猎物。这二十年间，自己再也没有去过大城市。此刻，通往西安的路是如此漫长，而过往的记忆是如此清晰可见。

  两个半小时后，父亲躺在了汉都医院的病床上。幸亏医院里有熟人，要不然他们连进这家顶级医院的资格也没有，更别说找到床位。当然，他心里很明白，自己口袋中的那些钱根本不够用。他做好了花光所有钱的准备。到了医院后，先预交了两万元，这些都是他一把汗水一把泪挣来的苦命钱。交完钱后，他感觉自己的身体被掏空了，走路仿佛踩着风，眼前的世界也蒙上了一层灰雾。记得两年前，村里的王婶得了胃癌，为了不给家里带来负担，她在背地里喝了农药，穿得整整齐齐，最后死在了自家的床上，还留下短短几句话的遗书。这样类似的事情在村里还很常见，尤其是近些年来，越来越多的人得了怪病，大部分人也看不起病，只能以极端方式结束自己的命。村人们嘴上很避讳谈论这些事情，心里却暗暗称许这种自我了结生命的方式。他们将这些自杀者视为某种意义上的英雄。他们在心里也做好了当英雄的准备。

其实，把父亲拉到这个医院后，他心里有点后悔，有种陷入泥坑而无法自拔的感觉。医院的空气如此窒息，来来往往的声音在他耳膜中轰鸣作响，感觉随时都可能爆炸，他想要逃离这所监狱般的医院，逃离这座野兽般的城市。然而，他明白自己哪里也去不了，他必须回到父亲的身旁。之后，经大舅的提醒，他才突然意识到父亲以前是铁路工人，也算得上是国家的人，有医疗保险，多少会分担一部分费用。这多少让他松了一口气。后来，他又从医院那边了解到，其实也报销不了多少，很多大头开支都需要他自己支付。知道这个情况后，他原本松弛的心又变成累累巨石。

也许是父亲预料到了他的难处，把他唤到身旁，很艰难地挤出了一句话，孩子，带我回家吧，我不想受这罪。他强忍住眼泪，拉着父亲的手，说，爸，钱够，你不怕，过两天就可以出院了。父亲疑惑的眼神背后，更多的是愧疚，好像自己的病是一种罪恶。自从来到汉都医院后，他的病情更加恶化了，呼吸变得相当困难，甚至会抽搐。医生说要等病情稳定了，才能动手术。大舅找来在这里做医生的儿媳妇，儿媳妇又通过种种关系找到了主治医生。主治医生说，十有八九都是肺癌晚期，不过还是要等医院最后的确诊书。了解到这个情况后，他更加恐慌了，不知接下来该如何面对眼前的深渊。他想把自己的恐惧告诉别人，又不知道该说给谁听。

下午，大舅离开了西安，建军来到了这里。他和建军更没有什么话可以说，只是让他来做个伴。他并不指望这个妹夫来了能带钱。他租了一个折叠床，和建军守在病房门口，时不时地要进去看看父亲，以及完成医生和护士交代的事情。他的身体快要透支了，甚至说快要破碎了，却没有丝毫的睡意。他也失去了食欲，整个人处于一种悬浮的状态。只要来上一针，自己的心就会立即爆破。

与病房内严肃冰冷的气息相比，病房外则是另外一番人间景象。病人的亲友们各自盘地，有的在玩手机，有的在吃外卖，有的在打电话，还有一个五十多岁的女人，对着墙自言自语。有人哭，有人闹，有人疯，也有人笑，还有人捶胸顿足，他们用各自的方式表达着颜色不一样的绝望。有个看起来像是高级知识分子的女人表情相当冷淡，后来他才得知，原来女人的母亲也是肺癌，每天用药剂来维持生命，现在就只等人走了，然后直接拉到太平间，随后火化。他问女人为啥不把她母亲拉回家，女人的脸色稍显尴尬，之后又平静地说道，这样不吉利，我们都在单元楼里住着。又过了一会儿，女人又补充道，还是你们农村人好，人老了，可以回家，我们这些人就没有家。

晚上九点钟左右，他接到了爱花的电话。爱花问他咋还不回家，他把实情告诉了她。和他预料的一样，她在电话那头骂道，李胜利，你为啥现在才告诉我？你是不是把我不当人看？你这货到底是几个意思？爸生病了我能不让你去看吗？骂完后，爱花便挂断了电话，而他早已没有气力向她去解释什么了，也没有必要。痛苦封住了他的嘴。他躺在租来的折叠床上，耳旁的声音越来越稀薄，很快便进入了梦境。

他梦到了自己十五岁离家出走的情形。那年春天，他把自己辍学的消息告诉了父亲。父亲二话没说便打了他，让他跪在墙角好好反省，而这也是父亲一贯的教育方式。那一次，他没有下跪，而是一把推开父亲，向家门外跑去，也不知道该跑向何处。那是他第一次反抗父亲，也是他第一次离家出走。他并不知道自己要去往哪里，而长路也似乎永远没有尽头。那一次，他走了很长的路，看了很多的风景，也突然意识到自己长大成人了，需要独自面对这个世界的凶险与恐怖。最后，他走到了渭河岸边，看着静静流淌着的河水，内心泛起了罕见的喜悦。

晚上并没有休息好，头脑中塞满了各种事，身体散发出汗臭味。在洗手间时，他对照着镜子，快要认不出镜中那个疲惫又无助的空皮囊。或者说，他以前一直都是空皮囊，只是这次，他才真正意识到了自己的空洞。说实话，他宁愿一辈子守在农村，也不愿意来到城市。城里没有人情味，眼前的世界让他想到某个电影中的末日景象。他很久都没有看电影了，也失去了许多兴趣。年轻时，他还有很多个人爱好，还有很多关于未来的计划。如今，这些爱好与计划早已变成了废墟。如今，只有住进自己的废墟里，他才能获得一点点安全感。他害怕看见外面的世界。

来医院才一天，还没有确诊，没有动手术，就花掉了将近五千块钱。他不知道该如何熬过接下来的日子。时间仿佛带着利刃，每走一秒，就会向他的胸口捅上一刀。与此同时，父亲的病朝着更坏的方向发展——几乎说不出话了，呼吸急促，时不时会有痉挛与呕吐。以前原本壮实的父亲，如今却如此虚弱瘦削。以前动手术，在肚皮上留下的刀疤，此刻在唱着时间的悲歌。他确定，此刻正饱受疾病摧残的老人，已经不是自己认识的那个父亲了。在父亲的眼神中，他瞥见了死亡。

更多的时候，他不愿意去病房，不愿意去见父亲，恐惧中甚至带有厌恶。因此，能让建军去病房做的事情，他都尽量让这个妹夫去做。他基本上在病房外面，来回踱步，又不敢多问医生几个问题。除此之外，他收到了从老家打来的好几个电话。基本上都是慰问性质的，并没有什么实质性的内容。当然，除了大舅和姑父以外。不过，他们给出的意见完全不同。大舅的意思是，要彻底查清楚父亲的病情，不要把钱看得太重，人命总比钱重要啊，钱没了可以再去挣，人没了就彻底没了。姑父的意见则相反。他说，你爸得了这种病，已经没治了，就不要在医院烧钱了，折腾大半天，最后人财两空，还不如早点把你爸拉回家，还能见见家里人最后一面，总比死在医院要强很多。

其实，这也是他头脑中的两个声音。他也不知道该做怎样的选择。要是放到去年，他肯定选择给父亲看病。那时候，他的手头上还有十三万的储蓄。对于村里人来说，这已经算很富有了，够在老家盖一座不错的房子。但是，去年冬天却发生了意外。由于贪图便宜，他把十万元借给了弟弟胜民，胜民承诺两个月后会连本带息给他还十二万。结果，没过几天，胜民就带着他媳妇从人间蒸发了。后来才得知，原来胜民在此之前染上了赌瘾，在县城的私人赌场上一掷千金，输掉了很多钱，甚至还欠了高利贷。为了堵上这个缺口，胜民已经在亲戚朋友那里连哄带骗，借了一大圈，包括父亲卡上六万元的养老金。零零总总算起来，大概有六十多万元，还完黑钱后，便卷着剩下的钱，和他媳妇逃跑了。

为此，父亲大病了一场。病愈之后，再也没有脸见村里人，更不去牌场子打麻将了，而是整天把自己关在家里，不是看电视，就是听秦腔。也是因为弟弟这件事情，爱花不是和他闹脾气，就是和他冷战，甚至把离婚挂在了嘴边。他知道自己理亏，也不和她争辩。过了段时间，他们不得不认命，只能面朝黄土背朝天，哼哧哼哧地从土里刨钱。总有一天，他们会在地里刨个坑，把自己埋进去就算完事了。今年的收成本来就不好，糟糕的是，父亲又遇上了这种状况。他觉得整个世界都在和自己作对。他宁愿躺在病床上，忍受折磨的人是自己，而不是父亲。

　　下午，明明来到了医院。明明是他的堂弟，是整个家族学历最高的人，是一所大学的副教授。与他的怯懦完全不同，明明去找主治医生，和医生平等交流，咨询了父亲的病状。随后，明明又和主管的护士进行了简短交流。不愧是高级知识分子，谈吐之间时不时会流露出从容睿智。不像他，是典型的没文化又实诚的农村人，没见过世面，普通话也说不利索，来到城里后，自觉比别人矮半头，说话的音高自降三调。等问清楚了来龙去脉后，明明对他说，哥，我建议明天再做决定，今天的病情还不明朗。他点了点头，说，明明，还是你能行，几句话就把事问清了。明明说，哥，你要是需要钱，就告诉我，咱们都是一家人，不说两家话。他拍了拍堂弟的肩膀，没有说话，却掉下了眼泪。

　　明明待到晚上十点钟才离开医院。看着明明离开的背影，他的心里有着说不出的滋味。既为有这样优秀的弟弟感到骄傲，又有悔恨，要是自己当时听父亲的话，没有辍学，而是咬着牙一直学下去，哪怕最后读个中专上个技校，也不会沦落到这种田地。父亲当年因此事打他是出于爱，因为这深深地刺痛了父亲的心。

毕竟父亲曾对他寄予过厚望，希望他能通过上学来改变自己的命运。那一次，父亲打了他，他逃离了这个家，以为获得了真正的自由。然而，半个月后，他又灰头灰脑地回到了家。父亲没有多说一句重话，对辍学这件事情只字不提。不过，他看到了父亲眼中的失落。也大概是从那个时候，他们父子之间就没有了心与心的交流。事到如今，他才明白父亲是爱他的，只是这种爱缺乏修辞。他走进了病房，握着父亲的手，说，爸，是我错了，我当年应该听你的话。父亲睁开眼睛，眼神中没有光，想要说什么，却没有说出口。

当天晚上，他几乎没有睡觉，头脑中全是过往的事情。奇怪的是，他对小时候的事情印象深刻，对近几年的事情却相当模糊。在他的记忆里，父亲还是那个经常穿着工装，经常不在家的铁路工人。父亲的工作就是沿着铁路走，检查铁道，维修铁道。在那条漫长的，通往外面世界的铁道旁，留下了父亲无数的脚步。父亲曾经答应他，带他去走走那条长路，带他去看看外面的世界。然而，直到退休，父亲都没有履行自己的诺言。

不管如何，村里人还是非常尊敬父亲的，原因也非常简单——父亲虽然只是个铁路工人，但是吃国家财政的，属于国家的人，每个月都有退休工资，有养老金和退休保险，而这与无依无靠、依赖老天爷脸色吃饭的农民有着本质差别。村里人都以为父亲退休后，他能接上父亲的班，吃到国家的粮食。他也做好了足够的心理准备。造化弄人的是，那一年的政策发生了变化，他突然间失去了接班的资格。当然，并不是完全绝对的，那时候姑父在乡政府干事情，他说只要找好关系，塞些钱，还是没问题的。那时候，姑父已经帮他疏通好了种种关系，只剩下交钱这最后一步。但是，当姑父领着他去找父亲要钱时，却意外遭到了父亲的冷脸。父亲直截了当地对他们说，我没那么多钱。姑父说，哥，你看，这是改变咱娃命的事情。父亲的脸色更难看了，说，他自己的命，他自己决定，我不弄这种脏事。随后，父亲便拉着脸，离开了房间。那天如此之热，太阳炙烤着世间万物，而他的心却冰到了极点。他觉得自己走到了绝望的悬崖处，只要纵身一跃，就能得到真正的解脱。临近最后一步，阳光刺了他的眼，而他选择了退缩。

　　这么多年过去了，父亲始终是一个谜。说实话，他并不了解真正的父亲。其中，关于父亲的一个传闻，他始终没有去求证，也害怕知道真相。传闻是这样的，父亲和母亲是娃娃亲，母亲比父亲还要大三岁。在父亲十八岁那年，他们在双方亲朋好友的见证下，举办了俭朴的婚礼。两个月后，由于贫下中农成分，父亲很容易便应征去当了兵，在陕南一待就是整整四年。复员后，国家分配工作，把父亲安排到西安城北的一家军工厂。也就是在那个时期，父亲和那里的一个女人有了恋爱关系，传言说他们甚至有了自己的孩子。知道这件事情后，祖母带着母亲去西安，专门去找父亲和他的那个女人。也不知道中间发生了什么事情，父亲离开了那个女人，工作也从军工厂被调到了铁路部门，成了一名铁道工人。全家人都避免谈论这件事情，但他预感这事十有八九都是真的。后来，父亲对母亲一直很冷淡，对孩子们也没有什么耐心，后来又迷恋上了白酒与旱烟，经常不回家。所有一切都与这个传闻有着隐秘关联。此时此刻，所有的一切都成了谜。父亲的魂已经不属于这个世界了。过往的一切，也不重要了。

　　第二天上午，医生说等父亲的病情再稳定些，才能做最后的确诊。他问医生如果做手术，痊愈的概率有多大。医生摇了摇头，说，你爸的病情复杂，暂时不能给出确定的答案。他又看了一眼账单，仅一天又花掉了近五千元。再这样死撑下去，他肯定会倒下去的，爱花又要和他大闹一场。他走出病房，给姑父打了一个电话。姑父依旧坚持之前的看法，又补充道，趁你爸还在，赶紧拉回来，要是在医院没了，那多不好啊。

随后，他又走进病房，不知道该如何给父亲说。然而，父亲似乎预料到了一切。还没等他开口说话，父亲便拉着他的手，艰难地吐出了两个字——回家。他浑身又开始颤抖，如铁的脸色异常难看。他把最后的决定告诉了主治医生。主治医生还是建议让他父亲再观察一段时间。他坚持自己的决定，说，抱歉，医生，我们耗不起了。医生看出了他的难处，摇了摇头，说，好吧，我给上面打个报告，之后你们就可以出院了。

半个小时后，他们把父亲放到了家庭急救车上，有专门的医护人员陪同。为了避免看到父亲，他坐在副驾驶的位置，给司机指路，而建军则坐在后面的车厢里，陪同父亲。车上了高速后，突然下起了雨，眼前变成了雾蒙蒙的景象。他看着倒退的雾中风景，内心居然有某种解脱的释然。

车停了下来，雨也停了，不远处的云层中透出了虹光，仿佛是对父亲归来的某种馈赠。家门口已经围满了人，他们用各自的方式迎接这个身心俱疲的老人。司机打开了后厢车门，几个男人在医护人员的指挥下，把父亲抬出了车厢，抬进了里屋，放到了床上。医护人员把氧气袋与吊瓶做了简单的处理后，便离开了孟庄。

每个人都明白，接下来等待父亲的只有死亡。然而，没有人把这句话说出口。看到父亲后，母亲没有号啕大哭，甚至都没有流泪，而是拉着父亲的手，说，庆娃，你终于回来了，这下子哪里也不去了，就好好守在家里。父亲的眼神中满是恐惧的泪水，但已经说不出半句话了。这是他印象中父母第一次，或许也是最后一次握着彼此的手。在他的印象中，父母之间好像没有什么亲密交流。他们各自沉默，像是活在两个世界的人。但是这一次，即将而来的死亡将他们紧密相连。

亲戚朋友以及邻居们都一个接一个地来看父亲。有的人会上前和父亲说两句话，有的人则是拉着父亲的手，抹着眼泪，什么话也没有说。过了半晌，年近九十岁的老姑走了进来，虽然驼着背，拄着拐杖，但她的精气神却相当饱满，仿佛阎王爷的生死簿中就没有她的名字。老姑坐在床头的沙发上，拉着父亲的手，囔道，我的娃，不害怕，我们都在跟前呢。父亲看着老姑，想要说些什么，但终究说不出话来。在某个瞬间，他感觉父亲像是刚出生的婴儿，用新生的眼光打量着这个早已千疮百孔的旧世界。也许，这个世界的死亡，是另一个世界的新生。因为无法承受这种分别之痛，他离开了房间，去外面透透气，抽抽烟，看看天空。在天空的深处，他瞥见了光神的模样。

大舅埋怨他回来都不和他商量。他不知道该如何作答，只是说这是父亲的意愿。随后，他和大舅去了姑父家，商量接下来该怎么办。姑父家就在村东头，几步路就到了。从小到大，在他心里，姑父几乎扮演着父亲的角色，有什么拿不定的事情，都会和姑父商量。到了他家后，姑父开门见山，就让他赶紧准备葬礼，请相人主事，还有就是要准备老衣。姑父给镇子上的修墓人打了电话，谈好了价格，约他们尽快来这里修墓。也许是看出了他脸上的惶恐，姑父安慰道，不要担心钱，你爸是公家人，国家会出安葬费的，还会发二十个月的工资，以后每个月还会给你妈发几百块钱。喝了口茶水后，姑父又补充道，再说，葬礼花的钱，光收门户就收回来了，你现在需要钱的话，可以从我这里拿。他瞥了一眼姑父，差点哭出了声。

　　姑父的话给他吃了定心丸。正当他准备稍作休息时，姑妈走了进来，嚷道，快去管管你家爱花吧，刚才一个人去波波的坟前哭闹，好不容易拉回来了，现在又窝在屋里不肯出来，和人来疯一样，全村人都在看咱家热闹呢。

　　听完姑妈的话后，他站了起来，准备回家，把爱花好好收拾一顿。不料大舅拦下了他，说，让你大妗子去，你妗子以前是做妇女工作的，知道该怎么说，你就在这先静一静。说完后，大舅便出门去找大妗子。也许是看到了他脸上的疲惫，姑妈让他去里屋好好睡一睡，养养神，接下来的几天，他肯定会更忙的。

　　当他躺在床上时，却没有了睡意。过往的画面，像是电影一样，在头脑中迅速闪过。他想要抓住时间的吉光片羽，却发现自己什么也抓不住。其实，他非常理解爱花的种种举动。如果自己是爱花，说不定早都崩溃了，或者出走了，或者发疯了，或者寻死了。尤其是儿子波波的那个事故，对整个家族，特别是对爱花而言，是一个毁灭性的打击。前年夏天，父亲让波波骑电摩，去镇上的肉铺买猪肉。意外的是，在镇子的十字路口，波波被突然冒出来的面包车撞出了几米远，人当场就没了。爱花把所有的责任都推给了父亲，不理父亲，不让父亲进门吃饭。而父亲呢，也好像把所有的责任都揽在了自己身上，虽然年事已高，腿脚也不方便，却和母亲卖命似的给他们干地里的农活，像是一种赎罪，也从来不喊累。身体有了病痛也不说出来，后来扛不住了，父亲也没有告诉他，而是让大舅带他去县医院检查。如果父亲很早之前把这个状况告诉他，说不定走不到今天这种无药可救的地步。如果自己当年对儿子好点，管好儿子，不让儿子每天不着家，说不定儿子也不会出事。他的头脑中有太多关于过去的假设，然而这一切并没有任何意义，什么也不能改变，什么都来不及了。也不知道从哪一天开始，他的人生开始走向更黑暗的地方。他想要改变这一切，却发现自己没有了光。

等再次醒来，已经晚上七点半了。姑妈给他做了西红柿鸡蛋面。吃完饭后，才恢复了一点精气神。之后，便和姑父一起去看父亲。父亲侧躺在床上，呼吸非常不稳定，氧气袋和吊瓶都已经拔掉了，只剩下等待，等待最后时刻的降临，等待黑暗带走一切。父亲紧闭着眼睛，偶尔会看看外面的世界，眼神中没了恐惧，取而代之的则是厌倦，对疼痛的厌倦，对生命的厌倦。发病时，父亲面目狰狞，好像要把整个肺呕吐出来。对此，身旁的人只能无助地看着，不知道该如何帮助他。有几次，他都好想上前去，帮助父亲得到真正的解脱。然而，他还是扼住了这种可怕的冲动。

凌晨五点钟，经历了一番与死神的搏斗后，父亲败下了阵，离开了这个喧闹的世界。他想要帮父亲闭上眼睛，但父亲空洞的眼睛始终盯着上方，仿佛有未完的遗愿。这时候，母亲走了过来，她趴在父亲的耳旁，轻声说了几句话。之后，她帮父亲闭上了眼睛，然后说道，你爸终于解脱了，你爸终于不再受苦，你爸去另外一个世界享福了。之后，母亲哭了，而他上前抱住了她。这是他生平自记事起唯一一次拥抱自己的母亲。他突然想要逃离，因为害怕眼前的一切，害怕没有了父亲的生活。

他冲出了家门，沿着路向远处奔跑。他并不知道自己该跑向何处。他唯一能做的事情，就是不停地奔跑，越过时间河流的奔跑，越过黑暗王国的奔跑。多么像多年前的那场逃离，原以为自己会跑向更大的世界，最后却回到了这个生养之地。这么多年过去了，他以为自己的生活早都没有了路。此时此刻，路仿佛又从黑暗中重生，路就在他的每一个脚步之下，不断延伸，不断生长。他不知道这条长路将要带领他去往何处。

也不知道过了多久，太阳从东方一跃而出，鱼肚白的天空中有着丝丝红晕，仿佛孩子涂抹的简画。身处于一片荒原中，他举目四望，满眼荒凉，所有的路已经消失了。他太累了，于是平躺在荒地上，等待着时间给出最后的答案。

——原载《西部》2020 年第 1 期

昼与夜

上篇：春昼

我忘记了回家的路。

下了高速后，我把车开到了错误的路上。等反应过来时，家已经弥散在这春光里，召唤着我再次返乡。我已经有半年多没有回家了，一来是因为工作上的繁多琐事，二来是因为上次和父亲闹了别扭，心结未解。这次回家，是父亲亲自给我打了电话，叮嘱我回来见证家里的重要仪式。

随后，我打开了高德地图，将终点设为孟庄。妻子笑道，真有你的，连自己的家都能搞错啊。儿子也跟着起哄道，爸爸，你老是让我不要忘记家，你连你家都找不到了。车子重新启动后，我对儿子说，爸爸的家就是你的家啊，这次回的就是我们共同的家。儿子说，可我在村子里都没待过几天，也不认识什么人啊。见我一时没了话，妻子圆场道，家不一定是你住的地方，家是在你心里抹不去的地方。

我们的车开在春风沉醉的上午，隐约间可以闻到树木、花草、土地与河流的清香。在妻子的提议下，我打开了车内的音响，里面传来贝多芬的《春天奏鸣曲》，是我们都爱的克莱默与阿格里奇共同演奏的版本。妻子是大学钢琴教师，也是资深的古典乐迷。在她的影响之下，这些年来我也痴情于古典音乐，并在其中找到了可以安放自己魂灵的居所。古典音乐是我的另一个家。

祖母坐在门口，等着我们回家。自我记忆起，她好像一直在等我们回家。我走到她身旁，像小时候那样抱住了她。只有在她跟前，我才可以展示自己孩子气的一面。祖母低语道，你们咋才回来啊，我都怕等不住了。我说，婆，看我把谁给你带回来了。妻子走上前，也拥抱了她。随后，儿子走上前，拉着她的手说，祖奶奶，爸爸说他在这个世上最爱的人，就是你了，我和妈妈都很吃醋呢。祖母被儿子逗乐了，笑道，你和你爸小时候一模一样，嘴甜，聪明，惹人爱。说完后，祖母把儿子揽入怀中，随后把准备好的银镯子交给妻子。

吃完午饭后，父亲领着我和儿子去后坡的墓园上坟。一路上，父亲都在给儿子讲述关于祖父的人生传奇，有好些事连我自己都是头次听说。父亲老了，走路也迟缓了，连说话声都染上了晚春的暮色。父亲牵着儿子的手，他们的影子在这春潮里波光粼粼。我看见了光，也借此看见了曾经的祖父与我也走在同样的路上，也同样是去墓地看望我们的亲人。那一瞬间，我突然明白如果光不消失，亲人们也不会消失。半晌后，我们来到了祖父的墓前。在为他烧了纸钱、点了爆竹、倒了白酒之后，我们和他说了说话，把各自的心事都讲给了他。之后，父亲对我说，等你婆以后也走了，到时候给他们立个碑。我点了点头，听见春风捎来了先祖们的耳语。

返回家后，我们就要面对父亲所说的重要仪式了。我们站在不远的地方，看见他们拆掉了旧房子，看见记忆在这坍塌与毁灭中慢慢地浮出春日的海面。记忆看见了我们。我抱着儿子，而他擦掉了我脸上的泪珠。我瞥见了父亲在偷偷地抹眼泪，而母亲在身后抱着他。这座旧房子是祖父留在大地上的最后明证。之后，我们将在这里盖起新房子。

等再次恢复平静后，我带儿子去看春日的渭河。坐在河岸边，我们看着汩汩河水，想着各自的心事。之后，我把祖父曾讲给我的关于河神的故事，讲给了儿子。听完故事后，儿子说，爸爸，这里就是我们的家，我们以后要常回来。我点了点头，突然间看见一只白鹭从河面跃空而起，幻化为天边的云彩。

下篇：春夜

这是我陪你的最后一夜了。明天清晨，他们将会把你安放在那个狭小的空间，然后把你送进墓园，与过世的亲人们为伴。虽然我已经做好了告别的准备，却依然无法放下你，也无法放下回忆的负荷。此刻的你，就躺在我的身边，双目紧闭，满脸平静，仿佛是进入了深沉开阔的梦之国。在经历了两个多月的挣扎后，你是否真正解脱了呢？你是否到了彼岸呢？看着你平静的面容，我似乎得到了回答。

注视着眼前的黑暗，往事的潮水缓缓向我涌来，而我所能做的就是认领这份馈赠。那个黄昏，你嘱咐我周六回家，说有重要的事情要交代。那是你第一次给我打电话，没想到却成了最后一次。周六当天,你在镇子最大的餐馆宴请了我们——你的妻子,你的七个子女,你的十二个孙子女。宴席上,我们谈天说地,其乐融融,为你的八十周岁生日而庆贺。我们每个人都单独给你敬了酒,而你也给我们每个人说了自己的祝福与希冀。那是我见过你最快乐的时分,仿佛一生都得到了圆满。在寿宴快要结束时,你将自己身患胃癌的消息告诉了我们。方才的欢喜瞬间退潮了,只空留了眼前的寂寞与荒芜。祖父打破了沉默,笑道,你们不用担心啊,我早做好准备了啊。大伯说,爸,你别害怕,我们带你去省城看,再不行就去北京和上海。我们在旁附和着大伯的提议。祖父说,你们的心意我领了,这次不行了,答应我,不要给我动手术,更不要给我插管子,让我完好地走。

寿宴结束后没多久,你就躺在了自家的土坑上,等待着终点的降临。每个周末,我都要回家陪伴你。我会为你朗读诗歌与经文,会把自己的见闻与念想说给你。而你呢,静静地躺在炕上,偶尔会说上两三句话,大部分时刻则是沉默。后来两三句话消减为两三个词,最后变为一个字:疼。然而,你总是避免在我们面前说出这个字。我们看见了你的煎熬与忍耐,也照出了我们的茫然与祈愿。

那天夜里,你是在梦中离开了人世间,去往了彼岸。你摆脱了肉身的痛苦,获得了精神的解脱,而你的子孙们因你的解脱而解脱。此时此刻,我们为你守灵,我们把各自的心事以沉默的方式讲给了你。我们也明白,你会继续以自己的方式佑护我们。

这是我经历过最漫长的夜晚。害怕天亮,害怕他们带走了你。我依旧没有学会放手。我趴在你身边睡着了,又再次梦见了你:我们来到了海边,白色轮船缓缓驶来,靠了岸,而你拥抱了我,上了船，消失于黑暗。我从梦中游了出来，发现眼泪已经淹没了我。

天快亮时，父亲带我去看睡意中的渭河。我们坐在了岸边，看着眼前的河流捎来了春天的讯息。父亲给我讲了他刚才的梦，竟然是和我同样的梦。父亲说，你爷以前也带我来看渭河，什么话也不说，我现在才明白他的用意。之后，父亲哭了。这是我第一次看见他的眼泪。我不知道该如何安慰他，只能静静地陪着他。河流见证了我们的祈福与念想。

天亮了。春日之光洒在了渭河上，映出了世上的云烟。我们离开了河岸，去送祖父最后一程，去送他回家。

我们不会忘记回家的路。

——原载《文艺报》2022 年 3 月 22 日

流光之地

一

这是夏海消失的第七天。

我没有找他,也没有告诉任何人关于他消失的消息。我或许预料到了今天的结果,但又不敢独自面对如此窘境。白天,我坐在繁华地带 CBD 的高层办公楼,与各式各样的人交流、协商与谈判,将自己武装成精致善言的女战士;夜晚,我独自开车,回到公寓,滞留在这空荡荡的房间。以前,夏海会准备好晚餐,与赫拉一起等我回家。现在,他消失了,只有赫拉等着我——赫拉眼神中的光彩也好像消失了多半。

赫拉是我养了九年的猫。准确地讲,没买房之前,是母亲帮我代养;有了自己的住房后,我便把赫拉接过来一起生活。赫拉原本的名字不叫赫拉,而是和这世间很多猫分享着同样的名字——咪咪。在夏海搬来和我生活的第三个夜晚,他换掉了咪咪这个名字,取而代之的是更有希腊神话色彩的洋名。赫拉这个名字让猫拥有了一种神秘主义色彩。夏海的身上就有这种神秘主义的倾向,即使共同生活了三年多，我依旧不能完全理解他。或许，这也是我喜欢他的重要缘由。

为了应付外界的种种流言，我声称他是我的丈夫。实际情况则是，我们并没有举办婚礼，甚至连结婚证都没有领。在这一点上，我们达成了一致：始终保持恋人的关系，以此来对抗可笑的婚姻制度。这是只属于我们两个人的私密游戏。从一开始，我们便达到了高度的默契——理解彼此，无话不谈，又不占有对方，因此也是彼此最亲密的朋友。然而，也不知道从哪一刻开始，我们之间的交流越来越少，沉默占据了我们的心。再到后来，我们甚至一天连三句话都没有了。我曾天真地以为，我们并不是变成了陌生人，而是变成了一个人。这便是爱的终极意义。等他消失后，我才从幻梦中清醒过来——原来，我并不了解他，以前的一切只是梦幻泡影。

蓝色的夜晚，没有了睡意，于是从书架上取出那本《金刚经》。诵读了一遍后，仿佛看清了世间的真相，又仿佛被这真相遮住了双眼。我看不清自己了。为了缓解心中的痛苦，我反反复复诵读经上的这句话——凡所有相，皆是虚妄。若见诸相非相，则见如来。这本经书是祖父离世前送给我的最后的礼物。

夏海离开的时候带走了自己的衣物与笔记本电脑，留下了一幅画。在画旁边的蓝色贴纸上，是冷冰冰的一句话：我走了，不用找我了。我拨打了他的电话。不出所料，手机处于关机状态。我又给他发了微信、短信以及电子邮件，这些徒劳最后都石沉大海，没有回音。他离开的那个夜晚，我独自喝了一瓶红酒。在梦中，我又看见他了，于是呼喊着他的名字，但他站在海岸边，面朝着大海，没有理会我。梦醒后，我从冰箱中取出一瓶矿泉水。坐在沙发上，听着舒曼的《童年情景》，喝完了瓶中的水，内心像是被风暴肆虐后的废墟。第二天上班时，我将心中的情绪掩埋，没有人能看出我所经历的惊涛骇浪。当然，也没有人会在意你的失落与沮丧。

我凝视着他留下的最后的画。也许，可以在这幅名为《假面》的画作中找到问题的答案。这幅画是一个蓝色的人影，对着深蓝色的海洋，而天边云与海中岛都是印象派式的团状物。我并没有在这幅画中找到他消失的谜底。然而，我知道这幅画名称的由来——伯格曼的电影《假面》是我们一起看过的最后一部电影。

我已经没有了悲伤，只剩下了失落。临睡前，我又拨打了他的电话，依旧处于关机状态。关灯之后，眼前的黑暗中点缀着几丝光亮。我又拿起了手机，面对着发出微光的屏幕，凝视着那个熟悉又遥远的名字。直到眼睛酸涩，我才下定决心，删掉了他的所有通信信息。黑夜降临于我，随后吞没了我。

二

很小的时候，我就学会了戴着面具而活。为了取悦阴晴不定的母亲，我总是扮演着顺从乖巧的角色，尽量不给她添任何麻烦。她的生活过早破碎，而我不想成为她的累赘，也不想与她有太多的情感关联，更不想继承她的悲哀与怨念。

记得有一次，她带我去商场买衣服。她看中了其中的一件，我则喜欢另外一件。那也是我生平中的第一次不妥协，第一次忤逆她的意愿。在店员的注视下，她给了我两个耳光，然后转身离开，把我撂在了原地。我并没有哭。因为我很早就明白了这个世界不相信软弱与眼泪。等我走出商场后，母亲已经消失在茫茫人海。我身上没有钱，又不敢与陌生人交谈。于是，按照印象中的地图，走了很多弯路，才回到了那个家。回家的第一件事情就是跪在地上，向母亲道歉。我被关在小黑屋中，面壁思过，但我心里不承认自己做错了事。也许是从那时开始，我学会了与黑暗平和共处，学会了戴着面具而活。那时，我最大的理想就是逃离那个家，拥有属于自己的房间。

如今的我有了只属于自己的房间，但我并不快乐，依旧戴着面具而活——我早已经忘记了自己真正的面目。或者说，我在黑暗森林中弄丢了自己。在黑暗的镜子中，我看不见自己的脸。慢慢地，我理解了母亲，偶尔也把困惑告诉她。我依旧不怎么喜欢她——她像是站在远处的我，不断地提醒我来自何处，又终将去往何处。

当我把夏海消失的事情告诉母亲时，她把葡萄籽吐到手心，扬起头，说道，别难过，这种男人不值得你难过，我早都说了，他配不上你，就是个吃软饭的货。

我只是觉得可笑，要是我爸在身边就好了。我说。

给你说过多少次了，不要在我面前提那个骗子，搞艺术的人都是神经病。

说完后，母亲继续吃手中的紫葡萄。我知道，父亲的离开是她心中跨不过去的坎，尽管她总是以各种形式极力否定这个事情。在我上小学六年级的时候，父亲突然向母亲提出了离婚，而倔强的母亲没有半点挽留，更没有大吵大闹，只是平静地转过身，继续织手中的毛衣。三个月后，父亲和另外一个女人结婚，随后移居到澳大利亚生活。一直到后来,母亲才从回忆的暗礁中捕捉到父亲变心的蛛丝马迹。然而,一切都来不及了,这份饱含爱意的痛恨却支撑着母亲活了下去。在私人相册里,她一直保留着父亲的照片。有一次,我看到她凝视着那张合影——我们三个人在海边的照片,父亲背着我,母亲与他十指相扣,我们的脸上都是纯粹的快乐。那是在我十岁那年的夏天,父亲带我们去厦门游玩时拍的相片。那也是我第一次坐飞机,第一次看见大海,第一次听音乐会。在海边的最后一天,父亲答应我们去看不远处孤岛上的灯塔。然而,那天下午突然来了暴风雨,我们的计划也因此而破产。

这么多年来,我经常会在梦中看到那座海上灯塔,但我从来没有真正地抵达,也从未将关于灯塔的梦告诉过任何人。或许因为这个缘由,我尤其钟爱伍尔夫的《到灯塔去》。我与父亲在几年前已经取得了联系,是他主动给我写了电子邮件。每年春节,他会给我的银行卡转上一笔金额不菲的生活费。我从来不拒绝,也不感谢他的这些付出。对于电子邮件,我也只是做最简短的回复,不带多少情感色彩。我从来不问他在国外的生活状况。不是不关心,而是没有必要。这仿佛成为我和他之间的某种隐形契约。每次邮件后面,父亲都嘱咐我有时间回一回孟庄,看一看那里的亲人们。孟庄是父亲的老家,是生养他的梦游之地。

沉默了片刻后,我打开手机相册,把夏海留下的最后一幅画拿给母亲看。她用身边的餐巾纸擦掉手上的果汁,接过手机,严肃地凝视着眼前的蓝色画作。半分钟后,她把手机放到桌子上,说,这种男人没有责任心,不要也罢,我给你说过多少次了,搞艺术的都不靠谱。说完后,她去了厨房,开始准备晚饭,而我在一旁帮忙择菜洗菜。

这么多年过去了，什么都改变了，但她精湛的厨艺却丝毫没有改变。然而，观摩了这么久，我依旧笨手笨脚，不得要领，也没有在做饭中获得丝毫乐趣。独居的时候，我要么在外面吃饭，要么叫外卖，家里的厨房冷冷清清，没有半点烟火气。虽然也是独自生活，但母亲始终保持在家里做饭的习惯。她说这是保持生命活力的重要方式。她有三段婚姻，最后都以失败告终。她承认自己是一个很难相处的人，但这并不影响她对新生活的期待——她说自己还没有遇见合适的人，自己对婚姻还没有完全绝望。

与小时候那个独裁跋扈的母亲相反，如今的她变得温和平静，懂得聆听。时间这个永恒的雕刻家，把她打磨成了平和圆润的雕塑品。对于我选择不婚的这个决定，首先她没有像很多母亲那样歇斯底里地反对。相反，她在言辞中表达了某种理解，甚至是支持。也不知从何时起，母亲不再是我心中的恶魔，而成为某种意义上的知己——我在她身上看到了我的未来，如同一面来自黑暗的镜子。然而像小时候一样，我总是很警惕她，始终与她保持足够远的距离，这样才不会伤害到自己。

晚饭结束后，母亲想让我留宿，想让我陪她多说说话，而我却当场拒绝了她，理由是要回家照顾赫拉。临走前，我看到了她心中的失落。关上门后，我忽然理解了她——很多年前，她也是将我独自关在更小的黑房子。那时候的我太害怕了，只能对着房间的一盆植物说话。有一次，我看见母亲对着电视机自说自话。刹那间，我突然明白我们之间的角色发生了交换。而我呢，在这种占支配地位的关系中并没有获得太多的快乐。当然，少女时代所臆想的复仇计划也早已废弃，如今的我无心应战，也原谅了一切。

　　回到家后，喂了猫，洗了澡，随着爵士乐摇摆身体。随后，我又凝视起《假面》：这仿佛已经成为生活中的某种隐形仪式。父亲以前是美术老师，他教我画画，教我欣赏不同风格的画作，教我从凝视中领悟艺术的真谛，领悟世界的奥义。要不是他去了国外，也许如今的我也会是一个画家，过着另外一种完全不同的生活。我打开笔记本电脑，把那幅画通过邮件发给了父亲。我想知道他对这幅蓝色画作的真实想法。

　　临睡前，我在朋友圈分享了一首 Nina Simone 的"Feeling Good"，并且配上了简短的文字：愉快的周末。也许，只有我自己知道这五个字背后的苦涩味道。大约十分钟后，我收到了国生发来的微信：歌很好听，但我知道你不快乐。

　　他已经连续三个月每天晚上都给我道晚安了。以前，我总是对其视而不见。然而这一次，在黑暗中，我回复了他的消息。在黑暗中，我听到了心中的暗涌。在黑暗中，我洞见了诸法空相的妙义。

三

　　不知为何，最近的自己特别渴望工作，渴望与更多人沟通交流。或许，这是逃避自我的最佳方式。当然，作为软件公司的项目经理，所谓的自我是不存在的，其工作本质就是完全放弃自我，全身心地投入手头上的各种项目，以及接下来的无数琐事。最近恰好处于一个项目的中期，每天要处理各种各样的邮件有三百多封,大到项目的合同,小到每个软件程序的BUG,都由我来进行沟通、协商与调整。要不是为了赚更多的钱,我也不知道是什么让自己坚持到了现在。当然,钱会给我带来安全感,钱会驱走虚无。相比之下,感情是多么虚幻缥缈的存在啊。自从他消失后,我对人的信任度降到了冰点,而所谓的爱情不过是玩笑罢了。

也不知道为什么,我可以与陌生人建立良好的日常关系。然而,在亲密关系中,我就是一场重型灾难。后面这句话不是我说的,而是夏海得出的结论。他曾经答应过要以我为原型,画一组油画,也早已经想好了这组作品的名字——《慈航》。他告诉我这两个字的含义,随后便是相当玄妙的解释。说实话,我对那些形而上的东西没有多大兴趣。然而我喜欢这两个字,期待着那组作品的诞生。我想知道自己在他心目中的真正的形象。然而,还没有来得及见证这组油画,我们的关系就走到了尽头。

短暂的闲暇时间,我会站在窗口,看着户外的云,想象着自己的另外一种生活。也许是从父亲离开的时候开始,我便喜欢上了仰望天空,喜欢凝视云朵,喜欢聆听风声,因为我一直坚信现实世界之外存在着另外的世界,而在别处有另一个我的存在。那个我应该也是一个画家,用不同的色彩与理念来诠释自由与禁锢、爱憎与离别、恐惧与欢喜。如今的我,刚好站在了自由的反面——今天,我已经开了三个小型会议,而在最后一个会议上,严总因为项目问题而大发雷霆,把文件重重地摔在了桌面。事后,他找我谈话,明确地对我说,要是这次项目搞砸了,你就可以走人了。我点了点头,立誓会顺利完成这项工程,最后甚至感谢了他对我的信任和器重。为了活下去,我必须说谎,以此来欺骗别人,也欺骗自己。

从他办公室出来后,我去了趟洗手间,对着镜子,重新补了淡妆,重新戴上了面具。怎么说呢,我早已经适应了这种工作节奏,适应了领导阴晴不定的脾气,也适应了变化无常的项目。但是,我越来越无法适应我自己了,特别是面对世界的虚妄时,我看不见自己了。以前,至少有夏海站在我的身后,沉默地理解我、支持我、拥抱我。如今,我要独自面对眼前的冰冷世界,举目荒凉,没有完全可以依靠的人。庆幸的是,我的心足够冰冷坚硬,伤痛后的盔甲让我可以抵抗现实的凶险。

　　到家的时候,已经夜里十一点了。我抱着赫拉,整个人瘫软在沙发上,头脑里是空白的回音。忽然又听到手机的震动声,原来是国生发来的微信。在工作中,我因为说了太多的话而透支了自己。回家后,只有绝对的沉默才能让我恢复平静,才能让我短暂平息。这一次,我没有和他说晚安,而是告诉他夏海从我的世界消失了。他打来了电话,详细地询问我事件的前前后后,而我则闪烁其词地回答他的问题。随后,他开始关心我的工作、我的生活以及我的喜怒哀乐,而我很早就懂得了这种逐爱的游戏法则——我只说出自己三成的想法,而将剩下的七成都隐匿于心,不让他完全看清。

　　过了零点后,我们说了好几次晚安。我已经很久没有听到他的声音了,午夜让他的声音带上了穿透性的温柔。他约我一起吃晚饭。我答应了他。挂断电话后,我便因自己的决定而后悔,甚至有种负罪感。

　　洗完澡后,难以平复的饥饿兽在体内呼喊,而我也不想就此睡觉。于是,我打开了冰箱,取出麻辣粉与啤酒。接着,我打开电磁炉,烧开水,将麻辣粉放到铁锅中煮。五分钟后,我便开始吃这份简单的夜宵。我想填满自己肉身与灵魂的双重空虚。不知为何,我想到了萌萌,想到了我们曾经一起吃夜宵的热闹场景。然而,过往的一切都破碎成灰了,记忆也成了空荡荡的人间风景。

吃完夜宵后,我走到阳台上,面对遥远的星辰,想着自己所丧失的一切——身体因为饱食而更加空洞。我拿起手机,给国生写了新的微信,想要终止即将发生的一切。

四

第二天,国生和我在公司附近的餐厅共进晚餐。也许是因为太久没见的缘故,他变得更加清瘦忧郁,整个人都紧绷着神经,仿佛是被上了发条的人偶,仿佛是随时都可能破碎的泡沫。原本以为我们会有很多的话可说,然而整个晚餐期间,我们都很寡言,都想等对方说出有意义的事情。直到晚餐结束,我们都没有说出心底想要听到的话。随后,我回公司继续加班,而他则在公司楼下的咖啡馆等我下班。

晚上十点半,我才从无止境的工作中暂时脱了身。走出办公楼后,沉甸甸的肉身好像无法承受轻盈的灵魂,而眼前的世界仿佛随时都有可能坍塌。我想要在无序的生活中抓住某种真实,而得到的是梦幻泡影。国生开车送我回家。一路上,我什么话也不说,只是坐在副驾驶的位置上,侧过脸,观看着夜色中的城市巨兽。

过了一个高架桥后,车内的音响传出了 Leonard Cohen 的 "By

the Rivers Dark"。我转过头,看着他的侧面,和他一起哼唱这首歌。此刻的他,是如此之美。我爱上了这份虚空之美。去年夏天,我和夏海,他和萌萌,我们四个人,坐着同一辆车,一起去郊外游玩。当"By the Rivers Dark"从音响中游出来时,我们四个人,用各自的方式,哼唱这同一首歌。那时候,我们的关系如此坚固纯粹,如今却土崩瓦解。歌曲结束后,我伸出左手,抚摸了他的脸,而他转过头,眼神中是忧郁的笃定。

回到家后,将灯光调至暗处后,我们在卧室中做爱。刚开始,我还有所顾虑,放不下心头的包袱。但是,他的果敢与温柔击溃了我,也摧毁了我的执念——他打开了那扇窄门,拥抱了我虚空的欢喜。某个瞬间,我甚至遗忘了世界的存在,也遗忘了时间的存在。我们缠绵,我们融汇,我们变成了同一片海。也许过了亿万光年,我们才从这份纠缠中解脱,赤裸地躺在床上,呼吸也慢慢地平稳下来,仿佛归航的夜船。

等黑暗再次降临时,我们才从沉默中缓过神来,一同去淋浴间洗澡。在柔光之下,他赤裸的肉身显得如此魅惑,而我以前从没有与夏海一起洗过澡。洗完后,他对照着镜子,而我从身后抱着他,亲吻他的脸颊。我们宛若新生。随后,我们坐在客厅中,他为我点燃了一根烟,接着我用这根烟,引燃了他手中的另一根烟。

我们在微光中,裸着身体,面对着面,放下了心中的盔甲,开始真正地交谈,仿佛之前的沉默都只是此刻静心凝神的前奏曲。我们说了很多话,却始终绕不开那两个此刻不在场却从未缺席的人——萌萌与夏海。也就是在去年夏天,我们开车去郊游,夜晚在山间的农舍过夜。那个夜晚,我们四个人都睡不着觉,围坐在石桌旁，说着各自的闲话。其间，我们看到了夜色中飞舞的萤火虫。在萌萌的建议下，我们四个人闭着眼睛，许下了各自的愿望。那个夜晚，我们四个人都不停地说话，好像只有这样，才能抵抗生活的虚无，才能抵达彼此的岛屿。但是，事实证明，我们说得越多，越不理解彼此——语言成为我们认识彼此的坚固壁垒。

在我们的关系恶化之前，萌萌是国生的妻子，也是我最好的朋友。四个月前，她突然给了我一通电话，恶语相向，还没等我解释，她便宣布与我绝交。原来，她发现了国生和我之间的暧昧情愫。我和他当时是止步于语言，没有任何肉身上的联系。他向我诉苦，而我安慰了他。造化弄人的是，在我想要给她当面解释之前，她却丧生于一场车祸。我没有去参加她的葬礼，因为我无法相信她的死亡，也无法面对自己的罪恶。在她死后，我经常会梦到她，梦到我们曾经去过的地方，曾经说过的秘密，曾经许诺过的誓言。在梦中，她从未责难过我，而这更加重了我的负罪感。与我相反的是，国生说他从未梦见过萌萌，仿佛她从他的世界里彻底地消失了，甚至连回忆也不存在了。

入睡前，国生抱着我，而我怀抱着虚无，在虚无中获得了某种安稳。我知道，我所拥有的一切都终将离我而去。然而，我突然想要抱紧眼前的这个人。夜晚，我失眠了，头脑中满是过往的烟云。我不知道自己是如何一步步地走到了今天这个地步。他睡得更深了，有着轻微的鼾声。在我快要入睡前，朦胧中听到了他说梦话——萌萌，等等我。也许是因为夜太深的缘故，那五个字显得如此惊心动魄，像是对我们关系的巨大讽刺。但是，我并不后悔今天所做的一切。

五

　　不知不觉，我和国生一起生活了四十五天了。每一天，我都会将我们交往的闪光细节记到手机的备忘录。因为我预感到我们这段关系会很快终结——怎么说呢，我对他人没有信任感，始终抱有某种警觉。再说，我们的关系从一开始就有所谓的道德污点。我们都不得不面对这逃不脱的道德困境。然而，他的种种行为并没有显示出丝毫的厌烦，相反却以最大的耐心与温柔包容了我的一切，甚至包括我偶尔的歇斯底里，间歇性的冷战。几乎每个夜里，我们都会做爱，仿佛是黑暗中的仪式，仿佛是要不断地确认这段感情的真实性。在很多次仪式的洗礼后，我对他甚至产生了精神上的某种依赖。我们都明白这段关系的本质——在彼此的肉身中，暂时地回避生活的创伤，回避外面世界的虚妄。只有在这实实在在的情爱游戏中，我才能体会到活着的滋味。或许这情爱，是另一种虚妄。我一直等待着他的誓言，但他所给予的却是沉默。

　　然而，整个事件却因为赫拉发生了变化。赫拉生病了，萎靡不振，也不进食，对我的态度也越发疏远。兽医说这并不是病，而是死亡的征兆。虽然预料到了这点，但我依旧无法相信死亡的降临。换了另外一家动物医院，得到的是同一个结果。于是，我抱着赫拉，回到家，一起等待死亡的降临。第三个夜里，赫拉死掉了，我抱着她还有余温的身体，默默地哭泣。很久以来，我都没有哭过了，我以为自己没有眼泪了，以为自己丧失了哭泣的能力。国生坐在我身旁，搂着我，告诉我不要害怕，说他一直会守护着我。那个夜晚，我们没有做爱。我们说了很多关于各自童年往事的话。

第二天上午，我请了假，和他一起去郊外。他在前面开车，我坐在后座上，怀抱着猫。我们要送赫拉最后一程路。车一直向南，再向南，一直在靠近南山。我们一路上也没有说话，两个人都在听风的浅吟低唱。大概一个半小时后，我们终于离开了城市，来到了一片靠近河流的山野。我在河岸的柳树处选定了位置，而国生拿出小铁锹，开始挖坑。他的动作显然不熟练，却相当认真执着，脸上甚至带着某种受难者才有的神圣光晕。此刻的他，是如此之美。我想要去帮忙，又不想破坏此时此刻的庄重感。所以，我只能站在风中，凝视着眼前所发生的一切。

二十分钟后，他挖开了一个洞。我将猫先放到一个木盒子中，然后将盒子放到洞中。我蹲了下去，捧起一把土，撒到木盒子上。接着，国生开始铲土，盒子也慢慢地消失在我的眼前。一切结束后，国生将土踩实——一切就像从未发生一样，前几天还在我怀中的生命，如今却归于尘土。终有一天，我们都归于尘土。

回到车旁，我们用瓶装水洗掉了各自手上的泥垢。在我准备上车之前，他却拉着我，注视着我，而我看见了他眼中的海。我们都在等待奇迹的降临。他打破了沉默，对我说，薇薇，咱们结婚吧。我还没有缓过神来，却下意识地点了点头，好像领受了命运对我的所有奖赏。他亲吻了我，口中是烟草与蜂蜜的混合味道——在某个瞬间，我沉醉于夏末的暖风之间，忘记了世界的存在。在忘我时刻，我找到了我。

在我们确立关系后，他依旧像往日那样理解与包容我，甚至带着某种宠溺的意味。我从未在夏海身上获得过类似的感受——

夏海身上有一种若即若离的气息，而我从未在他那里得到所谓的安全感。我像是迷航已久的船，夏海给予的是无尽的海，国生所给的则是看得见灯塔的岛屿。然而，国生偶尔会梦呓，在呓语中会说出萌萌的名字。我从来没有问过那些梦，更没有提及那些呓语的存在。我知道，他的心里给她保留了一个秘密花园——在那座花园里，只有他和她的苦涩或甜蜜的往事，而我不愿意做那个闯入者。而我呢，偶尔也会梦到夏海，都是些朦胧的场景碎片。我不知道自己是否会说梦话，更没有问国生这个问题。与他相处得越久，我越发现自己并不是之前所固有的样子，而是一片等待被发现与被开垦的新大陆。

慢慢地，我也放下了心头的包袱，向他抱怨自己没有尽头的工作，抱怨所遇到的各种糟心事。他总是耐心地听完我的抱怨，忍受着我一次又一次的负面情绪，并且给我提出具体又可行的建议。有一次，他建议我离开现在的公司，换一个比较轻松的工作。但我还是没有下定这个决心。离开这份工作，我不知道自己究竟还能干些什么——我已经被这份职业完全操纵了，被异化成了自己的陌生人。我是囚笼中的鸟，我已经离不开这个囚笼了。

但是，一切在某个夜晚发生了戏剧化的转折。那个夜晚，我回到了家，和国生说了几句话，然后拿出夏海曾经留下的颜料与画纸。我摊开了白纸，体内有种想要作画的冲动。我不知道从何处开始，仿佛是在黑暗森林中迷路的麋鹿。半个小时过去了，我什么也没有画出来，却获得了一种精神满足。放下画笔后，我打开了电脑，立即给父亲写了一封电子邮件，告诉他我刚才所经历的一切。这是我这么多年来，第一次向父亲袒露心声。记得在我很小的时候，他曾经是我的爸爸，是我的绘画老师，也是我最好的朋友——我愿意告诉他我所经历的一切，而他也一直肯定我的绘画天赋。要不是他主动离开母亲与我，那么如今的自己也许会过上另外一种新生活。写完邮件后，我平躺在沙发上，头放在国生的腿上，闭着双眼。他抚摸着我的脸，给我哼唱 Damien Rice 的 "Sleep Don't Weep"，随后我起了身，躺在他的怀中，聆听他的心跳。

做完那个复杂烦琐的项目之后，我生了一场大病，在医院待了整整三天。母亲和国生轮流照看我。我很久没有这般疲惫倦怠了，没有如此贪恋睡眠，从一个梦境到另一个梦境。那些梦境比真实还要触手可及。在一个梦中，我赤身裸体地坐在蓝色房间的白色板凳上，而夏海站在对面，手中拿着画笔，眼神中则是疾风骤雨。在另外一个梦中，我点燃了海边的一个白色房子，里面睡着另外一个我。从梦中走出来之后，我越发觉得自己的过往是如此虚幻，甚至只是梦的装饰品。我从未将这些梦告诉国生。我甚至撒谎说自己是从来不做梦的人。

出院后，我向公司请了一个星期的假。在家休息的那些日子，我每天都会凝视画布，想要在上面画些什么景象。然而，我画不出自己的内心风暴——那是一团混沌的蓝色景象。剩下的独处时间，我都是在看电影，从一部到另外一部，仿佛只有这般才能短暂地遮蔽自己乏味无趣的生活，才能够与时间进行短暂的角力搏斗。电影看累了，我又重读了伍尔夫的《到灯塔去》和《海浪》。她是真正懂得我的作家。

后来，国生和我一同到了厦门，去了那片靠海的地方——住院的时候，我给国生讲了自己小时候同父母一起去看海的经历，而他只是认真地聆听，然后私下里订好了双人飞机票与海边酒店。

或许，这就是我喜欢他的地方。他用行动替代了语言。再次站在同一片海洋前，听着与多年前相同的海浪与海鸟声，我产生了一种错觉，仿佛时间本身是不存在的陆地，而我的过去、现在与未来同时居住在此时此刻的内心岛屿。我和国生坐在海滩前，面对着海洋，没有任何言说的必要。

第二天上午，天气清朗明净，国生和我坐上了一艘轮船，一同去看那座白色灯塔。半个小时后，灯塔便出现在我的眼前，像是无声的召唤。不知为何，靠近灯塔的时候，我的心却滋生出一种逃避的欲望。也许是因为国生看出了我的恐慌，他抓住了我的手，让我不要害怕，他会一直守护在我的身边。等来到灯塔前，我心中的恐慌也消失了，剩下的只是纯粹的快乐，以及快乐背后的虚空。他和我拉着手，绕着灯塔走了整整三圈，像是完成某种神秘又沉默的宗教仪式。回到原点时，国生突然单腿跪地，从口袋中拿出淡蓝色的盒子，从盒子中取出一枚钻石戒指。他问我是否愿意嫁给他。那个瞬间，我在他的眼神中瞥见了天上的游云。

晚上回到酒店，我把所拍摄的灯塔与海洋的照片，以及要结婚的消息，通过邮件发给了父亲。紧接着，我又在地址栏敲下了夏海的邮箱地址，把灯塔的照片也发给了他，但并没有附录任何只言片语。

立冬那天，我和国生在酒店举办了婚礼，父亲也如约参加。也许是因为太久没见的缘故，他像是换了另外一个皮囊，变成了我熟悉的陌生人。我原本预料的尴尬场景并没有发生——在看见父亲的时候，母亲并没有流露出任何恨意，而是主动上前去，握住他的手，拥抱了他，仿佛别离太久的老友。父亲是独自一人回国，并没有向我谈起自己在海外的生活，而我也不会主动地去探问。婚礼结束后,我们和父亲又一同去了孟庄,去见了生活在乡村的亲友们。在乡野风中,我似乎找到了家。

很久之前,国生和我也站过同样的舞台,那是他和萌萌的婚礼,而我则是萌萌的伴娘。也许,只有时间是这一切起伏曲折的见证者。

当天夜里,国生喝了很多的酒,躺在床上,嘴里说着胡话,我在其中又听到了萌萌的名字。我虽然失落甚至沮丧,但另一方面,内心却升起了莫名的喜悦——我们并不需要与过去完全决裂,因为我们的现在就是所有过往的总和,我们的未来也是现在的总和——过去、现在与未来可以同时存在于心间。我确定他是一个值得信任的丈夫,不会漠然,更不会突然消失。然而,我不确定的是,自己是否会成为合格的母亲,是否真正地需要孩子。是的,我怀孕了,但还没有把这个消息告诉任何人。

六

某个春雷之夜,我收到了他的邮件。再次看到他的名字时,我既没有愤恨,更没有惊喜,而是像避雨的人在雨停后,再次看见霓虹的情形。我还是认真地读了他的邮件,揣摩每一个字背后的隐藏含义。他说他早已收到了我发的灯塔照片,但是不知道如何回复,所以就没有即刻回复。随后,他说自己也完成了那组名为《慈航》的油画。他问我是否有兴趣聚聚,说说话,不说话也可以,看看这些油画就行。邮件的最后附录了他的联系方式。犹豫了片刻,我还是没有删掉这封邮件。

我把这件事情告诉了国生，他提议与我一同去见夏海。

周末，国生开着车，而我和琪琪坐在后座。琪琪已经三岁七个月了，母亲总是说琪琪就是我小时候的翻版，言谈举止几乎是一个样子。但是，我希望她有更平顺平常的人生，而不是像我之前那样在精神上颠沛流离，居无定所。我不知道再次见到夏海时，如何向他解释我如今的生活。也许，并不需要什么解释。

大概三个小时后，我们来到了这个靠山的县城。没过多久，便到了夏海的住处。再次看见他时，更多的是失望——他的啤酒肚与油腻脸早已替代了以前清瘦干净的形象，眼神也变得迟钝了，没有了那种锐利光芒。也许，我也让他失望了吧。只是，他的目光总是落在别处，不敢直视我的双眼。在他的旁边是一个浓妆艳抹的女人，以及一个三岁左右的男孩。我知道，那是他的妻子和孩子。

短暂的尴尬结束后，我们试图像朋友那样闲谈，小心翼翼地避开过往的暗礁，只谈论现在与未来。琪琪也很快和他的儿子蹦蹦玩起了积木游戏。在短暂的沉默期，看着孩子们的天真游戏，我们四个成年人的心里却是各自的苦涩。我并没有问夏海当时为什么要突然离开，而且没有留下只言片语，而他也没有问我怎么能和国生结婚生子。我们达成了一种无言的契约。过去的一切都不重要了。或者说，过去让位给了现在。

午饭后，我们去了他的工作室，看见了他创作的那组《慈航》。在这组画作中，我看见了自己的过去，却看不见我的未来。在离开之前，我从车中取出了那幅《假面》，没有说什么，只是递给了夏海。他接了过去，神色间有些许恍惚。

当天夜里，我在梦里看见自己在作画。这幅画的每一个笔触，每一次用色，每一种凝视，我都记得清清楚楚。我知道自己是在做梦，但我不愿意自扰这场梦。

第二天清晨，我来到画室，对着空白的画布，按照梦中的指引，仿佛附了魔一样，很快便画出了心底的那幅油画——在深蓝色的海洋中，矗立着一个白色灯塔。画完之后，我整个人瘫软在沙发上，凝视着内心的蓝色风暴。

国生说他喜欢这幅画，于是拿去镶边装裱。之后，他将这幅画挂在了之前那个空白又醒目的位置。

——原载《青岛文学》2021 年第 6 期

回航

上篇：出孟庄记

这不再是梦。这次是真正的离开。没有欢喜，也没有悲痛；没有眷恋，也没有决绝。我所拥有的或许正是这种空无所有。是时候说再见了，不是对别人，而是对过去的自己。然而，再见之后到底该去往何处，我心里还没有答案。我只知道我必须离开这里，必须打碎自己，才能重新创造自己。

今天是我二十五岁的农历生日，母亲劝我过两三天再走。我说，不能再待下去了，要不就彻底废了。母亲说，你都快待一年了，还不是好好的，也不差这两天。还没等我说话，坐在一旁的父亲便嚷道，让他赶紧走，成天窝在屋里顶屁用，我在村里早都抬不起头了。说完后，父亲便站了起来，离开了这个家。母亲摇摇头，不再说话，而是帮我一起整理离家的行李。随后，她给我做了荷包蛋。每年过生日，她都会给我做荷包蛋。以前的生日，她都会给我说同一句话——你的生日就是妈的受难日，你以后挣钱了可要好好孝敬妈，你以后住在城里了可要把妈接过去。今年，她坐在我旁边，看着我吃完荷包蛋，没有再说那句话。

　　堂哥开面包车送我去白鹤车站。母亲坐在车的后排座位，我坐在副驾驶的位置。堂哥比我年长五岁，初中没毕业就回家务农。农闲的时候就去镇子上贩菜卖菜，日子过得倒是有模有样。前两年他给家里盖了两层楼房，买了电脑和面包车，换了大彩电，送孩子去了县城念书。在孟庄，堂哥已然是众人眼中的成功典范，也是我母亲心中闪闪发亮的金子。偶尔间，我会听到母亲低声的抱怨：你看看你晓远哥现在多好的，你再看看你，读书把你脑子都读坏了，还不如做半个文盲哩。对于母亲类似的责难，我从来没有过正面的回应，更没有因此对堂哥心存芥蒂。相反，在家的这段日子，我时不时会去堂哥家，找他聊天，陪他抽烟喝酒，甚至一起看电视连续剧。要不是因为上了大学，我会过上和他类似的生活，无所谓好或者坏，也无所谓高和低。在孟庄，这才是所谓的正常生活。他是我的镜子，而我在其中瞥见了自己的另外一番光景。外面的阴云快要压垮这个世界了，而我们三个人坐在车里，没有半句话，似乎在等待各自的生活风暴。

　　二十分钟后，面包车停在了火车站门口。今天等车的人并不多，看来大概是有座位的，而我也为此舒了一口气。以前上大学的时候，每次都是从这里坐绿皮火车去长安城的，大部分的时候都没有座位。有人会在中途下车，如果你足够幸运的话，会恰好得到那个空位。一旦坐上了空位，甚至连户外的倒退风景都放缓了速度，变得宜人舒心。以前坐火车上大学都是心怀希望的，而如今，希望这个词语听起来如此苍白羸弱。看着车站附近的荒凉景象，寒冷也吹着哨子，灌入我的体内。我不禁打了冷战，搓了搓手，看着不断向地面压下来的深灰色的云团。

母亲从附近的商店买了包烟，塞给了堂哥。堂哥把烟拿了出来，说，娘，你这是弄啥哩嘛，咱们都是自家人，你这就太见外了。母亲摇了摇手说，每次都麻烦你，要是晓舟有你这么能行就好了。也许看到了我的不堪神情，堂哥立即补充道，娘，我咋能跟我弟比呢嘛，我连初中都没念完，晓舟是大学生，以后都是干大事情的，可不像我这样窝窝囊囊一辈子。母亲没有再说话，而是把头转向了另外一侧。我听到了她泪珠落地的声音。堂哥递了一根烟给我，帮我点燃。我没有烟瘾，身体对烟也有种排斥，但抽烟会让我获得短暂的安宁，仿佛是我精神世界的临时避难所。

我们沉默了半晌，而风暴已经降临于我的心。堂哥突然问道，你的那本书写完了吗？我有点惊诧，因为除了父母之外，我从来没有把这件事情告诉过其他人。我原本想要反问他怎么知道这件事情，然而话到了嘴边，又咽了回去。这个村子里是没有秘密的，只要有一个人知道你的私事，全村人就跟着知道了。我故作轻松地说道，哥，我写完了，所以现在也该离开村子了。堂哥显得格外激动，说，你以后出书了，当名人了，可不要忘了你哥啊。为了不让他失望，我故作玩笑地说，等我成名人了，就送你一辆宝马。堂哥被我的话逗乐了，笑道，不愧是我的亲兄弟，哥到时候就给你当司机啊。我们又闲聊了其他事，而母亲站在一旁，眼神游离，没有多余的话。

车站门开了，我被后面的黑衣男人挤进了车站。黑暗随即吞噬了我。母亲和堂哥并没有跟进来送我。我转过身，和他们摇摇手。堂哥给我做了一个打电话的动作，而母亲站在原地，抹着眼泪，欲言又止。我转过身，心中的千言万语都化为了云烟。这个离别场景我已经等太久了，但真的到了这个时刻，我才明白了等待的确定含义。站在队伍中间,我扬起了头,似乎看到了那只传说中的白鹤。然而,当我闭上眼睛又重新睁开时,白鹤又化为黑压压的云团。

几分钟后,火车的轰鸣撕裂了天空的冷意,让静止的世界多了份生命的律动。火车缓缓地停了下来,车门随即打开,我跟着前面的人进了车厢。庆幸的是,火车上还有一些空位,而我走了半截车厢后,从其中挑了一个靠窗的位置。我把行李放在了车架上,将背包放在了旁边的空位。我坐在靠窗处,看着外面倒退的寒冬景象,心里泛起了冷意。我从背包中取出了保温杯与黑塞的《玻璃球游戏》。喝了半杯温水后,身体也跟着暖和了,于是摊开了书,继续阅读剩余的篇章。

过了一会儿,售票员在车上喊着补票,我便打开了背包的内层,取出了自己的钱包。补完车票后,我把钱包又放回了原位,却发现背包里有一个白色信封。我拿出信封,上面写着"儿子"两个字,是母亲的字。我打开了信封,发现里面是一些钱,数了数,总共一千二百元。我把信封放回包里,泪水已经淌进嘴里,是咸涩味。原本以为自己失去了哭泣的能力,哪怕是在外婆的葬礼上,我都没有掉落一滴眼泪。自从毕业后,我没有给过家里一分钱,没有给母亲买过半个礼物,但她始终把我放在心里,始终没有丢下不争气的我。这一年的禁闭生活,要不是因为她紧紧拽住我,我早已落入无尽的深渊。

我无心读眼前的书了,于是把目光放在了窗外,而时间随着风景一直后退,后退到我的记忆深处,后退到我去校长办公室的那个上午。那天上午,我去了校长办公室,把准备好的离职申请书递给了他。校长让我坐在旁边的沙发上后,读了这份申请书,而我在他的脸上看到了疑惑、惊讶与错愕等多种混合复杂的情绪。半晌后，校长凝望着我说，晓舟啊，你在学校里也待了快三年了，是咱们学校的青年骨干，再熬一熬，以后肯定前途无量啊，你要是对学校有什么意见，直接和我说。我没有说话，也不知道该说些什么。校长也许读懂了我的心思，又补充道，你这工作可是有编制有身份的铁饭碗啊，你当年也是我专门招进来的，很多人想进来还找不到门道呢。我说，谢谢校长的信任。他补充道，按年龄来说，我算是你的父辈，但我明白你们年轻人心里的想法，这件事情千万不能冲动。我说，谢谢您，我已经想好了，我要离开学校了，谢谢您这长时间以来对我的关照。校长没有再说话，而是在申请书上签了字。三天后，我办完了所有的离职手续。离开中学校门的那一刻，我心中的石头也落了地。

听到我离职的消息后，母亲手中的芹菜掉在了地上，而父亲怔在了原地，仿佛身体的根须扎进了荒原深处。父亲说，晓舟，这事可不是随便开玩笑的。我把学校批复的离职书拿给父亲看，他瞥了一眼，骂道，狗日的，你这娃太瓜了吧，赶紧去学校说明情况，走，我和你一起去。我说，我已经受够那种生活了，我要开始自己的新生活。父亲吼道，你好好的铁饭碗不要，你说你想咋开始。我没有再说话，而母亲拉着父亲的胳膊，试图平复他的心情。父亲甩开了母亲的手，转身离开了这个家。

其实，我当时也特别理解父亲的心情。自我有记忆开始，父亲就没有几天的脸色是好看的，经常一个人坐在房间里生闷气。小时候，我就不敢靠近他，害怕打扰到他的孤独。当我在学校取得了好成绩，拿到了奖状时，我才能从他脸上瞥见些许满意的神情。为了取悦他，我在学习方面花了很多心思，甚至把学习当作唯一重要甚至神圣的事情。父亲时常把一句话挂在嘴边——学习是你唯一的路，你没有其他的路了。这句话是我头上的紧箍咒。在收到大学通知书的那个下午，我第一次在父亲的脸上看到了没有任何负担的笑容。其实，上大学一直是父亲未完成的心愿。他参加过三次高考，最终都与其失之交臂，而这也成了他心头的病。后来，他回了孟庄，当了农民，与他厌恶的农村相依相生，曾经甚至动过轻生的念头。要不是祖父及时发现了征兆，也许父亲早已化为尘土，也不会有我后来的故事。

父亲当过孟庄的村长，后来被调到了镇政府的民政处工作，负责计生工作，而这一干就是十几年。和他一起去的麦城因为人活泛，会处理各种关系，没过几年便转成了正式工，有了正式的编制，而父亲工作勤勤恳恳，为人正直谦逊，到后来退休，也没有拿到正式的编制。不，不应该说是退休，而是拿了一点遣散费后，就被上面除了名，革了职。十几年间，父亲一直在等待组织的消息，却始终等不到那红头文件的降临。再到后来，连他自己都不知道等待的到底是什么。从镇政府退下来后，父亲一下子就老了，身上的光也不在了，与村里人也基本上没有了来往。关于父亲所有的一切，我都看在了眼里，也暗自下决心不会再走他原来的路。

在中学教书那几年，我像是被囚禁在笼中的鸟，也越发理解父亲当年的精神困境。当然，我对英语教学本身并没有什么倦怠，而是被其他琐事慢慢吞噬。原本对教学一腔热情的我，心里的灰也越积越厚，后来成为压在我心头的一座山。周围没有人看出我的变化，我只把自己的心事交给了日记。随着日记越写越多，我发现自己不快乐的原因其实很简单，那就是找不到生活的意义，而只有通过写作，我才能发现自己存在的价值。也许，这种想法在小时候就在心里埋下了种子。记得上五年级的时候，语文老师布置了一篇命题作文——我的梦想。直到如今，我还记得我那篇作文的第一句话——我的梦想是成为一名作家。当年，班主任郭老师把这篇作文当成范文，读给全班同学听。读完后，郭老师说，大家要向晓舟同学学习，他以后肯定会成为一个了不起的作家。直到如今，我也不能忘记郭老师当年的笃定神情，更忘不了她对我未来的期许。

辞职回家后，我白天的大部分时间都是坐在电脑旁，寻找属于自己的句子。刚开始，我打算写写系列散文，后来便推翻了这种想法。我想要写的其实就是长篇小说，关于我的祖辈，关于我的父辈，也关于我自己。然而，我并不知道到底该从何处去写，用什么样的方法去写。于是，我在知网上下载了很多关于长篇小说的学术论文，有关于西方的，也有关于中国的，有关于现实主义的，也有关于现代的与后现代的。总之，关于长篇小说的一切都是我当时最重要的生活主题。

看我整天趴在电脑前，母亲问我到底是在忙活啥呢。我撒了谎，说自己准备研究生的考试。母亲点了点头，没有再说话，而是回到厨房，给我做了大盘鸡拌面。她一直是我身后最坚实的支持者，而我并没有拿什么来回报她。她把我考研的事情说给了身旁的亲友。也许是受到了良心的责难，后来的某一天，我把写作的事情告诉了母亲。母亲愣在了原地，沉默了半晌，说，你的事情我不懂，你对自己负责就好了。当天下午，父亲走到我身边，冷冷地说，听说你还写书，这事也太荒唐了，你能不能做一个正常人啊，能不能不要让村里人再看我老两口的笑话了。也许是被父亲的话戳到了痛处,我反驳道,我再怎么差,总比有些人干了一辈子还是临时工要强。父亲的脸色从铁灰变成了紫红,他摇了摇头,转身离开了这个家。看到他微驼的身影,我心中升起的不是胜利的喜悦,而是溃败的痛苦。自此之后,父亲和我也基本上没有了话。

刚开始的日子里,我把自己关在家里,基本上也不出门,因为我害怕面对村人们的疑惑与嘲弄。后来,当开始动笔写关于这个村庄的长篇小说时,我的心态也发生了微妙的变化——我不再逃避,不再畏惧,而是选择去面对自己的真实处境。在写作之余,我走出了家门,主动与村人们交流,对我们村庄的过去和现在有了更深刻的理解,而这些反过来对我的作品也有了很大的启发。与此同时,我与孟庄以外的世界也基本上断了联系,不再使用聊天工具,也停用了手机。那时候,孟庄又成了我的全世界——在小时候,我以为整个世界就是孟庄的样子。写作成为我重新理解孟庄的途径,而我想要以虚构的方式留住关于孟庄的重要记忆。除此之外,我会帮父母干些农活,而这不仅仅缓解了我精神上的焦虑,也让我对生活有了更本质性的体悟。

写作并不是一路坦荡,而是会遇到各种艰难险阻。每次停滞不前时,我便走出家门,绕着孟庄独自散步,有时候甚至会自言自语。在孟庄,我成为他们眼中的怪人。有一次,大伯在路上挡住了我,说,晓舟啊,你要是有啥想不开的,可以告诉你大伯,大伯以前上过战场,见过很多死人,啥也不害怕。我不知道该说些什么,于是感谢了大伯的关心,又独自一人去荒野漫游。对于未来,我没有什么计划,我所能握住的只有转瞬即逝的当下。有一次,母亲问我什么时候写完,说她听到了村里人很多的闲言碎语。我说，等写完了，我就离开这里，再也不回来了。母亲不再说话，之后也没有再问过类似的问题。至于父亲，他不怎么和我说话，也没有给过我好脸色。我明白他只能接受儿子的成功，不能接受儿子的失败。也许，他在我身上看到了曾经的自己。

写完长篇已是深冬的某个上午，看着文档上显示的三十二万余字，我的内心反而格外平静，仿佛远航的船看到了岛上的灯塔。把文档保存好之后，我走出了家门，走了将近十里路，终于来到了渭河岸边。面对这条冰冻的河流，我在岸边站了将近半个钟头，回想了过往很多的事情。在某一刻，我甚至想跟着河流一起走向大海。很多年前，祖父的骨灰就撒进了这条河流，而这也是他生平最后一个愿望。虽然那年我只有六岁，但我依旧记得当年的种种场景。返回家后，我把完稿的事情告诉了母亲。她脸上没有什么快乐可言，相反是一种不可言说的愁云。她问道，终于弄完了，接下来，你该咋办呢？我说，收拾一下，我明天就离开村子了。母亲没有再说话，而是走上前，拥抱了我。在我的印象中，这是她第一次拥抱我。

此时此刻，我已经坐上了通往长安城的绿皮火车。我已经和我的大学舍友陈洱说好了，先在他家住上两三天，随后就去找出租屋，去找新工作。两个半小时已经过去了，孟庄离我越来越远了，却像是藤蔓植物一样缠绕着我的心。过去仿佛一场幻梦。我看着窗外，发现这个世界下雪了，不是鹅毛大雪，而是细密的雪花。不知为何，我突然想到了外婆曾经讲给我的《出埃及记》，想到了摩西带领以色列人前往应许之地的种种场景。也许，只有离开了孟庄，离开了过去的生活，我才能找到属于自己的应许之地。

下篇：回孟庄记

　　要不是因为收到你即将死去的消息，也许我还不会这么快返回孟庄。母亲在夜里打来电话，低声道，你爸是胃癌晚期了，医生说他熬不过这个月了，你就赶紧回来吧，再大的气也该放下了。我站在窗口，看着夜空中泛起的星光，心中有千言万语，却不知道该从何处说起。沉默了半晌后，我在电话里听到了母亲的哽咽声。随后，她补充道，你都五年没回来了，再怎么说，他都是你爸啊，再怎么说，他都是爱你的，这些日子他天天问你回家了没。还没等我说话，母亲已经挂断了电话。我凝视着黑夜，在其间仿佛又看见了白鹤。在好多个夜里，我都看见了那只白鹤。

　　犹豫了片刻后，我把父亲即将离世的消息告诉了文慧。她从沙发上了站了起来，说，这么大的事情，赶紧去和公司请个假，你年假从来都没有休过，刚好这次都用上。我说，我害怕回到那个村子里，害怕见到他。文慧说，咱俩好了也快两年了，要不这次回去就把事情先办了，让你父母也安了心。我点了点头。在很多事情上，文慧总是比我想得周到全面，比我细腻温情，而这或许也是我喜欢她的重要原因。要不是因为有她的陪伴，我都不知道该如何熬过那些最艰难的日子。我没有说话，而是走上前拥抱了她。我们经常拥抱。在拥抱中，我们在上海这座城市中也找到了生存下去的理由。

　　第三天，我们坐着飞机从上海飞到了长安城。到了长安城之后，我们打出租到了城东客运站，又一起坐大巴回孟庄。上了大巴之后，我拨通了母亲的电话，告诉她我带着文慧一起回来了。母亲问我文慧是谁。我说，她是我女朋友，我们快要结婚了。我在电话中听到了母亲的欣喜。她说，你们大概一个半小时就到县城的客运站了，我和你晓远哥在车站接你们。我说，太麻烦了，我们到时候直接坐出租回。母亲说，这几年没见面，你咋这么客气的，就这么说定了，我们等你。在我挂断电话后，文慧戴上了耳机，靠在了我的肩膀上闭目养神。要不是当年离开了孟庄，离开了长安城，我也不会遇见她，也不会有后来的故事。

看着外面阴沉沉的天气，内心暗潮涌动，而倒退的风景再一次将我领回过往的岁月。当年重新来到长安城后，我在北郊的幸福堡租了一间不到二十平方米的房间。入住的当天晚上，我就在好几个招聘网站上投了简历。一星期后，我开始在一家教育机构里上班，职位是专职英语老师，而收入由基本工资和课时费两个部分构成。虽然都是英语教师，但教育机构和中学的情况大不相同，没有那么多复杂的人际关系，最重要的事情就是代课和备课。当然，教育机构的流动性都很大，也不提供三险一金，于是我整个人有种在海上漂流的感觉：看不见岸，看不见船，更看不见灯塔。那时候的我似乎并不在意这些寂寞，也很快适应了教育机构的工作。除了上课以外，我和其他人没有什么深入往来，也不想认识新的朋友。

除了工作以外，我大部分的时间都在顶楼的出租屋：这里是属于我一个人的微型王国。等一切稍微稳定后，我又重新打开了那个文档，修改刚刚完成不久的长篇小说。修改过程并不顺利，我数次对这部作品产生过怀疑，甚至一度有了放弃的念头。三个月后，我完成了小说的第三稿。我去附近的打印店，把小说稿打印了两份。

为了犒劳自己,当天晚上我给自己点了意大利比萨和红酒。那个晚上,我睡得深沉香甜,梦见自己找到了可以靠岸的岛屿。

第二天,我拿着其中的一份稿子,去了长安文艺出版社。敲开编辑部的门后,办公室压抑的气氛吞掉了我。一个女编辑问我有什么事情,我说自己写了一部长篇小说,想要给你们投稿。女编辑用异样的眼光看了看我,随后说,我们这里基本上都是约稿,不怎么接受投稿。我说,要不您看一下,我觉得写得还不错。编辑笑了笑,说,每个来投稿的人都觉得自己不错,要不这样吧,你把稿子留下,我先看看,如果能用,我会联系你的。我感谢了她,随后在稿纸上留下了自己的电话号码。临走前,我问编辑能否加一下她的QQ,方便以后联系。她迟疑了片刻,随后把电子邮箱留给了我。从出版社出来后,我深吸了一口气,又缓缓吐了出来。不管怎样,我已经踏出了重要的第一步。

当天下午,我又去了长安出版社,把自己的情况告诉了一位男编辑。男编辑说,我们这里只出自费书和名家书。我问他什么是自费书。他冷笑道,就是你出钱,我们帮你出书。我有种被冒犯的感觉,不过还是克制了心中的恼火,说,老师,要不我把书稿放在你这里吧,你先看看,咱们后面可以继续沟通。男编辑点了点头,没有再说多余的话。把书稿放在他办公桌后,我便离开了他的办公室,离开了冷冰冰的出版大楼。

为了得到更多的机会,我又在网上搜索了四十多家出版社的投稿邮箱。我把这部长篇小说的电子版以附件的形式逐个发给了这些出版社。关掉电脑后,我躺在了床上,幻想着书出版后的喜悦场景。那个夜晚,我梦见了祖父,梦见了祖父站在河岸上,与我道别。我问他要去什么地方,他说他要去一个没有痛苦的地方。

我问他能否带着我一起去。他说，你要在这人世上走一遭，受受罪，享享福，最后才能去那个地方。还没等我来得及说话，祖父便从我面前消失了，化成了白鹤，随后又幻化成天上的云。我也从梦中醒了过来，心里空空落落。祖父在我六岁那年离世，我对他的印象非常模糊，却记得他喜欢把藏好的橘子剥给我一个人吃。在我的梦中，他的声音与样貌是如此的清晰真实。

投完稿子后，剩下的日子就是等待。每当电话声或者短信声响起，我就竖起了耳朵，希望收到哪怕一个肯定的答复。即便不是肯定，哪怕是一个回复也好。为了不错过任何消息，我甚至连晚上都不关机。在等待的过程中，我都忘记了自己等待的是什么，也许等待的只是等待本身。慢慢地，我开始理解了父亲曾经漫长而又无望的等待。我甚至有点想念父亲。自从离开孟庄后，我没有给他打过电话，他也没有联系过我。每个月初，我都会给母亲的卡上打五百块钱的生活费，而这也似乎成了我与孟庄唯一的关联。经过那一年的禁闭生活，我似乎理解了自由的含义。

两个月过去了，我没有收到任何一家出版社的回复，而我也厌倦了这种没有尽头的等待。我鼓起了勇气，拨通了那家文艺出版社编辑部的办公室电话。得到的回复是，你的稿子我看过了，也送审了，但没有通过二审。我不甘心，又拨通了长安出版社那个男编辑的电话。他说，你的书可以在我们这里自费出，只要你愿意，一切都好商量。是的，是我预料的结果，也是我无法接受的结果。挂断电话后，我突然明白自己只是一个不起眼的小丑，却幻想着有朝一日能站在舞台中央。那个夜晚，我无法合眼睡觉，只能躺在床上，等待黑暗灌满自己的灵魂。那个夜晚，我梦见自己被推下了悬崖。

这里的冬天特别难熬，出租屋里没有暖气。我咬紧牙关，花钱买了热风扇和电褥子。但这些举措在冷冽的寒天面前显得不堪一击。睡觉的时候，我会紧紧地抱住我自己，听着户外呼啸的北风，似乎也能听见自己骨头的悲叹。每当夜半人静的时候，我能听见整座城市的哀鸣。隔壁住了一对情侣，我从来没有和他们打过招呼。他们的争吵声、他们的做爱声、他们的欢笑声，所有的这些声音都会涌入我的房间，让我的冬天变得更加难以忍受。有很多个瞬间，我开始怀疑自己当初的选择，开始质问自己为何放弃了稳定的日子，而过上了如此狼狈不堪的生活。

那段时间，母亲时不时会给我打电话，问我的日子过得如何，如果不好的话，可以回家。我每次的回答也基本上相同——我过得很不错，工作也不错，我暂时不回孟庄了。有一次，母亲突然在电话里问我，你的书现在怎么样了，村里有好多人都在问我呢。我沉默了半晌，说，已经送到出版社了，过段时间就出来了。母亲补充道，你爸其实最关心你了，老问我你最近咋样了，只不过脾气倔，说话也难听，你俩一模一样。我说，我不想和他说话，你以后在我这里也不要说他。说完后，我挂断了电话。其实，我并不是讨厌父亲，而是讨厌自己没有活出让父亲满意的样子。我已经立下了誓言：在没有取得真正的成就前，我不会回孟庄。

春节我没有回家，而是留在了长安城。我给母亲打电话，谎称自己过年会去云南丽江度假。那是我第一次独自过春节，并没有想象中那么凄凉。我白天大部分的时间都是窝在出租屋里看电影，一部接着一部，好像自己的人生是由这些幻觉构成的。这也是一种逃避，因为我害怕面对自己的真实境遇。

初十晚上，我和陈洱约好了一起吃火锅。看到我的时候，陈洱露出了惊诧的神情，问道，晓舟，你有些失神，是不是有啥心事呢？我说，我不想待在这里了，我想去别的城市工作。陈洱说，你这么一说，我想到了我表姐，我们刚才还在微信上聊天呢，她在上海一家外贸公司做人事工作，我随后问问她，看有没有合适的职位。停了半分钟后，陈洱又补充道，大学的时候，你英语是咱班最好的，记得你说过毕业后想去上海工作，离家越远越好。我说，讽刺的是，毕业后回到了那个县城，当了中学老师，现在绕了一大圈，又回到原地了。陈洱说，我太羡慕你的勇气了，我也不喜欢现在的工作，但不敢离职。我心里苦笑，转换到一个新话题。

第二天上午，我接到了陈洱的电话。他说，我表姐那边年后刚好招人，我把你的情况告诉她了，她说应该没有问题，你现在做一份简历投到她邮箱里，她随后会联系你的。随后，陈洱把他表姐的邮箱地址通过微信转给了我。下午，我把做好的简历投到了那个指定的邮箱。正月十七日上午十点十分，我收到了来自上海的电话。接通之后，我听到了一个严肃又柔美的声音，你好，孟晓舟，我是庄雅梦，你的简历我已经看过了，符合我们公司的需求，请你于一周之内来公司报到，你有三个月的实习期，转正后我们会给你提供五险一金和应有的福利。我在电话中感谢了她，说自己肯定会按时报到。庄雅梦的声音变得松弛，笑道，陈洱说你是一个非常优秀的人，这可是我第一次听他夸人啊。之后，我们又说了一些关于工作的事情。挂断电话后，我给陈洱发了微信，感谢了他。陈洱回复道，都是好兄弟，甭客气，当年要不是因为你，我英语八级肯定过不了，当年你可是咱班的学霸啊。

我把一些带不走的东西当作垃圾处理了，又去房东那里退了房。临走时，我敲了敲隔壁的房间，和那对情侣说了再见。那是我们说的第一句话，也是最后一句话。我被这座城市耗尽了热情，我渴望去另外一座城市，渴望开始新生活。陈洱开车把我送到了机场。离开的时候，他笑道，你终于要去大都市生活了，以后发达了可不要忘记我这个兄弟啊。我拥抱了他。我不知道下次见面会在何时何地。对于未来，我已经没有了实在的把握。飞机起飞后，我看着越来越小、越来越远的长安城，心里是空落落的回响。这一次，我知道自己不是逃离，而是某种形式的抵达。

到了上海后，我在地下室租了一个隔间。白天，我要花费将近两个小时的时间才能到公司，因此需要凌晨六点钟准时起床。晚上回来后，我被工作完全挖空，只剩下了一具皮囊。除了睡觉以外，什么事情也不想去做，而这地下生活让我更加理解了活着的奥义。不过，我对这份工作还是抱有很大的热情。英语翻译是我的强项，而我通过学习和实践也很快掌握了外贸工作的各种流程。三个月后，我顺利转正，而工资也涨了很多。庄雅梦对我也器重，在很多重要的会议和项目上，我都在她的推荐下担任同声翻译。自从来了上海后，我没有再读过一本书，更没有写过任何文章。我在自己的身上重新塑造了另外一个我。我不再自我封闭，而是主动与外面的世界互动，也交到了一些朋友。只不过，我从来不向他们提及自己的过去。

在公司上班后的第三年，我终于从地下室搬到了位于高层的四十平方米的公寓，终于可以在晚上看看外面的星空了。每次去公司也只花费四十来分钟，因此也节省了更多的精力和时间。我依旧喜欢电影，不过不再是文艺片，而是那些没有什么营养的动作片和漫威片。这些电影可以帮我短暂地放空自己。除此之外，我喜欢上了长跑，而所在小区距离一所财经院校非常近。只要有时间，我便会在晚上八点钟左右绕操场跑上一个小时。回到房间后，我会洗一个冷水澡，冬夏皆是如此。

我的房间里没有一本书，也不再需要任何书。有时候，我会偶尔想起曾经读过的书，但已经忘记了其中的大部分内容。有一次在整理电脑时，发现了几年前写的长篇小说。这个作品像是过去的某种耻辱般的存在，凝视着此时此刻的我。我打开了那个文档，读了两三段后便没有了兴致。我选择永久删除这个文档。不知为何，我流下了眼泪。

在上海的这几年，我偶尔会给母亲打个电话。每次通话，母亲都会给我唠叨村里近期发生的事情：谁家盖房了，谁家娶人了，谁家得病了，谁家又闹事了。每次通话结束前，母亲都叮嘱我给父亲也打上个电话，而我每次都敷衍过去，不接她的话。时间越久，我和父亲的距离也越远。到了后来，他甚至成了一种符号。母亲在电话上说，你每个月给的钱，我们都给你存着呢，等你结婚了，我们就把这钱拿出来给你娶媳妇。当时觉得结婚是一件遥远的事情，直到我遇见了文慧。

在一个长跑爱好者微信群里，我认识了同样喜欢长跑的文慧。这个群可以分享与运动有关的一切。有一次，群主发了一张自己当时跑步的运动场，接下来，好几个人也跟着发了跑步的场所。在那些照片里，我发现有个人和我在同一个操场跑步。出于某种好奇心，我主动加了这个人的微信。晚上十点半的时候，她通过了我的请求，并发来一张问候的表情。为了显得正式，我主动给她说了自己的年龄、姓名以及所从事的工作，而对方也不遮拦，发来了自己的相关信息。接下来的几天，我们会时不时在微信上说说话、谈谈心，甚至会分享彼此的音乐。在这座巨城里，能真正说上话的人却没有几个，每个人都是一座岛屿。后来，我知道她也是单身，就住在我隔壁的小区。有一天晚上跑完步，我绕着操场散步，突然听见了身后有人喊我的名字。我转过头，从昏暗的灯光中辨认出了她，我也喊出了她的名字，而这算是我们第一次正式见面。之后的日子，我们开始了约会，在某个雨天的夜里确认了情侣关系。当文慧和我在一起生活后，我突然觉得自己不再是这座大都市中孤零零的漂流者。

此时此刻，我和文慧坐在回老家的大巴上，而文慧靠在我的肩上睡着了，进入了另外的时空。过往的记忆被户外的风吹得七零八落，散落满地。我突然想起了父亲，想起了很多年前父亲带我坐公交去县城看马戏团表演的那个下午。那是我第一次坐公交，第一次去县城，第一次看马戏团表演，而父亲当时是我心中最崇拜的人。看完马戏团表演后，父亲在广场上给我买了根雪糕，随后又领我去商场买衣服。那是我人生中最无忧无虑的一天。那个时候，父亲在我眼中神采奕奕，高大英俊，没有人能代替他在我心中的位置。从某种意义上讲，他就是我心中的英雄，保护着我和我的家人。而如今，我能想象到他蜷缩在家中的床上，被肉身的痛苦所折磨，独自等待死亡的神情。在习惯了等待的日子里，也许这种对死亡的等待是一种解脱，甚至是一种恩惠与慈悲。我不敢面对这样的父亲，但我不能逃避，我必须要去面对将死的父亲，面对我衰亡的记忆。不知为何，我心中没有太多痛苦，有的只是被时间掏空后的无助。窗外阴沉沉的天，仿佛是在奏响无声的哀乐。

大巴在县城的客运站停了下来。下了车后，我和文慧走出了客运站。当我准备给母亲打电话时，便听到了不远处有人呼喊我的名字。我转过头，发现母亲和堂哥在另外一侧给我们招手。我们带着行李走向他们。堂哥拍了拍我的肩膀说，我兄弟在上海混得很不错啊，把媳妇都领回来了。文慧说，谢谢晓远哥和伯母这么远来接我们。堂哥笑道，都是自己人了，别客气。我瞥见了母亲的表情，她对文慧非常满意。

  我坐在堂哥旁边的副驾驶位置，母亲和文慧坐在后面的位置。我问了一些关于父亲的问题，母亲叹气道，发现的时候已经是晚期了，没办法了，人的命天注定，人嘛，来自尘土，最后还是归了尘土。文慧从包里取出纸巾，递给母亲。她握住了母亲的手。半晌沉默后，堂哥突然问道，晓舟，你的那本书出版了吧，咱们全村人都等了好几年了。我说，哥，咱们过去的事情就不提了，那个时候我太不知道天高地厚了。话音刚落，文慧问道，你以前还写过书啊，怎么没有听你说过这件事情呢？我说，写得太差了，不值一提，我早把文档删除了。文慧说，看来，你还有很多秘密没有告诉我啊。母亲说，我们晓舟是个实诚娃，对人很实在，你跟着他会过上好日子的。文慧点了头，没有再说话。堂哥打开了音响，电台里播放的音乐居然是"Sailing"。不知为何，我跟着曲调哼出了这首歌，而眼泪已经淹没了我眼前的琉璃世界。

  车快要靠近孟庄时，母亲说，晓舟，你看，外面下雪了，和你当年走的时候，是一模一样的雪啊。我看着车窗外的雪，陷入了长久的沉默。这么久过去了，整个世界都变了，而眼前的雪却从未改变。突然间，我看到了一只白鹤在雪地里扑腾着翅膀，随后飞向了天空，变成了云朵。

——原载《满族文学》2022 年第 3 期

后记

在小说创作中,我尤为看重文本的精神性。这也是作品可以穿越时间幻海,抵达命运岛屿的唯一道路。是的,路,唯一的路与众多的路,上升的路与下降的路,世俗的路与神圣的路——所有的路又是同一条路。小说之内,每个人都在迷路;小说之外,每个人都在寻路。在所有路的尽头,我们终将以时间的名义而相遇。因而,路是标识,是征象,是寓言,更是关乎我们所有人的启示录。

写作是祝福,更是祈祷。小说是生命册,更是心灵史。写小说之前,我看见了他们。我聆听他们的痛苦与欢喜、他们的忧愁与希望、他们的死亡与新生、他们的黑暗与光明。我在水上写下了他们的故事,并以此为镜,照见了世界的万千幻象。如露亦如电,应作如是观。完成小说后,他们又梦见了我。不是我写下了他们,而是他们写下了我。这便是小说的妙言真意:在我与无我之间,时间是河流,而存在是河流上的浮舟。

小说不仅是故事,更是艺术品。每一部小说,都应该有一个独属于自己的形式。形式即本质,即本相,即本义。发现一种新形式,即发现一条新道路。我们被太多陈旧的理念与朽坏的主题蒙住了双眼。我们需要新的目光与新的觉悟。小说也需要新的表达与新的疆域。在这流蜜的应许之地,我们要与各自的心神签下新的誓约。因而,小说是谎言,是流言,是巫言,是梦言,更是我们共同的誓言。

因为言说,所以存在;因为存在,所以慈悲。在小说中,我最看重的依然是:我们是否在此地领受了智慧,我们是否在此刻通晓了慈悲。

不是我写下了小说,而是小说写下了我。进入不同人物的命运时,所谓的"我"消散了,而众我从渊面慢慢浮现,启示了我,照明了我。他们和我一样,只是这世上一粒粒微尘,也经受着各自的命运风暴,也承受着各自的人生困局,却也依然在至暗时刻等待光的降临,并在痛苦中领悟活着的奥义。从这个意义上讲,在世界之夜,我们都是站在岸边等待渡海的人——我们听到了召唤,我们要到彼岸去。因而,我们又是各自命运的觉悟者。

这本书收录了我近几年在文学杂志上发表的中短篇小说。然而,没有一篇小说的名字可以统领整本小说集。我长久地凝视着眼前的荒野,忽然间听到了《心经》中的句子:"舍利子,是诸法空相,不生不灭,不垢不净,不增不减。"这是顿悟的时刻。于是,我在纸上写下"空相"二字。这两个字与整本书的气息相通:唯有领悟了"空",我们才可通晓命运的所有奥义;唯有洞悉了"相",我们方可领受人生的一切寓言。